U0083822

古典詩歌研究彙刊

第二十輯

龔鵬程 主編

第3冊

唐宋詞聲音意象研究

白帥敏 著

國家圖書館出版品預行編目資料

唐宋詞聲音意象研究／白帥敏 著 — 初版 — 新北市：花木蘭文化出版社，2016〔民 105〕

目 4+294 面；17×24 公分

（古典詩歌研究彙刊 第二十輯；第 3 冊）

ISBN 978-986-404-824-3（精裝）

1. 唐五代詞 2. 宋詞 3. 詞論

820.91　　105015099

ISBN-978-986-404-824-3

古典詩歌研究彙刊

第二十輯　第三冊　　ISBN：978-986-404-824-3

唐宋詞聲音意象研究

作　　者　白帥敏

主　　編　龔鵬程

總 編 輯　杜潔祥

副總編輯　楊嘉樂

編　　輯　許郁翎、王筑　美術編輯　陳逸婷

出　　版　花木蘭文化出版社

社　　長　高小娟

聯絡地址　235 新北市中和區中安街七二號十三樓

電話：02-2923-1455／傳眞：02-2923-1452

網　　址　http://www.huamulan.tw 信箱 hml 810518@gmail.com

印　　刷　普羅文化出版廣告事業

初　　版　2016 年 9 月

全書字數　213354 字

定　　價　第二十輯共 18 冊（精裝） 新台幣 28,800 元　

唐宋詞聲音意象研究

白帥敏 著

作者簡介

白帥敏，女，1982 年 8 月生，河南禹州人。南京師範大學碩士、蘇州大學博士，中國古代文學專業，唐宋方向。師從著名詞學家楊海明先生研究唐宋詞學，現爲蘇州經貿職業技術學院講師。長期從事唐宋時期文學、文獻研究，在文獻考證及文學藝術評論方面皆有所述，先後發表學術論文十餘篇，如《兩宋史家詞淺論》、《北宋詞人曹組生卒年考》、《宋詞鼓聲聲象淺論》、《論唐宋詞中的鵑聲及其文化內涵》、《論唐宋詞中的鶯聲》等，深受學屆好評。

提　要

唐宋詞意象研究，是詞學研究的傳統話題。但以前的研究，多從物象的色彩、畫面、場景等視覺感受入手，對聲音、聽感的關注則相對缺如。唐宋詞中有許多聲音，如雨聲、鵑聲、蟬聲、蛩聲等自然之聲，鼓聲、琴聲、歌聲、漏聲、賣花聲、擣衣聲等人世之聲，甚至仙樂鬼嘯等異界之聲，豐富、廣泛、活躍而生動。通過它們，我們可以清晰地感受到詞中豐富的情感及優美的意境。從「聲音」入手研究唐宋詞，也爲我們詞學研究提供了新視角。

本文共分爲七章，採用「總分 總」的結構進行論述。第一章選取晝夜、季節、地域、作家等四個角度，對聲音意象進行「多元」透視。二至六章結合多個典型個案設專題分析，分別論述了雨聲、鶯聲、鵑聲、蟬聲、蛩聲、鼓聲和琴聲等七個聲音意象。爲了突出不同聲音意象的個性，也多角度進行關照，筆者特對每一個專題，採取不同的研究體式。第七章總論聲音意象在唐宋詞中的作用。主要剖析聲音意象與情感表達和詞境塑造的關係。聲音意象通過聲聲合奏，聲色聯手，塑造出許多美好意境，又以「深靜」之境最優。

通過對唐宋詞中聲音意象的考察，爲傳統以視覺模式解讀詞作的做法提供了新路徑，在一個五彩斑斕的視覺世界之外，添加了一個鮮活生動的「美聲」世界。

目　次

緒　論

著眼「聲音」，唐宋詞意象研究的新視角

關於意象，可以說是詩詞學研究的傳統話題了。南朝劉勰《文心雕龍・神思》篇即有「然後使玄解之宰，尋聲律而定墨；獨照之匠，窺意象而運斤」〔註1〕，可見，詩詞意象在詩詞創作中的重要地位。意象，其實就是寓情之「物象」，比如「感時花濺淚，恨別鳥驚心」（杜甫《春望》），這花與鳥，寄寓了詩人深厚的感情，就成了重要的文學意象。

自王國維「詞以境界爲最上」〔註2〕（《人間詞話》）之說以來，「意境」、「意象」問題一度成爲詞學界研究的一大熱點。然歷來對意象的研究尚多集中在色彩、畫面、乃至時空場景轉換等視覺感受方面，從「聲音」、「聽覺」這個角度切入的，則相對缺如。事實上，聲音意象同樣重要，也極其特別。它同樣寄託著詞人豐富的情感。如「悲歡離合總無情，一任階前、點滴到天明」（蔣捷《虞美人・聽雨》），雨聲中有詞人無盡的人生況味；「何物最關情？黃鸝三兩聲」（王安石《菩薩蠻》），鶯聲中有詞人悠然閒逸的心境等。並且聲音訴諸人耳，

〔註1〕【南朝梁】劉勰著，范文瀾注《文心雕龍注》，人民文學出版社，1958年，第493頁。

〔註2〕王國維《人間詞話》，上海古籍出版社，2000年，第1頁。

直達人心，往往能給人強烈的衝擊力和震懾感，如「亂石穿空，驚濤拍岸，卷起千堆雪」（蘇軾《念奴嬌・赤壁懷古》），可以想見，驚濤之後的宏大音響效果。聲音還可以增強畫面的動感，如「屋上松風吹急雨，破紙窗間自語」（辛棄疾《清平樂・獨宿博山王氏庵》），通過這風雨聲、破紙聲，可以想見風雨吹打松枝、窗紙的動感畫面。與相對「平靜」的視覺感受相類，聲音意象在詞中同樣不可或缺。

詞中存在著各種聲音意象，它們豐富、廣泛、活躍、生動，到處充滿著生命的質感，待有心人仔細聆聽和發掘。

首先，看其豐富性與廣泛性。這其實涉及到聲音的分類問題。蘇軾在其《前赤壁賦》中有段話：

> 惟江上之清風，與山間之明月。耳得之而爲聲，目遇之而成色。取之無禁，用之不竭。是造物者之無盡藏也，而吾與子之所共食。〔註 3〕

而這「造物者之無盡藏」也，即是自然之聲。風雨雷電、溪泉浪潮，花草樹木、蟲魚鳥獸之聲。「風聲策策，浪濤衮衮，又是新秋」（李曾伯《八聲甘州》）之風聲；「小樓昨夜雨聲渾。春到三分，秋到三分」（張炎《一翦梅》之雨聲；「風色變，堤草亂，浪花愁。跳珠翻墨，轟雷掣電幾時收」（葛郯《水調歌頭・舟回平望，久之過烏戍、値雨少憩，向晚復晴，再用韻賦二首》）之雷聲；又如「把酒花前欲問溪，問溪何事晚聲悲？名利往來人盡老，誰道？溪聲今古有休時」（黃庭堅《定風波》）之溪聲；「小樓簾卷歌聲歇。幽篁獨處泉嗚咽」（張炎《醉落魄・題趙霞谷所藏吳夢窗親書詞卷》）之泉聲；「巨石巉岩臨積水，波浪轟天聲怒」（曹冠《念奴嬌・賦念奴嬌，洗千載之誣衊，以祛流俗之惑》）之浪聲；「今夜雨，斷送一年殘暑。坐聽潮聲來別浦，明朝何處去」（蘇軾《謁金門・秋感》）之潮聲等等。此自然之聲，不受生命與時空限制，一年四季，春夏秋冬，都在晝夜不息地鳴奏著。

〔註 3〕【宋】蘇軾著，孔凡禮點校《蘇軾文集》，中華書局，1986 年，第 6 頁。

花草樹木之類的植物，則往往要得風雨之助，「草木之無聲，風擾之鳴」〔註4〕是也。如「無腸可斷聽花雨。沉沉已是三更許」（劉辰翁《青玉案・暮春旅懷》），風雨與花木的合奏，總籠罩著淡淡的傷感。而荷花雨、芭蕉雨、梧桐雨、梧桐風等聲音，在詞中表現的尤其多彩。如「柳外輕雷池上雨，雨聲滴碎荷聲」（歐陽修《臨江仙》）；「一聲聲，一更更，窗外芭蕉窗裏燈，此時無限情。夢難成，恨難平，不道愁人不喜聽，空階滴到明」（万俟詠《長相思・雨》）；「風雨怯殊鄉。梧桐又小窗。甚秋聲、今夜偏長」（張炎《南樓令》）等等。否則，若我們要聽那花開的聲音，則只能借助想像了。

再看鳥獸蟲魚。此中單鳥類，就有說不完的話題。提起鳥，人們在第一時間想到的往往是其聲音之美。儘管許多鳥，其鮮美的羽毛同樣奪人眼目，如白鳥（鶴、鷺等）、黃鳥（鶯）、玄鳥（燕）、丹鳥（鳳凰）、烏鳥（烏鴉）、翡翠等。自然界的鳥聲千變萬化，不可勝計，如「烏鳴啞啞，鸞鳴噰噰，鳳鳴喈喈，凰鳴啾啾，雉鳴嘒嘒，雞鳴咿咿，鶯鳴嚶嚶，鵲鳴唶唶，鴨鳴呷呷，鵠鳴哠哠，鶪鳴嗅嗅」〔註5〕。不僅如此，古人還將不同的鳥聲與情感關涉，如言「鶯以喜囀，烏以悲啼，鳶以饑鳴，鶴以潔唳，梟以凶叫，鴟以愁嘯」〔註6〕等。甚至通過鳥鳴聲關涉天氣變化、季節交替，如「鸛俯鳴則陰，仰鳴則晴」，「暮鳩鳴即小雨，朝鳶鳴則大風」〔註7〕，「恐鶗鴂之先鳴兮，使夫百草爲之不芳」（屈原《離騷》）等。而唐宋詞中，詞人對鶯聲、燕聲、鷓鴣聲、鵑聲、雞鳴聲等，尤其青睞，如「行傍柳陰聞好語，鶯兒穿過黃金縷」（毛滂《蝶

〔註4〕【唐】韓愈著，屈守元編《韓愈全集校注》，四川大學出版社，1996年，第1464頁。

〔註5〕【春秋】師曠《禽經》，（舊本題師曠著，晉張華注。該書總結了宋以前鳥類知識，當是宋人所著之僞書。）見《文淵閣四庫全書》，上海古籍出版社，1987年，第847冊，第678頁。

〔註6〕【春秋】師曠《禽經》，見《文淵閣四庫全書》，上海古籍出版社，1987年，第847冊，第677頁。

〔註7〕【春秋】師曠《禽經》，見《文淵閣四庫全書》，上海古籍出版社，1987年，第847冊，第678頁。

戀花・寒食》)，「巧燕呢喃向人語。何曾解、說伊家、些子苦。況是傷心緒」(秦觀《夜遊宮》)，「江晚正愁余，山深聞鷓鴣」(辛棄疾《菩薩蠻・書江西造口壁》)，「漸遠不知何杜宇。不如歸去，不如歸去，人在江南路」(劉辰翁《青玉案・暮春旅懷》)，「孤館燈青，野店雞號，旅枕夢殘」(蘇軾《沁園春》)等，這些聲音中寄託著詞人的時令之感、情愛之思、家國之情、漂泊之苦，可謂眾鳥齊喧，其感唯有心知。

獸、蟲、魚類，在詞中同樣有表現，如虎嘯龍吟、犬吠馬嘶、蟬鳴蛩吟、蛙喧魚泣等，雖不如善鳴之鳥類多變，然亦各有特色。

與自然之聲相對的是人世之響，又以樂聲和歌聲爲著。器樂聲者，如「紅牙雙捧旋排行」(王安中《小重山》)，「琵琶撥盡四絃悲」(周邦彥《浣沙溪》)；「樓頭鐘鼓變新聲」(王庭珪《江城子》)，「公宴淩晨簫鼓沸」(柳永《玉樓春》)；「一聲玉磬下星壇」(吳文英《江神子・喜雨上麓翁》)，「惻惻笙竽萬籟風」(趙長卿《浣溪沙》)；「有塤篪諧律」，(劉克莊《滿江紅》)「聽綏敲牙板」(楊無咎《望海潮・上梁帥生辰》)等。國人彈奏樂器，講究八音克諧，八音者，金、石、土、革、絲、木、匏、竹也，詞中對其聲皆有表現。

又歌舞聲。詩詞中歌姬之熱舞豔歌，與採蓮女的清麗菱唱和漁父的悠揚漁唱千差萬別。如「舞低楊柳樓心月，歌盡桃花扇底風」(晏幾道《鷓鴣天》)，豔麗熱鬧。而「小舟飛棹去如梭。齊唱採菱歌」(蘇軾《畫堂春・寄子由》)，「秋色未教飛盡雁，夕陽長是墜疏鐘。又一聲、欸乃過前岩，移釣篷」(吳文英《滿江紅》)等，卻又是另一番清麗悠揚風味。

而賣花聲和搗衣聲，則分別寄託著詞人的春喜與秋恨。如「湖邊柳色漸啼鶯。才聽朝馬動，一巷賣花聲」(劉辰翁《臨江仙・曉晴》)，「午夢醒來，小窗人靜，春在賣花聲裏」(王嵎《祝英臺近》)；又「良人去住邊庭。三載長征。萬家砧杵搗衣聲。坐寒更」(敦煌詞《失調名》)，「鶯花見盡當時事，應笑如今。一寸愁心，日日寒蟬夜夜砧」(晏幾道《採桑子》)，喜春悲秋之感蘊含在內。

更庸論旅途中的車馬聲、舟船上的搖櫓聲，還有清晨的汲水聲和夜間的滴漏聲，「伊軋征車，徊徨去意」（魏了翁《念奴嬌》），「才聽冬冬疊奏，嘔軋櫓聲齊發」（李流謙《水調歌頭》），「寂寞金井梧桐，漸轆轤伊軋」（陳允平《華胥引》），「欹枕悔聽寒漏，聲聲滴斷愁腸」（李白《清平樂》），這伊伊軋軋、滴滴答答的響動，雖聲響不大，卻往往攪得人愁腸百結。

甚而還有美人玉佩聲、簷底風鈴聲、午後棋聲等，如「神女駕，淩曉風。明月佩，響丁東」（吳文英《滿江紅》），「雨溜和風鈴，滴滴丁丁，醸成一枕別離情」（金淑柔《浪淘沙・豐城道中》），「清尊伴、人間永日，斷琴和、棋聲竹露冷」（吳文英《尉遲杯》），此類聲音往往叮咚作響，清脆可人。

有時就連天上的步虛聲和地下的鬼嘯聲也隱約可聞。如「步虛聲縹緲，想像思徘徊。曉天歸去路，指蓬萊」（李珣《女冠子》），「彩雲樓閣瑞煙平。雨初晴，月朧明。夜靜天風，吹下步虛聲」（張繼先《江神子》）；又「料應也、孤吟山鬼。那知人、彈折素弦，黃金鑄出相思淚」（張炎《瑣窗寒》），「門前石浪掀舞。四更山鬼吹燈嘯，驚倒世間兒女」（辛棄疾《摸魚兒》），可謂上天入地，無奇不有。

以上種種，共同構成了一個瑰麗的「有聲世界」，然而這並不是聽覺的全部，還有一類「無聲之聲」住在聲音的另一頭有：安靜、寧靜、乃至寂靜，同樣訴諸我們聽感。吳文英、張炎等騷雅派詞人皆喜用「靜」、「無聲」等詞以表達心中的別樣聽感。吳文英且先不提〔註8〕，單看張炎就有《憶舊遊》「幽尋。自來去，對華表千年，天籟無聲」，又《法曲獻仙音・席上聽琵琶有感》「柳古灣頭，記小憐、隔水曾見。聽到無聲，謾贏得、情緒難翦」，「天籟無聲」、「聽到無聲」，是何等飄緲深情。另如「看白鶴無聲，蒼雲息影，物外行藏」（《木蘭花慢・爲靜春賦》），「落雁無聲還有字，一片瀟湘古意」（《清平樂・題平沙

〔註 8〕 第一章，第四節有專門論述。

落雁圖》)，「湘皐閒立雙清，相看波冷無聲」(《清平樂・題墨仙雙清圖》) 等等，多少幽情閒趣，都託這「無聲之聲」，一一化出。

這眾多聲音，遍佈大江南北，巴蜀、江南、塞外等地，每一方區域各有其獨特的風情〔註9〕。聆聽詞中聲音，同觀看詞中的畫面一樣，給人帶來無與倫比的審美感受。

其次，看其活躍性與生動性。詞中的聲音意象不僅豐富、廣泛，而且極其活躍。聲音訴諸聽覺，故能打破光線的限制，不僅能在白天盡情鳴唱，即便是在晚上，同樣能聽人耳，入人心，造成強烈的藝術效果。許多聲音，在白晝和暗夜，呈現出截然不同的聽感。

如鳥聲。鳥兒多是清晨起，日暮歸；樂則歡鳴，倦而知返。所謂「翼翼歸鳥，晨去於林。遠之八表，近憩雲岑……遇雲頡頏，相鳴而歸」(陶淵明《歸鳥詩》)。然而杜鵑就將其特別的聲音奉獻給了夜晚，如陸游《鵲橋仙・夜聞杜鵑》「林鶯巢燕總無聲，但月夜、常啼杜宇」，方岳《滿江紅・和程學諭》「盡月明夜半，杜鵑聲急」，辛棄疾《滿江紅》「蝴蝶不傳千里夢，子規叫斷三更月。聽聲聲、枕上勸人歸，歸難得」。與優美婉轉的晝間鳥啼相比，夜裏的鵑聲，急切、重複且不休不止，擾得人悲苦不已，難以入眠。

又如雨聲。白天，人們面對雨，往往注目於它那飄飄灑灑的姿態，如煙如霧的朦朧意境。如「江南雨，風送滿長川。碧瓦煙昏沉柳岸，紅綃香潤入梅天。飄灑正瀟然」(王琪《望江南・江景》)，「絲絲楊柳絲絲雨。春在溟濛處」(蔣捷《虞美人・梳樓》)，「花飛飛，絮飛飛，三月江南煙雨時，樓臺春樹迷」(李石《長相思・暮春》) 等，那絲絲縷縷的細雨，飄飄灑灑，入了碧瓦紅花，長川樓臺，別有一番朦朧的美感。倘若是夜晚，那滴滴答答，淋淋漓漓的蕭索之聲就更觸人感思了，正是「連昌約略無多柳，第一是、難聽夜雨」(張炎《月下笛》)。夜雨，給人更純粹的聽感。如李清照《添字醜奴兒》「傷心枕上三更雨，點滴霖霪。點滴霖霪。愁損北人，不慣起來聽」，又柳永《尾犯》

〔註9〕詳見本文第一章，第三節「聲音的地域之別」。

「夜雨滴空階，孤館夢回，情緒蕭索」，這夜雨聲，對於那身心漂泊無定的孤客而言，尤其難聽。其它如漏聲、蟲聲、樂聲等，在夜間也別有一番風味，在後文都將有詳細論述〔註10〕，此不贅言。

聲音不僅活躍在現世，還會打破時空的界限，鳴奏在以往，在不同的時間與空間訴說著歷史的輪迴。如燕聲，王義山《念奴嬌》「倚看斜陽，簷頭燕子，如把興亡說」，又辛棄疾《酒泉子》:「三十六宮花濺淚，春聲何處說興亡？燕雙雙」；又如鷓鴣聲，汪元量《金人捧露盤・越州越王臺》「古時事，今時淚，前人喜，後人哀。正醉裏、歌管成灰。新愁舊恨，一時分付與潮回。鷓鴣啼歇夕陽去，滿地風埃」，又李泳《定風波・感舊》「南去北來愁幾許，登臨懷古欲沾衣。試問越王歌舞地。佳麗。只今惟有鷓鴣啼」；另如，鼓聲、琴聲等，「鼓鞞驚破霓裳，海棠亭北多風雨。歌闌酒罷，玉啼金泣，此行良苦」（汪元量《水龍吟・淮河舟中夜聞宮人琴聲》），這裏不僅時空界限被打破，且歷史的鼓聲與耳畔琴聲「通感」，虛中有實，實中有虛。這些聲音，響徹在歷史相似的場景裏，滿是興亡唏噓之感。

聲音還往往穿梭於現世和夢境之間，訴說著詩人內心的深沉渴望。最有名的數辛棄疾「夢回吹角連營」的《破陣子・爲孫同甫賦壯語以寄》：「八百里分麾下炙，五十弦翻塞外聲。沙場秋點兵。馬作的盧飛快，弓如霹靂弦驚。」在夢中再現那驚心動魄的塞外之音。無獨有偶，陸游的《夜遊宮・記夢寄師伯渾》「雪曉清笳亂起。夢遊處、不知何地。鐵騎無聲望似水。想關河，雁門西，青海際」，同樣如此。然與辛棄疾詞中驚心動魄的戰爭場面相比，陸游詞更見兩軍對峙時的靜寂與肅殺之氣。更有趣的是辛棄疾的另外一首詞《南鄉子・舟中記夢》「攲枕櫓聲邊。貪聽咿啞聒醉眠。變作笙歌花底去，依然。翠袖盈盈在眼前」。詞人聽著咿咿啞啞的櫓聲，依枕醉眠，然而在夢中，這櫓聲卻忽而變成了花底笙歌，盈盈翠袖，可謂綺麗。

〔註10〕詳見本文第一章，第一節「聲音的晝夜之別」。

以上都是聲音活躍性的表現，至於生動就更不用說了。詞中聲音有大小、遠近、輕重、緩急、疏密、鬧靜、清脆、嗚咽、婉轉、隱約、蕭颯、飄緲之別，直接訴之於人耳，從而觸發詞人各種悲喜之情。以鶯聲和鵑聲爲例，唐宋詞中的鶯聲和鵑聲，往往如冤家一般，是對著來的。在啼鳴時間上，鶯多鳴於白天而鵑多叫於晚上；鶯始啼於早春而鵑啼於春暮；鶯聲婉轉、疏朗而鵑聲急切、重複；鶯不避眾鳥之聲且能以自己婉轉的一鳴「鬧中取靜」，鵑則未能利用周圍環境給它創造的「幽靜」優勢，反而不斷重複著「不如歸去」、「不如歸去」，最終於「靜中顯鬧」；而聽者也往往「愛鶯聲。怕鵑聲」（周密《江城子・擬蒲江》）。

聲音與畫面之間，聲音與聲音之間往往有合作或合奏效果，從而使詞作的美感更加立體、全面。以雨聲爲例，白晝的雨打在滿是碧綠嬌紅的荷花池裏，「風颭池荷雨蓋翻，明珠千萬顆，碎仍圓」（曹冠《小重山》），「嫩綠堪裁紅欲綻，蜻蜓點水魚游畔。一霎雨聲香四散。風颭亂，高低掩映千千萬」（晏殊《漁家傲》），「滿湖高柳搖風，坐看驟雨來湖面。跳珠濺玉，圓荷翻倒，輕鷗驚散」（晁補之《水龍吟・寄留守無愧文》），這裏並不單是雨聲的獨奏，也不僅是雨與荷葉、荷花的合奏，更不僅是風聲、雨聲、池聲、露聲的大合唱，還是與高柳搖風、魚游平湖、蜻蜓點水、圓荷瀉露、跳珠濺玉、明珠碎圓等動人的畫面，甚至是與荷香四溢的美麗場景的密切結合。美，加入了聲音和香味，不再是平面的，而變得鮮活立體起來，更讓人有身臨其境的真切感。

如上，唐宋詞中有如此豐富而動人的聲音，這就爲我們的研究提供了可能，而這些聲音，也確實有很高的藝術價值。這雨聲、鶯聲、鵑聲、蟲聲、樂聲等，彷彿就是一個個精緻的「聽覺內窺鏡」，通過這些聲音，我們可以很清楚地窺探到詞人豐富情感世界。

表達情感是所有意象的共同作用，聲音意象自然也不例外。如傷春之感，最常見於鶯聲、鵑聲之類的鳥聲中。繪鶯聲者，如蘇軾《木蘭花令・次馬中玉韻》「落花已逐回風去。花本無心鶯自訴。明朝歸路下塘西，不見鶯啼花落處」，徐鉉《柳枝詞・座中應制》「重來已見花飄盡，唯有黃鶯囀樹飛」等，皆言春歸花落，黃鶯苦留。描鵑啼者，如呂勝己《漁家傲・沅州作》「愁裏不知時節換。春早晚，杜鵑聲裏飛花滿」，無名氏《慶金枝令》「一朝杜宇才鳴後，便從此、歇芳菲」等，芳菲乍歇，杜鵑苦啼。正是「鶯帶春來，鵑喚春歸」（方岳《沁園春》）。細推究之，黃鶯伴春而來，又伴春而歸，與春末方至的杜鵑相比，其聲音中的春感更爲複雜。如「池上碧苔三四點，葉底黃鸝一兩聲」（晏殊《破陣子・春景》），「午醉醒來晚。何物最關情？黃鸝三兩聲」（王安石《菩薩蠻》）等，則滿載著春的歡情，與鵑聲由始至終的悲感不同。

而悲秋之意，則常見於蟬聲、蛩聲之類的蟲聲中。蟬聲如史達祖《玉蝴蝶》「晚雨未摧宮樹，可憐閒葉，猶抱涼蟬。短景歸秋，吟思又接愁邊」，馮延巳《採桑子》「寒蟬欲報三秋候，寂靜幽齋。葉落閒階。月透簾櫳遠夢回」，皆言落葉寒蟬，幽冷愁寂；蛩聲如李清照《行香子》「草際鳴蛩。驚落梧桐。正人間、天上愁濃」，吳潛《桂枝香》「淒砌寒蛩暗語，杵聲相續」等，梧葉、蛩聲和砧杵聲彼此相接相續，昭告著寒秋的肅殺。正是日日寒蟬夜夜蛩，蟬聲與蛩聲晝夜相接，讓這秋的悲感比春要濃烈得多。

至於傷別之情，則在各種聲音意象中皆可寄寓。如清明雨、芭蕉雨、曉鶯啼、暮鵑鳴、蟬鳴蛩吟，甚至是各種樂器聲中，皆有表現。「紅杏枝頭花幾許？啼痕止恨清明雨」（趙令畤《蝶戀花》）言愛人之別；「柳外愁聞，鶯雛喚友，鳩婦呼晴」（趙師俠《柳梢青・和趙顯祖》）言友人之別；「遠道迢遞，行人悽楚，倦聽隴水潺湲。正蟬吟敗葉，蛩響衰草，相應喧喧」（柳永《戚氏》）言鄉關之別；「傷心枕上三更雨，點滴霖霪。點滴霖霪。愁損北人，不慣起來聽」（李清照《添字醜奴兒》）言家國之別；「枝上幽禽相對語。細聽聲聲，道不如歸去。只待小園成數畝，歸來占盡山中趣」（倪偁《蝶戀花》）言功名塵想之別等等。這種種離情別意中，以愛情之別最爲典型，而身世、家國之悲，則往往被打併入各中聲色意象交織的場景中，亦是深情不已。

自然還少不了幽情雅趣、閒情適宜。如「春水碧於天，畫船聽雨眠」（韋莊的《菩薩蠻》），「留閒耳，聽鶯小院，聽雨西樓」（仇遠《慶清朝》），「嶺梅花樹下，閒聽蜜蜂喧」（劉辰翁《臨江仙・訪梅》），「閒聽天籟靜看雲，心境俱清。好風不負幽人意，送良宵、一枕松聲」（周密《風入松・爲謝省齊賦林壑清趣》），「高眠閒聽，鄰舟漁唱，倚闌農語」（蕭元之《水龍吟・答沉壯可》），「幾時歸去，作個閒人。對一張琴，一壺酒，一溪雲」（蘇軾《行香子・述懷》），「臨丹壑。憑高閣，閒吹玉笛招黃鶴」（秦觀《釵頭鳳・別武昌》）等等，這雨聲、鶯聲、蜂聲、松聲、漁唱、農語、琴聲、笛聲中，處處可尋得一片閒情逸意。

聲音意象在詞境塑造方面，也自有其獨特價值〔註 11〕。聲音與聲音的合奏，聲音與畫面的組合中，「聲—色—情」三維一體的結構中，情景交融的意境之美也呼之欲出。如「悲歡離合總無情。一任階前、點滴到天明」（蔣捷《虞美人・聽雨》），雨聲中有滄桑與平淡之境；「何物最關情？黃鸝三兩聲」（王安石《菩薩蠻》），鶯聲中有閒逸之境；「江晚正愁餘，山深聞鷓鴣」（辛棄疾《菩薩蠻・書江西造口壁》），鷓鴣聲中有愁苦無奈之境；「昨夜寒蛩不住鳴。驚回千里夢，已三更」（岳飛《小重山》），蛩聲中有喧鬧之境等等。而蘇軾的《永遇樂・夜宿燕子樓，夢盼盼，因作此詞》最有「聲—色—情」交融之美：

> 明月如霜，好風如水，清景無限。曲港跳魚，圓荷瀉露，寂寞無人見。紞如三鼓，鏗然一葉，黯黯夢雲驚斷。夜茫茫，重尋無處，覺來小園行遍。　　天涯倦客，山中歸路，望斷故園心眼。燕子樓空，佳人何在？空鎖樓中燕。古今如夢，何曾夢覺，但有舊歡新怨。異時對，黃樓夜景，爲余浩歎。

〔註 11〕詳見本書第七章。

關於該詞，世人皆賞「燕子樓空，佳人何在？空鎖樓中燕」句，認爲其「用張建封事……用事不爲事所使」〔註 12〕。然這首詞的感人之處，還在於「聲—色—情」的渾成之美。色者「明月如霜，好風如水……曲港跳魚，圓荷瀉露」，「清景無限」；聲者「紞如三鼓，鏗然一葉，黯黯夢雲驚斷」，以靜襯動，復以動襯靜，動靜之中，別有曲折；情者「古今如夢，何曾夢覺，但有舊歡新怨」，古與今，現實與夢境，舊歡新怨，密密交匯，讓人唏噓不已。而這聲、色、情，在夢醒尋夢的別樣的場景中，交融匯合，一腔淡淡的愁緒也緩緩被撩起，朦朦朧朧之間，滋味橫生，境界全出。

當然，個別聲音中還體現出一定的文化內蘊。如「不如歸去」之杜鵑聲，「行不得也，哥哥」之鷓鴣聲，「提壺、提壺」的提壺鳥聲等，另如清明的雨聲、七夕的蛩聲、錢塘的潮聲等，也有其民俗價值，值得細筆挖掘。

需要特別指出的是，學界關於意象論題的研究，爲我們提供了豐富的、可值借鑒的經驗。早在 1982 年，蔡英俊主編《中國文化新論》叢書中，「文學篇二」就是《意象的流變》；後 1989 年，四川文藝出版社出版汪耀進編《意象批評》；1990 年，中國社會科學出版社出版了吳曉《意象符號與情感空間：詩學新解》、陳植鍔《詩歌意象論：微觀詩史初探》兩本詩學意象方面的論著；1993 年，汕頭大學出版社出版夏之放《文學意象論》；1999 年，學術出版社出版王立《心靈的圖景——文學意象的主題史研究》；2000 年，中山大學出版社出版吳晟《中國意象詩探索》；安徽文藝出版社出版王長俊主編《詩歌意象學》；2002 年，百花洲文藝出版社出版胡雪岡《意象範疇的流變》；2003 年，安徽教育出版社出版嚴雲受《詩詞意象的魅力》；2005 年，西安交通大學出版社出版鍾明善《意象藝術散論》；2011 年，中國社會科學出版社出版陳聖生《詩路歷程：詩歌意象縱

〔註 12〕【宋】張炎著，夏承濤注《詞源注》，人民文學出版社，1981 年，第 19 頁。

橫論》等等。這些論著有不同意象的分論，也有關於意象文學、藝術價值的綜論；有宏觀把握，亦有微觀例析；甚至有對「意象史」的梳理，心靈圖景的開掘等。詳細深入，爲筆者「聲音」意象的研究，提供了豐富的經驗。

在詞學上，同樣出現了關於「意象」的專門論著。如 1996 年蘇州大學趙梅的博士論文《唐宋詞意象論》；2000 年陝西師範大學許興寶的博士論文《文化視域中的宋詞意象初論》；2005 年福建人民出版社出版朱曉慧的《詩學視野中的宋詞意象》；2007 年遼寧大學出版社出版辛衍君的《唐宋詞意象的符號學闡釋》等，對詞學意象條分縷析，論述詳盡。趙梅的論文論述簾意象、樓意象、蝶意象等，徐興寶論述春、江、花、月、夜等意象，朱曉慧則結合語言學、心理學、文化學、文藝學、傳播學等有關學科知識，從詩學角度對宋詞意象進行了研究等，都涉及到了詞學意象的一些共同美感特質。同時，學界對其它個別意象的分論同樣豐富，如水意象〔註 13〕、花意象〔註 14〕、鳥意象〔註 15〕、猴意象〔註 16〕、桃源意象〔註 17〕、植物意象〔註 18〕、甚至是虛無縹緲的「愁」意象〔註 19〕，「夢」意象〔註 20〕等。這些研

〔註 13〕如劉雅傑《論先秦文學中的水意象》（東北師範大學 2005 年博士論文）；楊帆《論盛唐詩中的水意象》（華中師範大學 2006 年碩士論文）等。

〔註 14〕如程傑《梅文化論叢》（中華書局，2007 年），及其學生寫得水仙、海棠、萍、竹等一系列意象。

〔註 15〕如王瑩《鷹與鶴：唐宋詩詞中鳥意象的嬗變》（《文學評論》，2009 年，第 5 期）；單剩平《魏晉詩歌中魚鳥意象對舉解析》（浙江大學，2009 年碩士論文）等。

〔註 16〕如秦榕《中國猿猴意象與猴文化源流論》（福建師範大學 2008 年博士論文）。

〔註 17〕如吳賢妃《唐詩中的桃源意象之研究》（臺灣：國立中正大學中國古代文學研究所 2003 年碩士論文）。

〔註 18〕如孫超嬌《論宋詞中的植物意象》（陝西師範大學 2007 年碩士論文）。

〔註 19〕如何燕《宋詞中「愁」的意象研究》（北京林業大學 2008 年碩士論文）。

〔註 20〕如鄒強《中國經典文本中夢意象的美學研究》，齊魯書社，2007 年版。

究，不僅爲筆者帶來豐富的文獻資料，且拓展了筆者研究視野，爲筆者提供不少可茲借鑒的研究思路。

當然，最近幾年，關於聲音意象的研究，並非無人涉足。如江建高《哀猿子規啼不住，一聲聲似怨春風——唐詩聲音意象初論》（《中國文學研究》，2005 年第 2 期）；高峰《宋詞與笛聲》（《南京師範大學文學院學報》，2005 年，第 4 期）；江建高《「聽雨」唐宋詞》（《中華詩詞》，2009 年，第 3 期）；趙娟《中國詩詞中的笛聲意象》（南京師範大學 2009 年碩士論文）；黃銳《衙齋臥聽蕭蕭雨疑是民間疾苦聲——古詩詞聽雨意象探析》（《語文學刊》，2009 年，第 12 期）；革奴《王維詩歌中的聲音意象》（《作家》，2009 年第 16 期）；盛明月《對「聲音意象」的追求——淺析吳丁連大型管絃樂作品〈一陣漣漪後，寧靜的湖〉》（中央音樂學院 2004 年碩士論文，是論述音樂作品的，與古典文學關係不大）；另外一些論述鳥、猿、馬、風、雨等意象的單篇論文，中間有些會涉及到聲音和聽感。總體而言尚停留在單個意象的分論上，難成體系。自然，這也爲筆者聲音意象的研究，留足了空間。

基於以上論述，我們看到了唐宋詞聲音意象研究的價值與研究空間。然而，如此龐大的意象群，筆者不可能在有限的時間內對之一一考論。故筆者特用散點透視的方法，選取幾個比較有代表性的聲音意象設「專題」進行論述，並採用「總—分—總」的結構，在論文的首尾兩章，對聲音意象的特徵、作用等問題作一個總體觀照，儘量做到有綱有目，有論有析，一目了然。

首先，看專題研究。筆者分別選取雨聲、鶯聲、鵑聲、蟬聲、蛩聲、鼓聲、琴聲等，設專題進行論述。爲了突出不同聲音意象的個性，同時也爲了提供更多的研究視角以資借鑒　，筆者特對每一個專題，採取不同的研究體式。如雨聲，筆者從雨的多感性切入，集中論述了不同季節、不同生活狀態下的聽雨感受，以及雨聲的意境美。又鶯聲，筆者從前代「鶯聲」的表現史切入，引出嬌柔婉轉的鶯聲與唐宋詞這一小巧體式的珠聯璧合，從而論述鶯聲在唐宋詞中的作用，即鶯聲中的春之感、意境之美、嬌慵之美和歌舞文化內涵；又鵑聲，筆者從杜鵑的三個傳說——杜宇化鵑、杜鵑啼血、杜鵑催歸切入，立足杜鵑「文化鳥」的特性，集中論述了唐宋詞中鵑聲的悲劇文化、歷史文化和地域文化三種文化意蘊；又蟬聲和蛩聲同屬蟲聲，鼓聲和琴聲同屬器樂聲，筆者分別對其進行對比論述，揭示其個性和共性，通過對比蟬鳴蛩吟的時間、地點，與人的親密程度，所營造的境界等的差異性，及其作爲「候蟲」的共性，兼論蟲聲的時令感，尤其是秋感；同樣通過對比鼓與琴的類別、樣式、作用等，揭示鼓聲之鬧與琴聲之靜，並以此爲基礎，進一步論述鼓聲之俗與琴聲之雅，以及這種俗情雅趣在唐宋詞中的轉換。

需要指出的是，雖然筆者論述各個專題的角度不同，側重點不同，然它們畢竟同屬聲音意象，故而在表現其聽感之美時，筆者都採用了「意象模式」分析法，借「典型」喻「整體」。如雨聲，主要通過杏花雨、荷花雨、梧桐雨、芭蕉雨、梅雪雨及驛館聽雨，舟船聽雨，山居田園聽雨，漁隱聽雨，並床聽雨，剪燈聽雨等意象模式對唐宋詞中雨聲「多感交融之美」予以表現；鶯聲，通過曉鶯殘月、小院鶯聲、柳浪聞鶯、花外流鶯等意象模式表現唐宋詞中鶯聲之美；鵑聲，通過鶗鴂催春、子規叫月、泣血催歸等意象模式表現鵑聲的剛性美。蟬聲與蛩聲，則通過分析蟬與高槐巨柳，蛩與露草敗壁等的結合，揭示其個性特徵。因器樂聲比較特別，聽感之不同，一目了然，故筆者捨棄了意象模式的選取，而集中論述其俗情雅韻。

又因聽感不能完全排斥視覺、觸覺等其它感受，對唐宋詞聲音意象的研究，也不能無視前代韻文對聲音意象的表現，故筆者在論述唐宋詞聲音意象時，往往在每章的首節對該意象進行「溯源」，論述聲音之外、唐宋詞之外的一些因素。如論唐宋詞雨聲，則從雨色、雨味說起； 論唐宋詞蟬聲、蛩聲則從蟬與蛩習性及其文化積澱等論起；論唐宋詞器樂聲則從樂器之創制、類別及歷史發展等論起；論唐宋詞鶯聲與鵑聲，則從前代鶯聲表現與鵑聲的傳說論起。這樣就可以避免「爲寫聲音而寫聲音」的做法，在「溯源」與「對比」中，對唐宋詞聲音意象進行系統研究。

自然，筆者重點揭示的是聲音意象在唐宋詞中的特別表現。在今人看來，詩與詞同是抒情文體，同樣有聲律限制，表面上似乎差別不大，然須知「詞別是一家」〔註21〕，「詩之境闊，詞之言長」〔註22〕，詩詞有別。聲音意象在詩詞中的表現有共性，又有差別。雖說詩在愛情、閨怨等題材中與詞相近，而詞在邊塞、行旅等題材中又與詩相類，然總體而言，詩中多宏聲壯音，而詞中多柔聲微韻，境界有大小之別。如「輪臺九月風夜吼，一川碎石大如斗，隨風滿地石亂走」（岑參《走馬川行，奉送出師西征》）與「亂沾衣、桃花雨鬧，微弄袖、楊柳風輕。曉鶯聲。喚回幽夢，猶困春酲」（晁元禮《玉蝴蝶》），同是寫風雨，然境界絕不相同。

唐宋詞中的聲音意象，有別於詩中的個性表現。以鳥聲爲例，詞中對嬌柔的鶯聲美的表現比鵑聲更有特點；詞中鵑聲「冤禽怨鳥」的政治性淡化，而傷春、傷別的苦情加深；雨聲則多柔、多小、多微，滴滴答答，觸人愁怨；蟲聲更是富於陰柔之感，詞中非但多避開夏蟬而詠秋蟬，對蛩聲的這一「陰蟲」細微而瑣碎的寒聲，更是尤其關注；鼓聲與琴聲也各自有其柔化與俗化的表現。這都是詞這一小巧陰柔的體制爲聲音運用帶來的個性特徵。

其次，看總論部分。聲音意象作爲一個意象群，有區別於色彩、畫面等視覺意象的個性特徵，也有同爲意象的共性，故而需對這一特別的意象群作整體觀照。筆者在首章對唐宋詞中聲音意象進行了「多元」透視，主要選取晝夜、季節、地域、作家等四個角度，對唐宋詞中的聲音進行整體觀照，分析光線與環境的不同、季節物候的差異、

〔註21〕【宋】李清照《詞論》，見王仲聞校注《李清照集校注》，人民文學出版社，1979年，第195頁。

〔註22〕王國維《人間詞話》，上海古籍出版社，2000年，第19頁。

地方區域的改變，及作家個性的不同對聲音意象運用造成的影響。論文最後，筆者又總論了聲音意象在唐宋詞中的作用，主要剖析了聲音意象與情感表達和詞境塑造的關係。聲音意象是觸發情感的媒介，也是寄寓情感的載體，在受情感支配的同時，對詞人心靈世界又有滌蕩作用。而聲音意象通過聲與聲的合奏，聲與色的聯手，塑造出許多美好的意境來，尤以「深靜」之境最優。

「論筆」到此，筆者刪繁就簡，試圖繪就出一幅「有聲有色」的詞學「畫卷」，以期與您共賞。

第一章　唐宋詞中聲音意象的多元透視

蘇軾論學講求八面受敵，認爲唯有如此，其才學方能經得起考驗。同樣對唐宋詞中聲音的關注，也要從各個角度入手。比如晝夜之間，光線和環境的不同對聽感的影響；一年四季，不同物候之間，聲音所呈現的別樣特徵；聲音中的地域特徵；甚至不同詞人對於聲音運用的鮮明個性等等，都是我們研究聲音意象所不容忽視的。解讀詞中聲音，必然要結合此類情況，散點透視。

第一節　聲音的晝夜之別

白天和夜晚，即「日之出入」問題。太陽的偉大也正在於此，它給世間帶來光、熱和勃勃生機。萬物往往在日間繁忙生長而在夜裏休養生息。聲音同樣如此。然而聲音與畫面的不同就在於它訴諸人的聽覺，不受光線的限制，故而即便是在黑夜，聲音雖不如白晝時豐富多樣，也別有一番風貌。

一、晝夜之聲

許多聲音是不分晝夜的。如風雨聲，「山前風雨欲黃昏。山頭來去雪」（辛棄疾《阮郎歸・耒陽道中》）之日間風雨聲，「昨夜雨疏風驟。濃睡不消殘酒」（李清照《如夢令》）之夜間風雨聲；又如流水聲，

「隴頭嗚咽水聲繁，葉下間關鶯語近」（晏殊《木蘭花》）之晝間水聲，「橋下水聲長。一枝和月香」（蘇軾《破薩滿・詠梅》）之夜間水聲。它們沒有生死，不知疲倦，晝夜不息地鳴奏，就如同天空的太陽，是自然的恩賜。

然而，正如生命多活躍在白天，白晝的聲音也最豐富多彩。如禽鳥類，多數就將其特別的聲音奉獻給了白晝。從「雞唱促晨裝」之「家禽」，到「簾外曉鶯殘月」（溫庭筠《更漏子》）之曉鶯，再到「杜鵑聲裏斜陽暮」（秦觀《踏莎行》）之暮鵑，鳥兒們用其歌聲，詮釋著「天籟」之音的節奏。又如清晨汲水的轆轤聲，「恨啼鳥、轆轤聲曉」（秦觀《御街行》）；日間行旅的車馬聲、搖櫓聲，「車馬九門來擾擾。行人莫羨長安道」（歐陽修《漁家傲》）「不堪回首，相望已隔汀洲。櫓聲幽」（李珣《河傳》）；裝飾於馬絡頭上之玉珂聲，「玉珂聲斷曉屏空，好夢驚回還起懶」（王寀《玉樓春》）；甚至是採蓮女的歌聲、棹聲等，「聽棹歌、遊女採蓮歸，聲相應」（袁去華《滿江紅・滕王閣》），只要是生命活躍的地方，皆有聲音相應。

而某些於夜間鳴奏的聲音，細微而單純，雖不如晝間的豐富響亮，然尤讓人感受深刻。如蛩聲，蛩聲是秋夜的寵兒，總於蕭瑟之夜，助人悽楚。如岳飛《小重山》：「昨夜寒蛩不住鳴。驚回千里夢，已三更。」又如漏聲，滴漏乃古時常用的計時工具，漏壺的水晝夜不停地滴落，這種細微的聲音在夜間顯得更爲清晰。如柳永《醉蓬萊》「正値昇平，萬幾多暇，夜色澄鮮，漏聲迢遞」，蔡伸《看花回・和趙智夫韻》「夜久涼生，庭院漏聲頻促」。再如鼠、蝙蝠等夜間活動的聲音，「繞牀饑鼠，蝙蝠翻燈舞」（辛棄疾《清平樂・獨宿博山王氏庵》），「半夜燈殘鼠上檠。上窗風動竹，月微明」（呂渭老《小重山》），「心事悠悠芳草歇。不眠聽鼠齧」（石孝友《謁金門》）等等。此類聲音並不響亮，之所以能觸人感思，乃是得了夜之助。夜的天然的簾幕效應和無邊的寂靜，凸顯了光天化日之下毫不起眼微弱響動，使它們在夜的襯托下，越發地璀璨而響亮。

二、晝夜不同對聲音的作用

如上所言，聲音不受光線的限制，然晝夜不同的環境，依然會影響聽感。相比而言，細微純粹的夜之聲，比嘈雜紛亂的晝之聲更有代表性，在詞中的表現更突出，感人更深。

與白晝相比，暗夜對聲音有凸顯作用。其首先源於暗夜的天然簾幕效應，這與視覺和聽覺的相互背離有關。套句哲學用語，人的五感是「對立統一」的。就視覺與聽覺而言，當你看到一張琴，如果你曾聽過琴音，你大致能判斷出這張琴能發出怎樣的聲音。但倘若要聽一位琴師撫琴，那麼閉目傾聽的效果往往是要強過眼耳並用。即視覺受阻對聽覺有凸顯作用。古稱樂師爲「瞽」〔註1〕，並不是說樂師全是盲人，而是前人較早注意到了盲人的樂感比普通人強。春秋晉著名的樂師「師曠」就是一位盲人，莊子說：「擢亂六律，鑠絕竽瑟，塞瞽曠之耳，而天下始人含其聰矣！」〔註2〕即可想像師曠的耳力之聰。

詩人們顯然也敏感地發現了視覺與聽覺的背離關係。寫晝景者，如唐柳宗元《漁父》：「煙銷日出不見人，欸乃一聲山水綠。」宋梅堯臣《魯山山行》：「人家在何許？雲外一聲雞。」，皆以尋人不見，視覺受阻，而突顯聲音的響亮和一方山水的清幽。詞中寫晝間聞聲者，同樣如此，如「簾外雨潺潺，春意闌珊」（李煜《浪淘沙》），「花影亂，曉窗明。鶯弄春笙柳外聲」（陳著《搗練子・曉起》），「人悄，人悄，隔葉數聲啼鳥」（李仲虺《如夢令・石門岩》）等，同樣自覺不自覺地選用「簾外」、「柳外」、「隔葉」等詞語，以視線的阻隔來凸顯聲音的不凡。

夜的優勢就在於它天然的簾幕效應，可以最大程度地模糊或阻隔視線，從而讓人最深刻地感受聲音。如李清照的《添字醜奴兒》：

〔註1〕【春秋】《國語・周語上》有「先時五日，瞽告有協風至」句，漢韋昭注：「瞽，樂太師，知風聲音也。」說明古時以「瞽」名樂師，表善聽者。（《國語》，商務印書館，1933年，第6頁。）

〔註2〕【戰國】莊周著，王先謙集解《莊子集解》，中華書局，2006年，第87頁。

窗前誰種芭蕉樹，陰滿中庭。陰滿中庭。葉葉心心，舒卷有餘情。　　傷心枕上三更雨，點滴霖霪。點滴霖霪。愁損北人，不慣起來聽。

該詞上下兩片分別寫了芭蕉在白天與晚上給人的兩種印象，白天的視覺效應和夜晚的聽覺感受。白日裏光線充足，人的注意力自然而然地就集中在了芭蕉寬大而舒卷的葉子上面，所謂「葉葉心心，舒卷有餘情」。而夜裏，黑暗籠罩了一切，「雨滴芭蕉」的細碎響聲，更能觸及詞人心之幽微處。更何況一個經歷了國破、家亡、夫死的「北人」，面對「芭蕉夜雨」這一典型的南方景致，其悽楚更是不言而明。「『傷心』二句，對『一夜不眠孤客耳，主人窗外有芭蕉』（杜牧《雨》）、『梧桐樹，三更雨，不道離情正苦。一葉葉，一聲聲，空階滴到明』（溫庭筠《更漏子》）、『薄暮投村驛，風雨愁通夕。窗外芭蕉窗裏人，分明葉上心上滴』（無名氏《眉峰碧》）等等詩詞佳句，可能有某種借取或隱括」〔註3〕，但難以否認的是，正是夜的簾幕效應給了詞人適當的契機，去感受這惱人的「雨聲」。

其次，與白晝嘈雜的眾音合奏相比，夜的寂靜對個別聲音的凸顯，也是夜之聲感人尤深的重要原因。

與白晝相比，夜的另一個突出的特點就是靜謐。莫礪鋒先生在論述杜甫的暮夜詩時曾言：「緣情和體物是詩歌的兩大功能。這兩個功能都淋漓盡致的發揮，就形成了情景交融的好詩。暮夜詩也不例外。然而暮夜詩在『體物』也就是寫景方面，卻有著先天的不足，因爲黑夜在『聲色』兩方面都不具備白天那樣的豐富性。」〔註4〕夜幕降臨，萬籟俱寂，聲音在豐富性上確實不及白天，然而聲多則雜，白天聲音眾多，個體聲音就會湮沒無聞，反而給人紛亂破碎之感。如「柳外輕雷池上雨，雨聲滴碎荷聲。」（歐陽修《臨江仙》）「水邊沙外。城郭

〔註3〕陳祖美《李清照詞新釋彙評》，中國書店，2003年，第253頁。

〔註4〕莫礪鋒《穿透夜幕的詩思——論杜詩中的暮夜主題》，《文學遺產》2006年第3期，第6頁。

春寒退。花影亂，鶯聲碎」(秦觀《千秋歲》)，「春將半。鶯聲亂。柳絲拂馬花迎面」(呂渭老《惜分釵》)，白晝裏聲音無疑要更加響亮，甚至要眾音合奏，眾鳥和鳴，才能被人感覺到。

相反，夜裏，細微的聲響一樣能清晰地入人耳，觸人心。如曹組的《品令》：

> 乍寂寞。簾櫳靜，夜久寒生羅幕。窗兒外、有個梧桐樹，早一葉、兩葉落。　　獨倚屏山欲寐，月轉驚飛烏鵲。促織兒、聲響雖不大，敢教賢、睡不著。

關於此詞，吳世昌《詞林新話》言：「惠風贊『促織兒、聲響雖不大，敢教賢、睡不著』曰：『至今不嫌其俗，轉覺其雅。』吾不覺其雅，轉覺其酸。」〔註5〕這裏無論是況周頤贊其典雅，還是吳世昌言其酸，都是靜夜與聲音的組合效果。只有夜的靜謐，才能突顯出「梧桐落葉」、「月轉驚烏」、「促織微鳴」這樣細微的秋聲。夜裏這些細微而又清晰的鳴奏，也更能襯托夜的寂靜與詞人心中的憂思。因此，夜之聲在豐富性上雖大不如白天，但其表現力卻遠勝於白晝。

三、聲音對晝夜的不同表現

若說晝夜給人的不同感受，其實就是一個視聽效果問題。日間光線充足，溫度較高，聲音也相對豐富。然聲音並非白天人們關注的主角，它往往作爲畫面的陪襯，用以凸顯畫面情境之「美」。如周密《玲瓏四犯・戲調夢窗》上半闋：「波暖塵香，正嫩日輕陰，搖蕩清晝。幾日新晴，初展綺枰紋繡。年少忍負韶華，盡點斷、豔歌芳酒。看翠簾、蝶舞蜂喧，催趁禁煙時候。」蜜蜂兒的喧鬧聲，並非日間景物之重點。它的重點在於春日的暖波香塵，晴天綠嫩，在於春日裏搖蕩不定的春情。而蜜蜂的喧鬧，不過是詞人安排的表現春的一個音節，有了它，春的美就更加立體了。白天的聲音與日間或活躍或清幽的氛圍是和諧的。如晏殊的《漁家傲》：

〔註5〕吳世昌《詞林新話》，北京出版社，1991年，第195頁。

嫩綠堪裁紅欲綻，蜻蜓點水魚游畔。一霎雨聲香四散。風颭亂，高低掩映千千萬。　　總是調零終有恨，能無眼下生留戀。何似折來妝粉面？勤看玩，勝如落盡秋江岸。

晏殊的「《漁家傲》十四首爲一組鼓子詞，皆詠荷花，故又名《荷花曲》」〔註6〕此乃其十四。該詞的上闋頗有神韻，含苞待放的嫩荷，濃綠間雜著粉紅。上有蜻蜓點水，下有魚游春水，一陣輕風細雨過後，荷香四溢，千千萬萬的翠綠嫩紅互相掩映，美不勝收。這裏的荷葉、荷花、荷香，有了雨聲、風聲陪襯，無疑美得更全面。而這雨聲、風聲，則幾乎淹沒在這一片荷葉與荷花中。

與白晝相反，聲音與夜不是彼此配合，而是相互背離。失卻陽光與溫暖的夜間，連聲音也時刻想著對它叛逆與打破，叛逆夜的包圍，打破夜的靜寂。夜間聲音已不願屈居配角，而要爭當主流了。

聲音對夜的「叛逆」首先表現在對人睡眠的擾亂上。夜間是休息的時間，夜的黑暗與寧靜原本是爲勞累一天的人們提供一個契機，讓他們暫時放下肩上的包袱，安穩地睡上一覺。但並非所有人都有幸得到夜的饋贈。「夜夜除非，好夢留人睡」（范仲淹《蘇幕遮》），「耿耿不寐，如有隱憂」（《詩經・邶風・柏舟》），午夜時分，幸福的人都睡得好安穩，而懷抱憂思的人則輾轉反側，徹夜難眠。所謂「風雨牢愁無著睡，那更寒蟲四壁」（文天祥《酹江月》），此時，聲音總會「適時地」見縫插針，助人悽楚。如周邦彥的《蝶戀花・商調秋思》：

月皎驚烏棲不定。更漏將殘，轣轆牽金井。喚起兩眸清炯炯，淚花落枕紅棉冷。　　執手霜風吹鬢影。去意徊徨，別語愁難聽。樓上闌干橫斗柄，露寒人遠雞相應。

黃蘇《蓼園詞選》評此詞：「首一闋，言未行前聞烏驚、漏殘、轆轤響，而驚醒落淚。第二闋，言別時情況悽楚，玉人遠而惟雞相應，更覺淒婉矣。」〔註7〕明確指出「聲音」貫傳全詞的效應。俞平伯

〔註6〕吳熊和《唐宋詞彙評・兩宋卷》第一冊，浙江教育出版社，2004年，第159頁。

〔註7〕黃蘇《蓼園詞選》，惜陰堂刊，庚申仲春（1929年），第34頁。

《清眞詞釋》又具體分析道「一迭起首三句是由離人枕上所聞，寫曙色欲破之景，妙在全從聽得，爲下文『喚起兩眸』張本。烏啼、殘漏，轆轤皆驚夢之聲也」。其在分析「喚起」一句時又言「此句實是寫乍聞聲而驚醒。乍醒眼應曰朦朧，而彼反曰『清炯炯』者，正見其細膩熨帖之至也。若夜來酣睡早被驚覺，則惺忪乃意態之當然，今既寫離人，而仍用此描寫，則似小失之矣。」又言「此處妙在言近旨遠，明寫的是黎明枕上，而實已包孕一夜之淒迷情況」〔註 8〕。

俞先生對夜裏聲音分析得非常細緻，且看到了其與「喚起兩眸清炯炯」的矛盾之處，但將這些聲音歸結爲「驚夢之聲」，則讓人難以苟同。其實從「清炯炯」的「兩眸」看來，詞中的主人公實爲徹夜無眠。烏啼、殘漏，皆是長夜閉目「假寐」時所聞。轆轤聲響起，則代表長夜已逝，因爲只有天亮了才會有人起來汲水。這也意味著夜裏短暫的相聚時光已經結束，離別時刻即將來臨。也因此，詞中主人翁才睜開被淚水浸潤了一夜的眼眸，淚滴紅枕。這裏「轆轤聲」喚起的不是睡夢，而只是眼睛，這「一夜之淒迷情況」，也不是聲驚夢醒，睡不安穩，而是「強裝安睡」卻又「徹夜難眠」。聲音在這裏的作用自然也不是「驚夢」而是「擾眠」。

「驚夢」正是聲音對夜「叛逆」的第二個表現。夢，是熟睡的產物，夜夢，可以說是夜的一個「衍生物」。「日有所思，夜有所夢」，大凡人思慮至深，在清醒時刻難以實現之理想，就會以夢的形式在夜裏呈現。這也是夜給人的第二個紓解壓力的恩賜。在古典詩詞中，夢往往是自由自在的，「夢魂慣得無拘檢，又踏楊花過謝橋」（晏幾道《鷓鴣天》）；夢也可以是酣暢淋漓的，「馬作的盧飛快，弓如霹靂弦驚。了卻君王天下事，贏得生前身後名」（辛棄疾《破陣子・爲孫同甫賦壯語以寄》）；夢如此美好，以至於人往往「今宵剩把銀釭照，猶恐相逢是夢中」（晏幾道《鷓鴣天》），把美滿的現實，當成是夢的錯覺。夢最大的價值就在於它對現實的「超越性」，「夢，就是突破一切社會

〔註 8〕俞平伯《清眞詞釋》，開明書店，1939 年，第 35～36 頁。

秩序而進入無法無天的絕對自由的新天地，它可以最大限度地超越現實。」〔註9〕現實中見不到的人，去不了的地方，辦不成的事，夢中都可以輕鬆辦到。

而聲音對夢最大的作用，則是「驚醒」，從而把詞人從夢境拉回現實。如「夢破鼠窺燈，霜送曉寒侵被」（秦觀《如夢令》），詞人到底做了什麼夢，我們已經無從得知，但聲音對詞人現實中「遷客罪臣漂泊淪落之悲」的重新喚醒，則是可以想見的。又如辛棄疾的《清平樂・獨宿博山王氏庵》：

> 繞牀饑鼠，蝙蝠翻燈舞。屋上松風吹急雨，破紙窗間自語。　平生塞北江南，歸來華髮蒼顏。布被秋宵夢覺，眼前萬里江山。

該詞開篇即用「繞床饑鼠」、「蝙蝠翻燈舞」、「松風吹急雨」、「破紙自語」等一系列雜亂之聲，打破了夜的寧靜，也驚醒了睡夢中的詞人。詞人到底做了什麼夢，詞中沒有直言。也許是「塞北江南」的征旅生涯，也許是又一次的「夢回吹角連營」，但不管是他夢到了什麼，一旦被聲音喚醒，眼前需要面對的則是自己「華髮蒼顏」，終將無緣復我「萬里河山」的殘酷現實。而原先那些「驚夢」的破碎響聲，依然在寂靜的夜裏鳴奏，助人悽楚。夢給予你的短暫自由與快樂，就這樣被聲音無情打破，而剩下的則是無法改變的殘酷現實與永夜無眠的長久寂靜。

正如「蟬噪林逾靜，鳥鳴山更幽」（王籍《入若邪溪》），聲音對夜的「叛逆」，本來是爲了打破夜的平靜，卻往往更反襯出暗夜的無邊寂靜。它甚至會喚醒人們對夜的其它感覺，比如說茫然與冰冷。如張元幹《長相思令》「蟲聲低，漏聲稀，驚枕初醒燈暗時。夢人歸未歸」，蘇軾《永遇樂》「紞如三鼓，鏗然一葉，黯黯夢雲驚斷。夜茫茫，重尋無處，覺來小園行遍」，吳潛的《秋霽・己未六月九日雨後賦》

〔註9〕陶爾夫《晏幾道夢詞的理性思考》，《文學評論》1990年02期，第75～76頁。

「飛鼠撲燈還自墜。展轉驚寤，才聽禁鼓三敲，夜聲寥闃，又般滋味」，當詞人被細碎的聲音從夢中喚醒，他們更多感受到的不是聲音之鬧，而是長夜之靜，是「夜茫茫」、「夜聲寥闃，又般滋味」。至此，聲音對夜小打小鬧般的叛逆，最終融彙於夜的沉寂與冰冷。但聲音也並不是全無用處，它雖然撩撥不了長夜，卻成功撩撥起了長夜無眠詞人的心，讓他們在聲之碎亂、夜之冷寂與現實之無奈「三座大山」的壓迫下，心緒紛亂，孤苦無助，也讓詞悲苦之境倍增。

唐宋詞中聲音對夜的「叛逆」遠未停留於此，它還時不時地將白天的歡鬧場面延續到夜裏，在「不夜」之夜，用瘋狂的激情，「徹底」打破夜的沉寂（至少在一定範圍能如此）。比如說假日夜遊與平常夜宴，親朋高壽、同僚陞遷，亦或是佳節來臨，總免不了觥籌交錯地慶賀一番，如「花光滿路，何限春遊？簫鼓喧空，幾家夜宴」〔註10〕。此刻，聲音就會展現其力量，一度與夜分庭抗衡。北宋宰相宋庠之弟宋祁，就極喜夜宴，每每「點華燈，擁歌妓，醉飲達旦」〔註11〕。按《宋稗類鈔》：

> 宋子京好客。嘗於廣廈中外設重幕，內列寶炬。百味具備。歌舞俳優相繼，觀者忘疲。但覺更漏差長，罷席已二宿矣。名曰「不曉天」。〔註12〕

「不曉天」一詞，彰顯了宋人宴飲之瘋狂狀態。唐宋詞中對於夜宴屢有題詠，如毛滂《憶秦娥·冬夜宴東堂》、陸游《夜遊宮·宴席》、吳文英《燭影搖紅·麓翁夜宴園堂》等。屆時「乍鶯歌斷續，燕舞迴翔」（万俟詠《明月照高樓·中秋應制》），「舞低楊柳樓心月，歌盡桃花扇底風」（晏幾道《鷓鴣天》）。在夜宴中，五花八門的樂器輪番上場，

〔註10〕【宋】孟元老著，鄧之誠注《東京夢華錄注》，中華書局，2004年，第4頁。

〔註11〕【宋】錢世昭《錢氏私志》，叢書集成初編本，中華書局，1991年，第6頁。

〔註12〕潘永因編，劉卓英點校《宋稗類鈔》，書目文獻出版社，1985年，第152頁。

「紅牙雙捧旋排行」（王安中《小重山》），「琵琶撥盡四絃悲」（周邦彥《浣沙溪》），「公宴淩晨簫鼓沸」（柳永《玉樓春》），「滿斟醽醁笑聲嘩」（崔敦禮《西江月・壽詞》），歌聲、樂聲、笑聲、鬧聲充斥在長夜的某個封閉空間，盡情宣泄。這裏燭光璀璨、歡聲動天，聲與色都彰顯出了它們別樣的美，哪裏還有夜的絲毫蹤跡？

但即便如此，也並不意味著聲音對夜突破成功，這種喧鬧是被拘束在某個空間的，一旦超越這個空間，夜的寂靜與寂寞又會鋪天蓋地的席捲而來。如吳文英《西江月・丙午冬至》「五更簫鼓貴人家，門外曉寒嘶馬」，貴人家簫鼓喧鬧，然一旦跨出了門界，便實力頓減，而此時夜的寂寥與冰冷在對方喧鬧的映襯下會成倍悽楚。

值得注意的是，唐宋詞中的聲音，在表達其歡情快意時，還以其大膽而直接的話語形式，再現時人浪蕩不羈的夜生活。這是以前其它文體都鮮有表現的。如歐陽炯《浣溪沙》「蘭麝細香聞喘息，綺羅纖縷見肌膚」句，即被況周頤評爲「自豔詞以來，殆莫豔於此矣」〔註 13〕。柳永的詞中也屢次寫到床幃間的「山盟海誓」，如「困極歡餘，芙蓉帳暖，別是惱人情味。風流事、難逢雙美。況已斷、香雲爲盟誓」（《尉遲杯》（寵佳麗）），「繾綣。洞房悄悄，繡被重重。夜永歡餘，共有海約山盟」（《洞仙歌》（佳景留心慣））。更有無名作者言語表達更爲直接：「告你休看書，共我花前飲。皓月穿簾未成寢。篆香透、鴛衾雙枕。似恁天色時，你道是、好做甚」（無名氏《花前飲》），有類這種私密的話語，一旦被寫入詞中，公之於眾，其遭人詬病是可想而知，柳永也以此被指爲「詞語塵下」〔註 14〕。

筆者無意對這種現象做任何道德上的評價，只是想從晝夜的角度，分析造成此類現象的原因。正如魯迅先生所言：「人的言行，在白天和在深夜，在日下和在燈前，常常顯得兩樣。夜是造化所織的幽

〔註 13〕【清】況周頤《蕙風詞話》卷二，《蕙風詞話・人間詞話》，人民文學出版社，1960 年，第 23 頁。

〔註 14〕【宋】胡仔《苕溪漁隱叢話》，人民文學出版社，1962 年，第 254 頁。

玄的天衣，普覆一切人，使他們溫暖，安心，不知不覺的自己漸漸脫去人造的面具和衣裳，赤條條地裏在這無邊際的黑絮似的大塊裏。」〔註15〕唐宋詞對於這類「私密」如此大膽的表達，很大一部分原因是夜特別賜予的，與夜給他們帶來的視聽上的簾幕效應密切相關。這種簾幕效應一旦內化爲人心理上認同，大膽而直接的表達也會隨之而來。包括前文宋祁宴飲「不曉天」之稱謂，同樣暗示了夜暮的這種「潛在激勵」作用。光天化日之下，人的行爲總是更多地要受到道德、倫理和法律的約束，而在夜裏，人往往會暫時地忘卻一些東西，而去瘋狂地享受另外一些。就這點而言，伴隨夜而來的自由思想，有時也會閃現點點星星之光。

第二節　聲音的季節之別

聲音有季節之別。天地萬物四時會「擇其善鳴者而假之鳴」「以鳥鳴春，以雷鳴夏，以蟲鳴秋，以風鳴冬」〔註16〕，而「春風春鳥，秋月秋蟬，夏雲暑雨，冬月祁寒」〔註17〕，是四季物候尤感人處。細說來，這裏的風、雨、雷、月、鳥、蟲等並不會特別地隸屬某個季節，只是它們的「美」在某個特定季節綻放得尤爲突出。風雨雷月且不用說，就如鳥類，就有春之鶯燕、夏之杜鵑、秋之鴻雁、冬之雀鳥之分，然以春鳥之鳴最感人。又如蟲類，春有蜜蜂、夏有鳴蟬，秋有寒蛩，然以秋蟲的吟唱最驚心。四季當中，各有其聲，也各有其情。

一、四季之聲

四季之聲以「秋聲」最有代表性。所謂「遵四時以歎逝，瞻萬物

〔註15〕魯迅《夜頌》，《魯迅全集》，人民文學出版社，2005年，第203頁。

〔註16〕【唐】韓愈著，屈守元編《韓愈全集校注》，四川大學出版社，1996年，第1464頁。

〔註17〕【南朝梁】鍾嶸《詩品序》，見陳延傑校《詩品注》，人民文學出版社，1961年，第2頁。

而思紛」〔註 18〕，季節的變化總能觸人心中各類詩思。而「春秋代序，陰陽慘舒，物色之動，心亦搖焉」〔註 19〕，四季當中，春秋兩季尤受人青睞。陰陽的巨變，讓人們將目光特別地聚焦春與秋，詞同樣以春詞和秋詞爲最。然就物候而言，春天紅花綠柳相映成趣，嫩綠嬌黃入眼皆迷，而秋季則風雨如晦，萬物凋零，滿耳皆是肅殺之聲，故春更宜看而秋偏宜聽。

秋聲並不怡人，它往往最讓人畏懼，也最是無處可避。所謂「怕聽秋聲，卻是舊愁來處」(張炎《玲瓏四犯・杭友促歸，調此寄意》)，「無避秋聲處，愁滿天涯」(張炎《甘州・寄李筠房》)。它讓人「賦了秋聲，還賦斷腸句」(張炎《祝英臺近・寄陳直卿》)，倘若「閒了淒涼賦筆」，便是因爲「而今、不聽秋聲」(張炎《滿庭芳・小春》)。

那麼秋聲到底爲何，又到底有甚魅力，讓詞人又畏又懼而又離之不了呢？對此，歐陽修有一篇《秋聲賦》專言秋聲：

> 初淅瀝以蕭颯，忽奔騰而砰湃，如波濤夜驚，風雨驟至。其觸於物也，鏦鏦錚錚，金鐵皆鳴，又如赴敵之兵，銜枚疾走，不聞號令，但聞人馬之行聲。〔註 20〕

則這聲音是洪亮、雄壯而蕭颯的。該賦後又言其「淒淒切切，呼號憤發」，則這秋聲另有一番淒涼之韻。

無獨有偶，王沂孫亦有一首專言秋聲的詞作《掃花遊・秋聲》：

> 商飇乍發，漸淅淅初聞，蕭蕭還住。頓驚倦旅。背青燈弔影，起吟《愁賦》。斷續無憑，試立荒庭聽取。在何許？但落葉滿階，惟有高樹。　　迢遞歸夢阻。正老耳難禁，病懷悽楚。故山院宇。想邊鴻孤唳，砌蛩私語。數點相和，更著芭蕉細雨。避無處。這閒愁、夜深尤苦。

〔註 18〕【晉】陸機著，張少康集釋《文賦集釋》，人民文學出版社，2002 年，第 20 頁。

〔註 19〕【南朝梁】劉勰著，范文瀾注《文心雕龍注》，人民文學出版社，1958 年，第 693 頁。

〔註 20〕【宋】歐陽修著，李逸安點校《歐陽修全集》，中華書局，2001 年，第 256 頁。

後人評該詞「不似竹山羅列許多秋聲，命意與歐公一賦彷彿相似。但從旅客情懷說來，倍覺愴然」〔註21〕。確實，這秋聲淅淅瀝瀝，蕭蕭往復，晝尚難堪，夜深尤苦，何況對於旅居外地之人，更有一種難言的淒涼之感。

然這秋聲到底是甚？在「羅列秋聲的竹山」——蔣捷那裏，則可知其大概，看其《聲聲慢．秋聲》詞：

> 黃花深巷，紅葉低窗，淒涼一片秋聲。豆雨聲來，中間夾帶風聲。疏疏二十五點，麗譙門、不鎖更聲。故人遠，問誰搖玉佩，簷底鈴聲。　彩角聲吹月墮，漸連營馬動，四起笳聲。閃爍鄰燈，燈前尚有砧聲。知他訴愁到曉，碎噥噥、多少蛩聲。訴未了，把一半、分與雁聲。

這裏列舉了不少秋聲，落葉聲、雨聲、風聲、更聲、玉佩聲、鈴聲、角聲、戰馬聲、笳聲、搗衣聲、蛩聲、雁聲等。其中雨聲、風聲、玉佩聲、鈴聲，皆非秋天所獨有，然其與秋的結合，別有一番淒涼之韻。角聲、戰馬聲、笳聲，雖不屬秋天，然是戰爭題材中常用之意象，而秋「刑官也，於時爲陰。又兵象也，於行爲金。是謂天地之義氣，常以肅殺而爲心」〔註22〕，秋天是用兵之時，故而角聲、戰馬聲、笳聲等征戰之聲於秋季最爲常見。而落葉聲、搗衣聲、蛩聲、雁聲等則是獨屬秋的。

秋聲，也確實以落葉聲、蛩聲、雁聲和搗衣聲最具代表性，他們分別代表了草木、蟲、鳥及人之聲，蕭颯、淒冷、悠遠而多情。

先看落葉聲。所謂「梧桐一葉落，天下盡知秋」〔註23〕，這初秋的落葉聲最是感人肺腑。「冷風淅淅，疏雨瀟瀟。綺窗外，秋聲敗葉狂飄」（柳永《臨江仙》），「風雨怯殊鄉。梧桐又小窗。甚秋聲、今

〔註21〕【清】許昂霄《詞綜偶評》，見唐圭璋《詞話叢編》，上海古籍出版社，1986年，第1565頁。

〔註22〕【宋】歐陽修著，李逸安點校《歐陽修全集》，中華書局，2001年，第256頁。

〔註23〕【清】汪灝《廣群芳譜．木譜六．桐》：「立秋之日，如某時立秋，至期一葉先墜，故云。」上海書店，1985年，1737頁。

夜偏長」（張炎《南樓令》）等等，皆詠秋季落葉之聲。落葉聲，可謂是秋聲中最爲蕭颯的一種，它結合了秋風掃葉的乾澀聲音與滿院落葉的動人畫面感，很好地詮釋了秋的蕭條、冷落、肅殺與悲涼。

相比而言，蛩聲則是秋聲中最爲淒冷的一類。所謂「蛩作盡秋聲。月西沈」（朱敦儒《相見歡》），「小蟾斜影轉東籬，夜冷殘蛩語」（吳文英《霜葉飛》）。這是秋與夜的結合，陰與陰的聯手，故而最富淒冷之致。與落葉聲廣闊相比，秋夜的蛩吟尤爲微細，吱吱唧唧，在無眠的夜晚，助人悽楚。

而清秋的雁聲與搗衣聲則是最爲悠遠而多情的。正是「悲雁隨陽，解引秋光。寒蛩響夜夜堪傷。淚珠串滴，旋流枕上。無計恨征人，爭向金風漂蕩。搗衣嘹亮」（敦煌詞《竹枝子》），鴻雁傳書，寒衣贈親，這秋日的雁聲與搗衣聲無疑代表著詞人心中悠遠綿長的思念，最富纏綿之致。

而相比於秋聲的蕭颯淒涼，春聲則往往滿載著歡樂與希望。如「麗花鬥靨，清麝濺塵，春聲遍滿芳陌」（吳文英《應天長》）之言芳野春聲；「重訪豔歌人，聽取春聲，猶是杜郎曲」（王沂孫《應天長》）之言春歌聲；「玉輿遍繞花行。初聞百囀新鶯。歷歷因風傳去，千門萬戶春聲」（王灼《清平樂》）之言春鶯聲；「晴窗下，疏疏花雨，滴滴春聲」（劉將孫《八聲甘州・和人春雪詞》）之言春雪化雨聲；「卻憶槿花籬。春聲穿竹溪」（蘇庠《菩薩蠻・再在西岡兼懷後湖作》）之言春溪聲等，皆是歡情滿懷，到處充滿著春歸大地的溫暖與希望。

與秋聲之悲壯與淒涼相比，春聲無疑是優美而「寧靜」的。又以鶯歌燕語最爲典型。所謂「燕子呢喃」（薛夢桂《三姝媚》），「流鶯百囀」（陳克《臨江仙》），與那秋天長空中嘹亮的一聲雁唳相比，它們無疑要嬌柔許多。而「寧靜」，並非真的就是寂靜無聲，而是春風化雨般的溫柔祥和，所謂「隨風潛入夜，潤物細無聲」（杜甫《春夜喜雨》）是也。春雨在詞人筆下多是「和風細雨」，溫柔纏綿。如張先《八寶妝》所言：「花陰轉、重門閉。正不寒不暖，和風細雨，困人天氣。」

又劉過《滿江紅・高帥席上》「敲面風輕，一兩點、海棠微雨」，蘇軾《南歌子・晚春》「日薄花房綻，風和麥浪輕。夜來微雨洗郊坰。正是一年春好、近清明」，皆是微雨輕風。

自然，春聲中也有比較傷感的，它們大多集中在暮春。如蘇軾《望江南・暮春》：

> 春已老，春服幾時成？曲水浪低蕉葉穩，舞雩風軟紵羅輕。酣詠樂昇平。　　微雨過，何處不催耕？百舌無言桃李盡，柘林深處鵓鴣鳴。春色屬蕪菁。

春天也有水、有浪、有風、有雨，更有鳥啼，然卻是曲水淺浪，舞雩軟風，是催耕微雨，百舌無聲。即便是那鵓鴣的鳴叫，也遠遠地隱蔽於柘林深處，別有一番淡淡的憂傷。但與秋日蕭颯的秋風秋雨相比，卻是另一番滋味。

總的來說，詞中對春聲的描寫，不僅沒有秋聲眾多，也沒有秋聲那種避無可避而又離之不去的強烈又悲苦的情感內蘊。畢竟，陽春始發，萬物萌動，這還是一個充滿青春與希望的季節。

而夏冬之聲相比而言就失色許多。先看夏，韓愈言「以雷鳴夏」〔註 24〕，然詞中的「夏雷」卻被春天分去不少，如張元幹《點絳唇》「春曉輕雷，采蘋洲上清明雨」；又被「怒氣」掠去一些，如劉克莊《沁園春》「閽言賓怒如雷」；加之對鼓聲、鼻息、文采等的譬喻，如吳文英《沁園春・夢孚若》「飲酣畫鼓如雷」，辛棄疾《水龍吟・題雨岩》「又說春雷鼻息，是臥龍、彎環如許」，李曾伯《沁園春・餞總幹陳公儲》「冷淡逋梅，淋淳旭草，但見風雷筆下生」等，眞正留給夏天的，也就那麼寥寥幾首了。然亦頗有氣勢，如張元幹《浣溪沙》：

> 雲氣吞江卷夕陽。白頭波上電飛忙。奔雷驚雨濺胡牀。
> 玉節故人同壯觀，錦囊公子更平章。榕陰歸夢十分涼。

〔註 24〕【唐】韓愈《送孟東野序》，見韓愈著，屈守元編《韓愈全集校注》，四川大學出版社，1996 年，第 1464 頁。

雲氣吞江，電波飛忙，奔雷濺雨，確實不凡。夏日雷聲之爽朗與雄壯迥別於春聲之嬌柔，也與秋聲之蕭索悲感相異。

細說來，自然界的夏聲還有鵑聲、蟬聲、蛙聲等。然春末夏初的鵑聲，在詞人筆下，多用於傷春之用，蟬聲則大部分留給悲秋，如「百紫千紅過了春。杜鵑聲苦不堪聞」（辛棄疾《定風波・杜鵑花》），「誰做秋聲穿細柳，初聽寒蟬淒切」（朱敦儒《念奴嬌》）。只有那蛙聲尚在稻花香裏訴說著豐年的喜悅，辛棄疾《西江月》「稻花香裏說豐年，聽取蛙聲一片」。只是，詞中對蛙聲的表現並不多，且寓意單一，缺乏深刻內涵。

冬之聲更不用說。除了那不大冷的風雪外，便動輒寂靜一片。初冬時尚不能擺脫秋的「遺響」，如《浣溪沙・初冬》「風卷霜林葉葉飛。雁橫寒影一行低。淡煙衰草不勝詩」，這霜葉飄飛，雁橫寒影的季節，如果不是題名「初冬」，人們還眞以爲其是詠秋。而眞正「冬至」來時，則又早早地思陽念春了，如范成大《滿江紅・冬至》「寒谷春生，熏葉氣、玉筒吹谷。新陽後、便占新歲，吉雲清穆」，又趙彥端《點絳唇・冬至》「一點青陽，早梅初識春風面。暖回瓊管。鬥自東方轉」。只有少許冬日風聲偶然有些嚴冬的力度，如王之道《漢宮春・雪》「歡動江城，快風聲震地，雲勢頹山」，王質《生查子・見梅花》「林杪動風聲，驚下毿毿粉」等，此類詞作也並不多見。冬日的風在詞中似乎失去了飛沙走石的力量而柔婉起來。何況風，四季皆有，難說有很大特色。

二、季節與聲音的互動

由上面分析可以看出，詩詞中的四季與現實的四季還略有不同。詩詞中，春與秋被人爲地拉長，而冬夏則極度縮短。初冬，詩人尙未從秋的氛圍中走出，而冬至則又開始歌詠春的到來。初夏，人們還沉浸在春逝的傷感中，轉眼夏至則又開始歌頌秋風的涼爽。冬日思暖，夏日頌涼，已經成爲一種固定的寫作模式。而冬夏之聲，拘於這種模式，特點並不鮮明。如上所言，冬日並不強烈的風雪聲難有嚴冬之感，而夏天，即便是最爲噪耳的蟬聲，也能爲人帶來絲絲涼意。此在後面章節還將集中論述，此不贅言。該節主要研究春秋物候與春秋之聲的關係。

與晝夜迴然不同的視聽效果相比，除了獨屬於夜的秋蛩聲，季節對聲音的影響，不能完全摒棄視覺的強烈衝擊。季節之聲就是在聲音與畫面的你進我退中凸顯特色。具體而言，春季以畫面爲主，聲音爲輔，聲音多毫不顯眼地隱於畫面背後。

如風雨聲。以李清照的《如夢令》爲例：

> 昨夜雨疏風驟，濃睡不消殘酒。試問捲簾人，卻道海棠依舊。知否？知否？應是綠肥紅瘦。

這是一首傳統的惜花詞。夜裏突如其來的風雨，打落了嬌美的海棠花，終至花少而葉密，綠肥而紅瘦。然讀罷此詞想像起來，不過是昨夜海棠經受風吹雨打的可憐畫面，而那風雨聲，則隱藏在畫面之後。

又如，有著泠泠之音的春水，在花紅柳綠、青山茂竹的掩映中，也往往「沉默」起來。看張炎《南浦・春水》：

> 波暖綠粼粼，燕飛來、好是蘇堤才曉。魚沒浪痕圓，流紅去、翻笑東風難掃。荒橋斷浦，柳陰撐出扁舟小。回首池塘青欲遍，絕似夢中芳草。　　和雲流出空山，甚年年淨洗，花香不了。新綠乍生時，孤村路、猶憶那回曾到。餘情渺渺。茂林觴詠如今悄。前度劉郎歸去後，溪上碧桃多少。

此是張炎的代表作，他也因此詞得到了「張春水」〔註25〕的雅號。該詞被後人稱道爲「賦春水入畫」〔註26〕，可見其畫面之上的功力。「上

〔註25〕【宋】周密輯，查爲仁、厲鶚箋《絕妙好詞箋》，中華書局，1984年，第297頁。

〔註26〕【清】馮金伯《詞苑萃編》，見唐圭璋《詞話叢編》，上海古籍出版社，1986年，第1885頁。

闋言春水浮花，而云東風難掃，具見巧思；言春水移舟，而云斷澗生波，且自柳陰撐出。以寫足『春』字」，「轉頭處『和雲』六字，賦春水之來源，句復偶儷；『花香』二句，水流花放，年復一年，喻循環之世變」〔註27〕，確實妙語連出。然那泛著粼粼暖波的春水，和雲流出高山，其清脆的泠泠之音是可以想見的，然同樣隱藏在如斯妙筆之後。

而即便是以嬌慵著稱的鶯啼，在「柳浪聞鶯」、「花外流鶯」等傳統意象模式中，也往往把它那流利的聲音留在了綠柳繁花之後。皆是因爲春嬌嫩美麗的色彩、畫面對人的感官刺激過於強烈，讓目不暇接的詞人沒有心力，也沒有多餘的篇章留給聲音。聲音於是也只能默默地隱藏於美景背後，以待細心人仔細挖掘。若要給畫面與聲音，視覺與聽覺也分個陰陽，則聲音當「屬陰」無疑。春天正當陽氣升發，聲音自然就難有大作爲，然在陰氣萌動的秋季，聲音就有機會大展拳腳了。

秋季就頗能在視覺與聽覺間取得平衡。在濃妝豔抹「褪色」後，秋聲就被特別地凸顯。似「梧桐聽風」，「枯荷聽雨」等，皆有秋聲常見之意境。

先看梧桐聽風。梧桐聽風，往往會給人一種眾音喧彙的聽感。正是「何處最知秋？風在梧桐井」（范成大《卜算子》），梧桐木本就高大挺拔，植於迎窗小院，秋天一到，被那蕭瑟的秋風一吹，千片萬片颯颯出聲。加上眼前滿院飛舞的殘葉，立刻給人一種極致的蕭索感受。正如李清照《憶秦娥》中所言「西風催襯梧桐落。梧桐落。又還秋色，又還寂寞」，褪去了濃碧之色的枯黃桐葉，和著西風中同樣枯萎的梧聲，帶來一種震撼人心的強烈效果。無怪乎張炎要言：「萬里冰霜，一夜換卻西風。晴梢漸無墜葉，撼秋聲、都是梧桐。」（《聲聲慢・都下與沈堯道同賦別本作北遊答曾心傳惠詩》）

〔註27〕俞陛雲《唐五代兩宋詞選釋》，上海古籍出版社，1985年，第610頁。

枯荷聽雨的原理與梧桐聽風略有相似，只是其滄桑之感更勝一籌。正是「秋陰不散霜飛晚，留得枯荷聽雨聲」（李商隱《宿駱氏亭寄懷崔雍崔衮》），秋日的荷塘，同樣褪去了夏日的碧綠嬌紅，唯留下枯萎衰葉亂插池中，視覺上的清幽之美頓成滄桑蕭瑟之感。然而這也相對地爲聽覺留足了空間。所謂「芙蓉院、無限秋容老盡。枯荷摧欲折，多少離聲，鎖斷天涯訴幽悶」（陳亮《洞仙歌・雨》），「荷花池館，別有留人處。此時歸去，爲君聽盡秋雨」（姜夔《念奴嬌・謝人惠竹榻》），雨中敗荷池館，自有其留人之處，讓人不由自主地駐足傾聽。枯荷聽雨，聽那豆大的雨滴劈劈啪啪地打落在荒敗池塘的寬大荷葉上，一陣又一陣的乾澀之音，與窸窸窣窣的碎葉聲相比，其滄桑感尤勝。

另外，還有衰柳上的寒蟬、長空中的秋雁，西窗下的吟蛩，「虹收殘雨。蟬嘶敗柳長堤暮」（柳永《引駕行》）「投老情懷，薄遊滋味，消得幾多悽楚。聽雁聽風雨，更聽過、數聲柔櫓」（張炎《探春慢》），「古簾空，墜月皎。坐久西窗人悄。蛩吟苦，漸漏水丁丁，箭壺催曉」（姜夔《西窗吟》）等，也都在暗淡的色彩中凸顯出秋聲的淒切。

除了畫面與聲音此進彼退外，人們在春秋之際不同的心境〔註28〕，也是影響其聽感的重要原因。正是「音之起，由人心生也。人心之動，物使之然也。感於物而動，故形於聲。聲相應，故生變。變成方，謂之音」〔註29〕，則詞人耳中之聲與其人之心境密切相關。這種心境又與詞人面對春與秋的不同景致時產生「物感」聯繫。「悲落葉于勁秋，喜柔條於芳春」〔註30〕，乃人之共性。

首先，面對「春來秋到」，人們往往驚春又驚秋。與冬夏相比，春秋乃是陰陽交替，倘若由春入夏，由秋到冬，還可以逃過詩人們的

〔註28〕本節專注於研究面對不同季節時詞人的的共同心理，而非詞人個性。

〔註29〕【漢】戴聖著，楊天宇譯《禮記譯注》，上海古籍出版社，2004年，第467頁。

〔註30〕【晉】陸機著，張少康集釋《文賦集釋》，人民文學出版社，2002年，第20頁。

「法眼」，在不知不覺中「流年暗換」的話，春秋的到來，則往往無所遁形。陰陽交替之中帶來的景物劇變，更容易給人「時序驚人心」的強烈震撼感，如趙鼎《鷓鴣天・建康上元作》「客路那知歲序移。忽驚春到小桃枝。天涯海角悲涼地，記得當年全盛時」之驚春的到來，柳永《竹馬子》「漸覺一葉驚秋，殘蟬噪晚，素商時序」之驚秋的到來。從根本上講，春與秋在這一層面上的「驚」與「傷」，皆不在春秋本身，而是時光流逝之疾所帶來的人生悲感。

然實際上是，春秋的變化還是有極大差別的。春代冬生，乃以陽代陰，萬物萌動。由夏入秋，則是陽盛極而陰生，物盛極而變衰。故而「驚春」可有驚喜，而「驚秋」則往往只是悲哀。如周邦彥《渡江雲》上闋：「晴嵐低楚甸，暖回雁翼，陣勢起平沙。驟驚春在眼，借問何時，委曲到山家。塗香暈色，盛粉飾、爭作妍華。千萬絲、陌頭楊柳，漸漸可藏鴉。」雖然詞人同樣震驚於春的驟然到來，然隨之而來的則是暖回大地，美到人間的淡淡喜悅。而就聲音言，相較於秋聲的「一悲到底」，春聲則需另外辨別。如同樣是聽「鶯聲」，「芳徑聽鶯，暗驚心事，畫簷聞鵲，試卜歸期」（王祖詠《風流子》）與「閒花深院聽啼鶯。斜陽如有意，偏傍小窗明」（賀鑄《臨江仙・鴛鴦夢》）則不同。前者震驚於鶯聲帶來的「流年暗換」之感，後者則沉醉於春歸的閒情逸趣之中。

其次，傳統的傷春悲秋情結與此二「驚」還略有不同，是傷春的逝去，悲秋的到來。與「春來秋到」相比，「春去秋來」反而有更多相似處，皆是生命的凋零，美好的消逝，時光的無可挽回。如蘇軾《木蘭花令・次馬中玉韻》「落花已逐回風去。花本無心鶯自訴。明朝歸路下塘西，不見鶯啼花落處」之傷春歸，王沂孫《聲聲慢》「啼螿門靜，落葉階深，秋聲又入吾廬。一枕新涼，西窗晚雨疏疏。舊香舊色換卻，但滿川、殘柳荒蒲」之悲秋到，落花、落葉，鶯啼、蛩吟，境界何其相似。

而對於「秋逝」，人往往視而不見。正如仇遠《蝶戀花》所言：「四壁秋聲誰更賦。人只留春，不解留秋住。秋又欲歸天又暮。斜陽紅影隨鴉去。」這也是可以理解的，久處悲哀之中的人，連心也會麻木，而由樂入悲的處境，儘管那悲哀實際上並沒有想像的強烈，也讓人尤難承受。

且秋聲中包含更多的人生況味。正如楊海明師所言「佳人傷春詞篇主要用來抒發戀情方面的感情內容……而男士悲秋內容則更多用來抒發士大夫比較寬廣和深沉的人生感慨」〔註 31〕。因此，對秋聲的挖掘也要更深刻。如張炎就是一位善寫秋聲的詞人，其作品中到處充斥著秋聲秋感，如「風雨怯殊鄉。梧桐又小窗。甚秋聲、今夜偏長」（《南樓令》），「悠悠望極。忍獨聽、秋聲漸急。更憐他、蕭條柳發，相與動秋色」（《淒涼犯》），「萬里冰霜，一夜換卻西風。晴梢漸無墜葉，撼秋聲、都是梧桐」（《聲聲慢》），「料此去、清遊未歇。引一片秋聲，都付吟篋」（《桂枝香》），「姓名題上芭蕉，涼夜未風雨。賦了秋聲，還賦斷腸句」（《祝英臺近》），「流水人家，乍過了斜陽，一片蒼樹。怕聽秋聲，卻是舊愁來處」（《玲瓏四犯》），「閒了淒涼賦筆，便而今、不聽秋聲」（《滿庭芳》），「未覺丹楓盡老，搖落已堪嗟。無避秋聲處，愁滿天涯」（《甘州》）等。詞人不識秋聲之時且不用說，然自其結識秋聲之後，便每每與之相伴，從接觸、獨聽，到震撼，進而吟誦，再到斷腸而懼怕，故不聽秋聲，終至無避秋聲處，愁滿天涯。這與其人生又何其相似，富貴家的公子哥兒，家破後的清貧之士，亡國後的遺民詞人，這無處可避的秋聲中處處是其無可訴說的人生感慨，深沉而厚重。

當然，面對同一景致，不同人的心理也有個性特徵，這同樣影響其對聲音的聽感。有身居陋室而歡歌暢飲的劉禹錫，就有身居廟堂、江湖都先天下而憂的范仲淹。此在下面章節另有論及，此不贅言。

〔註 31〕楊海明師《傷春與悲秋：唐宋詞中流行的「季節病」——談「佳人傷春」和男士悲秋》，見楊海明《唐宋詞縱橫談》，蘇州大學出版社，1994 年，第 79 頁。

第三節　聲音的地域之別

中國幅員遼闊，所謂「平生塞北江南，歸來華髮蒼顏」(辛棄疾《清平樂·獨宿博山王氏庵》)，不同區域，山川地貌迥異、氣候迥異、物產迥異，即便是生活在不同地方的人，其氣質性格也迥然不同。如《顏氏家訓》所言：「南方水土和柔，其音清舉而切詣，失在浮淺，其辭多鄙俗。北方山川深厚，其音沉濁而鈋鈍，得其質直，其辭多古語。」〔註32〕如果說，顏之推所言因年代久遠而其言不確的話，北宋宋祁之論則更有代表性：

> 東南，天地之奧藏，寬柔而卑；西北，天地之勁方，雄尊而嚴。故帝王之興，常在西北，乾道也；東南，坤道也。東南奈何？曰：其土薄而水淺，其生物滋，其財富，其爲人剽而不重，靡食而偷生，士懦脆而少剛，笮之則服。西北奈何？曰：其土高而水寒，其生物寡，其財確，其爲人毅而近愚，食淡而勤生，士沉厚而少慧，屈之不撓。〔註33〕

宋祁同樣從山川地理、物產等角度分析人品性之不同，觀點和顏之推相類。可見，地域文化有一定的穩固性。千百年來，聲音，也呈現出一定地域色彩。本文即以巴蜀、江南、邊塞爲例，論述聲音的地域之別。

一、巴蜀之聲

古之巴蜀，主要是指今四川、重慶等地，有時亦包括鄂西一帶。正如白居易《竹枝》所言：「瞿塘峽口水煙低，白帝城頭月向西。唱到竹枝聲咽處，寒猿閒鳥一時啼。」此地，以巴猿、蜀鳥的叫聲最爲特別，而「竹枝」之歌，也頗爲幽怨可聽。

〔註32〕【北齊】顏之推著，王利器集解《顏氏家訓集解》，中華書局，1993年版，第77頁。

〔註33〕【宋】宋祁《宋景文公筆記》，見《文淵閣四庫全書》，上海古籍出版社，1987年，第862冊，第550頁。

先看巴猿，巴猿之聲，可謂淒涼斷人腸。早在北魏酈道元那裏，就有對巴東猿聲的細緻描繪：

> 每至晴初霜旦，林寒澗肅，常有高猿長嘯，屬引淒異，空谷傳響，哀轉久絕。故漁者歌曰：巴東三峽巫峽長，猿鳴三聲淚沾裳！〔註34〕

猿聲淒涼難聽，三聲就能讓人淚滿衣襟。詩詞中對巴猿叫聲多有再現，也多淒厲難聽。如戴叔倫《和崔法曹建溪聞猿》「曾向巫山峽裏行，羈猿一叫一回驚。聞道建溪腸欲斷，的知斷著第三聲」，元稹《哭女樊》「秋天淨綠月分明，何事巴猿不勝鳴。應是一聲腸斷去，不容啼到第三聲」等，可以看出，他們都對《水經注》中漁者歌有一定借鑒。

唐宋詞中的猿聲主要有二：一類是以「故山猿鶴」爲代表之「猿啼鶴唳」。如王之道《賀新郎·送鄭宗承》「我亦故山猿鶴怨，問何時、歸棹雙溪渚。歌一曲，恨千縷」，馮去非《喜遷鶯》「間闊故山猿鶴，冷落同盟鷗鷺。倦遊也，便檣雲柁月，浩歌歸去」等，乃以猿啼鶴怨表歸隱山林之思。此處之猿啼，沒有明顯的地域特徵。另一類即巴猿。如王質《浣溪沙》「淚下猿聲巴峽裏，眼荒鷗磧楚江涯」，顧況《竹枝》「巴人夜唱竹枝後，腸斷曉猿聲漸稀」等，此處之猿啼，淒涼斷腸，與它猿之山林之思，自是不同。

巴猿的淒涼斷腸主要來自詞中「貶謫」文學的特質。與中原、江南等地相比，巴地，地處偏遠，古時經濟文化並不發達，乃許多官員貶謫所到或所經之處，如唐柳宗元《送李渭赴京師序》言「過洞庭，上湘江，非有罪左遷者罕至」〔註35〕。這些貶謫之士，內心本就淒苦異常，聽著兩岸高山密林中淒厲的猿啼，一時間客愁羈恨，身世之感，思家之怨並生。此情此境，這猿聲不淒涼悲怨都不行。如杜安世《兩同心》：

〔註34〕【北魏】酈道元著，陳橋驛校釋《水經注校證》，中華書局，2007年，第790頁。

〔註35〕【唐】柳宗元《柳宗元集》，中華書局，1979年，第618頁。

巍巍劍外，寒霜覆林枝。望衰柳、尚色依依。暮天靜、雁陣高飛。入碧雲際。江山秋色，遣客心悲。　　蜀道巉嶮行遲。瞻京都迢遞。聽巴峽、數聲猿啼。惟獨個、未有歸計。謾空悵望，每每無言，獨對斜暉。

關於杜安世，生平不詳，然據該詞，其當被貶去過巴蜀。從詞上闋「遣客」二字，該詞自是言其遣謫之悲。下闋言蜀道艱險難行，距京都路遠，這已讓詞人心傷不已，再聽著兩岸數聲淒涼的猿啼，詞人心中之悲更是可想而知。

除貶謫時之心境外，巴地高絕危險的山川峽谷風貌，也給人一種孤絕壓迫之感。正如《水經注》中所繪：

自三峽七百里中，兩岸連山，略無闕處。重岩疊嶂，隱天蔽日。自非亭午夜分，不見曦月。至於夏水襄陵，沿泝阻絕。或王命急宣，有時朝發白帝，暮到江陵，其間千二百里，雖乘奔御風，不以疾也。春冬之時，則素湍綠潭，回清倒影，絕巘多生怪柏，懸泉瀑布，飛漱其間，清榮峻茂，良多趣味。〔註36〕

巴地多山，長江流經此地，又形成許多峽谷，絕壁巉岩，加之水流迅疾，道路險阻，隨時有喪命的危險，更讓那些本就心存悲苦的貶謫之士心驚不已。如黃庭堅《減字木蘭花》：

蒼崖萬仞，下有奔雷千百陣。自古危哉，誰遣西園溜麼來。　　猿啼雲杪，破夢一聲巫峽曉。苦喚悉生，不是西園作麼平。

該詞乃宋徽宗初年，黃庭堅貶謫黔州途經萬州時所作，對其地勢之險巇描寫得頗爲生動。開篇即以「蒼崖萬仞。下有奔雷千百陣。自古危哉」等句，盡展謫人旅途艱危之苦。下片言猿啼破夢，苦喚悉生，心中悲苦不平之感頓生筆端。

〔註36〕【北魏】酈道元，陳橋驛校釋《水經注校證》，中華書局，2007年，第790頁。

而倘若不是貶謫，又倘若不是入蜀而是出蜀，這兩岸懸崖絕壁，悲苦的猿啼也不算什麼。正如李白《早發白帝城》:「朝發白帝彩雲間，千里江陵一日還，兩岸猿聲啼不住，輕舟已過萬重山。」這猿聲是何等的輕快歡喜，其境界與前者確是兩別。

其次看蜀鳥，蜀鳥之聲同樣悲哀異常。蜀鳥，即杜鵑，又叫杜宇、子規、鶗鴂、蜀魄等，傳說乃古蜀帝杜宇死後精魄所化，啼聲曰「不如歸去」。與巴猿淒涼斷腸之音相似，蜀鳥啼聲也不怎麼可人，如辛棄疾《定風波・杜鵑花》「百紫千紅過了春。杜鵑聲苦不堪聞」，吳潛《水調歌頭・送叔永文昌》「夜雨連風壑，此意獨淒涼。杜鵑聲，猶不住，攪離腸」，可見，鵑聲亦大多悲苦淒涼，讓人不忍卒聽。

與猿啼本身音質上的淒涼不同，鵑聲的苦主要來自於其鳴叫的時間及其所代表的悲劇文化。杜鵑於暮春始鳴，所謂「一朝杜宇才鳴後，便從此、歇芳菲」（佚名《慶金枝令》），故其聲音中天生便有一股傷春之怨。杜鵑又傳爲蜀帝流亡後精魂所化，一位悲劇的帝王化而爲如此細微之鳥，其身世確乎讓人不勝唏噓，加之杜鵑泣血悲啼之傳說，更增添了其悲情。詩詞中對鵑聲的描繪多與此相關。如陳人傑《沁園春・問杜鵑》上闋:「爲問杜鵑，抵死催歸，汝胡不歸？似遼東白鶴，尙尋華表，海中玄鳥，猶記烏衣。吳蜀非遙，羽毛自好，合趁東風飛向西。何爲者？卻身羈荒樹，血灑芳枝。」

與巴東「峽深川急」的地理風貌相比，杜鵑的「歸不得」，主要源於川西山勢的高危險阻。按《華陽國志・蜀志》，蜀「其地東接於巴，南接於越，北與秦分，西奄峨。地稱天府」〔註 37〕。然這樣的天府之國，卻是典型的盆地地形——多山多嶺，道路難通。四川盆地四周就有大涼山、邛崍山、大巴山、秦嶺等山脈，讓人難以逾越。正如李白《蜀道難》描繪:「上有六龍回日之高標，下有沖波逆折之回川。黃鶴之飛尙不得過，猿猱欲度愁攀援。青泥何盤盤，百步九折縈岩巒。捫參歷井仰脅息，以手撫膺坐長歎。」又「連峰去天不盈尺，枯松倒

〔註 37〕【晉】常璩《華陽國志》，齊魯書社，2000 年，第 26 頁。

掛倚絕壁。飛湍瀑流爭喧豗，砯崖轉石萬壑雷。」眞是不得不讓人由衷感歎「其險也如此！」有如此之地勢，無怪乎那蜀鳥要夜夜悲啼「不如歸去」啦！

最後，略談一談竹枝之歌，與前二者相比，竹枝歌則相對婉轉可人。按劉禹錫《竹枝詞》之序言：

> 四方之歌，異音而同樂。歲正月，余來建平，里中兒聯歌《竹枝》，吹短笛擊鼓以赴節。歌者揚袂睢舞，以曲多爲賢。聆其音，中黃鐘之羽。卒章激訐如吳聲，雖傖儜不可分，而含思宛轉，有淇、濮之豔。昔屈原居沅、湘間，其民迎神，詞多鄙陋，乃爲作《九歌》，到於今荊楚鼓舞之。故余亦作《竹枝詞》九篇，俾善歌者颺之，附於末。後之聆巴歈，知變風之自焉。〔註38〕

可知，竹枝之歌本巴歈之鄉間里曲，以短笛和鼓爲伴奏樂器，然音「中黃鐘之羽」，算是比較中正高妙的。竹枝之曲整體含思宛轉，有委婉之致，只卒章激烈率直，然歌詞多鄙陋，故劉禹錫仿屈原作《九歌》，作竹枝詞數篇，以流傳於世。劉禹錫改作的新詞，皆歌詠三峽風光和男女戀情，盛行於世。後人所作不再專詠三峽，而多詠當地風土或兒女柔情，據朱自清《中國歌謠》三：「《詞律》云：『《竹枝》之音，起於巴蜀唐人所作，皆言蜀中風景。後人因效其體，於各地爲之。』這時《竹枝》已成了一種敘述風土的詩體了。」〔註39〕竹枝歌，其形式多爲七言絕句，語言通俗而音調輕快。關於竹枝詞，後世研究者甚眾，筆者此處不多做贅言。

二、江南之聲

江南，這個區域在不同的時期涵義各有不同，漢以前，包括今湖北（長江以南部分）、湖南、江西等長江流域之地，都屬江南。後來，

〔註38〕【唐】劉禹錫著，卞孝萱校訂《劉禹錫集》，中華書局，1990年，第359頁。

〔註39〕朱自清《中國歌謠》，國立北京大學，中國民俗協會，民俗叢書153本，1939年，第99頁。

江南主要指蘇南、皖南、及浙江一帶。按薛玉坤《宋詞與江南區域文化》:「通常意義上,江南是一個泛稱。其區域的劃分雖然只是宏觀的、模糊的,但空間範圍大體還是可以確定的……江南所包括的空間範圍越來越偏向東南地區。」又「本文所用至江南,出於歷史的因素以及研究的方便,擬將空間範圍限制在以『金陵——杭州』爲軸線的廣大區域。」〔註 40〕

與高山峽谷中的猿啼鳥鳴相比,江南的聲音以雨聲、潮聲和菱歌聲最有特點。

雨聲並不爲江南特有,然江南之雨聲剛柔並濟,尤爲典型。正如元虞集《聽雨》詩所言:「屏風圍坐鬢毿毿,絳蠟搖光照莫酣。京國多年情盡改,忽聽春雨憶江南。」在京多年,什麼都變了,只有那記憶中的江南雨,還在那兒淅淅瀝瀝地下著。

江南多雨,一年四季,春夏秋冬,江南都是全國雨水最豐的地區。「小樓一夜聽春雨,明朝深巷賣杏花」(陸游《臨安春雨初霽》),「晚風吹雨,戰新荷、聲亂明珠蒼璧」(辛棄疾《念奴嬌・西湖和人韻》),「芭蕉滴滴窗前雨。望斷江南路」(洪適《虞美人》),杏花春雨江南,圓荷夏雨江南,芭蕉秋雨江南,這杏花、荷花皆以江南爲最,而芭蕉更是南方所獨有。而即便是冬天,溫暖的江南也往往是雨雪天氣,甚少如北方那樣,漫天飛舞著潔白的雪花。而倘若遇到梅雨季節,更是整月整月地不見青天白日,讓你嘗盡那雨的滋味,聽盡那雨的音樂,如「梅雨猶清,冷風乘急,遙送萬絲斜隕。聽水翻雷迅。冒霧濕,但覺衣裘皆潤」(楊澤民《丁香結》)。

江南的雨聲之所以美不勝收,首先在於江南雨「聲與色」的完美結合。「江南雨,風送滿長川。碧瓦煙昏沉柳岸,紅綃香潤入梅天。飄灑正瀟然」(江景王琪《望江南・江景》),「家住江南煙雨,想疏花開遍,野竹巴籬。遙憐水邊石上,煞欠渠詩」(方岳《漢宮春・探梅

〔註 40〕薛玉坤《宋詞與江南區域文化》,中國華僑出版社,2007 年,第 25～26 頁。

用瀟灑江梅韻》)，「花飛飛，絮飛飛，三月江南煙雨時。樓臺春樹迷。雙鶯兒，雙燕兒，橋北橋南相對啼。行人猶未歸」(李石《長相思・暮春》)，無論是江景、村景、市景，江南的無數長川曲水、綠柳白絮，高瓦樓臺、紫燕黃鸝，每一色彩畫面和雨聲的結合，都舞動著青春與美的節奏。

不僅如此，江南的富庶與悠閒，也讓江南的雨聲別有留人處。與巴地之偏遠貧瘠相比，江南則是人人嚮往的富庶之國，「江南佳麗地，金陵帝王州」(謝朓《鼓吹曲》)，蘇州、杭州更是被譽爲「人間天堂」、「堆金積玉地，溫柔富貴鄉」。這裏「市列珠璣，戶盈羅綺」，「羌管弄晴，菱歌泛夜」，在此你自然可以「乘醉聽簫鼓，吟賞煙霞」(柳永《望海潮》)。因是伴著歡欣與適宜的心情聽雨，這雨聲也滿是悠閒之感，如韋莊的《菩薩蠻》：

> 人人盡說江南好，遊人只合江南老。春水碧於天，畫船聽雨眠。　　爐邊人似月，皓腕凝雙雪。未老莫還鄉，還鄉須斷腸。

「春水碧雨天，畫船聽雨眠」，於細微之處見眞情，寫出了醉眠春雨的平靜與安適。江南的雨聲，瀟灑而悠閒，無怪乎讓人記憶猶新。

其次看潮聲。有江水便有波浪，便有潮漲潮落。江南這一水鄉澤國自然少不了潮聲，而又以錢塘江之潮聲最爲有名。《國語・越語上》言越「三江環之」，三國吳韋昭注：「三江，吳江、錢唐江、浦陽江。」〔註41〕錢塘江江口呈喇叭狀，海潮倒灌，成著名的錢塘江潮。正如周密所描繪：

> 浙江之潮，天下之偉觀也。自(八月)既望以至十八日爲盛。方其遠出海門，僅如銀線，既而漸近，則玉城雪嶺，際天而來，大聲如雷霆，震撼激射，呑天沃日，勢極雄豪。〔註42〕

〔註41〕【春秋】左丘明《國語》，商務印書館，1933年，第97頁。

〔註42〕【宋】周密《武林舊事》，見《東京夢華錄》(外四種)，中國商業出版社，1982年，第49頁。

杭人自古便有觀潮之風俗，如白居易《望江南》「江南憶，最憶是杭州。山寺月中尋桂子，郡亭枕上看潮頭。何日更重遊」，錢塘觀潮，是詞人最難忘的盛事之一。而潮聲，則是伴著潮浪滾滾而來。

潮聲可謂是江南之剛性美的表現。其「大聲如雷霆，震撼激射，呑天沃日，勢極雄豪」（見前引），詞中如「夜半潮聲來枕上。擊殘夢破驚魂蕩。見説錢塘雄氣象。披衣望。碧波堆裏排銀浪」（石孝友《漁家傲》），「昨夢天風高黃鵠，下俯人間何許？但動地、潮聲如鼓」（劉辰翁《金縷曲・壬午五日》）等，那驚夢的潮聲，如動地鼓聲擂過，與那「碧波堆裏排銀浪」的盛大之景結合，陽剛之氣逼面而來。又趙鼎《望海潮・八月十五日錢塘觀潮》「雙峰遙促，回波奔注，茫茫濺雨飛沙。霜涼劍戈，風生陣馬，如聞萬鼓齊撾」，不同於一般的浪潮，錢塘潮借著風勢，會有「雙峰」、「回波」，皆是峰頭碰撞，「濺雨飛沙」，又如萬馬奔騰，萬鼓齊撾，這視聽效果之雄壯宏大，不親眼所見，親耳所聞，眞是難以想像。

錢塘觀潮，不僅僅是看江面之上舞動的潮頭，聽潮聲雷般的響動，更有旗鼓迓之的弄潮之戲，有其民俗價値在內。據《吳越春秋・夫差內傳》載，吳王賜伍子胥死後，乃取子胥屍，盛以鴟夷之器……棄其軀，投之江中。子胥因隨流揚波，依潮來往，蕩激崩岸」〔註 43〕。杭州人以旗鼓迓之，弄潮之戲蓋始於此。則觀潮競渡，乃是爲祭奠潮神伍子胥而舉行的活動。如辛棄疾《摸魚兒・觀潮上葉丞相》：

> 望飛來、半空鷗鷺。須臾動地鼙鼓。截江組練驅山去，鏖戰未收貔虎。朝又暮。悄慣得、吳兒不怕蛟龍怒。風波平步。看紅旆驚飛，跳魚直上，蹙踏浪花舞。　　憑誰問，萬里長鯨呑吐，人間兒戲千弩。滔天力倦知何事，白馬素車東去。堪恨處。人道是、子胥冤憤終千古。功名自誤。謾教得陶朱，五湖西子，一舸弄煙雨。

〔註 43〕【漢】趙曄著，周生春校輯《吳越春秋輯校彙考》，上海古籍出版社，1997 年，第 35 頁。

該詞「前半敘觀潮，未見警動。下闋筆勢縱橫，借江潮往事為喻」〔註44〕，上闋主要以飛動之勢敘述吳兒勇敢的弄潮之戲。驚天動地的鼙鼓聲中，弄潮兒橫江組練，促踏浪花，競渡而來。這氣勢可謂「剛性」十足。

與之相比，採蓮女的那一聲聲菱唱，則無疑是江南之柔性美的表現。「三更冷翠沾衣濕。嫋嫋菱歌，催落半川月」（陸游《醉落魄》），「相次桃花三月水。菱歌誰伴西湖醉（程垓《蝶戀花》），歌聲嫋嫋，伴著桃花，伴著明月，伴著西湖沉醉。與竹枝歌相比，江南之採蓮曲同樣是鄉曲小調，然由清水芙蓉一般的採蓮女，用吳儂軟語唱出，卻別有一番濃情蜜意流轉其中。如孫浩然《夜行船》：

何處採菱歸暮？隔宵煙、菱歌輕舉。白蘋風起月華寒，影朦朧、半和梅雨。　　脈脈相逢心似許。扶蘭棹、黯然凝佇。遙指前村，隱隱煙樹，含情背人歸去。

由於菱歌多是採蓮女蕩舟採蓮時所唱，故尤有江南水鄉柔美之境。那暮歸採蓮小舟上的一聲菱唱，飽含著深情，半和著淡月朦朧，半和著梅雨霏微，清雅而悠揚，讓人不由得脈脈心許。

所謂「採蓮歌裏，盡是相思苦」（吳潛《念奴嬌・詠白蓮用寶月韻》），清歌裏那女兒家的心事，則多與愛情相關。如丘崈《鷓鴣天・採蓮曲》：

兩兩維舟近柳堤，菱歌迤邐過前溪。曲中自訴衷腸事，岸上行人那得知。　　金齒屐，翠雲篦。女蘿為帶蕙為衣。惜花貪折歸時晚，急漿相呼入翠微。

兩岸拂堤綠柳的飛舞之中，千頃荷塘碧綠嬌紅的掩映之下，撐出一小小孤舟。小舟上採蓮女那迤邐的歌聲，隱隱地敘著心中的美好心事，訴於那隔岸行人聽。那行人，縱是迷惑不解，卻也無損這菱歌之美。

江南的聲音，自然不止這三種，另有鳥語蟲吟、風雷泉溪等。如鷓鴣在古時就被人稱為「越鳥」〔註45〕，傳言「江南無野狐，江北無

〔註44〕俞陛雲《唐五代兩宋詞選釋》，上海古籍出版社，1985年，第384頁。
〔註45〕詞牌《鷓鴣天》，本名《思越人》。

鷓鴣」〔註46〕，鷓鴣飛不過長江，「其志懷南，不思北，其鳴呼飛『但南不北』」〔註47〕，然這些聲音與江南河道棋布、湖泊眾多的水鄉澤國之特別地貌關聯不大，故筆者特舉雨聲、潮聲、菱歌聲爲例，略作分析。

三、邊塞之聲

邊塞之聲，又叫「邊聲」，其實就是國家邊防關塞之地的特別聲音。與其它地域相比，邊塞可以稱作「流動的地域」，由於國境之不同，其邊防關要塞亦各異。如南宋初，與金作戰之際，戰火甚至由淮河越過長江一路向東南方向蔓延，當時之金陵、鎮江、常州、明州等地皆是硝煙彌漫。然以流動的地域考察「邊塞」，過於複雜。故本文所論之「邊塞」，主要是指唐宋王朝相對穩定時期之邊關要塞，唐朝且不用說，宋朝主要是指北宋與西夏、契丹交接地之邊塞，南宋以淮河——大散關爲界之邊塞。

關於唐宋邊塞作品，學界自是首推唐詩，而宋無論邊塞詩還是邊塞詞，皆多爲世人詬病。如近人賀昌群曾言：「唐代最可表現民族精神的邊塞詩，在宋人的詩詞中連影子都沒有了。」〔註48〕胡雲翼亦言：「到了宋代，國勢衰弱了，詩壇也和他的時代一樣的沒有英雄氣，自然要失卻唐代激昂悲壯的作風。到了南宋，把一個國家都遷到了揚子江之南，連望邊塞都望不見，更談不上寫《出塞曲》了。」〔註49〕這兩位學者都看到了宋邊塞詩詞的衰微，然其論述確乎過於嚴苛。宋詩且不用說，即便是宋詞，確實是有邊塞作品存在。如范仲淹《漁家傲・秋思》：

〔註46〕【五代】孫光憲《北夢瑣言》，中華書局，2002年，第442頁。

〔註47〕【漢】楊孚《異物志》，叢書集成初編本，商務印書館，1936年，第4頁。

〔註48〕賀昌群《論唐代的邊塞詩》，《賀昌群文集》，第3卷，商務印書館，2003年，第67頁。

〔註49〕胡雲翼《宋詩研究》，臺北宏業書局，1972年，第7頁。

塞下秋來風景異，衡陽雁去無留意。四面邊聲連角起，千嶂裏，長煙落日孤城閉。　　濁酒一杯家萬里，燕然未勒歸無計。羌管悠悠霜滿地，人不寐，將軍白髮征夫淚。

這首詞被歐陽修呼為「窮塞主之詞」〔註 50〕，自然是邊塞詞。上闋描繪邊塞之異景異聲，下闋言鎮邊之苦，而詞中「邊聲」就是本文論述之重點。唐宋詞中的邊聲，主要有以下幾類：

先有朔風、鴻雁等自然之聲。此類聲音，多不是邊塞所獨有，然用之於「邊聲」，卻別有特色。如「朔風吹到邊聲遠。倚樓脈脈數歸鴻，誰會愁深淺」（趙以夫《燭影搖紅》），「邊笳初發，與喚團團沙塞月。雁響連天，誰倚城頭百尺欄」（吳則禮《減字花木蘭》）等。與其它地方之和風、暖風、清風、細風不同，邊塞風用朔風、西風、霜風、冷風，以助肅殺之勢。而與「寫不成書，只寄得、相思一點」（張炎《解連環・孤雁》）之行洲雁影相較，這裏鴻雁之鳴聲也尤其的蒼涼響亮，寄託著長年護國在外的征人對於家國的痛苦與渴望，明顯要厚重許多。

又有鐵馬、鳴鞘、弓箭、干戈、兵將呼喊等用兵之聲，此類聲音則多是邊塞特有。如「邊城寒早。恣驕虜、遠牧甘泉豐草。鐵馬嘶風，氈裘淩雪，坐使一方雲擾……六軍萬姓呼舞，箭發狄酋難保」（李綱《喜遷鶯・眞宗幸澶淵》），「霜日明霄水蘸空。鳴鞘聲裏繡旗紅。淡煙衰草有無中」（張孝祥《浣溪沙》），「馬作的盧飛快，弓如霹靂弦驚」（辛棄疾《破陣子》），「滿地干戈猶未戢，畢竟中原誰定」（張紹文《酹江月・淮城感興》）等，多用於描繪戰爭之悲壯場面，宣揚戰爭之緊張氛圍。

最後，羌管、胡笳、畫角等塞外樂聲。此類樂器，發聲哀厲高亢，本為軍中警昏曉，振士氣，肅軍容之用，在唐宋詞中，則別有一番境界。如「濁酒一杯家萬里。燕然未勒歸無計。羌管悠悠霜滿

〔註 50〕【宋】魏泰《東軒筆錄》卷 11 載：「范文公守邊日，作《漁家傲》樂歌數闋，皆以『塞下秋來』爲首句，頗述邊鎮之勞苦，歐陽修嘗稱爲『窮塞主』之詞云云。」中華書局，1983 年，第 126 頁。

地。人不寐。將軍白髮征夫淚」（范仲淹《漁家傲·秋思》），「秋風緊，平磧雁行低。陣雲齊。蕭蕭颯颯，邊聲四起，愁聞戍角與征鼙」（毛文錫《甘州遍》），「城上胡笳自怨，樓頭畫角休吹。誰人不動故鄉思。江南秋尚可，塞外草先衰」（朱子厚《臨江仙》），這些軍樂聲在詞中多失卻了其高亢嘹亮之感，被用於渲染戰爭之悲傷氛圍，表達戍邊戰士長久離家之傷感與思念，相較於前兩類，剛中帶柔，纏綿不少。

與前面巴蜀、江南等南方之音相比，這「邊聲」可謂是地地道道的北方之聲。宏大、悲壯而剛性十足。然而，這樣的聲音在唐宋詞中並不常有。一來，這源於詞的「南方文學」特質〔註51〕，山靈水秀的自然景致、繁華和平的都市風貌、溫柔纏綿的人文景觀才是其情之所鍾。而寒冷、肅殺、悲壯的北方特色，並不為詞人喜愛。二則是出於國勢及地域原因。兩宋時期，國家積弱積貧，一直以來的右文政策又間接導致國家「兵不壯，將不強」的尷尬局面，故而在與契丹、西夏、金及蒙古的對峙中，往往處於被動局面，這讓許多文人羞於創作邊塞詞。同時，與唐代相比，宋朝的領土面積不斷縮減，終於如胡雲翼所言「國家都遷到了揚子江之南，連望邊塞都望不見，更談不上寫《出塞曲》了」〔註52〕。同時，以臨安為都，行政中心也一併遷到了江南，江南繁華奢侈的都市風貌、溫和多情的風土人情，也慢慢同化了到來的士子，讓他們不思北歸。如陳人傑《沁園春》：

> 記上層樓，與岳陽樓，釃酒賦詩。望長山遠水，荊州形勝，夕陽枯木，六代興衰。扶起仲謀，喚回玄德，笑殺景升豚犬兒。歸來也，對西湖歎息，是夢耶非？　諸君傅粉塗脂。問南北戰爭都不知。恨孤山霜重，梅凋老葉，平堤雨急，柳泣殘絲。玉壘勝煙，珠淮飛浪，萬里腥風吹鼓鼙。原夫輩，算事今如此，安用毛錐？

〔註51〕此觀點為多數大家贊同，請參照楊海明師《唐宋詞史》、鄧喬彬先生《唐宋詞美學》等著作。

〔註52〕胡雲翼《宋詩研究》，臺北宏業書局，1972年，第7頁。

該詞寫荊楚、江南等地南方景物，由眼前之景，追溯歷史上三國之英雄，寓懷古之意，並由此引出下闋之議論：如今南方之士，已與以往不同，皆塗脂抹粉，不知戰爭爲何物。而這與東南之「孤山霜重，梅凋老葉，平堤雨急，柳泣殘絲」之嫵媚之景不無關聯。正如其在序言中所言：

> 予弱冠之年，隨牒江東漕闈，嘗與友人暇日命酒層樓。不惟鍾阜、石城之勝，班班在目，而平淮如席，亦橫陳樽俎間。既而北歷淮山，自齊安泝江泛湖，薄遊巴陵，又得登岳陽樓，以盡荊州之偉觀，孫劉虎視遺跡依然，山川草木，差強人意。洎回京師，日詣豐樂樓以觀西湖。因誦友人「東南嫵媚，雌了男兒」之句，歎息者久之。酒酣，大書東壁，以寫胸中之勃鬱。時嘉熙庚子秋季下浣也。〔註 53〕

詞人弱冠之年，就先後遊歷荊楚、東南等地，個中景物，差強人意，回到京師，因誦詩句「東南嫵媚，雌了男兒」句，有感而發，而成此作。可見對南方地理、文士之氣，頗有意見。該詞最後「玉壘騰煙，珠淮飛浪，萬里腥風吹鼓鼙」，乃寫四川及淮河延邊戰爭之「邊聲」，壯麗之感，亦是迥異於前。這就是南北音之不同特色。

當然，中國地大物博，筆者不可能窮盡每一方山水。如江西、嶺南、濱海等地，亦當各有特色，限於篇幅及精力之原因，茲舉巴蜀、江南、邊塞三方領域，以茲共賞。

第四節　聲音的作家之別

正是「凡音者，生人心者也。情動於中，故形於聲。聲成文，謂之音」〔註 54〕，則不同詞作家之經歷不同、個性不同、對萬物之「動情處」亦不同，其對聲音的感發及運用亦各異。茲以辛棄疾、吳文英爲例，略看聲音的作家之別。

〔註 53〕唐圭璋《全宋詞》，中華書局，1965 年，第 3078～3079 頁。

〔註 54〕【漢】戴聖著，楊天宇譯《禮記譯注》，上海古籍出版社，2004 年，第 468 頁。

一、辛棄疾詞中之壯聲

詞到了辛棄疾手中，才眞正做到了「無意不可入，無事不可言」〔註 55〕。對英雄的歌頌，對民族的憂患，對個體人生的苦悶，乃至對田園生活和隱逸情趣的表現，皆有抒寫。與此相關，辛詞中的聲音也是最廣闊的，天上飛的、地上走的、水裏游的、自然界的、人世的、甚至仙界的、鬼域的，只要你想到的，往往都能在其詞中找到蹤跡。

如鳥聲。辛棄疾詞中就有，鶯、燕、鷓鴣、杜鵑、鳩、鵬、鴻雁等聲，可謂應有盡有。《蝶戀花》「燕語鶯啼人乍遠。卻恨西園，依舊鶯和燕」之言鶯啼燕呢；《賀新郎》「綠樹聽鵜鴂。更那堪、鷓鴣聲住，杜鵑聲切」之言鷓鴣、杜鵑聲；《哨遍》「嗟大少相形，鳩鵬自樂，之二蟲又何知」之言鳩鵬聲；《水龍吟》「落日樓頭，斷鴻聲裏，江南遊子。把吳鈎看了，欄干拍遍，無人會、登臨意」之言鴻雁聲等。

又如馬嘶蟲吟，魚龍泣聲。《滿江紅》「寶馬嘶歸紅旆動，團龍試碾銅瓶泣」之言馬嘶；《菩薩蠻》「臨風橫玉管。聲散江天滿。一夜旅中愁。蛩吟不忍休」之言蟲吟；《滿江紅》「醉舞且搖鸞鳳影，浩歌莫遣魚龍泣。恨此中、風月本吾家，今爲客」之言魚龍泣聲等。

再如砧杵聲、漏滴聲。《生查子》「一天霜月明，幾處砧聲起」之言砧杵聲；《蝶戀花》「莫向城頭聽漏點。說與行人，默默情千萬」之言漏聲等。

最後如神鬼之聲。《滿江紅》「漸翠谷、群仙東下，佩環聲急」之言仙佩聲；《摸魚兒》「門前石浪掀舞。四更山鬼吹燈嘯，驚倒世間兒女」之言鬼嘯聲等，豐富多彩，難以一一例舉。

這些聲音，宏亮悲壯者居多，悠然寧靜者較少，可以說是辛棄疾不平內心的表現。劉克莊曾評價辛棄疾詞曰：「公所作詞大聲鏜鞳，

〔註 55〕【清】劉熙載《藝概》（評蘇軾詞），上海古籍出版社，1978 年，第 108 頁。

小聲鏗鍧，橫絕六合，掃空萬古。」〔註 56〕此雖是言辛棄疾詞之風格特徵，然用以形容辛詞中的聲音，亦是恰到好處。

最典型的要數其軍旅詞中的聲音，悲壯宏亮，無人可比。辛棄疾在南歸以前，有一段軍旅生涯，時間雖短，然其一生都活在對往日崢嶸歲月的回憶裏。其軍旅詞也是其詞中最有特色的一類。如《破陣子・爲孫同甫賦壯語以寄》：

> 醉裏挑燈看劍，夢回吹角連營。八百里分麾下炙，五十弦翻塞外聲。沙場秋點兵。　馬作的盧飛快，弓如霹靂弦驚。了卻君王天下事，贏得生前身後名。可憐白髮生。

該詞同時亦是其記夢詞，其對軍旅生活的渴望通過夢的形式反映出來，可謂沉痛。然這夢中之境，卻少不了聲音的參與，連營的畫角聲、塞外之悲瑟聲、點兵聲、馬蹄聲、弓弦聲等等。這些聲音宏亮悲壯，處處營造著戰爭的緊張氛圍，無怪乎被人評爲：「『沙場』五字，起一片秋聲，沉雄悲壯，淩轢千古。」〔註 57〕。

又其被逼閒居詞中之聲，同樣表達著內心的不平之感。辛棄疾自 23 歲南歸之後，「三仕三已」（《哨遍》）。這第一「已」，就是他在 42 歲的壯年，被彈劾罷職，閒居江西上饒帶湖十年。其《清平樂・獨宿博山王氏庵》，就作於其間：

> 繞牀饑鼠，蝙蝠翻燈舞。屋上松風吹急雨，破紙窗間自語。　平生塞北江南，歸來華髮蒼顏。布被秋宵夢覺，眼前萬里江山。

辛棄疾向來以英雄爲尚，以功名爲念，以軍士自居，此番卻被逼退隱，其心境可想而知，故而該詞開篇即用「繞床饑鼠」、「蝙蝠翻燈舞」、「松風吹急雨」、「破紙自語」等一系列雜亂之聲，破除夜的寧

〔註 56〕【宋】周密著，查爲仁箋《絕妙好詞箋》，上海古籍出版社，1984 年，第 25 頁。

〔註 57〕【清】陳廷焯《雲韶集》，見吳熊和主編《唐宋詞彙評・兩宋卷》，浙江教育出版社，2004 年，第 2479 頁。

靜，同時也表達其內心之不平。在黑暗寂靜夜裏，這聲音意象無疑比視覺意象更有代表性。

又如其第二「已」，閒居鉛山之作，以《歸朝歡·題晉臣敷文積翠岩》爲代表：

> 我笑共工緣底怒。觸斷峨峨天一柱。補天又笑女媧忙，卻將此石投閒處。野煙荒草路。先生柱杖來看汝。倚蒼苔，摩挲試問，千古幾風雨？　　長被兒童敲火苦。時有牛羊磨角去。霍然千丈翠岩屏，鏘然一滴甘泉乳。結亭三四五。會相暖熱攜歌舞。細思量，古來寒士，不遇有時遇。

「積翠岩」本是一塊普通的岩石，詞人卻據此展開了瑰麗的想像，視其爲女媧煉石補天所留下的神石。其本是神石，卻掉落人間，千百年來風吹雨打，無人問津，兒童在其上「敲火」，牛羊在其上「磨角」。直到此時，突然間荒石蒼翠，有一滴甘泉「鏗然」滴下，人們在此築亭歌舞，其可謂時來運轉。辛棄疾此詞寫法，可謂「慰人窮愁，堅人壯志」〔註58〕不遇之時，尚存希望之念，愈見悲壯。而詞中共工觸不周山之聲，千古風雨聲、兒童敲火聲、牛羊磨角聲、甚至「鏗然」泉滴聲，皆壯麗響亮，與其閒居之境況格格不入。以上所舉兩類題材中的聲音，可謂「大聲鏜鞳」者也。

再如其山居田園詞中之聲，雖不如前二者悲壯宏大，然亦清麗響亮。自陶淵明始，山居田園之樂便被無數「窮處」詩人作爲「仕進之憂」的對立面不斷歌詠。辛棄疾的山居田園詞中，同樣充滿著聲音。如其《行香子·山居客至》「小窗高臥，風展殘書」之風聲，「聽風聽雨，吾愛吾廬」之風雨聲。又如其《西江月·夜行黃沙道中》：

> 明月別枝驚鵲，清風半夜鳴蟬。稻花香裏說豐年，聽取蛙聲一片。　　七八個星天外，兩三點雨山前。舊時茅店社林邊，路轉溪橋忽見。

〔註58〕【明】卓人月《古今詞統》卷14，第31頁，明崇禎刻本。

與其滿腔悲憤與不平的心態下所塡的詞作相比，該詞之境界可謂「平和悠閒」。鵲聲、蟬聲且不用說，但這一片蛙聲，就與眾不同。與其另一首詞作《謁金門・和廊之五月雪樓小集韻》「流水高山弦斷絕。怒蛙聲自咽」之怒蛙聲相比，此地之蛙鳴可謂喜人。辛棄疾該詞記夜行景致，「所聞所見，行手拈來，都成異彩」〔註59〕。詞中之雀驚聲、鳴蟬聲、蛙聲雖同樣清亮鬧人，然已無那種「幽憤」之氣，可謂「小聲鏗鍧」者也。

就辛棄疾而言，他首先應該是一位將軍，其次才是詞人。他「少年橫槊，氣憑陵，酒聖詩豪餘事」(《念奴嬌》)，自出道便是一位沙場點兵的將帥，從來也都以統兵將領，在戰場上博取功名爲人生理想，在「雕弓掛壁無用」的情況下，才不得不「筆作劍鋒長」(《水調歌頭・席上爲葉仲洽賦》)，「棄戎從筆」，在詞壇上開疆拓土，馳騁東西。也因此，他的心胸之廣大、心態之激憤自非常人可比。這也是他的詞中充滿「鏜鞳」、「鏗鍧」之聲的重要原因。

二、吳文英詞中之柔音

吳文英與辛棄疾不同，若說辛棄疾是「詞中之龍」〔註60〕，上天入地無所不能，則吳文英只能略算是「詞中之鶴」，清高優雅，卓爾不群，偶而還會「曲高和寡」。與辛棄疾詞之「大聲鏜鞳，小聲鏗鍧」〔註61〕相比，吳文英詞中之聲則多幽渺輕靈，清雅纏綿。

吳文英詞向來以「綿密」著稱，故其對聲音意象表現同樣豐富。張炎曾評價吳文英詞「如七寶樓臺，眩人眼目」〔註62〕。又馮煦言：「夢窗之詞，麗而則，幽邃而綿密，脈絡井井，而卒焉不能得其端倪。」

〔註59〕【清】陳廷焯《詞則》，上海古籍出版社，1984年，第615頁。
〔註60〕【清】陳廷焯《白雨齋詞話》，人民文學出版社，1959年，第20頁。
〔註61〕【宋】周密著，查爲仁箋《絕妙好詞箋》，上海古籍出版社，1984年，第25頁。
〔註62〕【宋】張炎著，夏承濤注《詞源注》，人民文學出版社，1981年，第16頁。

〔註63〕又況周頤言：「近人學夢窗，輒從密處入手。夢窗密處，能令無數麗字，一一生動飛舞，如萬花爲春；非若琱璚蹙繡，毫無生氣也。」〔註64〕故而，吳文英詞在數量上雖不如辛棄疾，然其詞中聲音意象之豐富，則略可與之相比拼，只是通過一些「技巧」，讓這些聲音聽起來較「清雅幽渺」而已。

首先，在聲音意象的擇取上，「避重就輕」，少用甚至不用胡笳、畫角、戰鼓等「重」樂器，而改用笙簫、牙板、琴、笛等「輕」樂器。如「省聽風、聽雨笙簫，向別枕倦醒，絮揚空碧」（《解連環・留別姜石帚》），「紅牙潤沾素手，聽一曲清歌雙霧鬟」（《新雁過妝樓）。

他還喜用棋、玉、佩等雅物之聲，「斷琴和、棋聲竹露冷」（《尉遲杯・賦楊公小蓬萊》），「一曲遊仙聞玉聲。月華深院人初定」（《蝶戀花・題華山道女扇》），「湘波山色青天外，紅香蕩、玉佩東丁」（《風入松・壽梅壑》），聆之往往讓人聯想起其物之清雅。這樣的選擇，讓其詞中之聲決然不同於辛棄疾詞的宏亮之音。

另外，他還尤喜繪山水之音，溪泉之響，還有青山綠水中那一曲曠然的漁唱。如「溪橋人去幾黃昏。流水泠泠，都是啼痕」（《一翦梅・賦處靜以梅花枝見贈》），「誰憐消渴老文園。聽溪聲、瀉冰泉」（《燕歸梁・對雪醒坐上雲麓先生》），「秋色未教飛盡雁，夕陽長是墜疏鐘。又一聲、欸乃過前岩，移釣篷」（《滿江紅・澱山湖》），此類聲音，本就多塵外之韻，吳文英微筆弄來，更顯其清泠之態。

其次，在對音色的描繪上，吳文英也自有特色，他尤喜歡用「叮咚」等輕靈之音。如「神女駕，淩曉風。明月佩，響丁東」（《滿江紅》）之言玉佩聲，「漏侵瓊瑟。丁東敲斷，弄晴月白」（《秋思》）之狀滴漏聲。叮咚叮咚的清脆響聲，勾起人內心的一段又一段幽情，與那戰場上豪邁之音自是兩樣。

〔註63〕【清】馮煦《蒿庵論詞》，見唐圭璋《詞話叢編》，上海古籍出版社，1986年，第3594頁。

〔註64〕【清】況周頤《蕙風詞語》，人民文學出版社，1960年，第47頁。

同時，吳文英摹音，不是簡單地言「風雨聲」、「鳥聲」等，而往往修飾以「一聲」、「幾聲」、「數聲」等，以狀聲音之疏朗。如「看高鴻、飛上碧雲中，秋一聲」（《滿江紅・餞方蕙岩赴闕》），「一寸秋懷禁得、幾蛩聲」（《虞美人》），「趁飛雁、又聽，數聲柔櫓」（《喜遷鶯・福山蕭寺歲除》），「鴉帶斜陽歸遠樹。無人聽、數聲鐘暮」（《夜行船・寓化度寺》）等。

他還喜修飾以「細」、「微」、「小」、「杳」、「寂」等詞，以見聲音之輕柔特質。如「聽銀床聲細。梧桐漸攪涼思」（《鶯啼序・荷和趙修全韻》），「西圃仍圓夜月，南風微弄秋聲」（《風入松・壽梅壑》），「殘醉醒，屏山外、翠禽聲小」（《花犯・謝黃復庵除夜寄古梅枝》），「夜空似水，橫漢靜立，銀浪聲杳」（《繞佛閣・與沈野逸東皋天街盧樓追涼小飲》），「夜分溪館漁燈，巷聲乍寂西風定」（《水龍吟・用見山韻餞別》）等。

且尤喜用「無聲」，表清幽之感。如「落絮無聲春墮淚，行雲有影月含羞。東風臨夜冷於秋」（《浣溪沙》），「菱歌四碧無聲，變須臾、翠翳紅暝」（《還京樂・友人泛湖，命樂工以箏、笙、琵琶、方響疊奏》），「念漢履無聲跨鯨遠，年年謝橋月」（《浪淘沙慢・賦李尚書山園》），「傍星辰、直上無聲，緩躡素雲歸晚」（《瑞鶴仙・贈絲鞋莊生》），「悵斷魂西子，淩波去杳，環佩無聲」（《木蘭花慢・重泊垂虹》）等，這些「細微」乃至「無聲」的修飾，也使吳文英詞中之聲音迥異於辛棄疾，輕靈而疏朗。

再如，吳文英詞「每於空際轉身」〔註 65〕，他寫聲音，亦往往「從空處著筆」，從而給人一種縹緲出塵之感。如「畫闌日暮起東風，棋聲吹下人世（《西河・陪鶴林登袁園》），那棋聲彷彿是天上之音，又似是被春風吹下人世；「一聲長笛月中吹。和雲和雁飛」（《醉桃源・贈盧長笛》），這笛聲似是在月亮中吹起，還和著秋雲、秋雁飛翔；「一

〔註 65〕【清】周濟《介存齋論詞雜著》，見唐圭璋《詞話叢編》，上海古籍出版社，1986 年，第 1633 頁。

聲玉磬下星壇。步虛闌。露華寒」(《江神子・喜雨上麓翁》)，從星壇飛下一聲玉磬，縹緲之極；「麟帶壓愁香，聽舞簫雲渺」(《眞珠簾・春日客龜溪，過貴人家，隔牆聞簫鼓聲，疑是按舞，佇立久之》)，這舞動的簫聲，直繞著白雲飛向天際。這聲響一旦由上而下，從虛無無邊之空中而來，亦或又飛向虛空之處，則就眞如天籟一般，幽渺纏綿，卻又不由地讓人心悅神會。

非但如此，他還從虛處著筆，往往不直言「聲」，而用「曲」、「韻」字代替。如同樣是寫歌聲，「度一曲新蟬，韻秋堪聽」(《齊天樂・白酒自酌有感》)，這採蓮女之歌聲就美美地泛著秋的韻味。又「金井暮涼，梧韻風急」(《尾犯・甲辰中秋》)，「何處動涼訊。聽露井梧桐，楚騷成韻」(《惜秋華・七夕》)，同樣是寫風吹梧桐葉，這秋梧桐聽之卻有楚騷的韻味。又「留連，有殘蟬韻晚」(《惜秋華・七夕前一日送人歸鹽官》)，「蟬聲空曳別枝長。似曲不成商」(《風入松・桂》)，「嬌笙微韻，晚蟬理秋曲」(《夢行雲》)等，這焦躁的蟬「聲」，以「韻」字描繪，則別有一番輕靈纏綿之致。還有「洞簫韻裏，同跨鶴、青田碧岫」(《天香・壽筠塘內子》)「幽蛩韻苦，哀鴻叫絕，斷音難偶」(《晏清都》)等，皆以「曲」、「韻」代「聲」，故尤得輕柔纏綿之味。姜夔、吳文英等「騷雅」派詞人作詞，「要清空不要質實」〔註 66〕，而聲音之聽得，則是實實在在的。卻「聲」而用「韻」等，雖不能眞正改變詞中聲音的本質，然卻可以改變讀者的「觀感」，使其輕靈纏綿起來。

吳文英不像辛棄疾那樣，一生以北伐復國，功名事業爲念。他更像是一位江湖清客，一生放浪江湖，雖然也當過一些權貴的幕僚，然只爲衣食生計，不爲功名仕進。他最終以布衣終老，永保其清高獨立的人格，故而，他的詞自然少功名之想，自然輕靈出塵。又其一生足跡不離江浙，江南山靈水秀的地域、溫潤平和的氣候及人文色彩，都滋養著他成爲一位溫文如玉的謙謙公子。他不會如辛棄疾般大聲疾

〔註 66〕【宋】張炎著，夏承燾注《詞源注》，人民文學出版社，1981 年，第 16 頁。

呼，幽憤滿懷，卻將其畢生的精力都投注到對詞藝術的追求上，而其詞中聲音亦是經過其藝術加工，極富幽渺纏綿之態。

自然，尚有許多詞人對聲音的運用很有特色，如張炎之善寫秋聲，蔣捷之善寫雨聲等，此不能一一窮盡。透視聲音的角度，也不是僅晝夜、季節、地域、作家四點就能完備，然以此幾點最爲典型，故據此稍作論述，與「知音」者共賞。

第二章　唐宋詞中的雨聲及其多感性

唐朝有個詩人許渾，因它的詩中多「水」，就曾被人稱爲「許渾千首濕」〔註1〕，照此說來，「唐宋詞被稱爲『萬首皆不乾』，亦不爲過矣」〔註2〕。唐宋詞中充滿著濕答答的「水」意，而「雨」，正是這萬首詞淋淋濕意的重要貢獻者。尤爲特別的是，這種「雨意」，除了觸覺感出，視覺看出，還可以用聽覺聽出。曾有人說：「西方人長於虛幻的聽覺，中國人長於自然的聽覺。中國人最能從蟀叫蛙鳴、花開花落，尤其是滴答的雨聲中聽出無盡的意思來。」〔註3〕對此，筆者甚有同感。「雨聲」之於國人，早已不只是那點點滴滴的簡單鳴奏，而是酸甜苦辣、冷暖熱涼，五感雜陳，包含著「無盡的意思」。

第一節　雨「視聽觸」三感交融美及其在詞中的表現

人有五感，視覺、聽覺、觸覺、嗅覺、味覺。人接觸這世界，首先憑藉的就是這五種感覺。世間萬物百態，少有什麼能讓人五感齊發的。好比美麗的花朵，我們可以用眼去欣賞其繽紛的色彩，用鼻去嗅

〔註1〕【宋】鯛陽居士《桐江詩話》，見郭紹虞《宋詩話輯佚》，中華書局，1980年，第343頁。

〔註2〕楊海明師《吹皺一池春水，干卿何事——談唐宋詞中的「水」意象群》見《唐宋詞縱橫談》，蘇州大學出版社，1994年，第32頁。

〔註3〕初國卿《聽雨》，胡曉明《聽雨・看月・弄水》，何寶民主編《世界華人學者散文大系》第10卷，大象出版社，2003年，第19頁。

出其芬芳的香氣，但若想聽聽它花開花落的聲音，感受下她冷暖熱涼的溫度，或是嘗一嘗它那酸甜苦辣的味道，則往往要借助想像了。而雨則不同，比起其它物象，雨的到來似乎能同時給人更多的感受，視覺、聽覺、觸覺上的感受尤爲常見，這也讓雨「美」得更立體。

一、雨的視覺美

雨的到來會給人的強烈的視覺衝擊，這首先就表現在雨前、雨後明暗之間的「劇變」。其將來未來之際，天空也會因之變了面色，如劉辰翁《減字花木蘭》所言「不能管得。欲雨能教天地黑」。如果是下暴雨、大雨，還會伴隨著烏雲壓頂、電閃雷鳴，如「電影雷聲催急雨，十分涼」（樓鍔《浣溪沙・雙檜堂》），「鏗然忽變赤龍飛，雷雨四山黑」（陸游《好事近》）等。屆時，不僅天地俱黑，周圍的空氣也會跟著冰涼起來，人的感受自然與雨前不同。

當然，雨前雨後動靜之間也會有明顯變化。「溪雲初起日沈閣，山雨欲來風滿樓」（許渾《咸陽城東樓》），伴雨而來的風，也會讓周圍的景物隨之舞動起來。如辛棄疾《摸魚兒・兩岩有石狀怪甚，取〈離騷・九歌〉名曰〈山鬼〉，因賦〈摸魚兒〉，改名〈山鬼謠〉》「昨夜龍湫風雨。門前石浪掀舞。四更山鬼吹燈嘯，驚倒世間兒女」，風雨掃過，石浪掀舞，還伴隨著「山鬼」吟嘯，別有一番悲壯恐怖的氣息。而風雨過後，一切又都會重歸平靜。正如蘇軾詩《六月二十七日望湖樓醉書》（其一）所描繪：「黑雲翻墨未遮山，白雨跳珠亂入船。卷地風來忽吹散，望湖樓下水如天。」其雨前、雨中、雨後，非但風景不同，且氣勢各異，風雨的到來，逗引得周圍的景物也隨之豐富起來，造成強烈的視覺效果。

撇開雨前雨後景色的變化不說，「雨」本身也有很強的視覺效果。早在《詩經・采薇》「昔我往矣，楊柳依依。今我來思，雨雪霏霏」，就將那濛濛雨雪的優美之境展現在了讀者面前。到了唐宋詞，對雨的視覺再現，更是豐富而多變。

如有急雨、驟雨，「野水玉鳴渠，急雨珠跳瓦。一榻清風方是閒，眞得歸來也」（辛棄疾《卜算子・答晉臣，渠有方是閒、眞得歸二堂》），急落的雨滴，像活潑的精靈，在瓦上跳躍，逗人閒情。「小庭蔭碧，遇驟雨疏風，剩紅如掃」（王沂孫《掃花遊・綠蔭》），突來的急雨疏風，掃落滿地花紅，觸人愁緒。

而詞中更多的是疏雨、輕雨，「江頭疏雨輕煙。寒食落花天。翻紅墜素，殘霞暗錦，一段淒然」（陸游《極相思》），「嫩晴還更宜輕雨。最好處、欲開未吐」，因爲只有疏雨、輕雨才給人輕柔鮮嫩之感，與詞輕靈柔婉的韻味相合。

不僅如此，雨還極具動感的線條美感，如言絲雨、細雨、斜雨等，「絲絲楊柳絲絲雨。春在溟濛處」（蔣捷《虞美人・梳樓》），雨絲伴著柳絲，飄蕩在溟濛的春色裏，別有一番韻味。又如「亭前春逐紅英盡，舞態徘徊。細雨霏微。不放雙眉時暫開」（李煜《採桑子》），「側寒斜雨，微燈薄霧，匆匆過了元宵」（呂渭老《望海潮》），細細的絲雨，斜斜地下著，逐漸填滿了整個空間，於是天也恢恢，雨也霏霏，微燈照射之下織就了「薄霧濃煙」，如夢似愁，正如秦觀詞中所言「自在飛花輕似夢，無邊絲雨細如愁」（《浣溪沙》）。

於是，「煙雨」與「霧雨」便在人們的視野中誕生。相較於絲雨、斜雨，他們更顯輕柔飄忽，如夢似幻。正是「花飛飛，絮飛飛，三月江南煙雨時。樓臺春樹迷」（李石《長相思・暮春》），三月的江南，四望煙雨濛濛，鎖住了高臺，淒迷了芳樹，也極大地彰顯了春的迷蒙。即便是秋雨，只要下得夠輕夠柔，也能伴著桂的濃香，織出一篇淒迷的篇章，如吳文英《金盞子》：「悠然醉魂喚醒，幽叢畔、淒香霧雨漠漠。」

甚至詩詞中還常見薄雨、酥雨、漠漠雨、垂垂雨等，每一個簡單的詞彙，都彰顯著雨不同的姿態，多變的韻味。更別提諸如杏花雨、桃花雨、荷花雨等花雨，芭蕉雨、梧桐雨等葉雨，樓雨、船雨、江雨、海雨等景雨。每一個組合，都有其特別的美感，或清新、或淒涼，或朦朧、或悲壯，不管怎樣，都散發著淋淋的濕意，催人情思。

二、雨的聽覺美

如果說雨的姿態是多變而韻味十足的話，那麼伴雨到來的鳴奏也是美妙而動聽的。滴滴答答、叮叮咚咚、蕭蕭索索、嘩嘩啦啦，入人耳，動人心。

其一，滴滴答答。每當雨勢不大，雨水剛來，或雨之將盡時，就會有如此鳴奏。如「朦朧月午。點滴梨花雨。青翼欺人多謾語。消息知他眞否」（晁元禮《清平樂》），「秋雨。秋雨。無晝無夜，滴滴霏霏。暗燈涼簟怨分離。妖姬。不勝悲」（閻選《河傳》），無論是春天還是秋天，這滴滴答答的鳴奏，總會伴著暗燈涼簟，助人悽楚。

詞中這種滴答的雨聲，多是疏雨聚集於芭蕉、梧桐等闊葉上或屋檐之上，滴落而成，讓人愁緒難整。如孫光憲《生查子》「寂寞掩朱門，正是天將暮。暗澹小庭中，滴滴梧桐雨」，無名氏《滿江紅》「斗帳高眠，寒窗靜、瀟瀟雨意。南樓近、更移三鼓，漏傳一水。點點不離楊柳外，聲聲只在芭蕉裏。也不管、滴破故鄉心，愁人耳」，李元膺《洞仙歌》「又豈識、情懷苦難禁，對點滴簷聲，夜寒燈暈」，清冷的黃昏或晚上，萬籟俱寂，孤眠的閨婦亦或是漂泊的遊子，面對著點點滴滴的雨聲，昏黃的燈暈，多數還是「情懷苦難禁」吧。

其二，風雨蕭蕭。如果雨勢稍大，更有甚者微風夾雨，那麼，滴滴答答的鳴奏，就被那蕭蕭的雨意取代了。正是「小風疏雨蕭蕭地」（李清照《孤雁兒》），用蕭蕭，來模擬風雨聲，在詞中尤爲常見，如陳允平《長相思》「風蕭蕭，雨騷騷，風雨蕭騷梧葉飄。瀟湘江畔樓」，詞中蕭蕭騷騷的風雨之聲，顯然已經不再受制於暮夜的靜寂，無論何時，只要雨勢夠大，這蕭蕭的雨聲，便會清晰地傳入耳中。

而伴隨蕭蕭雨聲的，也已不只是滴滴答答的愁緒了，而是冷冷的寒意。如「來時花未發，去後紛如雪。春色不堪看，蕭蕭風雨寒」（《菩薩蠻》），「細雨蕭蕭變作秋，晚風楊柳冷颼颼。無言有淚灑西樓」（王質《浣溪沙・有感》）等。更有甚者，這蕭蕭而來的風雨，還可以催花敗葉，阻人行歸，讓那本來就不怎麼順暢的人生更加坎坷起來。如李清照《多麗・詠白菊》「小樓寒，夜長簾幕低垂。恨蕭蕭、無情風雨，夜來揉損瓊肌」，無情風雨，催損了嬌嫩的花瓣；張炎《臺城路》〔註 4〕「老枝無著秋聲處，蕭蕭倦聽風雨。暗飲春腴，欣榮晚節，不載天河人去」，這恣意飄灑的秋雨，還摧殘了落葉，讓那歷經滄桑的千年古木，也無力去欣賞這蕭索的古韻了。正是「暮雨蕭蕭，飛敗葉、增添秋色」（洪適《滿江紅》），風雨中的這蕭蕭的鳴奏，正預示著歲月的無情，任你曾經再千嬌百媚，再枝繁葉茂，也經不起歲月的無情洗禮。「樹猶如此」，何況是人，「蕭蕭梅雨斷人行。門掩殘春綠蔭生」（程垓《憶王孫》），「雁字沈秋，鴉林噪晚，幾陣蕭蕭雨更風。空凝佇，不如一鶴，隨意西東」（李曾伯《沁園春・和廣文叔有季秋既望之約不及赴》），蕭蕭風雨，阻礙了行程，阻止了難得的相聚時光，人在風雨之中，尚不如隨意高飛的白鶴，業已失去了原有的自由與適意。這就是風雨，伴著蕭蕭之聲的風雨，無情的風雨。

其三，其它雨聲。雨聲的節奏，不僅跟雨勢的大小有關，而且，隨著它掉落地點的不同，聽雨者心境的各異，雨聲也變化無窮。前面提到滴滴答答和風雨蕭蕭，如果雨勢再大，則無疑是「嘩嘩」、「喧喧」之類了。如張炎《朝中措》「清明時節雨聲嘩。潮擁渡頭沙。翻被梨花冷看，人生苦戀天涯」，吳文英《江南春・中呂商賦張藥翁杜衡山莊》「秋床聽雨，妙謝庭、春草吟筆。城市喧鳴轍」，這麼大的雨聲，瞬間充斥了人的耳膜，然而由於聽者的處境不同，其苦樂之感自然有別，如其《江南春》接著寫道「清溪上、小山秀潔。便向此、搜松訪石，葺屋營花，紅塵遠避風月」，大雨之後，難得的清新，也讓人頓生遠避紅塵的逍遙之感。

甚至有雨過如瀑布聲，「池碎瀑聲荷捧雨，徑涵秋影篁篩月」（李昴英《滿江紅・和劉朔齋節亭韻》）；如大水湧流聲，「小樓昨夜雨聲

〔註 4〕詞前有小序：夏壺隱壁間，李仲賓寫竹石、趙子昂作枯木，娟淨峭拔，遠返古雅，余賦詞以述二妙。（見唐圭璋《全宋詞》，第 3515 頁。）

渾〔註5〕。春到三分，秋到三分」（張炎《一翦梅》）；如大風掀浪聲，「西風挾雨聲翻浪。恰洗盡、黃茅瘴」（陸游《青玉案・與朱景參會北嶺》）；如人大聲呵斥聲，「驚雷叱雨。料是阿香憐逆旅」（陳著《減字花木蘭》），這些全是大雨的不同聲響，其聲勢與前面兩種，不可同日而語。

雨聲還會隨著雨水滴落方位與人心境的不同而有所變化。如「夜雨鳴簷聲錄蔌。薄酒澆愁，不那更籌促」（趙師俠《蝶戀花・戊申秋夜》），是雨打屋檐形成的簌簌聲。「簷雨輕敲夜夜，牆雲低度朝朝」，雖同樣是寫簷雨，但「輕敲」與「錄簌」相比，多了些清脆之感。而同樣是「花雨」，有「亂沾衣、桃花雨鬧，微弄袖、楊柳風輕」（晁元禮《玉胡蝶》），又有「柳外輕雷池上雨，雨聲滴碎荷聲」，桃花雨鬧，而荷花雨碎，是季節的不同，也是人心境的不同。

有時，雨聲不僅能表現聽者的心境，還能暗示其身份。如「雨窗短夢難憑，是幾番宮商，幾番吟嘯」（周密《玉漏遲・題吳夢窗霜花腴詞集》），這雨聲，有著音樂的節奏，一看就是音樂家的傑作。又「悄無人，宿雨厭厭，空庭乍歇。聽簷前、鐵馬戛叮噹，敲破夢魂殘結」（無名氏《簷前鐵》），雨滴屋檐之響，驚現戰場「鐵馬冰河」之感，說詞人是一名鬥士，當不為過。

另外，雨水還有「潺潺」之音，「叮噹」之響，「淅淅」之韻，「颼颼」之感。每一種聲響，就是一個特別的情境，一份特別的心境。聆聽雨聲，其妙無窮。

三、雨的觸覺美

人的肌膚，能感冷熱暖涼，乾燥濕潤，這就是觸覺。雨的到來，不僅入人眼，聽人耳，同時還給人帶來明顯的冷暖燥濕之感。而在不同季節，不同時段，這種感受也是不一樣的。

〔註 5〕 渾，大水湧流聲。

雨前雨後，最明顯的就是溫度變化。所謂「暖風寒雨」，大多時候，雨留給人首先是寒冷，特別是在春秋冬三季。

春天來到，本當是暖回大地，陽返人間，然一番雨過，依然是春寒料峭。如万俟詠《昭君怨》：「春到南樓雪盡。驚動燈期花信。小雨一番寒。倚闌干。」葉夢得《雨中花慢》：「卷地風驚，爭催春暮雨，頓回寒威。」只是，與秋冬季節不同，春雨的寒伴著煙霧迷蒙的雨幕，留下的不過是惱人的「輕寒」，少了那種逼人的感覺。如歐陽修《蝶戀花》：「面旋落花風蕩漾。柳重煙深，雪絮飛來往。雨後輕寒猶未放，春愁酒病成惆悵。」秦觀《虞美人》：「輕寒細雨情何限？不道春難管。爲君沉醉又何妨？只怕酒醒時候、斷人腸。」只是，它留下的惆悵，卻總能長存心間。正如陳亮《水龍吟・春恨》詞中所言：「遲日催花，淡雲閣雨，輕寒輕暖。恨芳菲世界，遊人未賞，都付與、鶯和燕。」春天的美好就是在這一雨一晴，一寒一暖的交替中默默流逝。

而秋雨，就更不用說。淒涼的秋季，一層秋雨一層涼。「秋雨。秋雨。無晝無夜，滴滴霏霏。暗燈涼簟怨分離。妖姬。不勝悲」（閻選《河傳》），秋雨不僅在視覺上不如春雨般如煙似霧地輕柔纏綿，且觸之清冷冰涼，引人無限悽楚。正如柳永《八聲甘州》上闋所繪：「對瀟瀟、暮雨灑江天，一番洗清秋。漸霜風淒緊，關河冷落，殘照當樓。是處紅衰翠減，苒苒物華休。」秋雨和著霜風，淒冷了世界，也凋零了萬物，一片蕭條，讓人倍感淒涼肅殺之意。

雖然詞中對冬雨描繪的不多，但在此季節「雨化爲雪」，其徹骨的冰寒之感還是可以想見的。如李曾伯《賀新郎・庚戌和薛制參賦雪韻》「將謂霏微雨。恍朝來、虛簷生白，寒侵冒絮」，微雨化雪，世界也隨之生出虛白之氣，即便再厚的帽絮，也難敵其威寒。又如楊無咎《天下樂》：

> 雪後雨兒雨後雪。鎮日價、長不歇。今番爲寒忒太切。和天地、也來廝鼈。　　睡不著、身心自暗攧。這況味、憑誰說？枕衾冷得渾似鐵。只心頭、些個熱。

在南方，冬日最常見的就是雨夾雪。此時不僅有冬雪的寒氣，更有雨水的濕氣，讓冰冷冬日更加難耐。詞中「今番爲寒忒太切」，「枕衾冷得渾似鐵」，就貼切地描繪了冬雨雪得冰冷氣息。

而最讓人盼望的，就數夏雨了，伴雨而來的總是那舒舒爽爽的涼意。所謂「暑雨濕修竹，涼吹入高簷」（王之道《水調歌頭・秦壽之生日》），「風送雨聲來，涼生眞快哉」（趙師俠《菩薩蠻・癸巳自豫章檄歸》），「殷勤昨夜三更雨，又得浮生一日涼」（蘇軾《鷓鴣天》）。夏日漫漫，酷暑難耐，偶降下霖雨，帶著絲絲涼情爽意，不僅可以消除繁暑，人的心情也會隨之舒爽起來。如姚述堯《減字花木蘭》「果爲霖雨，洗盡蒼生炎夏苦。喜氣匆匆，好向尊前醉晚風」，似乎也只有在炎熱的夏季，人才有這個清涼心境，沉醉在晚風霖雨中。又如李曾伯《水調歌頭・暑中得雨》：

> 今歲渝州熱，過似嶺南州。火流石鑠如蓋，尤更熾於秋。竟日襟常沾汗，中夕箑無停手，幾至欲焦頭。世豈乏涼境，老向此山囚。　　賴蒼靈，憐赤子，起龍湫。刹那頃耳，天瓢傾下足西疇。蕩滌兩間炎酷，蘇醒一番枯槁，民瘼庶其瘳。清入詩脾裏，一笑解吾憂。

夏天的酷熱讓整個大地如同在鍋中炙烤一般，讓人竟日汗流不斷，煩躁不已。適時而來的霖雨，卻能「蕩滌兩間炎酷，蘇醒一番枯槁」，給世界帶來清新和舒爽，這怎能不讓人歡喜呢？因此，雖然酷暑算是一年當中最難挨的季節，但夏日雨水的到來，帶給人的卻是難得的欣喜。

至於濕潤，則是雨水最本眞的表現。所謂「晴垂芳態吐牙新，雨擺輕條濕面春」（薛能《楊柳枝》），干與濕是晴與雨間的又一區別。然而詞中濕與潤還是稍有差別的。具體而言，濕中有愁，而潤中有喜，如「遠山學得修眉翠。看眉展、春愁無際。雨痕半濕東風外，不管梨花有淚」（高觀國《杏花天》），「人在玉屏閒，逗曉柳絲風急。簾外杏花微雨，罩春紅愁濕」（張輯《倚秋韆》）等言春愁春恨；又「潤寒梅細雨，卷燈火、暗塵香。正萬里胥濤，流花漲膩，春共東江」（吳文英《木蘭花慢》），「紈扇嬋娟素月，紗巾縹緲輕煙。高槐葉長陰初合，清潤雨餘天。弄筆斜行小草，鈎簾淺醉閒眠。更無一點塵埃到，枕上聽新蟬」（陸游《烏夜啼》）之言春樂夏閒。而又濕中有寒，而潤中有暖，如「濕逗晚香殘，春淺春寒，灑窗填戶著幽蘭。慘慘淒淒仍滴滴，做出多般」（蕭漢傑《買花生・春雨》）之言春淺尚寒；「花暗水房春，潤幾番酥雨。見說蘇堤晴未穩，便懶趁、踏青人去」（張炎《眞珠簾・近雅軒即事》）之言春歸回暖。但不管怎樣，這濕答答、潤澤澤的韻味還是很特別的。

當然，雨的到來還有其它方面的感受，如雨後的空氣，伴著花香葉味，尤爲清新舒爽，「雨睛氣爽，佇立江樓望處。澄明遠水生光，重疊暮山聳翠」（柳永《訴衷情近》），這即當是嗅覺感受。人常言「酸風苦雨」，又賦予雨味覺之感，如劉壎《買陂塘》「嬌紅一撚不勝春，苦雨酸雨僝僽」。當代著名散文家余光中也在其作品中寫道：「聽聽，那冷雨。看看，那冷雨。嗅嗅聞聞，那冷雨，舔舔吧，那冷雨。」〔註 6〕即賦予雨「五感」之韻味，這也是雨相較於其它物象的特別之處。筆者之所以重點寫雨的「三感」，皆源於雨的嗅覺美與味覺美在詩詞中描繪的並不多，故在此一筆帶過。

需要指出的是，雨的「視聽觸」三美，並非互不相干，且往往相伴而來，彼此交融，且難分你我。比如說「看人間、猶是重陽，滿城風雨」（劉辰翁《金縷曲・壽李公謹同知》），「昨夜滿城風雨，惜花還繫心情」（王之道《朝中措・和張文伯寒食日雨》），同樣化用方岳「滿城風雨近重陽」（方岳《有九日道中淒然憶潘邠老句》）句，然一個晝景一個夜景，很難分清他們是在看那席捲大地的風雨景，還是聽蕭蕭鳴奏的風雨聲，視覺和聽覺的美彼此交融。即便是「潤物細無聲」（杜甫《春夜喜雨》）的春雨，「聲音極小極小的，小到了『無』的程度。

〔註 6〕余光中《聽聽那冷雨》，見《余光中集》，第 5 卷，百花文藝出版社，2004 年，第 183 頁。

但是，我現在坐在隔成了一間小房子的陽臺上，頂上有塊大鐵皮。樓上滴下來的簷溜就打在這鐵皮上，打出聲音來，於是就不『細無聲』了」〔註 7〕，何況，無論是春雨還是秋雨，即便是在普通人看來都無聲的冬雪，古人也都可以聽出聲響來。王禹偁《黃州竹樓記》就記述了黃岡之竹樓對各種聲響的放大作用：「夏宜急雨，有瀑布聲；冬宜密雪，有碎玉聲；宜鼓琴，琴調和暢；宜詠詩，詩韻清絕；宜圍棋，子聲丁丁然；宜投壺，矢聲錚錚然。皆竹樓之助也。」〔註 8〕可見，聲音不當因其小，就自然而然地被忽略，有時它還會創造出超凡的意境來。

又比如說詞中多次出現「寒聲」一詞，乃是觸覺與聽覺的通感。「霜降碧天靜，秋事促西風。寒聲隱地，初聽中夜入梧桐」（葉夢得《水調歌頭》）之言秋風聲，「畫船穩泛春波渺，夕雨寒聲小」（趙令畤《虞美人・光化道中寄家》）之言春雨聲，「靜聽寒聲斷續，微韻轉、淒咽悲沈」（張鎡《滿庭芳・促織兒》）之言秋蛩聲，「寒雁下荒洲，寒聲帶影流。便寄書、不到紅樓」（劉辰翁《唐多令》）之言秋雁聲，皆如此。又如李璟《浣溪沙》「細雨夢回雞塞遠，小樓吹徹玉笙寒。多少淚珠何限恨，倚闌干」，陳師道《南鄉子》「急雨打寒窗。雨氣侵燈暗壁缸」等，同樣都是觀雨、聽雨，卻又散發著凜凜寒氣。

與春鳥、秋蛩等善鳴的動物不同，雨的美是多方面的，因此筆者寫詞中雨聲、寫聽雨的感受，必然無法迴避伴它而來的視覺、觸覺等方面的感受。雨聲中那或淒涼或蕭索的意境，與雨那纏綿的姿態，冰冷的觸感也是密切相關的。聽聽那冷雨，纏綿蕭瑟，奇妙無窮。

〔註 7〕季羨林《聽雨》，見《季羨林散文全編》卷 3，第 193 頁。

〔註 8〕【宋】王禹偁《黃州新建小竹樓記》，見《小畜集》卷 17，四部叢刊初編本，第 4 冊，第 14 頁。

第二節　四季聽雨

雨不同於春鳥秋蛩的的另一個特點，就是雨不會受時間和空間的限制。一年中的四季，一日中的晝夜，你都有機會聽雨。不管是塞北江南，口內關外，你也都有機會，只是概率大小的關係。不同季節，不同景物，自然也會有別樣的聽感。

一、杏花春雨

以春季而言，讓人感受最深的莫若那一庭花雨了。「沾衣欲濕杏花雨，吹面不寒楊柳風」（釋志南《絕句》），「蘭溪三日桃花雨，半夜鯉魚來上灘」（戴叔倫《蘭溪棹歌》），「玉容寂寞淚闌干，梨花一枝春帶雨」（白居易《長恨歌》），所以，若要春季聽雨，無論如何是難以避開那一季的春花了。

而小巧陰柔的「杏花春雨」正是這一庭花雨的典型代表。美學大家朱光潛曾引用前人有兩句六言詩「駿馬秋風冀北，杏花春雨江南」〔註9〕，並將之視爲「剛性美」和「柔性美」的代表〔註10〕。鄧喬彬先生在探討唐宋詞的藝術境界時，亦將「杏花春雨江南」單列出來，作爲詞「陰柔美的極致」〔註11〕。可見，杏花春雨確實有其可圈可點之處。

「杏花春雨」一詞，最早見於元代作家虞集《風入松》：

> 畫堂紅袖倚清酣，華髮不勝簪。幾回晚直金鑾殿，東風軟，花裏停驂。書詔許傳宮燭，輕羅初試朝衫。御溝冰泮水挼藍，飛燕又呢喃。重重簾幕寒猶在，憑誰寄、銀字泥緘？爲報先生歸也，杏花春雨江南。〔註12〕

「這首詞作於虞集在京爲侍書學士任上，時間大約在至順三年（1332）。虞集久厭朝職，加之不斷受到中傷、誣陷，心生辭歸故鄉之念。」

〔註9〕徐悲鴻自題聯「白馬秋風賽上，杏花春雨江南」，後爲吳寇中改爲「駿馬秋風冀北，杏花春雨江南」。

〔註10〕朱光潛《文藝心理學》，安徽教育出版社，1997年，第221頁。

〔註11〕鄧喬彬《唐宋詞美學》，齊魯書社，2006年，第89頁。

〔註12〕鍾陵編著《金元詞紀事彙評》，黃山書社，1995年，第312頁。

〔註 13〕而有著迷離杏花雨的江南無疑就是詞人心心念念的心靈家園。

杏花與春雨的結合可謂「佳偶天成」。杏花往往晚於梅，而早於桃開放，其開放最爲繁盛之時也是春的黃金時期——仲春時節。此時，時節逼近寒食清明，江南雨水漸豐。杏花含苞時，色純紅，隨著花苞漸開，紅暈逐漸褪去，至大開，則爲純白色，也就難免落英繽紛了。正是「紅花初綻雪花繁，重疊高低滿小園」（溫庭筠《杏花》），「才憐欲白仍紅處，正是微開半吐時」（楊萬里《郡圃杏花》）。較之於傲雪之梅花與夭夭之桃花，杏花更有種平易近人之美，這一切都讓杏花超越梅花、桃花等成爲春雨的最佳搭檔〔註 14〕。

杏花與春雨的結合，又最富春意朦朧之美。「春色滿園關不住，一枝紅杏出牆來」（葉紹翁《遊園不值》），小巧而色豔的杏花，當春而發，本就是春榮大地的最佳詮釋，而仲春時節的雨又往往如絲如縷，如煙似霧，兩相結合就出現了「杏花煙雨」般朦朧迷離的意境。如「簷佩可憐風，杏梢煙雨紅」（范成大《菩薩蠻》），「玉釵風動春幡急，交枝紅杏籠煙泣。樓上望卿卿，窗寒新雨晴」（牛嶠《菩薩蠻》），雨中的杏花就好比籠罩在一片愁煙恨霧中的美人，極有朦朧迷離的美感。傳統士子欣賞的，也正是「紅杏籠煙泣」這樣帶著愁怨和哀傷的朦朧美。正如戴望舒的《雨巷》所描繪，他要逢著的，是一位雨中如丁香般結著愁怨的姑娘。杏花春雨的朦朧意境，正迎合了這種「美人凝恨含愁」的審美心理。如「微雨小庭春寂寞，燕飛鶯語隔簾櫳。杏花凝恨倚東風」（張泌《浣溪沙》），「楊柳舞風，輕惹春煙殘雨。杏花愁，鶯正語，畫樓東」（顧敻《酒泉子》），煙雨中的杏花，莫不凝恨含愁，朦朧迷離。

杏花春雨不僅宜看而且宜聽。只是這種聽，與傳統的聽又有不同，它超越了聲音的直觀，不是聽雨打杏花的噗噗聲，自然也不是花

〔註 13〕程傑《「杏花春雨江南」的審美意蘊與歷史淵源》，《南京師範大學文學院學報》，2005 年。第 3 期，第 121 頁。

〔註 14〕原因分析詳見程傑《「杏花春雨江南」的審美意蘊與歷史淵源》，《南京師範大學文學院學報》，2005 年 9 月，第 3 期。

落殘雨的簌簌聲。這樣噗噗簌簌的聲音，與雨打在其它花瓣的聲音，並無二異。聽杏花春雨，聽的是一種希望、一種閒適和一種安心。如「客子光陰書卷裏，杏花消息雨聲中」（陳與義《懷天經智老因訪之》），「小樓一夜聽春雨，明朝深巷賣杏花」（陸游《臨安春雨初霽》）。聽到雨聲，自然而然地想到杏花帶來的消息；聽一夜的春雨，想來明天小巷定有人吆喝著來賣杏花，這就是雨中杏花帶來的春的消息。

那麼雨中的杏花難道有與其它花不同的特質，何以唯有雨中杏花才最能知春？我們再看幾個詞句，「雨霰疏疏經潑火。巷陌秋韆，猶未清明過。杏子梢頭香蕾破，淡紅褪白胭脂涴」（蘇軾《蝶戀花》），「細雨裛開紅杏，新妝粉面鮮明。東君何事交來早，更無綠葉同榮」（杜安世《河滿子》），「楊柳千絲萬縷，特地織成愁緒。休更唱陽關，便是渭城西路。歸去，歸去，紅杏一腮春雨」（向滈《如夢令》），「微雨後，染得杏腮紅透。春色好時人卻瘦，鏡寒妝不就」（許棐《謁金門》），「舊追遊處，思前事、儼如昔。過盡鶯花，橫雨暴風初息。杏子枝頭，又自然、別是般天色」（沈蔚《夢玉人引》）等，這些都是雨中杏花的詞句。與「知否，知否，應是綠肥紅瘦」（李清照《如夢令》）、「夜來風雨聲，花落知多少」（孟浩然《春曉》）的「它花」相比，杏花似乎非常特別地借了春雨之助，自顧自地嬌豔起來，也盡展春的美好。聯繫到杏花的花期，也正是如此。二月初，天還較寒的時候，它就暗暗結出了花苞，一直到清明過後，暮春時節，才飄香滿園地零落。現實中，杏花在北方比江南被更廣闊，可見其耐寒的特質，也因此，二三月那冷冷的春雨，反而催得那紅杏愈發地嬌豔欲滴。而「春歸」的消息，也只有在雨中紅杏的身上，才讓詞人更深切地體會。

聽唐宋詞中的杏花雨，也是要聽出境界來的，雨中杏花帶來的消息，是何其的悠閒而又充滿的春的希望！正如張炎的《三姝媚》：

> 芙蓉城伴侶。乍卸卻單衣，茜羅重護。傍水開時，細看來、渾似阮郎前度。記得小樓，聽一夜、江南春雨。夢醒簫聲，流水青蘋，舊遊何許。　　誰剪層芳深貯？便洗

盡長安，半面塵土。絕似桃根，帶笑痕來伴，柳枝嬌舞。

莫是孤村，試與問、酒家何處？曾醉梢頭雙果，園林未暑。

該詞有小序：「海雲寺千葉杏二株，奇麗可觀，江南所無。越一日，過傅岩起清晏堂，見古瓶中數枝，云自海雲來，名芙蓉杏。因愛玩不去，岩起索賦此曲。」〔註 15〕可見，是一首專門詠杏花的詞作。一夜江南雨過，「洗盡長安，半面塵土」，世人那名利心，功名感也蕩然遠去，只有這嬌嫩的杏花，「帶笑痕來伴」。雨聲中那暖暖的春意，棄絕名利回歸家園的期許與閒適，都寄託在這一場杏花雨裏。這與陸游《臨安春雨初霽》「素衣莫起風塵歎，猶及清明可到家」的期待相似。

杏花雨還有另外一個名字，叫「清明雨」。「紅杏開時，一霎清明雨」（馮延巳《蝶戀花》）。按《歲時廣記》引《提要錄》：「杏花開時，正值清明前後，必有雨也，謂之杏花雨。」〔註 16〕那麼，杏花雨可以算是清明雨的一個美麗的別稱。「紅杏枝頭花幾許。啼痕止恨清明雨」（趙令畤《蝶戀花》），「閒院落，誤了清明約。杏花雨過胭脂綽，緊了秋韆索」（韓玉《且坐令》），都說明了杏花雨與清明的密切關係。更有甚者，劉仙倫《一翦梅》言：「杏花時節雨紛紛。山繞孤村，水繞孤村」，直接改杜牧七絕「清明時節雨紛紛，路上行人欲斷魂。借問酒家何處有，牧童遙指杏花村」（《清明》）而來。

而古人向來有清明聽雨的習慣。正是「落花門巷家家雨，新火樓臺處處煙」（周密《鷓鴣天・清明》），清明時節，雨水漸豐，爲聽雨創造了客觀條件。更爲重要的是，清明有聽雨的意境。清明節，是漢民族傳統節日，「新墳皆用此日拜掃，都人傾城出郊」〔註 17〕，故而清明聽雨，極富離別與悼亡的傷感。如吳文英《風入松》：

〔註 15〕唐圭璋《全宋詞》，中華書局，1965 年，第 3465 頁。

〔註 16〕【元】陳元靚《歲時廣記》，叢書集成初編本，商務印書館，1939 年，第 1 冊，第 5 頁。

〔註 17〕【宋】孟元老《東京夢華錄》，《東京夢華錄》（外四種），中國商業出版社，1982 年，第 43 頁。

> 聽風聽雨過清明。愁草瘞花銘。樓前綠暗分攜路，一絲柳，一寸柔情。料峭春寒中酒，交加曉夢啼鶯。　西園日日掃林亭。依舊賞新晴。黃蜂頻撲秋韆索，有當時、纖手香凝。惆悵雙鴛不到，幽階一夜苔生。

此爲吳文英「極經意詞，有五季遺響」〔註 18〕，是吳文英「思去妾」詞中著名的一首。「上片追憶清明之別情，下片入今情，悵望不已」〔註 19〕關於此詞，世人都賞其上片「一絲柳、一寸柔情」，及下片「黃蜂頻撲秋韆索，有當時、纖手香凝」句，認爲其「極悱惻纏綿之致」，「意倍深厚」〔註 20〕。然而這一切境界皆由清明風雨感舊而來。節日的本當會聚，與節日的風雨淒苦及生離死別的殘酷現實之間形成一種情感的張力，在詞開篇即暗示了詞的情感厚度。清明聽雨，對於孤苦漂泊的人而言，別有一番淒涼滄桑的味道。清明聽雨，聽的不是雨聲，而是這清冷節日下的孤單與寂寞。

清明節並有踏青的習俗，「清明節，公子王孫富室驕民踏青遊賞城西」〔註 21〕此日，即便是宮中的宮娥，也可「出東門恣遊賞踏青」〔註 22〕，本是個歸家團聚，外加休閒的好時光。如陳允平《朝中措》：

> 欲晴又雨雨還晴。時節又清明。紅杏牆頭燕語，碧桃枝上鶯聲。　輕衫短帽，扁舟小棹，幾度旗亭。鬥草踏青天氣，買花載酒心情。

即爲比較歡快的清明詞。清明佳節，雨過天晴，紅杏牆頭鬧，碧桃枝上鶯燕聲，退去厚重的冬裝，駕一葉扁舟，買花載酒，鬥草踏青，何其快哉！此刻耽於熱鬧的詞人也完全沒有聽雨的心境。

〔註 18〕【清】譚獻《復堂詞話》，見唐圭璋《詞話叢編》，上海古籍出版社，1986 年，第 3991 頁。

〔註 19〕唐圭璋《唐宋詞簡釋》，上海古籍出版社，1981 年，第 214 頁。

〔註 20〕陳匪石《宋詞舉》，金陵書畫社，1983 年，第 22 頁。

〔註 21〕【宋】《西湖老人繁勝錄》，見《東京夢華錄》（外四種），中國商業出版社，1982 年，第 6 頁。

〔註 22〕【元】陳元靚《歲時廣記》卷 17，叢書集成初編本，商務印書館，1939 年，第 2 冊，第 187 頁。

但對迫於種種無奈難以歸家，而孤身在外遊蕩的羈客，這清明的雨聲，才尤讓人感受深刻。「清明時節雨紛紛，路上行人欲斷魂」（杜牧《清明》），「煙水闊，人值清明時節。雨細花零鶯語切，愁腸千萬結」（魏承班《謁金門》）等，莫不是清明離家之作。此時，清明的春雨瞬間帶走了春回大地的絲絲暖意，在「乍暖還寒」的季節，讓那一抹飄蕩的孤魂，更顯淒冷無措。如張炎《朝中措》：

> 清明時節雨聲嘩。潮擁渡頭沙。翻被梨花冷看，人生苦戀天涯。　　燕簾鶯户，雲窗霧閣，酒醒啼鴉。折得一枝楊柳，歸來插向誰家？

清明時節，遊子卻飄泊天涯，此時那嘩嘩啦啦的春雨，讓人感觸尤深，酸澀之感頓生，甘苦唯有心知。留滯他鄉，漂泊異地，「貽笑梨花……空攀楊柳，是善於怨悱者」〔註 23〕也！那節日的雨聲，那陰晦的天氣，與那思家的情感，合成一部黑白的樂章，奏出遊子內心深處的苦澀與空茫。所以說，杏花雨往往是歡樂的，而清明雨，雖則只是換了個名稱，卻往往充滿苦澀與憂傷。

二、圓荷夏雨

炎熱的夏季，不如春天繁花似錦，嬌嫩可憐，只有那出水芙蓉，在萬頃綠葉的映襯下，熠熠生輝。「南軒面對芙蓉浦，宜風宜月還宜雨」（《菩薩蠻・荷花》）。夏日的雨，也不似春雨那般如煙似霧，輕柔纏綿。它們大多倏來倏往，而又蕭然而逝，只留下絲絲清涼，伴人心暢。正是「薄雲卷雨涼成陣，雨晴陡覺荷香潤」（韓元吉《菩薩蠻・夜宿余家樓聞笛聲》），「竹風荷雨來消暑，玉李冰瓜可療饑」（晁補之《鷓鴣天・杜四侍郎郡君十二姑生日》）。如果春天可以用那嬌嫩的杏花和輕柔細雨代表的話，夏天無疑就數那舒展的圓荷和急降的驟雨最有代表性。

所謂「清水出芙蓉，天然去雕飾」（李白《經亂離後天恩流夜郎憶舊遊書懷贈江夏韋太守良宰》），與杏花春雨那纏綿朦朧的意境相

〔註 23〕俞陛雲《唐五代兩宋詞選釋》，上海古籍出版社，1985 年，第 651 頁。

比，圓荷夏雨少了如夢似幻的不真切感和籠雲罩霧的哀愁感，它的美，美得清清楚楚，清清麗麗，清清閒閒。正是「一霎好風生翠幕，幾回疏雨滴圓荷」（晏殊《浣溪沙》），「一雨藕花新浴，香破小窗幽獨」（盧祖皐《謁金門》），圓荷夏雨就是如此清新明麗。

詞中對圓荷夏雨的描繪多從雨後初晴時的「麗景」入手。如周邦彥《蘇幕遮》：

> 燎沉香，消溽暑。鳥雀呼晴，侵曉窺簷語。葉上初陽乾宿雨。水面清圓，一一風荷舉。　　故鄉遙，何日去？家住吳門，久作長安旅。五月漁郎相憶否？小楫輕舟，夢入芙蓉浦。

一宿雨，抵消了夏日燥人的暑熱。鳥兒們迎著朝陽歡快歌唱，碧綠的圓荷經過雨水的洗禮，也在湖面舒展開來，襯得那出水的芙蓉，在輕柔的薰風中，更顯亭亭玉立。「葉上初陽乾宿雨。水面清圓，一一風荷舉」句，清新明麗，「真能得荷之神理者」〔註24〕。下片抒鄉情，「五月漁郎相憶否。小楫輕舟，夢入芙蓉浦」，在輕舟蕩漾，遍地芙蓉的夢裏，給我們展示了一幅江南水鄉的美麗畫卷。全詞雖含著淡淡的鄉愁，但境界清新明朗，無怪乎王國維讀罷此詞也要歎聲：「覺白石《念奴嬌》《惜紅衣》二詞，猶有隔霧看花之恨！」〔註25〕

而即便是在「隔霧看花」的姜夔詞中，「圓荷夏雨」的境界其實也並不如杏花春雨那麼朦朧纏綿。以其《念奴嬌》〔註26〕爲例：

> 鬧紅一舸，記來時、嘗與鴛鴦爲侶。三十六陂人未到，水佩風裳無數。翠葉吹涼，玉容銷酒，更灑菰蒲雨。嫣然

〔註24〕王國維《人間詞話》，上海古籍出版社，2000年，第8頁。

〔註25〕王國維《人間詞話》，上海古籍出版社，2000年，第8頁。

〔註26〕詞前有小序云：「予客武陵，湖北憲治在焉。古城野水，喬木參天。予與二三友日蕩舟其間，薄荷花而飲。意象幽閒，不類人境。秋水且涸，荷葉出地尋丈，因列坐其下。上不見日，清風徐來，綠雲自動。間於疏處窺見遊人畫船，亦一樂也。朅來吳興，數得相羊荷花中。又夜泛西湖，光景奇絕，故以此句寫之。」（見唐圭璋《全宋詞》，第2177頁。）

> 搖動，冷香飛上詩句。　　日暮青蓋亭亭，情人不見，爭忍淩波去？只恐舞衣寒易落，愁入西風南浦。高柳垂陰，老魚吹浪，留我花間住。田田多少，幾回沙際歸路。

姜夔詞向來被評爲「清空」、「騷雅」，該詞可謂其風格之代表。開篇「鬧紅一舸」，只一「鬧」字，便離了那「朦朧」甚遠。「翠葉」後，寫雨後荷之葉、花、香，「嫣然」二句，「寫荷花姿態生動，不說人聞香，而說冷香飛來」，〔註27〕可謂空來之筆。下片言惜花、賞花之情，不忍離去之意，也不直說，而以「高柳垂陰，老魚吹浪，留我花間住」婉出，乃「空處落筆」〔註28〕，深情而空靈。全詞不著一「荷」字，雖不如周邦彥詞明暢了然，卻也清新空靈，與杏花春雨給我們帶來的朦朧之境不同。

而若要夏荷聽雨，也是別有一番滋味的。它不是淅淅瀝瀝、纏纏綿綿地輕聲「帶來」春歸的消息，而是蕭蕭嘩嘩，急急驟驟地「送走」夏日的溽暑，故極富清涼暢快之感。如「急雨鬧冰荷，銷盡一襟煩暑。趁取晚涼幽會，近翠陰濃處」（程垓《好事近》），「蕭蕭疏雨亂風荷。微雲吹散，涼月墮平波」（葉夢得《臨江仙・與客湖上飲歸》）等，故夏荷聽雨，聽得閒情、樂情者居多，不似杏花春雨難般愁雲籠罩。

由於荷葉舒展而寬大，葉面肥厚而挺立，荷花也不似杏花、梨花等春花嬌小玲瓏，足以經得起風吹雨打。所以，夏荷聽雨，不需像聽春雨般要借助夜晚或屋檐等，才能想像春歸的消息。正如「魚牽翠帶，燕掠紅衣，雨急萬荷喧睡」（周密《過秦樓・避暑次穴由雲韻》），「柳外輕雷池上雨，雨聲滴碎荷聲」（歐陽修《臨江仙》），急雨打荷，萬荷齊喧，何等聲勢！而即便是減了勢頭的小雨、疏雨，滴在荷葉上也啪啪嗒嗒的，清晰可聞。

又由於荷花生於水中，觀荷聖地往往也不缺那萬頃荷塘，於是那夏雨荷聲，自然免不了雨聲、荷聲、水聲的合奏。如「池碎瀑聲荷捧

〔註27〕唐圭璋《唐宋詞簡釋》，上海古籍出版社，1981年，第188頁。
〔註28〕俞陛雲《唐五代兩宋詞選釋》，上海古籍出版社，1985年，第406頁。

雨」（李昴英《滿江紅・和劉朔齋節亭韻》），急雨、萬荷、池水，交織在一起，就成了如瀑流直下雄壯聲響。又如辛棄疾《念奴嬌・西湖和人韻》：

> 晚風吹雨，戰新荷、聲亂明珠蒼璧。誰把香奩收寶鏡，雲錦紅涵湖碧。飛鳥翻空，遊魚吹浪，慣趁笙歌席。坐中豪氣，看公一飲千石。　　遙想處士風流，鶴隨人去，已作飛仙伯。茅舍疏籬今在否？松竹已非疇昔。欲說當年，望湖樓下，水與雲寬窄。醉中休問，斷腸桃葉消息。

稼軒此詞被沈際飛譽爲「字字敲得響，勝覽」〔註 29〕，別的字句且不說，詞一開篇，確實是被這滿池的荷雨敲得陣陣響。僅一「戰」字，不僅寫出了急雨打荷的浩大聲勢，且充滿著雄壯的豪氣。「聲亂明珠蒼璧」，視覺與聽覺完美結合，不僅寫出雨珠紛撒新荷的景致，且和以雨打荷，雨撒池的聲響，可謂一石二鳥。一陣雨過，湖面復歸明鏡般的寧靜，唯有湖中新荷碧衣紅影，猶其蒼翠嬌嫩，不由激起人萬丈豪情。這就是「急雨打荷」的境界，雄壯而豪放，與杏花春雨自是不同。

當然，若雨滴漸小，夏荷聽雨也別有一番清新雅致的韻味。如沈瀛《浣溪沙・雨中荷花》：

> 雨點眞珠水上鳴。更將青蓋一時傾。總是江妃來墮珥，訪娉婷。　　不爲含愁啼粉淚，只因貪愛濕行雲。惟有遊魚偏得意，許成群。

疏疏的雨點珍珠般地打落湖面，輕輕打翻如青蓋般的荷葉，隱隱約約地露出被翠葉遮住的清麗芙蓉，如娉娉婷婷的仙女，亭亭玉立。這境界，不說清新雅致，卻又是何？

滿植荷花的池塘，又往往距臥室較遠，所以若要聽那荷聲，莫若親臨小池，或悠閒地坐於池旁的臨水小樓、小閣，邊看邊聽，屆時荷香、荷色、荷聲、荷味彙聚成一段四維短片，不惟聲情滿懷更是滋味橫出。「嫩綠堪裁紅欲綻，蜻蜓點水魚游畔。一霎雨聲香四散，風颭

〔註 29〕【明】沈際飛《〈草堂詩餘正集〉評箋》，見張璋編《歷代詞話》（上冊），大象出版社，2002 年，第 550 頁。

亂，高低掩映千千萬」（晏殊《漁家傲》），嬌紅嫩綠，蜻蜓點水，隨著微風急雨聲，一下子荷香四溢。那時「滿湖高柳搖風，坐看驟雨來湖面。跳珠濺玉，圓荷翻倒，輕鷗驚散」（晁補之《水龍吟·寄留守無愧文》），「風颭池荷雨蓋翻，明珠千萬顆，碎仍圓」（曹冠《小重山》），想來不僅有如瀑一樣的聲響，還有「圓荷瀉露」、「跳珠濺玉」、「明珠碎圓」之類的動人畫面，清澈、晶瑩、活潑而又接連不斷。那時「繡簾高軸臨塘看，雨翻荷芰眞珠散。殘暑晚初涼，輕風渡水香」（毛熙震《菩薩蠻》），「風蒲獵獵小池塘，過雨荷花滿院香」（李煜《憶王孫》），不僅有如上動人的畫面，而且身臨其境，嗅著滿園清香，享受著微風急雨帶來的瞬時清涼，這心境自然也就舒爽起來。一季夏日在胸中悶聚的煩躁之氣，也被這荷聲、荷露、荷香「送走」，蕩然不存。如楊萬里《昭君怨·詠荷上雨》：

午夢扁舟花底，香滿西湖煙水。急雨打篷聲，夢初驚。

卻是池荷跳雨，散了眞珠還聚。聚作水銀窩，瀉清波。

午休時分也要蕩舟花間，嗅著滿池荷香，聽著急雨打篷，何等的悠閒。醒來望著那「池荷跳雨」，像珍珠一樣散了還聚，逐漸聚成一窩水銀，再轟然傾瀉，何等新奇。下片白描，可謂動人心魂，細緻而悠閒。

所以聽夏荷雨較之聽清明雨，也是別有一番心境的。清明雨「乍暖還寒」，留人一片淒冷。夏荷雨則「久溽微涼」，伴人一陣悠閒。且不說雨天往往能暫時打亂人們繁忙的日常生活，讓人「偷得浮生半日閒」（李涉《題鶴林寺壁》），單就夏日的雨，能滌蕩「苦難」，就足以讓人心生「苦盡甘來」，亦或看盡滄桑的閒意。正如「水滿平塘過雨，洗妝紅褪芙渠。綠荷美影蔭龜魚，無限閒中景趣」（趙長卿《西江月·邀蔡堅老忠孝堂觀書》），水滿平塘、洗妝紅渠、綠荷美影、龜魚遊樂，皆是無限閒中景趣。又如歐陽修《南鄉子》：

翠密紅繁，水國涼生未是寒。雨打荷花珠不定，輕翻，冷潑鴛鴦錦翅斑。　　盡日憑欄，弄蕊拈花仔細看。偷得蝸蹄新鑄樣，無端，藏在紅房豔粉間。

此寫美人觀荷聽雨之閒懶態。上片寫景，一方繁茂的荷塘，彌望是田田的翠綠荷葉和嬌紅的芙蕖，四散的雨珠打在這嬌嫩的花瓣上，又輕輕翻落，灑在藏於花間的鴛鴦美麗的翅膀上，一片寧靜清幽之景。而憑欄觀荷的美人，也悠閒地注視著這一切，在「紅房豔粉」的花間，偷偷地取著刺繡的樣本，雖是平常之態亦是閒和之境。又如曹冠《小重山》：

> 風颭池荷雨蓋翻，明珠千萬顆，碎仍圓。龜魚浮戲皺清漣。翠光映，垂柳冪瑤煙。　　幽興寓薰弦。俗塵飛不到，小壺天。身閒無事自超然。拚酩酊，一枕夢遊仙。

此寫士子觀荷聽雨之超然心境。同樣是風帶雨過，荷露頻翻，龜魚嬉遊，翠葉浮煙，一片閒境，竟也激起詞人「遊仙」之心，可見確實是「身閒無事自超然」。而即便是經歷了大風大浪，以抗戰復國爲己任的鬥士陸游，暮年之際也不由吟詠起：「且釣竿漁艇，筆床茶竈，閒聽荷雨，一洗衣塵。」（陸游《洞庭春色》），可見經歷了酷暑的人，面對急雨打荷帶來的陣陣清涼，聽著那一塘荷雨喧鬧聲，已復歸內心的平靜與安閒。

雖然並非所有雨中荷花皆給人以閒情逸態，也有寫愛情之不堅貞者，如無名氏《望江南・論新及第友人》「荷上露，莫把作珠穿。水性本來無定度，這邊圓了那邊圓。終是不心堅」；寫相思之苦者，如晏幾道《生查子》「墜雨已辭雲，流水難歸浦。遺恨幾時休，心抵秋蓮苦」等，只是這多已脫離了觀荷聽雨的範圍，在季節上也是由夏入秋了。

而「秋荷聽雨」比「夏荷聽雨」更爲常見。夏天，人們多是邊看邊聽，視覺上的刺激往往比聽覺上來的強烈。然入了霜秋，萬木凋零枯萎，那一方荷塘也退去了它本有的翠綠嬌紅，唯留下一片片枯葉亂插池中，視覺上的美感也隨之蕩然無存，所謂「芙蓉院、無限秋容老盡。枯荷摧欲折，多少離聲，鎖斷天涯訴幽悶」（陳亮《洞仙歌・雨》）。只有那霏霏的秋雨，打落在那一塘依然寬大卻又乾枯的荷葉上，啪啪啪啪地發出陣陣乾澀之聲，別有一番蕭索的境界。自李商隱《宿駱氏亭寄懷崔雍崔袞》「秋陰不散霜飛晚，留得枯荷聽雨聲」以來，秋荷聽雨者，便漸漸地多了起來。如「秋入蠻蕉風半裂。狼籍池塘，雨打疏荷折」(馮延巳《鵲踏枝》)，「荷花池館，別有留人處。此時歸去，爲君聽盡秋雨」(姜夔《念奴嬌・謝人惠竹榻》)，秋雨霏霏，然即便是如此霏微的秋雨，對滿池凋零的殘荷來說，似也難以經受，然這雨中敗荷池館，偏偏有其留人之處，讓人不由自主地駐足傾聽。

其實枯荷秋雨與其它秋雨境界並無大的不同，它給人最眞的感受同樣是荒敗、淒冷。如柳永《甘草子》「秋暮。亂灑衰荷，顆顆眞珠雨。雨過月華生，冷徹鴛鴦浦」，辛棄疾《臨江仙》「枯荷難睡鴨，疏雨暗池塘」，不同於圓荷夏雨的清涼舒爽，枯荷秋雨陪伴下的池塘，冰冷徹骨，連那喜愛嬉水的鴛鴦綠鴨，也難以安睡。又如李珣《酒泉子》：

> 秋雨聯綿，聲散敗荷叢裏。那堪深夜枕前聽？酒初醒。牽愁惹思更無停，燭暗香凝天欲曙。細和煙，冷和雨，透簾旌。

「敗荷叢裏」的秋聲，和著冷煙細雨，牽惹出無限愁思悲緒，讓人不忍卒聽。短短數句，盡顯淒冷之態，可謂詞中「以清勝者」〔註30〕。只不過，那滿池的枯荷，萬株彙聚，佔據了天然的優勢，讓這秋雨聲，顯得猶其聲勢浩大。又如盧祖皐《謁金門》：

> 秋幾許？荒蓼敗荷煙渚。貼水飛鷗江欲暮，風帆追急羽。　蝶夢轉頭無據，愁到曲屏深處。寒入雙城扃繡戶，也應聞細雨。

該詞上片言秋到「敗荷煙渚」，下片言「寒入雙城扃繡戶。也應聞細雨」，霏微的細雨，帶著秋寒，灑落枯荷池塘，即便是緊閉繡戶，也依然能聽聞那颯颯秋聲，感受那徹骨寒冷，這又怎能不讓那「曲屏深處」的人兒哀愁滿腹呢？並蔣捷《秋夜雨》有「三更夢斷敲荷雨，細

〔註30〕李冰若《花間集評注》，人民文學出版社，1993年，第238頁。

聽來、疏點還歇」句，幾點疏雨敲荷，便可驚斷客夢，可見其淒冷蕭瑟。又如吳文英《秋思・夾鍾商荷塘爲括蒼名姝求賦其聽雨小閣》：

> 堆枕香鬟側。驟夜聲、偏稱畫屏秋色。風碎串珠，潤侵歌板，愁壓眉窄。動羅箑清商，寸心低訴敘怨抑。映夢窗，零亂碧。待漲綠春深，落花香泛，料有斷紅流處，暗題相憶。　　歡酌。簷花細滴。送故人、粉黛重飾。漏侵瓊瑟。丁東敲斷，弄晴月白。怕一曲、霓裳未終，催雲駿鳳翼。歎謝客、猶未識。漫瘦卻東陽，燈前無夢到得。路隔重雲雁北。

該題爲「荷塘爲括蒼名姝求賦其聽雨小閣」，則是「應荷塘之求而賦素未親到之括蒼聽雨閣」。既尚未謀面，「但只可就『聽雨』二字發揮」，「一語不及風景」〔註31〕。故而詞作亦是虛虛實實，如夢似幻。然那雨打荷聲，「偏稱畫屏秋色」，如「風碎串珠，潤侵歌板」般，低低傾訴心中的幽怨，「映夢窗，零亂碧」，惹人思憶。亦是將一庭荷雨的淒涼哀婉緩緩道出。

當然秋荷聽雨也有人聽出清爽閒適意趣的。如吳文英《江神子・喜雨上麓翁》「秋水一池蓮葉晚，吟喜雨，拍闌干」之言喜雨，黃裳《新荷葉・雨中泛湖》「落日銜山，行雲載雨俄鳴。一頃新荷，坐間疑是秋聲。煙波醉客，見快哉、風惱娉婷」之言暢快等，皆如此。實因其入秋未深，荷葉未枯，細算來不過是夏荷聽雨的在初秋的延續而已。

三、芭蕉、梧桐秋雨

秋雨，相對於其它季節的雨而言，是最宜「聽」的。因爲很多時候，聽秋雨的人都暫時摒棄了其它感覺，特別是視覺上的干擾，「凝神靜氣」，「毫無雜念」地聽，只是「聽」雨，就從中咀嚼出各種人生況味來。而相對於春夏的「花雨」，那一庭的芭蕉、梧桐葉雨，無疑更有代表性。

〔註31〕楊鐵夫《吳夢窗正集詞箋釋》，廣東人民出版社，1992年，第175頁。

首先看芭蕉秋雨。芭蕉並不是秋天才茂盛的，它春發夏花，高大寬闊。雨水也不是只有秋天才有的，算來春雨較它季更豐。然而奇特的是，聽雨打芭蕉的，多是在秋季，又多是在秋季無眠的夜裏。如「早蛩啼復歇，殘燈滅又明。隔窗知夜雨，芭蕉先有聲」(白居易《夜雨》)，「秋風多，雨相和。簾外芭蕉三兩窠，夜長人奈何」(李煜《長相思》)，「芭蕉襯雨秋聲動，羅窗惱破鴛鴦夢」(賀鑄《菩薩蠻》)，「數點秋聲侵短夢，簷下芭蕉雨」(毛滂《雨中花・武康秋雨池上》)等，皆可謂秋夜聽盡芭蕉雨。想來，春季雨水雖豐，芭蕉卻剛開始抽芽，並未舒展開它寬闊的葉子，所謂「芭蕉不展丁香結，同向春風各自愁」(李商隱的《代贈二首》)，「愁紅飛眩醉眼。日淡芭蕉卷」(趙聞禮《隔浦蓮近》)是也。更何況，相對於那一春的繁花弱柳，筆挺三四米高的芭蕉樹確實顯得陽剛了點兒，也遜色了點。夏天又往往疾風驟雨，瞬間即逝。芭蕉葉面雖也寬闊，然橢圓傾斜，無法像荷葉般承雨接露，所以也只有秋雨芭蕉才有那種點滴林霪的韻味。

以秋雨表達秋感是再自然不過的，只是芭蕉雨又與它雨不同，「謝他窗外芭蕉雨，葉葉聲聲伴別離」(黃機《鷓鴣天》)，它顯然要「專情」得多，似是專為「離情」而作。

單看芭蕉的外形，是生不出什麼秋感的。它碧綠高大，寬闊舒展，線條流暢，雖是南方亞熱帶植物，卻偏偏有股子剛強勁兒，不會像梧桐等其它植物，一遇秋風就滿院滿院地落葉。王維有一幅《雪中芭蕉》圖〔註32〕，將一株南方的植物，置於北方的嚴寒雪地裏，被評為「得心應手，意到便成，故其理入神，迥得天意」〔註33〕，芭蕉在許多人看來是極有剛強堅毅之「神」的。

芭蕉在「不遇雨」的時候，也可以惹得人春心蕩漾，如「胡蝶入簾飛，郎聲似鶯囀。見來無計拘管，心似芭蕉乍舒展」(呂渭老《握

〔註32〕原名《袁安臥雪圖》，因圖中有「雪裏芭蕉」，廣受爭議，故而又名《雪中芭蕉》。

〔註33〕【宋】沈括著，胡道靜校正《夢溪筆談校正》，中華書局，1957年，第542頁。

金釵》)，那入簾舞蝶，鶯囀郎聲，還有那舒展的芭蕉，無一不展示著春心的喜悅。詩人們還經常在芭蕉葉上題詩寫賦，如賀鑄《南歌子》:「易醉扶頭酒，難逢敵手棋。日長偏與睡相宜，睡起芭蕉葉上、自題詩」，是何等的悠閒自在。

然而，「雨打芭蕉」卻偏偏就在詩詞中生出濃重的「秋別之感」來，說它是得了秋雨之助，自然不爲過。如程垓《菩薩蠻》「平生風雨夜，怕近芭蕉下。今夕定愁多，蕭蕭聲奈何」，方千里《塞翁吟》「苦寂寞、離情萬緒，似秋後、怯雨芭蕉，不展愁封」，他們的離愁，皆因芭蕉秋雨而尤難忍受。

這種離別的「難堪」，多與芭蕉的種植位置相關。可能是鑒於芭蕉枝葉的翠綠多陰涼，芭蕉樹多臨窗而建。正如李清照《添字醜奴兒》「窗前誰種芭蕉樹，陰滿中庭。陰滿中庭。葉葉心心，舒卷有餘情」，臨窗種植芭蕉，要得就是那一庭的綠蔭。又杜牧《芭蕉》詩:「芭蕉爲雨移，故向窗前種。憐渠點滴聲，留得歸鄉夢」，言爲了聽「芭蕉雨」，故意將之移到窗前。然而，這窗外芭蕉卻給了「離人」不少心理負擔。正是「一夜不眠孤客耳，主人窗外有芭蕉」(杜牧《雨》)，「點點不離楊柳外，聲聲只在芭蕉裏。也不管、滴破故鄉心，愁人耳」(無名氏《滿江紅》)等，可謂寫出了「別離者」的心聲。又「窗外芭蕉，數點黃昏雨。何事秋來無意緒？玉容寂寞雙眉聚」(杜安世《鳳棲梧》)，「芭蕉葉上三更雨，人生只合隨他去。便不到天涯，天涯也是家」(劉辰翁《菩薩蠻・秋興》)，何嘗不是「孤守者」的心意？然吳文英《唐多令・惜別》卻有「何處合成愁？離人心上秋。縱芭蕉、不雨也颼颼」句，說芭蕉即便是不遇上雨，也照樣「颼颼」作響，動人離愁。然那也只是芭蕉雨這一意象已經深入人心後之想像，倘若芭蕉從不遇雨，吳文英也就不會有這樣的詞句了。

芭蕉臨窗而植，葉面寬大而又有平行葉脈，所以，即便是霏霏小雨，也能彙聚成流，點滴落下，響徹耳邊，故而詞中芭蕉秋雨，聽「雨滴芭蕉」之淒涼意境者尤多。如杜牧《八六子》:「聽夜雨冷滴芭蕉，驚斷紅窗好夢。」顧敻《楊柳枝》：「正憶玉郎遊蕩去，無尋處。更聞簾外雨蕭蕭，滴芭蕉。」這滴滴答答的芭蕉雨，不僅帶來了凜凜冷意，而且驚醒了與愛人相聚的好夢，驚擾了對情郎的美好回憶，確實煩人。又如万俟詠《長相思・雨》：

> 一聲聲，一更更，窗外芭蕉窗裏燈。此時無限情。夢難成，恨難平，不道愁人不喜聽。空階滴到明。

人越是愁怨，雨越是不斷。也不知是雨助了芭蕉還是芭蕉助了雨，它們對窗內無眠的人完全不理不睬，自管自顧地滴滴答答，鳴徹了長夜，響到了天明。可以想見，那一夜無眠聽雨的人，當如何愁苦。這首詞被前人評爲「口齒妙甚」〔註 34〕，筆者認爲，叫「口耳妙甚」，可能更爲恰當。

芭蕉雨點點滴滴中的「別情」也是多種多樣的，如前所見之別親、別友、別愛、別家、別鄉，更有甚者，它還可以指別國。芭蕉這種南方的翠綠植物，本來與國仇家恨、黍離之悲等難有什麼相關，但由於北宋的亡國，讓一切有地域標誌的生物也跟著沾染起家國之思來，比如杜鵑、鷓鴣等啼鳴，又如這芭蕉夜雨的鳴奏。看李清照《添字醜奴兒》：

> 窗前誰種芭蕉樹？陰滿中庭。陰滿中庭。葉葉心心，舒卷有餘情。　　傷心枕上三更雨，點滴霖霪。點滴霖霪。愁損北人，不慣起來聽。

一個「北人」，一句「不慣起來聽」，包含了詞人多深的愁怨？一個經歷了國破家亡夫死的北人，面對無寐的夜裏「雨滴芭蕉」這一典型的南方景致，其內心的苦悶又如何是「不慣」兩字所能涵蓋的？芭蕉夜雨，在李清照心中的點滴霖霪，是和著淚，和著血，滿含著黍離之悲的。

然有些詩人對此卻有不同見解，正如楊萬里《芭蕉雨》所言：

〔註 34〕【明】潘遊龍《精選古今詩餘醉》，遼寧出版社，2003 年，第 16 頁。

> 芭蕉得雨便欣然，終夜作聲清更妍。細聲巧學蠅觸紙，大聲鏘若山落泉。三點五點俱可聽，萬籟不生秋夕靜。芭蕉自喜人自愁，不如西風收卻雨即休。〔註35〕

芭蕉聽雨，一切都是喜者自喜，愁者自愁。李清照等詞人心有滿腔愁緒，聽那滴滴答答點滴霖霪的雨聲，自然快活不起來。不過，芭蕉夜雨的蕭索之聲，聽之能快活的，除了楊萬里，還眞少有人在，大概這還是源於國人「悲秋」的集體意識吧。在纏綿多情的詞中，更是鮮有這種「平靜」心態。

其次看梧桐秋雨。而梧桐與秋的關係，要先從初秋的那一片凋零的桐葉說起。所謂「梧桐一葉落，天下盡知秋」〔註36〕，古人認爲梧桐樹是所有樹中落葉最早的，所以梧桐葉落，便代表著秋天的來臨。故而比起芭蕉，梧桐葉天生便有濃重的秋感，更何況是梧桐秋雨。

與碧綠的芭蕉相比，秋雨伴著的梧桐多是乾枯而凋零的。而這梧桐的凋零，也讓它在秋雨秋風中發出特有的「顫」聲，爲秋平添一片淒冷蕭索之感。如劉過《賀新郎》：「料彼此、魂銷腸斷。一枕新涼眠客舍，聽梧桐、疏雨秋聲顫。燈暈冷，記初見。」汪元量《失調名・宮人鼓瑟奏霓裳曲》：「曲中似哀似怨。似梧桐葉落，秋雨聲顫。」秋雨梧桐聲顫，這何嘗不是漂泊的悲歎聲，生命消逝的哀怨聲。

有時，凋零的桐葉，還會發出清晰的「敲擊聲」，如吳文英《採桑子慢・九日》「桐敲露井，殘照西窗人起」，王沂孫《綺羅香・秋思》「佳期渾似流水，還見梧桐幾葉，輕敲朱戶。一片秋聲，應做兩邊愁緒」，無名氏《買坡塘・和李玉田韻》「漸影顫疏桐，聲敲落葉，孤枕怎成睡」，不眠之夜，這樣的清晰的敲打聲，牽惹出詞人無限悵恨。

更多時候，梧桐雨只是惱人蕭蕭聲與點滴聲，如「蕭蕭疏雨滴梧桐。人在綺窗中。離愁遍繞，天涯不盡，卻在眉峰」（張元幹《眼兒

〔註35〕【宋】楊萬里著，辛更儒箋校《楊萬里集箋校》，中華書局，2007年，第544頁。

〔註36〕【清】汪灝《廣群芳譜・木譜六・桐》：「立秋之日，如某時立秋，至期一葉先墜，故云。」上海書店，1985年，1737頁。

媚》)，「遙望西樓咫尺，爭信今宵思憶。伴我枕頭雙淚濕，梧桐秋雨滴」(曾揆《謁金門》)。梧桐樹幹高大，葉片眾多，涵蓋範圍要遠遠超過芭蕉，所以即便不是臨窗而植，秋雨一來，萬葉齊響，殘雨過後，千葉同滴，即使趕不上「枯荷聽雨」，比之芭蕉雨來，也當毫不遜色。詞中所謂「雨滴梧桐點點愁」(趙長卿《浣溪沙・早秋》)「悶殺梧桐殘雨，滴相思」(韋莊《定西番》)等，皆是那秋雨梧桐在人心靈上的印記。

梧桐聽雨自然也是表離別的，因爲秋天本身就是一個離別的季節。這個季節，樹葉告別樹枝要「飄零」，鳥兒告別家園要「南飛」，兒子告別父母要「秋闈」，丈夫告別妻子要「北征」，到處都充斥著離別。秋雨下的梧桐自然也不例外。所謂「梧桐樹，三更雨，不道離情正苦。一葉葉，一聲聲，空階滴到明」(溫庭筠《更漏子》)，「梧桐葉上三更雨，葉葉聲聲是別離」(周紫芝《鷓鴣天》)，這雨滴桐聲，在夜裏顯得尤其「難聽」。

只是，相對於芭蕉雨，梧桐雨中的離別，更蕭瑟了點兒，厚重了點兒，有著濃濃的「秋味兒」。比如，同樣是寫「涼」，芭蕉雨是「點滴芭蕉疏雨過，微涼。畫角悠悠送夕陽」(李之儀《南鄉子・夏日作》)還帶著夏日的舒爽；梧桐雨則是「翻翻翠葉梧桐老，雨後涼生早。葛巾藜杖正關情，莫遣繁蟬容易、作秋聲」(葉夢得《虞美人・極目亭望西山》)，已含著秋的淒涼與衰敗。又如同是寫「冷」，芭蕉雨的冷是「洞房深。畫屛燈照，山色凝翠沉沉。聽夜雨冷滴芭蕉，驚斷紅窗好夢，龍煙細飄繡衾」(杜牧《八六子》)，尙包含著翠紅的熱烈色彩；而梧桐雨的冷則是「梧桐落，蓼花秋。煙初冷，雨才收。蕭條風物正堪愁」(馮延巳《芳草渡》)，充斥著秋的淒冷與蕭條。就心境而言，梧桐雨在表離別相思的同時往往打並入人生之感，表達強烈的人生漂泊與老邁之悲。如張輯《疏簾淡月・寓桂枝香秋思》:「梧桐雨細。漸滴作秋聲，被風驚碎。潤逼衣篝，線嫋蕙爐沈水。悠悠歲月天涯醉。一分秋、一分憔悴。紫簫吟斷，素箋恨切，夜寒鴻起。」秋風、秋雨、秋雁、秋日的征人，各自相伴而又各自憔悴，秋日的漂泊之感益濃。又如蘇軾《木蘭花令‧宿造口聞夜雨寄子由、才叔》：

> 梧桐葉上三更雨，驚破夢魂無覓處。夜涼枕簟已知秋，更聽寒蛩促機杼。　　夢中歷歷來時路，猶在江亭醉歌舞。尊前必有問君人，爲道別來心與緒。

此爲紹聖元年（1094）八月，蘇軾遠謫惠州南行途中，宿萬縣造口時的作品，也充滿著濃濃的秋感和人生況味。三更時分，梧桐雨的颯颯秋聲，驚破殘夢，讓人頓覺秋的寒意。孤宿野店，聽著寒蛩鳴響，思念著兄弟的相聚時光，想著前路茫茫，又頓生淒冷之意。又如「風雨怯殊鄉。梧桐又小窗。甚秋聲、今夜偏長」（張炎《南樓令》），「秋聲昨夜入梧桐。雨濛濛。灑窗風。短杵疏砧，將恨到簾櫳」（沈端節《江城子》），「霽靄迷空曉未收。羈館殘燈，永夜悲秋。梧桐葉上三更雨，別是人間一段愁」（趙長卿《一翦梅‧秋雨感悲》）等，無論怎樣，梧桐雨聲總不離秋聲、秋恨、秋愁、秋悲，這種濃烈的人生秋感，在大多數芭蕉雨單純的惜別聲中是很少見的。

有時，即便是以愛情爲主線的七夕詞，如果也下上那麼一陣梧桐雨，其感觸也深刻起來。如辛棄疾《綠頭鴨‧七夕》：

> 歎飄零，離多會少堪驚。又爭如、天人有信，不同浮世難憑。占秋初、桂花散采，向夜久、銀漢無聲。鳳駕催雲，紅帷卷月，泠泠一水會雙星。素杼冷，臨風休織，深訴隔年誠。飛光淺，青童語款，丹鵲橋平。　　看人間、爭求新巧，紛紛女伴歡迎。避燈時、綵絲未整，拜月處、蛛網先成。誰念監州，蕭條官舍，燭搖秋扇坐中庭。笑此夕、金釵無據，遺恨滿蓬瀛。欹高枕，梧桐聽雨，如是天明。

正所謂「七月七日長生殿，夜半無人私語時。在天願作比翼鳥，在地願爲連理枝」（白居易《長恨歌》）。七夕，本是天上相聚，人間乞巧的美好日子，然而偏偏有人孤宿蕭條館舍，苦歎人生飄零，聽一夜的梧桐秋雨，「如是天明」。那雨聲中，拜別了秋初節日的熱鬧與爽朗，只留下人生孤獨的蕭瑟悲感。這就是梧桐聽雨，充斥著濃濃的秋味兒梧桐雨。

而自孟浩然「微雲淡河漢，疏雨滴梧桐」〔註 37〕句後，「疏雨梧桐」便成了梧桐雨的典型代表。如劉過《六州歌頭・寄孫竹湖》「恨雲臺突兀，無君子者，雪堂寥落，有美人兮。疏雨梧桐，微雲河漢，鍾鼎山林無限悲」，盧祖皐《木蘭花慢》「汀蓮凋晚豔，又蘋末、起秋風。漫搔首徐吟，微雲河漢，疏雨梧桐」，皆直接化用孟浩然詩句而來，以繪秋天的疏淡美景。疏雨梧桐，就意境而言，自然不會有春雨如煙似霧般的纏綿感，也不會有夏雨急雨傾盆的氣勢，它疏疏落落，不急不緩，卻也伴著秋梧桐特有的乾澀之聲，颯颯作響，再加上秋風中不時飄落的梧葉，別有一番清淡蕭爽的境界。如葛長庚《水調歌頭・丙子中元後風雨有感》「一葉飛何處？天地起西風。夜來酒醒，月華千頃浸簾櫳。塞外賓鴻來也，十里碧蓮香滿，澤國蓼花紅。萬象正蕭爽，秋雨滴梧桐」，葉夢得《千秋歲・小雨達旦，東齋獨宿不能寐，有懷松江舊遊》「雨聲蕭瑟，初到梧桐響。人不寐，秋聲爽。低簷燈暗淡，畫幕風來往」等，秋風秋雨掃蕩夏日酷暑，送來舒爽的同時，也帶來了蕭瑟肅殺之意。風中飄落的梧葉，雨中蕭瑟的桐響正是其證明。

四、梅雪冬雨

以四季而言，冬雨最不具代表性。四季詞中，數冬詞最少。而唐宋詞中的「冬詞」，又以詠梅雪者最多。如蘇軾《行香子・冬思》:「攜手江村。梅雪飄裙。情何限、處處消魂。」毛幵《漁家傲》:「漸過初冬時節好，尋梅踏雪城南道。」皆詠梅雪。又如張孝祥《定風波》「莫道嶺南冬更暖。君看，梅花如雪月如霜」，黃機《謁金門・壽何令》

〔註 37〕【元】辛文房《唐才子傳》載：孟浩然「四十遊京師，諸名士間嘗集秘省聯句，浩然曰：『微雲淡河漢，疏雨滴梧桐。』眾欽服。張九齡、王維極稱道之」。見傅璿琮《唐才子傳校箋》，中華書局，1987 年，第 363～364 頁。

「冬十月。記取生申時節。梅傍小春融絳雪」等，亦言梅雪而甚少關涉冬雨。

而即便是詠梅雪，其主題又往往是「處寒詠暖」，「處冬思春」。如「悠悠。冬向晚，梅花潛暖，隨處香浮」（王之道《滿庭芳・和富憲公權餞別》），「梅邊雪外。風味猶相似。迤邐暖乾坤」（朱敦儒《驀山溪・和人冬至韻》），「知是今年，一冬較暖，開遍梅花」（邵桂子《沁園春・李娶塘東曾》）等，皆言冬暖；「春工已覺。點破香梅萼」（朱淑眞《點絳唇・冬》），「寒谷春生，熏葉氣、玉筒吹谷」（范成大《滿江紅・冬至》），「鹿瑞堂前冬日暖，螺山江上春波闊」（戴復古《滿江紅》）等，皆言春歸。所以「冬」這個本來標誌著「嚴寒」的詞彙，在柔婉的詞中反而逐漸失去了它的「本眞」。此以周邦彥的《無悶・冬》詞，最有代表性：

> 雲作輕陰，風逗細寒，小溪冰凍初結。更聽得、悲鳴雁度空闊。暮雀喧喧聚竹，聽竹上清響風敲雪。洞户悄，時見香消翠樓，獸煤紅爇。　　凄切。念舊歡聚，舊約至此，方惜輕別。又還是、離亭楚梅堪折。暗想鶯時似夢，夢裏又卻是，似鶯時節，要無悶，除是擁爐對酒，共譚風月。

冬日，雖是寒冷，卻是輕陰細寒，雖有聲音，卻是「悲鳴雁度」，「暮雀喧竹」，「清風敲雪」，更襯得這深深的庭院寧靜悄然。下片懷舊，詞人想到了折梅寄情，鶯時舊夢，又暗寓懷春之意。雨聲在這典型的冬景中，是鮮有出現的。

而冬日的雨，即便出現，也多是「配角」。如蘇軾《蝶戀花・密州冬夜文安國席上作》「簾外東風交雨霰。簾裏佳人，笑語如鶯燕」，以窗外雨雪之寒，反襯室內佳人笑靨之歡。姜夔《點絳唇・丁未冬過吳松作》「燕雁無心，太湖西畔隨雲去。數峰清苦，商略黃昏雨」，以黃昏之雨，寓懷古悲苦之情。即便有梅共雨聲發，雪隨雨聲下，也已是「梅雪迎春到」時節，如「一雪蹉跎，蹇驢不載吟鞭去。夜聽春雨。

踏雪差無苦」(劉辰翁《點絳唇・和訪梅》),「水雲共色,漸斷岸飛花,雨聲初峭。步帷素嫋。想玉人誤惜,章臺春老」(吳文英《掃花遊・春雪》)等,雖是聽雨踏雪尋梅,確已明顯帶來了春歸的消息。

唯有陳德武《沁園春・舟中夜雨》,才算是聽盡了冬日雨聲的離愁哀思:

冬夜如年,客枕無眠,怎到天明。待數殘二十五、寒更點,聽餘一百八、曉鐘聲。雨脚敲篷,灘頭激纜,總與離人訴不平。遍聞得,我浚深恨海,砌起愁城。　　問君何事牽縈。想最苦人間是別情。念千山萬水,沉魚阻雁,一身兩地,燉燕煎鶯。繡枕痕多,錦衾香冷,意有巫山夢不成。怎撇下,這兩字相思,萬里虛名。

該詞是少有的冬夜聽雨佳作。將冬日之寒、雨聲之蕭索、舟行之漂泊融合在小詞中,造成強烈的視聽效果。孤宿舟中,獨自忍受著「如年」一般漫長的清冷孤夜,聽著舟外那寒鐘、蓬雨與灘聲的合奏,怎能不讓人深陷「濬深恨海」而「砌起愁城」呢!飄蕩的舟旅生涯,連魚雁傳書也不能辦到,空留下兩地相思成災,而自己只能獨自爲那萬里之外的虛名虛利,漂泊無定。這冬日的雨聲,是漂泊之思,是相思之恨,更是名利之悔,在淒冷和蕭瑟中祭奠這孤獨的靈魂。

如上,一年有四季,每個季節都有各自的物色風光,雨聲亦呈現出別樣特點,裝點著我們平凡無奇的生活。而詞人生活中的雨聲,又飽含了眾多人生感悟、情緒滋味,仔細聆聽,其樂無窮。

第三節　生活聽雨

詞有鮮明的「南方地域文學」色彩〔註 38〕,多水,多雨,多柔情,也因此詞人的生活離不開雨。透過雨聲,我們可以難得地一窺詞人多樣的生活狀態及其特別的心境。

〔註 38〕此觀點爲多數大家贊同,請參照楊海明師《唐宋詞史》、鄧喬彬先生《唐宋詞美學》等著作。

大多時候，雨給人並不美好的感受。它妨礙我們觀賞美景，「中秋佳月最端圓。老癡頑。見多番。杯酒相延，今夕不應慳。殘雨如何妨樂事，聲淅淅，點斑斑」（吳文英《江城子・中秋早雨晚晴》）；它阻礙我們的行程，「小雨阻行舟，人在煙林古渡頭。欲挈一尊相就醉，無由」（呂渭老《南鄉子》）；他給原有約定或計劃帶來變數，「擬龍山、把酒酹西風，西風苦無情。似秋容不受，騷人登眺，特地慳晴」（李曾伯《八聲甘州・庚戌重九約諸友登龍山，阻雨》）；更有甚者，他還妨礙我們的睡眠「最苦。睡不著、西風夜雨」（晁補之《惜奴嬌》）。雨的到來打破了晴時正常的生活狀態，確實不免讓人懊惱十分，所以詩詞中借助雨聲表達的生活情感，也多帶著點哀傷的滋味。

一、漂泊聽雨

詩詞中有不少意象是與漂泊有關的，比如說浮雲，浮萍，只因它們皆是無根之物，隨風而動，隨波逐流。雨水亦是如此。《西遊記》中提到的爲國王醫病的「無根水」即是天上初降下不沾地的雨〔註 39〕。雨水從天而降，隨風飄動，入江、入海、入土、入木，也進入了漂泊者的耳目，化爲一章章詞篇。如黃公紹《滿江紅・花朝雨作》：

> 客子光陰，又還是、杏花阡陌。攲枕聽、一窗夜雨，怎生禁得？銀蠟痕消珠鳳小，翠衾香冷文鴛拆。歎人生、時序百年心，萍蹤迹。　　聲不斷，樓頭滴。行不住，街頭屐。倩新來雙燕，探晴消息。可煞東君多著意，柳絲染出西湖色。待牡丹、開處十分春，催寒食。

「花朝」，即花朝節，「仲春十五日爲花朝節，浙間風俗，以爲春序正中，百花爭放之時，最堪遊賞。」〔註 40〕只是在這麼個美好的節日裏，詞人非但客居他鄉，且遭遇了惱人的雨季，除了「攲枕聽、一窗夜雨」，

〔註 39〕【明】吳承恩《西遊記》六九回有：「國王便教宮人取無根水。眾官道：『神僧說，無根水不是井河中者，乃是天上落下不沾地的才是。』」人民文學出版社，1980 年，第 834 頁。

〔註 40〕【宋】吳自牧《夢粱錄》，見《東京夢華錄》（外四種），中國商業出版社，1982 年，第 7 頁。

感歎自己一生「萍蹤漂泊」外，竟別無它法。詞下片，對雨聲有細緻描繪：「聲不斷，樓頭滴。行不住，街頭屐」，將雨聲與自己漂泊的蹤跡相連，雨聲不斷，漂泊不定，這又是多麼愁苦蕭瑟的感觸。花朝已至，因雨未能成遊，寒食、清明旋即立到，就不知那時的雨會不會停歇，而自己漂泊的腳步會不會短暫停留。黃公紹身處宋末元初，入元後，終身未仕，此雨聲中的漂泊之感，與其身心無定的狀態十分吻合。

「客舍聽雨」、「舟船聽雨」則成爲漂泊詞篇中常見的一幕。所謂「舟車勞頓」，漂泊者的行旅總是與舟和車是分不開的，然而雨天，尤其是夜雨天，其境況則略有不同。人們可以隨時在水中行舟，卻難以在夜間泥濘的道路上行走，由此客舍、驛館、郵亭、野店等代車而成爲漂泊者聽雨的最終場所。如「夜雨滴空階，孤館夢回，情緒蕭索。一片閒愁，想丹青難貌。秋漸老、蛩聲正苦，夜將闌、燈花旋落。最無端處，總把良宵，只恁孤眠卻」（柳永《尾犯》），孤眠的旅人，聽著孤館外、空階上的點滴之聲，情緒蕭索。又「何處投鞍風雨夕？臨水驛。空山驛。臨水驛。空山驛。縱明月相思千里隔」（賀鑄《琴調相思引・送范殿監赴黃岡》），送別的人，想像友人在風雨之夕，投宿孤館野店，相思無極；「薄暮投奪驛。風雨愁通夕。窗外芭蕉窗裏人，分明葉上心頭滴」（無名氏《眉峰碧》），投宿的旅人，孤身在外，聽著窗外夜雨滴冷芭蕉的淒涼之聲，孤愁無寐；「人道山長山又斷。蕭蕭微雨聞孤館（李清照《蝶戀花》）即便孤守在家的人，想像著親人孤館聽雨的情境，也不由得淒涼之感頓生。雨聲，總能攪動離腸，助人悽楚。

因「雨聲多在夜窗中」（張榘《浪淘沙》），於是寂靜之夜，驛館之中，野店之內，客居之人多隔窗聽雨，或臨床聽雨，屆時，種種思緒紛至沓來。他們或無聊慵懶，如「黃昏客枕無憀，細響當窗雨」（周邦彥《荔枝香近》），「亂雨敲春，深煙帶晚，水窗慵憑。空簾謾卷，數日更無花影」（《瑣窗寒・旅窗孤寂，雨意垂垂，買舟西渡未能也。賦此爲錢塘故人韓竹閒問》）；或相思思鄉，如「別愁如絮，佳期何在，古屋蕭蕭燈火。打窗風雨又何消，夢未就、依前驚破」（呂渭老《鵲橋仙》），「青燈聽雨夜荒涼。歸夢苦難長。坐想玉奩鴛錦，空餘臂粉衣香」（郭世模《朝中措》）；或歎利名枷鎖，人生空老，「客枕夢回聞二鼓。冷落青燈，點滴空階雨……世事翻來還覆去。造物兒嬉，自古無憑據。利鎖名韁空自苦。星星鬢影今如許」（吳潛《蝶戀花》）；亦或什麼也不思，什麼也不想，只是聽雨、聽雨，聽著窗外那濕答答的雨聲，充斥著凜凜寒意，「薊門聽雨，燕臺聽雪，寒入宮衣」（汪元量《人月圓》）。但無論如何，那滿腔的客愁，和滿心的孤苦則是相同的。如賀鑄《羅敷歌》（採桑子）：

> 東亭南館逢迎地，幾醉紅裙。悽怨臨分。四疊陽關忍淚聞。　　誰憐今夜篷窗雨，何處漁村。酒冷燈昏。不許愁人不斷魂。

有時，館亭驛使為「逢迎」上僚，會在驛館準備歌舞。然歌舞酒散之後，客舍昏暗的燈光，伴著長夜篷窗的冷雨，依然讓人為之斷魂。總之，客舍聽雨，詞人在聽雨的同時，也在內視自己的心靈，回想自己的一生，於是這雨聲，便和著夜幕變得深刻而複雜。

「舟船」相較於別館，本身更多出些漂泊的韻味。一江之中，波來浪往，搖來蕩去，不定之感頓生。所謂「日暮空江波浪急」（牛嶠《江城子》）是也。而「風約雨橫江，秋滿篷窗。個中物色盡淒涼（朱敦儒《浪淘沙・康州泊船》），「江上送歸船。風雨排空浪拍天」（張孝祥《南鄉子》），寬闊的江上，高風卷雨，橫掃江面，濁浪排空，浪沙漫天，又是何等的威懾。行人孤舟，身處如此風頭浪尖之上，聽著那「風翻暗浪打船聲」（白居易《竹枝詞》）又是何等的淒然。

舟船聽雨的一個典型特點便是風聲、雨聲、潮聲、浪聲、甚至灘聲，眾聲齊發，如同雄壯的交響樂，震撼人心。正是「風定灘聲未已，雨來篷底先知」（張孝祥《西江月》），更何況「荒山連水水連天。憶曾上、桂江船。風雨過吳川。又卻在、瀟湘岸邊」（韓玉《太常引》），滿世界的浪萍蹤跡，難駐一地，漂泊之苦，更是一目了然。又如程垓

《望江南・夜泊龍橋灘前遇雨作》:

> 篷上雨,篷底有人愁。身在漢江東畔去,不知家在錦江頭。煙水兩悠悠。　　吾老矣,心事幾時休?沈水熨香年似日,薄雲垂帳夏如秋。安得小書舟?(家有擬舫名書舟)

家在錦江頭,身飄漢江東,夜泊龍橋灘,聽著灘上急雨打篷聲,即便是在夏季,也凜凜然有秋寒之感。漂泊者心境之淒寒,一窺可知。

古人有「呼船夜渡」的習慣,然「燈外江湖多夜雨」(吳文英《滿江紅・餞方蕙岩赴闕》),夜間行舟,往往遭逢夜雨,這不僅增加了行船的難度,更讓詞人倍感孤愁迷茫。正是「桃李春風一杯酒,江湖夜雨十年燈」(黃庭堅《寄黃幾復》),相聚的歡樂時光與孤燈夜雨的漂泊生涯相比,過於輕鬆,也過於短暫了。正如吳文英另一首詞《浪淘沙》所言:「燈火雨中船,客思綿綿。離亭春草又秋煙。似與輕鷗盟未了,來去年年。」一望無際的寬闊江面,一葉扁舟,滿江風雨,一燈如豆,昏暗中聽著雨打篷船聲,聽著連江的蕭蕭夜雨,那飄蕩的客愁綿綿不斷。更何況,舟行無定,便是「萋萋芳草迷南浦。正風吹、打船雨。靜聽愁聲夜無眠」,也無從想像雨定之後,船行「到水村何處」(楊無咎《滴滴金》)。前路的迷茫之感,讓這篷船的雨聲更加蕭索斷魂。而即便是礙於風雨,停船靠岸,於「柳汀煙渚,聽盡篷窗雨」(曹勳《點絳唇》),也該是「孤蓬夜傍低叢宿,蕭蕭雨聲悲切」(方岳《齊天樂・和楚客賦蘆》),身心無比疲憊吧!最無助的還是自己的美好年華都在漂泊中耗盡。如蔣捷《一翦梅・舟過吳江》:

> 一片春愁待酒澆,江上舟搖,樓上帘招。秋娘度與泰娘嬌,風又飄飄,雨又蕭蕭。　　何日歸家洗客袍?銀字笙調,心字香燒。流光容易把人拋,紅了櫻桃,綠了芭蕉。

舟船漂泊,伴隨自己的是「風又飄飄,雨又蕭蕭」,而回到家中,則有「銀字笙調,心字香燒」,音樂相陪,溫情相伴。更何況時光無情,一年又一年「紅了櫻桃,綠了芭蕉」,拋卻行人,悄然獨逝。

雨聲中被時光拋棄的又何止漂泊者？在思念的另一頭，還住著獨守空閨的婦人，她們的心境也隨著那淋漓的雨聲倍顯孤苦淒涼。如陳師道《南鄉子》：「急雨打寒窗。雨氣侵燈暗壁釭。窗下有人挑錦字，行行。淚濕紅綃減舊香。」同樣是昏暗燈光下的孤獨之人，她聽著寒窗外那冰冷的雨聲，孤愁之感不會更少。所謂「背壁燈殘，臥聽簷雨難成寐……數盡更籌，滴盡羅巾淚。如何睡？甫能得睡，夢到相思地」（蔡伸《點絳脣》），「那堪燈幌，聽夜雨，鎮暗滴」（葉隆禮《蘭陵王・和清眞》），在相思的另一端，空閨的思婦，也同樣聽著簷間滴滴雨意，長夜無寐。而「最是銷魂處，夜夜綺窗風雨。風雨伴愁眠，夜如年」（蔡伸《昭君怨》），倘若夜夜如此，年年如此，空閨聽雨，「風雨伴愁眠」，又該是多麼孤苦無助。

而最讓人愁絕的還當屬親人不在的漂泊。賀鑄有「梧桐半死清霜後，頭白鴛鴦失伴飛……空床臥聽南窗雨，誰復挑燈夜補衣」（《半死桐》），李清照有「尋尋覓覓，冷冷清清，淒淒慘慘戚戚……梧桐更兼細雨，到黃昏、點點滴滴」（《聲聲慢》），皆是在失去伴侶之後的孤獨至極，甚至進退失據，茫然失措。他們的漂泊已不是純粹意義上身體的流蕩，而是心靈家園的缺失。與此相類似的還有李煜的「簾外雨潺潺，春意闌珊，羅衾不耐五更寒。夢裏不知身是客，一晌貪歡」（《浪淘沙》），作爲一位亡國之君，他夢裏夢外，皆茫然失措。又張炎的《月下笛・孤遊萬竹山中，閒門落葉，悉思黯然，因動黍離之感。時寓甬東積翠山舍》：

> 萬里孤雲，清遊漸遠，故人何處？寒窗夢裏，猶記經行舊時路。連昌約略無多柳，第一是、難聽夜雨。謾驚回淒悄，相看燭影，擁衾誰語。　　張緒。歸何暮？半零落，依依斷橋鷗鷺。天涯倦旅。此時心事良苦。只愁重灑西州淚，問杜曲、人家在否？恐翠袖、正天寒，猶倚梅花那樹。

該詞作於元成宗大德二年（1298），根據詞前小序，該詞爲抒發「黍離之悲」，詞人獨自遊覽台州萬竹山，夜聽山雨，想起了連昌宮〔註41〕

〔註41〕連昌，唐宮殿名，連昌宮。

的官柳如今略無，杜曲〔註42〕的大家不知在否，歷史滄桑之感頓生，黍離之悲暗寓。上片「連昌」句後，寫聽雨之感受：夜雨最是難聽，孤枕難眠時，只有燭影與自己相看不厭，形影相弔，可謂寫出聽雨之神。該詞「因人不在，而憶同遊；因雨難聽，而不能安眠；因歸遲，而感羈旅。一氣之下，步步緊扣」〔註43〕，零落之感，倦旅之感，黍離之感並生，難以排解，可謂孤苦之極。張炎出身貴族，卻爲元人抄沒家產，以致家道中落。入元後，南北流蕩，諳盡漂泊之苦。該詞夜雨聲中，其擁被無語，與燭影相弔的情形，小中見大，盡寫其作爲亡國遺民詞人的深重悲哀。

二、安居聽雨

與爲官事、兵事、勞事、生計等而漂泊的生活相對的，則是安居閒逸的生活狀態。無論是山居田園，還是漁隱湖澤，更有甚者只是「官隱」於朝，賦閒在家，甚至偶爾能登山臨水的遊覽一番，只要不是南來北往的奔波不定，就是筆者所要論述的。

與漂泊相比，安居生活中的雨聲別有一番悠閒之境。正是「田園有計歸須早。在家縱貧亦好」（曹組《青玉案》），「家」給人的感覺是美好的，它讓人覺得安心、安全、舒適。它未必是座不會移動的庭院，卻一定要是你安置飄蕩心靈的港灣，是一種相對安閒平靜的生活狀態。這種生活表面看來與飄飄灑灑，悠悠蕩蕩的雲情雨境有那些格格不入，與蕭瑟孤峭的雨聲搭配起來又有些似是而非。然事實上，安居生活中的雨聲有著自己獨特的魅力。如趙長卿《臨江仙》：

> 天外濃雲雲外雨，雨聲初上簷牙。紅蕖應褪洗妝花。晚涼如有意，廠霤霤到山家。　　爲喚山童多索酒，金鐘細酌流霞。暈生玉頰酒潮斜。閒中無寵辱，醉裏是生涯。

〔註42〕杜曲，地名。在今陝西省西安市東南，樊川、御宿川流經其間。唐大姓杜氏世居於此，故名。

〔註43〕唐圭璋《唐宋詞簡釋》，上海古籍出版社，1981年，第235頁。

趙長卿本爲宋宗室子弟，然「不棲志紛華，獨安心風雅」〔註44〕，遁世歸隱，居於江南，縱遊山水，以詩詞自娛。他的詞集分春夏秋冬四景，此即其夏日山居詞之一首。從詞尾「閒中無寵辱，醉裏是生涯」看，其生活可謂安適，甚至閒得有些孤寂。夏日的雨適時地爲他的山居生活帶來絲絲涼意，故而那「天外濃雲」，那「簷牙上雨聲」也無不充滿著閒意與舒適。

山居田園生活中聽雨者的心境也有所不同，不是被動地、無可奈何地，乃至有點淒涼無助地聽，而是悠閒地，愜意地，甚至主動地聽。如辛棄疾《西江月・春晚》:「賸欲讀書已懶，只因多病長閒。聽風聽雨小窗眠，過了春光太半。」人懶長閒，聽雨窗眠，雖是多病身，亦無比愜意。又如他的另外一首詞《行香子・山居客至》:

> 白露園蔬。碧水溪魚。笑先生、釣罷還鋤。小窗高臥，風展殘書。看北山移，盤谷序，輞川圖。　　白飯青芻，赤腳長鬚。客來時、酒盡重沽。聽風聽雨，吾愛吾廬。笑本無心，剛自瘦，此君疏。

耕田種菜，溪澗釣魚，平時臨窗小讀，微風拂面，若有佳客到來，則盡醉以待。這樣的生活，閒適愜意。帶著這樣的心境，去聽風，聽雨，也同樣快樂美滿。風雨之聲，完全無損詞人安居的生活，反而是過於陽剛的品性，會有害人的身體。該詞爲辛棄疾隱居鉛山時作，雖然於詞尾不免有憤激之語，然整首詞境界較爲寧靜祥和，聽雨也聽得愜意安閒。

閒居的生活確實讓人流連忘返，劉過在《念奴嬌・留別辛稼軒》詞中，雖聲明「直待功成方肯退」，但他心中的理想生活狀態則是「多景樓前，垂虹亭下，一枕眠秋雨」的悠閒日子。無獨有偶，仇遠的《玉蝴蝶》同樣如此：

> 獨立軟紅塵表，遠吞翠霧，平挹紋瀾。草長西垣，生怕隔斷雙鬟。樹梢明、夕陽未冷，菱葉靜、新雨初乾。倚

〔註44〕【明】毛晉《惜香樂府跋》，見金啓華《唐宋詞集序跋彙編》，江蘇教育出版社，1990年，第168頁。

闌杆。一聲鵝管，人影高寒。　　休尋王孫桂隱，白雲雞犬，曾識劉安。羽扇綸巾，不知門外有人閒。袖素手、懶招黃鵠，寫碧牋、空寄青鸞。且盤桓。聽風聽雨，山北山南。

仇遠，錢塘人，家居餘杭溪上之仇山，自號曰山村民，與張炎同是宋末元初著名詞人。唐圭璋概述其生平爲「官滿代歸，優游湖山以終」〔註45〕。該詞即爲其山居生活之寫照。上片繪其「獨立軟紅塵表」所見之景，寧靜高遠。下片記其歸隱之志。「且盤桓。聽風聽雨，山北山南」句，將聽雨之境與歸隱之心相合，別有一番閒逸之態。作爲一個江南人，仇遠對於雨聲頗爲執著，其《解連環》下片云：「斜陽謾窮倦目。甚天寒袖薄，猶倚修竹。待聽雨、閒說前期，奈心在江南，人在江北。」他遊歷江北，倦怠之餘，所思所想還是江南的雨聲，似乎聽雨還能卸去它一身的疲憊。

安居生活中除了山居田園生活，描繪最多的就屬水鄉閒賞和漁隱生活了，而這兩種生活，都離不開一個地方，江南。江南也確實是聽雨的最佳場所。「胡馬秋風冀北，杏花春雨江南」，如果說秋風只有在塞外才能彰顯出其雄壯聲勢的話，那麼雨，也只有在江南才能盡展其獨特的魅力。如王琪《望江南・江景》：

江南雨，風送滿長川。碧瓦煙昏沈柳岸，紅綃香潤入梅天。飄灑正瀟然。朝與暮，長在楚峰前。寒夜愁敧金帶枕，暮江深閉木蘭船。煙浪遠相連。

江南多水鄉，四處皆是江河湖泊，楊柳滿岸植，荷香漫天飄。自古江南就是中國富庶之地，魚米之鄉，金陵、蘇州、杭州尤甚。江南更是文人雅士的聚散之地。筆者這裏提到江南，提到江南的雨，並不是爲了看它風送長川，飄然入瓦的瀟灑身姿，也不是品它如煙似霧，滿面含愁的纏綿意境，甚至是聽它船舶遊蕩，蓬窗難眠的蕭瑟聲音，而是因爲它展示了水鄉閒賞生活的另一面，是詞中漁隱生活難以迴避的重要場所。看韋莊《菩薩蠻》：

〔註45〕唐圭璋《全宋詞・仇遠傳》，中華書局，1965年，第3392頁。

人人盡說江南好，遊人只合江南老。春水碧於天，畫船聽雨眠。　　爐邊人似月，皓腕凝雙雪。未老莫還鄉，還鄉須斷腸。

該詞無論韋莊是「諱蜀以江南」〔註46〕，還是暗寓「中原沸亂」之傷感，它都是對江南平靜閒適生活的眞實寫照。「春水碧於天，畫船聽雨眠」於細微之處見眞情，寫出了醉眠風雨的平靜與安適。

自此，「眠雨」這一意象便屢屢在詩詞中表現。如前所舉辛棄疾《西江月・春晚》：「聽風聽雨小窗眠，過了春光太半。」劉過《念奴嬌・留別辛稼軒》：「多景樓前，垂虹亭下，一枕眠秋雨。」又晏幾道《浣溪沙》：「二月和風到碧城，萬條千縷綠相迎。舞煙眠雨過清明。」魏了翁《朝中措》：「夢草閒眠暮雨，落花獨倚春風。」楊無咎《甘草子》：「誰與浮家五湖去？盡醉眠秋雨。」皆表現出「醉眠雨聲」的閒適、乃至享受狀態。其中，漁隱詞對此的表現尤爲突出。如陸游的《鷓鴣天》：

插腳紅塵已是顚。更求平地上青天。新來有箇生涯別，買斷煙波不用錢。　　沽酒市，採菱船。醉聽風雨擁蓑眠。三山老子眞堪笑，見事遲來四十年。

該詞作於乾道二年（1166）陸游「初歸里時」〔註47〕，表達了對於遠離紅塵，歸隱田園的欣喜之情。「沽酒市，採菱船。醉聽風雨擁蓑眠」，這樣生活是爲官、從軍生涯中難以想像的，閒適中甚至略帶了些疏狂。

陸游是位抗戰鬥士，他寫雨的詩詞很多，數《十一月四日風雨大作》最爲有名。「夜闌臥聽風吹雨，鐵馬冰河入夢來」句，家喻戶曉。然面臨抗戰理想的受挫，陸游除了於夢中感懷，略一發泄外，現實中通過「聽雨」，也在不斷地「自我調節」。陸游詩中的「眠雨」之作，要遠遠多於詞中。如「擁爐聽雨生睡思，澀眼瞢瞢惟欲閉」（《雨中熟

〔註46〕【清】張惠言《詞選》首先提出，陳廷焯附和之，然俞平伯、唐圭璋、吳世昌、顧憲榮等對此提出異議，認爲是其避亂江南眞實生活之寫照。

〔註47〕夏承燾《放翁詞編年箋注》，上海古籍出版社，1981年，第17頁。

睡至夕》)，「端居漸覺從人嬾，熟睡偏於聽雨宜」(《寓歎》)，「一樽酹罷玻璃酒，高枕窗邊聽雨眠」(《醉書》)，「飛升未抵簪花樂，遊宦何如聽雨眠」(《醉書山亭壁》)，「閒遊野寺騎驢去，倦擁殘書聽雨眠」(《排悶》)等等。在陸游詩中，雨聲是非常有「靈性」的，它不僅可以解酒醫病，如「解酲不用酒，聽雨神自清；治疾不用藥，聽雨體自輕」(《夜聽竹間雨聲》)，而且能一洗胸中悵恨，如「天河不洗胸中恨，卻賴簷頭雨滴消」(《聽雨》)，甚至能同參佛理，如「少年交友盡豪英，妙理時時得細評。老去同參惟夜雨，焚香臥聽畫簷聲」(《冬夜聽雨戲作》)，可謂百聽不倦。這些作品，與其說是他理想受挫悲憤之情的反面表現，不如看成是他歷經滄桑後的反思、療救與達觀。

隱逸詞，尤其是漁隱詞，對風雨往往表現出一種慣見的、接受的乃至欣賞的狀態。如「青箬笠、綠蓑衣。斜風細雨不須歸」(張志和《漁歌子》)，「無數釣舟，最宜煙雨」(張元幹《風流子》)，「半煙半雨溪橋畔，漁翁醉著無人喚」(黃庭堅《菩薩蠻》)等皆是，是詞人歷經風雨後的達觀精神的寫照。「功成身退」向來是中國傳統士大夫的人生終極夢想，然迫於殘酷的現實，往往身退者有之，而功成者未幾。他們往往歷經坎坷，卻不得不在「歸隱」中，尋求心靈家園。

而漁隱詞中的漁父的精神，則首先表現爲對風雨的無懼。如王質《滿江紅・漁舟》：

> 莽莽雲平，都不辨、近山遠水。儘徘徊、尚留波面，未歸灣尾。浪猛深深鷗抱穩，波寒縮縮魚沈底。恐狂風、顛雨岸多摧，舟難艤。　　船篷重，拖不起。蓑衣溼，森如洗。想杖頭未足，杯中無計。漁網吹翻無把捉，釣竿凍斷成拋棄。到高歌、風靜月明時，誰如你？

漁舟所到之處皆是茫茫江水，浪猛波寒，「狂風顛雨」，這增加了行舟的難度，但儘管「船篷重」、「蓑衣濕」、「漁網吹翻」、「釣竿凍斷」，然到了風靜月明之時，還依然能豪情高歌。這才是漁父精神。又無名氏《浣溪沙》：

> 浪打輕船雨打篷。遙看篷下有魚翁。莎笠不收船不繫，任西東。　　即問魚翁何所有？一壺清酒一竿風。山月與鷗長作伴，在五湖中。

無論雨打還是浪擊，漁父依然「莎笠不收船不繫，任西東」。一壺清酒，伴著清風明月，暢遊五湖，遠離紅塵，其生活是逍遙的。歷經風雨，自然可以對風雨等閒處之，無懼亦無憂。

無懼之後，自然就是看慣風雨的達觀與醉眠風雨的愜意。如朱敦儒的《好事近》：

> 漁父長身來，只共釣竿相識。隨意轉船回棹，似飛空無迹。　　蘆花開落任浮生，長醉是良策。昨夜一江風雨，都不曾聽得。

上片之「隨意」「無跡」，下片之「任浮生」「長醉」，皆表明漁父生活的灑脫。乃至在一夜一江的風雨中，依然安睡如昔。又如徐俯《鷓鴣天》：

> 七澤三湘碧草連，洞庭江漢水如天。朝廷若覓元眞子，不在雲邊則酒邊。　　明月棹，夕陽船。鱸魚恰似鏡中懸。絲綸釣餌都收卻，八字山前聽雨眠。

獨遊紅塵之外，萬事不在心中的漁父，駕著小舟，賞著明月，吃著鱸魚，飲著美酒，釣罷便收餌山前，醉眠山雨，這生活不是神仙也勝似神仙了。相比而言，「一竿風月，一蓑煙雨，家在釣臺西住。賣魚生怕近城門，況肯到、紅塵深處」的「無名漁父」（陸游《鵲橋仙》）反倒更顯得眞實而親切。正是「葺屋爲舟，身便是、煙波釣客。況人間元似，泛家浮宅。秋晚雨聲篷背穩，夜深月影窗櫺白。□滿船詩酒滿船書，隨意索」（程垓《滿江紅》），人生本就如此。學一學那漁父，詩酒江湖，醉眠風雨，也是不賴。

至於軍旅生涯，正面的戰場生活，在詞中的表現本就不多，且多以追憶懷古等形式再現。如辛棄疾《永遇樂・京口北固亭懷古》：「想當年，金戈鐵馬，氣吞萬里如虎」，即可理解爲懷古和追憶自身當年軍旅生活之雙重含義。而風雨意象在其中，與其說是實指，不如說多是象徵。或以「雨洗天淨」象徵蕩盡韃虜，如「鐵騎才臨，雕戈競逐，擊蛇先首。快風驅雨洗，江空谷靜，淮淝上、似之否」（李曾伯《水龍吟・癸丑二月襄陽得捷，和劉制參韻》），「孟夏正須雨，一洗北塵昏」（程珌《水調歌頭・登甘露寺多景樓望淮有感》）等；或以「晴」之對立面，言風雨被掃蕩乾淨，如「兵符傳壘，已蒞葵丘戍。兩手挽天河，要一洗、蠻煙瘴雨」（辛棄疾《蓦山溪》），其多不具形、色、聲方面的美感特質，故筆者此處稍作論述，一筆帶過。

第四節　唐宋詞中雨聲的意境美

由以上章節可以看出，雨本身即有多重美感。雨聲之美不可能獨立於其它美感之外，雨聲所創設的意境，自然也與它的形色之美，觸感之美等密切相關。筆者根據雨的多重美感特質，結合唐宋詞中雨聲獨有的音響特點，將雨聲的意境美分為如下三方面論述：

一、雨聲的冷暖之境

就整體色調和感覺而然，雨無疑都是冷的。它陰暗昏沉，冰冷淒涼，這在前文皆有所論。而唐宋詞就體式而言，也更善於表達小巧陰柔之美，故唐宋詞中的雨聲，借著雨色、雨感，大多時候聽起來也是冷的，淒冷、苦冷、愁冷、孤冷，無論如何，都散發著凜凜寒意。如「午醉西橋夕未醒，雨花淒斷不堪聽。歸時應減鬢邊青」（晏幾道《浣溪沙》），聽雨打落花，淒涼傷春；「離別苦。那堪聽、敲窗凍雨」（趙汝茪《玲瓏四犯・重過南樓月白石體賦》），聽凍雨敲窗，悲苦別離；「可堪竹院題詩，蘚階聽雨，寸心外、安愁無地」（史達祖《祝英臺近》），蘚階聽雨，苦愁相思人老；「聽江湖、夜雨十年燈，孤影尚中洲」（張炎《甘州・和袁靜春入杭韻》），聽江湖夜雨，漂泊孤苦。雨聲中的意境，都是冷的。

但是，在某些特定的情境下，在某些溫暖的人事中，雨聲聽起來卻是暖的。一般而言，晴與雨，分別給人暖與寒的感觸，晴雨交替，乍暖還寒，最是磨人。如「輕暖輕寒，乍晴乍雨，風流雲散」（陳德武《醉春風・閨情》），「時節輕寒乍暖，天氣才晴又雨」（柳永《西平樂》）。然在「對床聽語」和「剪燈聽雨」這兩個慣有的聽雨情境中，雨聲卻散發著溫溫暖意。

首先看「對床聽語」。對床聽雨，又作「並床聽雨」，始指友情，後多言兄弟親情。如辛棄疾《臨江仙・再用前韻，送祐之弟歸浮梁》：「記取小窗風雨夜，對牀燈火多情。問誰千里伴君行。晚山眉樣翠，秋水鏡般明。」李曾伯《朝中措・用八窗叔韻送教忠制機省親之行》：「一片白雲關念，對牀夜雨難留。堂堂事會，相期烝楫，共濟涇舟。」林正大《括賀新涼》：「對江山千里，共期白首。夜雨連牀追舊事，惟恨書書漸少。」皆對往昔並床聽雨的情境追憶不休。

「對床聽雨」始於韋應物，其廣爲流傳則賴於蘇軾兄弟。唐詩人韋應物有詩《示全眞元常》云：「寧知風雪夜，復此對牀眠？」傳蘇軾酷愛該句，並以此作爲兄弟聚首的約定。據其弟蘇轍言：

> 轍幼從子瞻讀書，未嘗一日相舍。既壯，將遊宦四方，讀韋蘇州詩，至「安知風雨夜〔註48〕，復此對牀眠」，惻然感之，乃相約早退爲閑居之樂。故子瞻始爲鳳翔幕府，留詩爲別，曰：「夜雨何時聽蕭瑟？」其後子瞻通守餘杭，復移守膠西，而轍滯留於淮陽、濟南，不見者七年。熙寧十年二月，始復會於澶濮之間，相從來徐，留百餘日。時宿於逍遙堂，追感前約，爲二小詩記之：逍遙堂後千尋木，長送中宵風雨聲。誤喜對牀尋舊約，不知漂泊在彭城。秋來東閣涼如水，客去山公醉似泥。困臥北窗呼不起，風吹松竹雨淒淒。〔註49〕

「對床聽雨」因蘇軾兄弟的約定，逐漸成爲詩壇佳話，示對兄弟聚首的美好回憶，或表對再聚首的美好期待。後「對床聽雨」也逐漸被化

〔註48〕此誤作「風雪」爲「風雨」。

〔註49〕【宋】蘇轍《欒城集・逍遙堂會宿二首〈並引〉》，見陳宏天點校《蘇轍集》，中華書局，1990年，第128頁。

用入詞，如馮取洽《念奴嬌・次韻玉林寄示》「對牀誤喜，與君同聽風雨」，汪晫《蝶戀花・秋夜簡趙尉借韻》「佳客伴君知未去。對牀只欠瀟瀟雨」，言見面之喜；周密《滿江紅・寄剡中自醉兄》「秋水涓涓，情渺渺、美人何許。還記得、東堂松桂，對牀風雨。流水桃花西塞隱，茂林修竹山陰路」，言追憶之喜；趙文《鶯啼序・有感》「鬥雞走狗，呼盧蹴鞠，平生把臂江湖舊，約何時、共話連牀雨」，言期待之喜。由此，淒涼蕭瑟的雨聲，在脈脈的溫情之下也不由自主地變得溫暖起來。

其次看「剪燈聽雨」。如張炎《徵召・答仇山村見寄》：「瘦吟心共苦，知幾度、翦燈窗小。何時更、聽雨巴山，賦草池春曉。」剪燈聽雨同樣源於唐詩，即李商隱的《夜雨寄北》：

君問歸期未有期，巴山夜雨漲秋池。何當共剪西窗燭？卻話巴山夜雨時。〔註 50〕

這是李商隱身居巴蜀時，寫給長安妻子的一首七言絕句。對於分離的兩人而言，無論是孤身在外漂泊者，還是孤守在家思念者，其心境都不會快樂。然詩作尾聯對「剪燈話雨」的期待，卻給這離別之作以脈脈溫情，讓那遙遠異地的夜雨，聽起來也溫暖起來。

「剪燈聽雨」的溫暖，固然主要來自於對相聚時光的溫情期待，而那照亮長夜的柔和燈光也爲「聽雨」提供了溫暖的氛圍。如周密《憶舊遊・寄王聖與》「記移燈翦雨，換火篝香，去歲今朝」，懷念與友人相聚時，在柔和的燭光下，在溫暖的篝火前，徹夜暢談的情景。燭心快滅了，就拿剪刀一剪，篝火冷了，就叫人添碳加煤，這時候室外即便是狂風暴雨，也只會更襯托出室內的一片溫情暖意。這裏，雨之冷與燈之暖形成極大的情感張力，即便聽著室外的瑟瑟雨聲，也無損室內的脈脈溫情，也因此剪燈聽雨才具有了詩意的溫暖，在詩詞中反覆出現。如「倚杖看雲，翦燈聽雨，幾番詩酒」（周密《水龍吟・次陳

〔註 50〕【唐】李商隱著，葉蔥奇疏注《李商隱詩集疏注》，人民文學出版社，1985 年，第 50 頁。

君衡見寄韻》)，「更誰與、翦燭西窗，且醉聽山雨」(張輯《前調·壽湛廬先生》) 等。

其實，無論以「對床聽雨」還是「剪燈聽雨」，之所以讓人難忘，讓人期待，能創造出難得的暖境，關鍵還在於一個「共」字。「夜雨共誰聽。盡教清夢去，兩三程」(辛棄疾《小重山·席上和人韻送李子永提幹》)，有人陪伴相聚暢談，這才能沖淡雨的冷意。反之，並床而眠的唯有自己，或並床改爲空床，這意境又自不同。賀鑄《半死桐》可謂最得悽楚之境：

重過閶門萬事非。同來何事不同歸？梧桐半死清霜後，頭白鴛鴦失伴飛。　　原上草，露初晞。舊棲新壠兩依依。空牀臥聽南窗雨，誰復挑燈夜補衣？

該詞是賀鑄寫給亡妻趙夫人的悼亡之作。詞尾「空牀臥聽南窗雨，誰復挑燈夜補衣」，可謂得悼亡之至。可想而知，從前在雨天，詞人與妻子必定是並枕而眠，溫情繾綣；在雨天，妻子也會在一燈如豆的昏黃燭光下爲他縫補舊衣。而如今，只有自己孤枕難眠，聽著窗外的瀟瀟雨聲，想著故去妻子的亡魂，淒絕無助。詞中，雖也有床有燈，有窗有雨，然燈下、床上無人，那雨聲的境界自然也加倍地淒冷無助。「以樂景寫哀，以哀景寫樂，一倍增其哀樂」〔註 51〕，正是如此。另如蘇軾《滿江紅·懷子由作》同樣如此：

清潁東流，愁目斷，孤帆明滅。宦遊處、青山白浪，萬重千疊。孤負當年林下意，對牀夜雨聽蕭瑟。恨此生，長向別離中，添華髮。　　一尊酒，黃河側。無限事，從頭說。相看恍如昨，許多年月。衣上舊痕餘苦淚，眉間喜氣添黃色。便與君，池上覓殘春，花如雪。

這首詞與前引蘇轍之《逍遙堂會宿二首（並引）》可以互爲印證，由「懷子由作」，此詩當是熙寧十年（1077）蘇氏兄弟再聚首復又別後，蘇軾懷念弟弟之作。「孤負當年林下意，對牀夜雨聽蕭瑟。恨此生、

〔註 51〕【清】王夫之《薑齋詩話》，見丁福保編《清詩話》，上海古籍出版社，1978 年，第 4 頁。

長向別離中，添華髮」，面臨別離，即便是對床聽雨，也只會聽到蕭瑟之音而傷感不已。

「剪燈聽雨」更是如此。剪燈聽雨者，倘若自剪自聽，孤獨地回憶昔人相聚之美，今昔對照之下，只會顯得那雨聲更加淒苦難堪。如「別愁深夜雨，孤影小窗燈」（陳克《臨江仙》），「自少年、消磨疏狂。但聽雨挑燈，被牀病酒，多夢睡時妝」（史達祖《壽樓春・尋春服感念》）等，就是獨自聽雨挑燈，徒勞追憶疏狂往事，悵恨不已。正是「不恨片篷南浦，恨翦燈聽雨，誰伴孤吟」，孤獨的人，伴著「一室秋燈，一庭秋雨，更一聲秋雁」（王沂孫《醉蓬萊・舊故山》），即便有柔和的燈光，然沒有相伴的人，那冷冷的雨，在昏黃的燈光的照映下，不是更加淒冷難耐嗎？「一夜雨聲連曉。青燈相照」（朱敦儒《一落索》），「聽小窗風雨，燈火昏昏」（蔡伸《飛雪滿群山》），昏黃的枯燈，即便能發出微弱柔光，在淒冷孤愁的夜晚，也是不抗寒的。相反，倘若有人同宿共聽，如「煙鎖池塘秋欲暮。細細前香，直到雙棲處。並枕東窗聽夜雨。偎金縷，雲深不見來時路」（蔡伸《漁家傲》），即便沒有燈，沒有外在的溫暖，也是繾綣無限。所以「何時得，西風夜雨枕簟共新涼」（袁去華《滿庭芳》）「待他年、君老巴山，共君聽雨」（彭元遜《子夜歌・和尚友》），共聽夜雨，才成爲詞人萬分期待的事情。

值得一提的是，「知音」的身份在此處功不可沒。據言，蘇軾就曾把拜訪的客人分爲二類，俗客就待之以絲竹女樂，終日不輟，雅客則摒妓銜杯，坐談累日。對床聽雨，剪燈聽雨，倘若所與非人，則還不如自聽自賞來得逍遙。如仇遠《一寸金》之「我獨逍遙，乘虛憑遠，天風醒毛髮。問西窗停燭，誰吟巴雨？連床鼓瑟，誰彈湘月」言獨自逍遙之樂。又如辛棄疾《永遇樂・戲賦辛字送十二弟赴調》：

> 烈日秋霜，忠肝義膽，千載家譜。得姓何年，細參辛字，一笑君聽取。艱辛做就，悲辛滋味，總是辛酸辛苦。更十分、向人辛辣，椒桂擣殘堪吐。　世間應有，芳甘

濃美，不到吾家門户。比著兒曹，纍纍卻有，金印光垂組。
付君此事，從今直上，休憶對牀風雨。但贏得、靴紋縐面，
記余戲語。

辛棄疾有將帥之才，卻被逼歸隱，可謂辛酸滿腹。詞中他爲幼弟「細參辛字」：「悲辛滋味，總是辛酸辛苦。更十分，向人辛辣，椒桂搗殘堪吐」，悲辛、辛酸、辛苦、辛辣等，皆是其蹉跎官場的無奈感受。然對幼弟赴調爲官，依然贈予其表面的祝福——「從今直上」，只是讓他「休憶對牀風雨」。可見在辛棄疾對官場失望的情況下，其幼弟重入官場，與他而言，已是選擇了不同的道路。勸其「休憶對牀風雨」，自然是，道不同不相爲謀也！辛棄疾的疏狂個性在此處亦是展露無疑。

二、雨聲的剛柔之境

雨是一個矛盾的集合體。它可大可小，宜密宜疏，忽急又忽緩，所以雨所營造的意境也是多種多樣的，甚至可以是互爲矛盾的。若以視覺而論，無論是大雨還是小雨，都可爲本來清晰的景物蒙上一層薄薄的紗幕，如煙霧籠罩，朦朧疏淡，纏綿悱惻。具體到雨聲，則略有不同。如同是「松雨」，辛棄疾「屋上松風吹急雨，破紙窗間自語」（《清平樂・獨宿博山王氏庵》）與曹勳「尋幽選靜，一筇煙雨，幾處松篁」（《沁園春・早春》），就一剛一柔，境界絕不相同。

唐宋詞中的雨聲，多以柔美爲主。如前面所論之杏花春雨，芭蕉、梧桐秋雨，甚至冬天的梅雨、雪雨，多數情況還是嘀嘀疏疏的，淅淅瀝瀝的，是表達詞人柔情婉思的。即便是「急雨如瀑」的夏季，那圓荷瀉露的境界，也不怎麼陽剛雄壯。多數情況下，詞中的雨，下得並不大，如「數點雨聲風約住，朦朧淡月雲來去」（李煜《蝶戀花》），「數點雨聲池上聽，濕盡一庭花冷」（無名氏《清平樂・辛卯清明日》）之言數點，「點滴芭蕉和雨聽。約個歸期猶未定。一夜夢魂終不穩」（程垓《天仙子》），「三更夢斷敲荷雨，細聽來、疏點還歇」（蔣捷《秋夜雨》）之言點滴，皆以聲之細微見長。

這柔婉之雨，又多與詞人心中的憂愁悵恨相應。如「芳草碧茸茸。染恨無窮。一春心事雨聲中。窄索宮羅寒尚峭，閒倚熏籠」（周密《浪淘沙》），雨聲中的心曲，帶著濛濛幽恨；「雨聲長，漏聲長，幾陣斜風搖紙窗，如何不斷腸」（無名氏《長相思》），同樣是斷腸聲，與辛棄疾「屋上松風吹急雨」的境界相比，無疑有剛腸、柔腸之別；「一簾暝色人孤寂。夢裏燈殘，心上雨聲滴」（石孝友《醉落魄》），這淒涼的雨聲，還能在人的夢裏心上，滴滴不休，纏綿不已。

即便是表達淡情閒緒，雨聲中的境界也不失柔婉之致。如「池水凝新碧，闌花駐老紅。有人獨立畫橋東。手把一枝楊柳、繫春風……多少閒情閒緒、雨聲中」（吳潛《南柯子》），春老花落之時，獨立小橋之人，將一春的閒愁閒緒，寄託在眼前這疏淡的雨聲中，可謂柔情婉轉。又「采綠隨雙槳，看山藉一筇。關南桃樹幾番紅。昨夜詩情頻在、雨聲中」（史達祖《南歌子》），「倚杖看雲，翦燈聽雨，幾番詩酒」（周密《水龍吟・次陳君衡見寄韻》），在雨聲的閒情閒緒中，觸發一番詩興，也是柔婉雅致。

然在某些特定的意象中，雨聲所呈現的意境，則是雄壯的、陽剛的。最常見的有「急雨」。比如辛棄疾《臨江仙・諸葛元亮席上見和，再用韻》「夜語南堂新瓦響，三更急雨珊珊。交情莫作細沙團。死生貧富際，試向此中看」，以急雨鳴屋瓦之響聲，營造一種急切緊張的氛圍，暗喻生死之交情。又如倪偁《水調歌頭》：

> 昨夜狂雷怒，鞭起卞山龍。怪見朝來急雨，萬木偃顛風。試看潭頭落澗，一片練波飛出，河漢與天通。向晚餘霏落，巾已墊林宗。　向高岩，憑曲檻，撫孤松。爲彫好句，快傾桑落玉壺空。借問廬山三峽，與此飛流濺沫，今日定誰雄？乞與丹青手，寫入紫微宮。

該篇純爲寫景，卻雄奇不凡。狂雷怒起，閃電鞭山，急雨夾風，萬木偃然，更有潭頭深澗，飛波橫出。每一景物，都攜帶著非凡的氣勢。即便是與廬山、三峽等奇景名勝相較，亦能一決雌雄。這裏的風聲雨勢，盡展其雄壯陽剛之美，不惟詞中少見，放入詩中，亦毫不遜色。

又有「風雨」，如辛棄疾《踏莎行》：「人問山中，因何無暑？山堂恰在山深處。藤陰滿地走龍蛇，泉聲萬壑鳴風雨。」陸游《陸游青玉案・與朱景參會北嶺》：「西風挾雨聲翻浪。恰洗盡、黃茅瘴。老慣人間齊得喪。千岩高臥，五湖歸棹，替卻淩煙像。」辛、陸二人，皆言歸隱，然風雨泉浪之雄壯聲，似乎在反面「嘲弄」著其內心之不平。

又雷雨、蠻雨、傾盆雨等。如「鏗然忽變赤龍飛，雷雨四山黑」（陸游《好事近》），「瘴雲蠻雨暗孤城，身在楚山角。煩問劍南消息，怕還成疏索」（陸游《好事近・寄張眞甫》），「夢中原，揮老淚，遍南州……清夜盆傾一雨，喜聽瓦鳴溝。猶有壯心在，付與百川流」（張元幹《水調歌頭》），他們或憂劍南戰事，或悲中原淪陷，周身的雨聲雨勢，無一不與胸中悲壯之感相應，呈現出陽剛之境，亦是當然。

雨聲的陽剛之氣來之不易，這不僅賴於雨勢浩大，且與詞作所表之主題，詞人的性格氣質密切相關。詠史、懷古、邊塞、描寫時事、表達國仇家恨、黍離之悲等題材，本來就易悲壯慷慨，雨聲於其中，自然也多陽剛之氣。如辛棄疾《漢宮春・會稽蓬萊閣懷古》：

> 秦望山頭，看亂雲急雨，倒立江湖。不知雲者爲雨，雨者雲乎。長空萬里，被西風、變滅須臾。回首聽、月明天籟，人間萬竅號呼。　　誰向若耶溪上，倩美人西去，麋鹿姑蘇。至今故國人望，一舸歸歟。歲雲暮矣，問何不、鼓瑟吹竽。君不見、王亭謝館，冷煙寒樹啼烏。

上片寫景，下片抒慨，皆飛動之勢橫出。「亂雲急雨，倒立江湖」，西風直下，天空變幻不定，風夾雨勢引起「人間萬竅號呼」，寥寥數語，「落筆風雨疾」〔註 52〕，「有雲垂海立氣概」〔註 53〕。下片悲美人，悲故國，悲遲暮，寓今昔盛衰之感，亦是慷慨多情。該詞中的雨聲、

〔註 52〕【明】卓人月《古今詞統》卷 12，第 37 頁，明崇禎刻本。
〔註 53〕俞陛雲《唐五代兩宋詞選釋》，上海古籍出版社，1985 年，第 385 頁。

萬竅號呼聲，在蓬萊閣的映襯下，在歷史的回流中，在詞人思故國、悲遲暮的情懷下，可謂悲壯。又如看著「群盜縱橫，逆胡猖獗。欲挽天河，一洗中原膏血」的張元幹，其詞中之雨亦是「雨急雲飛，驚散暮鴉」（《石州慢·己酉秋吳興舟中作》），氣勢非凡。再如張孝祥《水調歌頭·隱靜山觀雨》：

> 青嶂度雲氣，幽壑舞回風。山神助我奇觀，喚起碧霄龍。電掣金蛇千丈，雷震靈鼉萬疊，洶洶欲崩空。盡瀉銀潢水，傾入寶蓮宮。　坐中客，淩積翠，看奔洪。人間應失七筯，此地獨從容。洗了從來塵垢，潤及無邊焦槁，造物不言功。天宇忽開霽，日在五雲東。

所謂「觀雨豪，聽雨悲。聽有別」〔註54〕，詞中雨勢在「電掣金蛇千丈，雷震靈龜萬疊」的映襯下，尤爲雄奇豪壯，而其「洶洶欲崩空」的宏大聲響剛性十足。據詞人所撰《隱靜修造記》：「江東法席之盛，建康曰鍾山，當塗曰隱靜，宛陵曰敬亭……建炎之兵，敬亭獨存，鍾山、隱靜則瓦礫之場也。」〔註55〕後經妙義禪師道恭重建，歷二十二年，才復有「隱靜觀」。張孝祥遊觀賦詞，並爲之作記，黍離之悲自然溢於言表。此雨勢雨聲中，亦是悲慨滿腹。

詞中的悲壯慷慨之氣，還是與詞人本身的個性氣質相關。劉勰《文心雕龍·體性》在論及文風之變時，就言：

> 夫情動而言形，理發而文見，蓋沿隱以至顯，因內而符外者也。然才有庸俊，氣有剛柔，學有淺深，習有雅鄭，並情性所鑠，陶染所凝，是以筆區云譎，文苑波詭者矣。〔註56〕

人的才情、氣質、學識、習性等，都會影響其文風。張孝祥、張元幹、辛棄疾、陸游、陳亮、劉過等，氣質剛硬豪邁，雨聲於其詞中，自然

〔註54〕【明】卓人月《古今詞統》卷12，第25頁，明崇禎刻本。

〔註55〕【宋】張孝祥《隱靜修造記》，見余鵬點校《於湖居士文集》，上海古籍出版社，1980年，第133頁。

〔註56〕【南朝梁】劉勰著，范文瀾注《文心雕龍注》，人民文學出版社，1958年，第505頁。

陽剛之氣十足。反之，同樣是感國破家亡，鬱黍離之悲，張炎詞中的雨聲，則哀而多傷，柔婉至極。如其《清平樂》下片：「去年燕子天涯，今年燕子誰家？三月休聽夜雨，如今不是催花。」、「漂泊之懷，託諸燕子；易代之悲，託諸夜雨」〔註57〕，讓這夜雨之聲，哀傷滿腹，卻也婉轉之極。又如其《探春慢》：「投老情懷，薄遊滋味，消得幾多悽楚？聽雁聽風雨，更聽過、數聲柔櫓。暗將一點心，試託醉鄉分付。」亦言老來漂泊之苦，「聽雁聽風雨，更聽過、數聲柔櫓」，言「獨客先聞之狀」〔註58〕，淒涼滿懷。然與陽剛之境迥別。

而剛柔之境也並非一成不變的。傳統詞論家多言詞體所貴在「摧剛爲柔」，深情綿邈。如江順詒《願爲明鏡室詞稿序》：

> 余性剛而詞貴柔，余性直而詞貴曲，余性拙而詞貴巧，余性脫略而詞貴縝密，余性質實而詞貴清空，余性淺率而詞貴蘊蓄，學詞冀以移我性也。……究之人自有人之性，文自有文之體，凡秋珊之所言者，其故在不深於情耳。深於情則剛無不柔，眞無不由。〔註59〕

明確主張詞貴柔而不貴剛，而「用事皆破觚爲圓，剉剛成柔，如爲有功。昔人所謂縛虎手也」〔註60〕。辛棄疾的《摸魚兒》、《西河》、《祝英臺近》諸作，則被評爲「摧剛爲柔，纏綿悱惻」〔註61〕之典範。以《摸魚兒》爲例：

> 更能消、幾番風雨。忽忽春又歸去。惜春長恨花開早，何況落紅無數。春且住。見說道、天涯芳草迷歸路。怨春不語。算只有殷勤，畫簷蛛網，盡日惹飛絮。　　長門事，準擬佳期又誤。蛾眉曾有人妬。千金縱買相如賦，脈脈此

〔註57〕俞陛雲《唐五代兩宋詞選釋》，上海古籍出版社，1985年，第651頁。

〔註58〕俞陛雲《唐五代兩宋詞選釋》，上海古籍出版社，1985年，第639頁。

〔註59〕【清】謝章鋌《賭棋山莊詞話》，見唐圭璋《詞話叢編》，上海古籍出版社，1986年，第3532頁。

〔註60〕【宋】蔡絛《西清詩話》，見吳文治主編《宋詩話全編》，江蘇古籍出版社，1998年，第2490頁。

〔註61〕【清】馮煦《蒿庵論詞》，見唐圭璋《詞話叢編》，上海古籍出版社，1986年，第3592頁。

情誰訴。君莫舞。君不見、玉環飛燕皆塵土。閒愁最苦。

休去倚危樓，斜陽正在，煙柳斷腸處。

此爲稼軒惜春詞之一首，寓己「蛾眉曾有人妒」，才高招來人妒，及懷才不遇的政治感慨。「詞意殊怨，然姿態飛動，極沉鬱頓挫之致。起句『更能消』三字，是從千回萬轉後倒折回來，眞是有力如虎。」〔註62〕而風雨，作爲摧花送春歸的「惡力」，也只是略筆帶過。一腔悲憤，鬱于無限哀歎之中，可謂摧剛爲柔。而陸游的《卜算子·詠梅》：「驛外斷橋邊，寂寞開無主。已是黃昏獨自愁，更著風和雨。」亦被認爲是「摧剛爲柔」的代表〔註63〕。這裏的風雨，雖在效果上依然不失其「氣勢」，然在詞境中，卻顯然淡化了其剛性的一面，而在一片哀思中不由自主地柔婉起來。

三、雨聲的滄桑與平淡之境

滄桑和平淡，皆是雨聲中的「老」境。唯歷滄桑，乃造平淡；歷盡滄桑，乃歸平淡。雨的到來，往往給我們強烈的視聽感受，然而詩詞中、亦或是現實中，觀雨和聽雨雖有聯繫，卻也有不少差別。如觀雨需白天而聽雨宜夜晚，觀雨最宜春而聽雨最宜秋，喜觀雨者概少而樂聽雨者多老。相較於雨之形，那點點滴滴，蕭蕭瑟瑟的雨聲中，包含有更滄桑的東西，需要凝神靜氣去聽。而能夠從心體會寧靜之氣者，又多是歷經滄桑的老者。如蔣捷的《虞美人·聽雨》：

少年聽雨歌樓上，紅燭昏羅帳。壯年聽雨客舟中，江闊雲低、斷雁叫西風。　　而今聽雨僧廬下，鬢已星星也。悲歡離合總無情，一任階前、點滴到天明。

關於該詞，評者甚眾，然其最終的落腳點無不在「悲歡離合總無情。一任階前、點滴到天明」上，所謂「縱浪大化中，不喜亦不懼」〔註64〕的境界，就是如此吧！許昂霄讀此，言：「此種襟懷，固不易到，然

〔註62〕【清】陳廷焯《白雨齋詞話》，人民文學出版社，1959年，第23頁。

〔註63〕鄧廣銘《唐宋詞美學》，齊魯書社，2006年，第96頁。

〔註64〕【晉】陶淵明《形影神》詩，見《陶淵明集》，中華書局，1979年，第37頁。

亦不願到也。」〔註65〕，無論是其不易還是不願，筆者認爲皆爲其「歷經滄桑後的平淡」之境。回頭再看該詞，其雖言「少年」、「壯年」、「老年」三個人生階段，然少年聽雨，他的關注點甚至不在「雨聲」，而是歡樂場所「紅燭昏羅帳」的視覺刺激；壯年聽雨，他關注的卻不在「聽」上，只是被動接受各種淒涼之音，以慰自己那漂泊不定之靈魂；只有老年聽雨，他才凝神靜氣地去感受、去體味、去回想，那雨聲中的各種滄桑與蕭索，最終歸於平淡，「不喜亦不懼」。

雨聲的滄桑之境，同樣以「風雨」之意象疊加最爲突出，常表現爲風雨多而晴日少，尤其是「節日多風雨」。如「渭樹江雲多少恨，離合古今非偶。更風雨、十常八九」（葛長庚《霜天曉角》）之離合無常，又如李清照《永遇樂》「元宵佳節，融和天氣，次第豈無風雨」之節日無常等。

而自潘大臨「滿城風雨近重陽」〔註66〕句後，詞中「重陽多風雨」成爲最常見的題詠對象。如劉辰翁《金縷曲・壽李公謹同知》「看人間、猶是重陽，滿城風雨」，辛棄疾《踏莎行》「思量卻也有悲時，重陽節近多風雨」，周密《掃花遊》「暗凝佇。近重陽、滿城風雨」等，皆以重陽風雨寓無常之悲。又如黃機《乳燕飛・次徐斯遠韻寄稼軒》「滿袖斑斑功名淚，百歲風吹急雨。愁與恨、憑誰分付」之功名無常；岳珂《祝英臺近・登多景樓》「欲駕還休，風雨苦無準。古來多少英雄，平沙遺恨。又總被、長江流盡」之古今進退無常等等。這裏的風雨，皆爲你的生活、前途、命運帶來變數，是生命無常的表現。而在無常的狀態中，人最易產生滄桑之感。

〔註65〕【清】許昂霄《詞綜偶評》，見唐圭璋《詞話叢編》，上海古籍出版社，1986年，第1563頁。

〔註66〕【宋】惠洪《冷齋夜話》載：北宋潘大臨工詩，多佳句，然貧甚。東坡、山谷尤喜之。臨川謝無逸以書問：「有新詩否？」潘答書曰：「秋來景物，件件是佳句，恨爲俗氛蔽翳。昨日閒臥，聞攪林風雨聲，欣然喜，題其壁曰：『滿城風雨近重陽』，忽催租人至，遂敗意。止此一句奉寄。」中華書局，1988年，第35頁。

不僅如此，雨打風吹還可以銷毀一切痕跡，曾經的美好、繁華，在歷史無盡的風雨中都會蕩盡。辛棄疾的多首詞都涉及此意，如「千古江山，英雄無覓，孫仲謀處。舞榭歌臺，風流總被，雨打風吹去」（《永遇樂·京口北固亭懷古》），「身世酒杯中。萬事皆空。古來三五個英雄。雨打風吹何處是，漢殿秦宮」（《浪淘沙·山寺夜半聞鐘》），「百年雨打風吹卻，萬事三平二滿休」（《鷓鴣天·登一丘一壑偶成》），無論是歷史上的英雄，曾經繁華繁盛的宮殿，還是曾經繁盛的王朝，在風雨之下，皆荒涼無跡，何況是渺小的個人生命？這更讓人滄桑之感頓生。

當然，也並非所有的滄桑最終都會歸於平淡，滄桑給人帶來的首先是老來的無奈與悲哀。如陸游《憶王孫》：「一春常是雨和風。風雨晴時春已空。誰惜泥沙萬點紅。恨難窮。恰似衰翁一世中。」朱敦儒《戀繡衾》：「木落江南感未平。雨蕭蕭、衰鬢到今。」當風雨摧殘了落花，送走了空空蕩蕩的春天，又摧毀的落葉，隨著秋天，送走了世上的最後一點綠意，人生也迎來了它最爲悲哀無奈的暮年，怎讓人不遺恨難平呢？又如陳與義《憶秦娥·五日移舟明山下作》：

> 魚龍舞，湘君欲下瀟湘浦。瀟湘浦，興亡離合，亂波平楚。　　獨無尊酒酬端午，移舟來聽明山雨。明山雨，白頭孤客，洞庭懷古。

該詞作於建炎二年（1129），北宋亡後兩年。端午佳節，想起國破家亡之事，滿腹興亡離合之悲。聽著明山那瀟瀟雨聲，暮年之歎在一腔懷古之情中尤爲沉鬱。

而滄桑後的平淡之境，不僅需要經歷眾多人生的苦難，還須有通達的智慧，及看淡一切苦難的胸襟。宋人竭盡所能追求平淡，然無論是「文境」、「詩境」、「詞境」，乃至「人生之境」，平淡都是最難做到的。以文而論，誠如蘇軾所言：「大凡爲文，當使氣象崢嶸，五色絢爛，漸老漸熟，乃造平淡。」〔註 67〕至於人生、詞境同樣如此，風雨

〔註 67〕【宋】周紫芝《竹坡詩話》叢書集成初編本，商務印書館，1936 年，第 22 頁。

的到來，讓人的一生歷經滄桑巨變，所謂「氣象崢嶸，五色絢爛」也，待到「漸老漸熟」，用一顆通達智慧的心靈去看待這一生的崢嶸氣象，才最終能蕩盡繁華尋得平淡。正如蘇軾《定風波·三月七日，沙湖道中遇雨。雨具先去，同行皆狼狽，余獨不覺。已而遂晴，故作此》所言：

> 莫聽穿林打葉聲，何妨吟嘯且徐行。竹杖芒鞋輕勝馬，誰怕？一蓑煙雨任平生。　　料峭春風吹酒醒，微冷，山頭斜照卻相迎。回首向來蕭瑟處，歸去，也無風雨也無晴。

蘇軾一生，大起大落，常常是生活在風頭浪尖上的人，可謂歷經人世間的滄桑與風雨。該詞即寫了其黃州遇雨時，面對風雨的人生大智慧。人經歷的風雨多了，就見慣了，此謂「莫聽穿林打葉聲」，乃其感悟之第一階段。進而無需介懷，可以用通達的智慧看待了，就能夠「一蓑煙雨任平生」，此乃其感悟之又一階段。風雨總歸會過去，陽光也依然會普照大地。大起大落之間，歷經滄桑者，能夠對前者無懼，且對後者亦無喜，乃悟「也無風雨也無晴」，這才是人生的最高境界。所謂「憂樂兩忘之胸懷」，「愈遭挫折，愈見剛強」〔註 68〕之意志，正是如此。這才是歷經滄桑的平淡之境。就讓「萬事盡隨風雨去」（黃庭堅《南鄉子》），我們只需「帶酒沖山雨，和衣睡晚晴。不知鐘鼓報天明。夢裏栩然蝴蝶、一身輕」（蘇軾《南歌子》），卸去一切包袱，輕鬆看待生活，屆時「斗酒彘肩，風雨渡江，豈不快哉」（劉過《六州歌頭·寄稼軒承旨》），看淡風雨，則無懼風雨，就能「縱浪大化中，不喜亦不懼」〔註 69〕。

當然，雨聲的美並不是這幾萬字就能詳盡論述的，比如說，它音響合奏效果，就是其它許多聲音難比的。除非是無聲的煙雨霧雨，否則雨勢稍大，就是一部動人的交響樂。倘若你於室內臨窗聽雨，那麼

〔註 68〕劉永濟《唐五代兩宋詞簡析》，上海古籍出版社，1981 年，第 49 頁。
〔註 69〕【晉】陶淵明《形影神》詩，見逯欽立校注《陶淵明集》，中華書局，1979 年，第 37 頁。

跳珠鳴瓦的聲音當是首先響起的。古時建築多用青瓦擺造成一定的斜度，雨滴落其上，高低不同，韻律自然各異。雨水彙聚成流，順著道道瓦溝沿屋檐緩緩傾瀉而下，流於窗外無人的石階，則又是一種聲韻。石階本身就有小雨聲，和著這「流水」聲，效果又自不同。鑒於古時建築都不很高，所以根本不用擔心會站在十幾層樓的高度，聽不到地面上的聲響。更別提窗外還有芭蕉、梧桐，小院還有綠荷池塘。雨水啊，滴落其上，又順著它們寬大的葉脈，滴落窗前空階，小院靜池，那合奏的效果，更上一層。再不濟，也還有竹窗疏櫺和簷前風鈴，雨夾帶著稍稍的風勢，就爲這眾多疏韻裏，又添一聲。至於室外，聲色之間的取捨，就更不用說了。相較於時下嘈雜之流行音樂，再想像一下自然界聲響之魅力，孰優孰劣，自可分曉。聆聽雨聲，心寧氣靜。

第三章　唐宋詞中的鶯聲及其作用

莊子《齊物論》提到天籟、地籟、人籟，認爲「地籟則眾竅是已，人籟則比竹是已」，皆不足以與天籟媲美。莊子沒有爲天籟下一個具體而明確的定義，只解釋說「吹萬不同，而使其自己也」〔註1〕。天籟，其實就是大自然「無待」情況下發出的眾音的總稱。而筆者認爲，任何自然界「自爲」之聲音，都沒有鳥聲來得婉轉可人，眞可稱爲「天籟」。按說，鳥聲之最美者，當屬鳳凰，傳言鳳鳥一鳴而百鳥息聲，但鳳凰畢竟是傳說中的神鳥，它的鳴聲也恰如那傳說中的「天籟」，只可想像，無從聽得。相比而言，百囀嬌啼的鶯聲，則更能現實地詮釋來自天上的美麗聲音。

第一節　歷代韻文中對鶯聲美的表現

眾鳥聲中，鶯啼無疑是聲之柔美者。所謂「花落千回舞，鶯聲百囀歌」（楊淩《剡溪看花》），鶯聲的美，就在於它的婉轉可人。古人描摹鶯聲，有用「睍睆」、「交交」、「喈喈」、「緜蠻」、「嚶嚶」、「間關」、「關關」、「恰恰」、「嚦嚦」、「歷落」、「喋喋」、「呢呢」、「啞吒」、「交加」〔註2〕等直接摹聲，也有用「百囀」、「嬌」、「軟」、「如棉」、「如簧」等詞形容的。唐宋以前其它文體中，就有對鶯聲的描繪。

〔註1〕【戰國】莊周著，王先謙集解《莊子集解》，中華書局，2006年，第10頁。

〔註2〕此統計部分依據賈祖璋《鳥與文學》，上海書店，1982年，第36～37頁，筆者亦有補充。

一、唐前文學中的鶯聲

先秦時期，人們的藝術思維尚處於萌芽階段，對鶯聲美的表現比較直觀，多是直接摹聲，少有與景、情結合的。早在先秦的《詩經》中，先民就有「睍睆黃鳥，載好其音」（《凱風》）的認知。又有「交交黃鳥」（《終南》），「緜蠻黃鳥」（《緜蠻》），「鳥鳴嚶嚶」（《伐木》），「黃鳥於飛，集於灌木，其鳴喈喈」（《葛覃》）等〔註3〕。他們用鶯聲起興，比附自己擁有如鶯聲般美好的才德，暢言自己雖「信美」，卻受到不公之對待。如《秦風・黃鳥》：「交交黃鳥，止於棘。誰從穆公？子車奄息。」在此「黃鳥，哀三良也。國人刺穆公以人從死，而作是詩也」〔註4〕。

只有一篇比較特別，提到了鶯的習性及鳴叫的目的，那就是《小雅・伐木》篇：

> 伐木丁丁，鳥鳴嚶嚶。出自幽谷，遷於喬木。嚶其鳴矣，求其友聲。相彼鳥矣，猶求友聲。矧伊人矣，不求友生？神之聽之，終和且平。〔註5〕

《毛詩》釋之曰：「《伐木》，燕朋友故舊也。自天子至於庶人，未有不須友以成者。親親以睦，友賢不棄，不遺故舊，則民德歸厚矣！」〔註6〕顯然，其以「鶯鳴求友」比國君納友求賢，並未超出傳統比興範圍，但確乎已涉及鶯的習性和一些簡單的景物描寫。其「出於幽谷」、「遷於喬木」以及「鶯聲呼友」等，皆爲後人沿用。「幽谷鶯聲」，也更能襯托出其「天籟」般的美麗。鶯出身的清幽、居處的高茂，與其輕靈的聲音結合，賦其以超凡脫俗的氣質。

秦漢時期，韻文學並不發達，對小巧而柔婉的鶯聲亦少有描摹，其藝術成就並未超出《詩經》的範圍。相比而言，魏晉南北朝時期則

〔註3〕這裏的黃鳥即黃鶯。黃鶯，又名黃鸝、黃鳥、倉庚、黃流離等。依據同上。

〔註4〕李學勤主編《毛詩正義》，北京大學出版社，1999年，第427頁。

〔註5〕李學勤主編《毛詩正義》，北京大學出版社，1999年，第576～577頁。

〔註6〕李學勤主編《毛詩正義》，北京大學出版社，1999年，第576頁。

是文學的覺醒時代，對鶯聲美的表現也更進一步。如頗能注意到鶯聲與周圍清麗景色的關係，將景與鶯、色與聲結合，對鶯聲美的描繪更加全面。如「春機鳴窈窕，夏鳥思緜蠻」（吳均《和蕭洗馬子顯古意》），「絳樹搖風軟，黃鳥弄聲急」（費昶《長門怨》），「搖綠帶，抧紫莖。舞春雪，雜流鶯。」（沈約《臨春風》）等，將鶯聲置於紅花綠柳、輕風白絮的柔美之景中，充滿著對春的歌頌與傷感。又如「幽宮積草自芳菲，黃鳥芳樹情相依」（蕭子顯《春別》），「紅臉脈脈一生啼，黃鳥飛飛有時度」（蕭綱《和蕭侍中子顯春別四首》），「雪罷枝即青，冰開水便綠。復聞黃鳥聲，全作相思曲」（王僧孺《春思》）等，鶯聲，也滿含著春情與春思。這時期的鶯聲，明顯擺脫了《詩經》中的比興模式，開始抒發詩人一己的傷春傷別之怨。

這種通過鶯聲再現個人情感的寫法，在魏文帝曹丕《鶯賦》（並序）裏表現得尤爲突出：

> 堂前有籠鶯，晨夜哀鳴，淒若有懷，憐而賦之曰：
>
> 怨羅人之我困，痛密網而在身。顧窮悲而無告，知時命之將泯。升華堂而進御，奉明后之威神。唯今日之僥倖，得去死而就生。託幽籠以棲息，厲清風而哀鳴。〔註7〕

該賦寫一隻「晨夜哀鳴」的「籠鶯」。在序言中作者就直言其「淒若有懷」，顯有身世之感蘊含其中。黃鶯由於羽色華美，鳴聲悅耳，很早就成爲富貴家的飼禽。然它畢竟是候鳥，「永年飼養，因風土不適，難得完美的結果」〔註8〕該賦中失去自由、唯求速死的籠鶯，滿含著淒涼哀怨的情調。

無獨有偶，魏王粲也有篇《鶯賦》，同樣描寫籠鶯：

> 覽堂隅之籠鳥獨，高懸而背時。雖物微而命輕，心悽愴而愍之。日奄藹以西邁，忽逍遙而既冥。就隅角而斂翼，眷獨宿而宛頸。歷長夜以向晨，聞倉庚之群鳴。

〔註7〕【魏】曹操、曹丕、曹植著，博亞庶譯注《三曹詩文全集譯注》，吉林文史出版社，1997年，第349頁。

〔註8〕賈祖章《鳥與文學》，上海書店，1982年，第40頁。

春鳩翔於南甍，戴鷹集乎東榮，既同時而異憂，實感類而傷情。〔註 9〕

詩中「籠鶯」高才背時，物微命輕，相較於自由翱翔的倉庚與戴鷹，其地位更是低下。詩人與「籠鶯」產生強烈的共鳴，其內心的不平之感亦是可想而知。

二、唐宋文學中的鶯聲

唐宋時期的文學，聲色大開、聲情並茂。對鶯聲的描繪更是情景交融，情辭兼勝。佳作名篇，俯拾皆是。如杜甫《江畔獨步尋花七絕句》「留連戲蝶時時舞，自在嬌鶯恰恰啼」，白居易《琵琶行》「間關鶯語花底滑，幽咽泉流冰下難」，杜牧《江南春》「千里鶯啼綠映紅，水村山郭酒旗風」，皆是膾炙人口的名篇佳句。此時鶯聲與春景、春情緊緊地交融在一起，分不清到底是寫鶯的歡鳴，還是物色的歡鬧，亦或是人的歡心了。

唐詩不僅延續了詩經以來對鶯聲「婉轉好聽」之美的直觀觀照，同時，將這種關注向縱橫兩方面發展。在橫向廣度上，開始關注鶯聲啼叫的最早時間。一日當中，鶯多歌唱於萬籟俱寂、晨曦初露的拂曉，這是眾所週知的。那麼一年當中呢？本來，按照黃鶯的候鳥習性，秋冬季節它是在印度等熱帶國家越冬，「從它的越冬地到我國來，大概四月八日到十日，到達廣東；四月的中旬，北進福州；十月中就離開那裏而南歸了。長江中下游一帶，據斯丹恩氏說：『很覺奇怪，以四月二十四日到達爲常例。』五月中旬，則爲最早到達河北東北部的秦皇島等處的時期。」〔註 10〕那麼正常說來，國人聞鶯的時間不當早於四月。但詩詞中並不這麼寫。唐詩中對這一問題就屢有觸及，如杜甫《將別巫峽，贈南卿兄瀼西果園四十畝》「正月喧鶯末，茲辰放鷁初。雪籬梅可折，風榭柳微舒」，詩人在正月就曾聞鶯聲。韓愈《早春雪

〔註 9〕【魏】王粲《王粲集》，中華書局，1980 年，第 27 頁。
〔註 10〕賈祖璋《鳥與文學》，上海書店，1982 年，第 33 頁。

中聞鶯》，有「朝鶯雪裏新，雪樹眼前春」和「風霜徒自保，桃李詎相親」句，則其在桃李開放（最早二月）之前的雪天裏就聽到了。

二月聞鶯是唐人的普遍觀點，如「二月黃鶯飛上林，春城紫禁曉陰陰」（錢起《贈闕下裴舍人》），「顧及芳年賞，嬌鶯二月初」（孟浩然《送盧少府使入秦》），「夷門二月柳條色，流鶯數聲淚沾臆」（高適《送楊山人歸嵩陽》）等。而到陽春三月，則鶯聲的鳴叫已經比較密集常見，古人認爲那時的鶯啼已屬「晚鶯聲」。如李商隱《戲題樞言草閣三十二韻》「春風二三月，柳密鶯正啼」，白居易《南亭對酒送春》「冉冉三月盡，晚鶯城上聞」。這種「早聞」的現象是比較奇怪的。一個可能的解釋就是中國唐朝的時候，溫度比現在高。據言，「中國五六千來，氣候的總趨勢是由溫暖轉向涼爽的，但不同時期不同地區的幅度不同，而且有過多次反覆。在新石器時代，正月的平均溫度比現在高 3℃～5℃，年平均溫度大約高 2℃……六世紀時，黃河流域的物候普遍比現在遲 10 天到 2 周，八九世紀氣溫稍趨溫和。」〔註 11〕當然，詩詞中的時間，我們也不必這麼較眞。單列出來，只是爲了說明當時人的一般看法。詩歌與科學畢竟不同。

又如在深度上，將鶯啼與春怨、閨怨情思緊密結合，形成了某些抒情範式。自金昌緒膾炙人口的《春怨》詩「打起黃鶯兒，莫教枝上啼。啼時驚妾夢，不得到遼西」後，鶯聲便與閨婦春夢等結下了不解之緣。如姚合《詠鶯》詩即爲其代表：

> 春來深谷雪方消，鶯別寒林傍翠條。到處爲憐煙景好，隔簾多愛語聲嬌。不同蜀魄啼殘月，唯逐天雞轉詰朝。少婦聽時思舊曲，玉樓從此動雲韶。〔註 12〕

寫早鶯的嬌美之啼，觸發少婦的相思之情。宋詞對這一現象也是多有描繪。如歐陽修《蝶戀花》「花裏黃鶯時一弄，日斜驚起相思夢」，周邦彥《早梅芳·別恨》「意密鶯聲小。正魂驚夢怯，門外已知曉」等。

〔註 11〕趙樸初《中國文化概論》，北京師範大學出版社，2002 年，第 23 頁。
〔註 12〕【清】彭定求編《全唐詩》，中華書局，1960 年，第 5707 頁。

此時期的賦中，對鶯聲美的表現同樣出色。北宋田錫寫朝來聞鶯的《曉鶯賦》，鋪張揚厲，可謂窮盡曉鶯「聲情」之美：

> 煙樹蒼蒼，春深景芳。聽黃鸝之巧語，帶殘月之餘光。金袂菊衣，新整乎遷喬羽翼；歌喉辯舌，鬪成乎一片宮商。嘗以清漢雲斜，東方欲曉，華堂靜兮寂寂，珠箔深兮悄悄。新聲可畫，初歷落於花間；餘囀彌清，旋間關於樹杪。宛轉堪聽，纏綿有情。伊寶柱之清瑟，與銀簧之暖笙，雖用交奏，而咸豔聲；未若我朧月淡煙之際，鶯舌輕清，聽者躊躇，聞之怡悅。若清露之玉佩，觸仙衣之寶玦。隨步諧音，成文中節。未若我曉花曙柳之間，鶯聲清切。美夫藻井霞鮮，金盤露圓。語因繁兮乍默，韻將絕兮重連。窗背紅燭，星稀碧天。楚襄王春夢覺來，還應默爾；陳皇后香魂斷處，寧不依然？有時楊柳迴塘，梧桐深井；聲煙裊兮忽斷，意春牽兮自永。新篁宿寒，芳杏朝景；關關枝上，帶花露之清香；喋喋風傳，入月簾之靜影。樓閣輕陰，房廊悄深。引萬重之芳意，成百態之餘吟。綠窗夢斷玉爐殘，堪憐俊品；寶帳酒醒清漏淺，彌稱清音。余以爲春帝之命，敷宣詞令；鄙桃李之無言，嫌百舌之多佞。知仙翰兮善歌，可司花於香徑。巧緒非一，詞端靡定；其聲也，纍纍然端若貫珠，悅春朝之采聽。〔註13〕

長長 369 字，極盡描摹之能事。如果鶯聲眞的如文中所言「新聲可畫」，那麼該賦可謂是「畫」盡鶯聲。概言之，未若「婉轉清切，纏綿有情」八字。「初歷落於花間；餘囀彌清，旋間關於樹杪。宛轉堪聽，纏綿有情。」言其婉轉，則寶瑟笙簧之合奏，都未必能及。言其清切，則「清露之玉佩，觸仙衣之寶玦」都趕不上。何況，這鶯聲，在「曉花曙柳之間」，「楊柳回塘，梧桐深井」之上，帶著「花露之清香」，淌入「月簾之靜影」，在萬籟俱寂的清晨，「房廊悄深」的樓閣小院，如「貫珠」般得響起，輕輕地將我們的耳朵叫醒。此情此景，

〔註13〕【宋】田錫《咸陽集》，巴蜀書社，2008年，第84頁。

如何不讓人蕩氣迴腸，而精神爲之一振呢？可想而知，聽到這「輕靈」之音的人們，也可以用同樣美好而輕靈的心情去迎接新的一天了。此《曉鶯賦》，不僅通過對比襯托等一系列藝術手法，再現了鶯聲的清切纏綿之美，更爲重要的是，他調動聽覺、視覺、嗅覺等一系列因素，將鶯聲置於花香曙柳之間，使其聲色大開，更顯其輕動靈活、超脫凡近之美。

第二節　唐宋詞中「鶯聲」常見的意象模式

以上我們分析了鶯聲的婉轉優美，及其在不同的時空、不同文體中的表現。然而也只有在唐宋詞中，鶯聲才眞正找到了最適於發展的沃土，將其「嬌柔婉媚」的氣質發揮得淋漓盡致。

陳子龍在論及詞這一文體時言：「其爲體也纖弱，所謂明珠翠羽，尙嫌其重，何況龍鸞？」〔註 14〕虎嘯龍吟，鳳鳴鶴唳。自古以來皆被認爲是聲之大美者，在詞中少有再現。如「鶴唳」，除了道教詞人葛長庚在其仙道詞中偶有關涉外，其它詞人提到鶴，多寫其飛行或信步時的閒雅之態，如「碧草初齊，舞鶴閒相趁」（呂渭老《蝶戀花》，於其聲，則鮮有涉及。究其原因，根本就在於詞體本身的軟媚性與這些「大美之聲」不合。與此相反，鶯聲則以「婉轉嬌慵」著稱，所謂「鶯語巧，上林中。正嬌慵」（曾覿《訴衷情》），它與詞這種「婉媚」的體式可謂珠聯璧合，相得益彰。故而唐宋詞中對於鶯聲的描繪也是最多、最典型的，其數量甚至淩駕其它鳥聲之和。尤其在某些特定的意象模式中，這種美更顯得和諧婉麗：

一、曉鶯殘月

「以一日而論，似乎清晨的鶯聲，最足以動人，自然，從萬籟岑寂的幽夜中，東方漸漸露著熹微的晨光，而鶯就開始用她婉轉的歌

〔註 14〕【明】陳子龍《王介人詩餘序》，見施蟄存《詞籍序跋彙編》，中國社會科學出版社，1994 年，第 506 頁。

喉，流利的聲調，叫我們從睡夢中醒來；也不煩躁，也不絮聒，只是音樂似的令人神往，如何不十分感人呢？」〔註 15〕確實，對於身處喧囂都市的人們而言，日日都由鶯聲而不是鬧鈴將你喚醒，那該是多麼幸福而幸運啊！對此，即便是 「熟識慣聞」的古人，也不免爲之動容。如「嬌鶯方曉聽，無事過南塘。」(司空圖《春中》)，「睡覺鶯啼曉。醉西湖、兩峰日日，買花簪帽」(劉過《賀新郎・遊西湖》)，「花影亂，曉窗明。鶯弄春笙柳外聲。和夢捲簾飛絮入，牡丹無語正盈盈」(陳著《搗練子・曉起》) 等。曉鶯聲，對閒眠無憂的人而言，確實嬌巧可人。古時，有「燕昏鶯曉」的提法，如張炎《臺城路》「舞扇招香，歌橈喚玉，猶憶錢塘蘇小。無端暗惱。又幾度留連，燕昏鶯曉」，李曾伯《滿江紅・乙卯詠海棠》「一片殷紅新錦樣，天機知費春多少。更芳期、不待燕黃昏，鶯清曉」。清晨的鶯聲就如同黃昏的燕舞一樣，最常見、且最讓人留戀。

但多數時候，唐宋詞中的曉鶯聲是惹人愁怨的，特別是「曉鶯殘月」的組合。如「門外早鶯聲。背樓殘月明」(孫光憲《菩薩蠻》)。原本流利的鶯聲與清晨的凋零的殘月一組合，其境界自然也淒冷起來。俞言《爰園詞話》在評柳永「楊柳岸曉風殘月」時說：「柳詞亦只此佳句，餘皆未稱。而亦有本，祖魏承班《漁歌子》『窗外曉鶯殘月』，第改二字耳。」〔註 16〕溫庭筠亦有「簾外曉鶯殘月」(《更漏子》)句，可見「曉鶯聲與殘月明」之組合影響之大。

同「楊柳岸曉風殘月」一樣，這一組合的突出特點在於對黎明時分，天將亮未亮之時，朦朧、淒冷、孤獨氛圍的營造。如韋莊《應天長》「鶯啼殘月，繡閣香燈滅。門外馬嘶郎欲別，正是落花時節」言欲別之悽楚；晏幾道《採桑子》「碧簫度曲留人醉，昨夜歸遲。短恨憑誰？鶯語殷勤月落時」言別後之歸思。殘月欲落，鶯聲始啼時，

〔註 15〕賈祖璋《鳥與文學》，上海書店，1982 年，第 38 頁。

〔註 16〕【清】俞彥《爰園詞話》，見唐圭璋《詞話叢編》，上海古籍出版社，1986 年，第 402 頁。

多是情人離別時，因此婉轉嬌巧的鶯聲也「物隨心移」，變得淒冷、悽楚。

曉鶯聲的惹人愁怨，還在於它對美夢的驚醒和對現實無奈的重新喚起。如顧敻《虞美人》「曉鶯啼破相思夢，簾卷金泥鳳」，鹿虔扆《臨江仙》「無賴曉鶯驚夢斷，起來殘酒初醒」之寫相思夢斷；馮延巳《喜遷鶯》「宿鶯啼，鄉夢斷。春樹曉朦朧」之寫思鄉夢斷；陸游《謝池春》「春眠驚起，聽啼鶯催曉。歎功名、誤人堪笑」之家國夢斷等。雖然，是夢終歸要醒的，但充當「醒夢」之助的那個角色，還是會無端受到連累，又如「料峭春寒中酒，交加曉夢啼鶯」（吳文英《風入松》）句，唐圭璋評爲：「『料峭』兩句，凝練而曲折，因別情可哀，故藉酒消之，但中酒之夢，又爲啼鶯驚醒，其悵恨之情，亦云甚矣。『料峭』一字疊韻，『交加』一字雙聲，故聲響倍佳。」〔註 17〕以婉轉嬌巧著稱的鶯聲，以「交加」二字形容，急切而惱人，眞是「受累不淺」。

二、鶯聲小院

相比之下，小院的鶯聲則別有一番閒雅風味。仇遠《慶清朝》有：「留閒耳，聽鶯小院，聽雨西樓。」如果說詞中的「曉鶯聲」，因傷別、驚夢喚醒的是詞人內心的孤獨與淒冷，從而失去其固有的「婉轉流利」，「十分感人」的魅力的話，那麼小院的鶯聲，則正好有補這方面的不足。如「蒼翠濃陰滿院，鶯對語，蝶交飛。戲薔薇」（毛熙震《定西番》），一派繁茂悠閒之態。「春色欺人拂眼清。柳條綠絲軟，雪花輕。黃金才鉞掩銀屏。陰沉深院靜，語嬌鶯」（杜安世《朝玉階》），雖是暮春柳絮飄飛的季節，春的輕靈與活力依然不減。此處，小院的蒼翠濃蔭，爲歡啼的鶯兒們提供了最好的棲息處，而嬌鶯的歡啼，又讓小院顯得更加的寧靜而悠閒。何況，院中有軒、有樓，軒旁有池、有水，樓內有窗、有床、有簾，床上有枕、簾內有人。院中的任一意

〔註 17〕唐圭璋《唐宋詞簡釋》，上海古籍出版社，1981 年，第 215 頁。

象與鶯聲的偶遇，都會創造出別樣的美來。如「晚鶯嬌囀，庭戶溶溶月」（周密《清平樂》），「莊生蝴蝶夢春還，簾外一聲鶯喚」（張炎《西江月》），庭院內、畫簾外，鶯聲溫柔的一聲低喚，不知創造出多少柔美悠閒的境界來。

與「交加」的曉鶯聲不同，小院的鶯聲，多於午後或黃昏響起，與詞中人閒眠而慵懶的意態暗合，使本已嬌巧的鶯聲平添出一份「閒懶」之態。如賀鑄《鴛鴦夢》「午醉厭厭醒自晚，鴛鴦春夢初驚。閒花深院聽啼鶯。斜陽如有意，偏傍小窗明」，晏幾道的《蝶戀花》「初撚霜紈生悵望。隔葉鶯聲，似學秦娥唱。午睡醒來慵一餉，雙紋翠簟鋪寒浪」，閒花深院，午睡醒來之際，嬌鶯的慵懶一鳴，喚醒了詞人幽遠的閒情意態。

爲了便於抒情的，唐宋詞中人物的睡眠常呈現「非常態」化，其主要表現有二：夜不安枕和日高猶眠，前者如「夜夜除非，好夢留人睡」（范仲淹《蘇幕遮・懷舊》），後者像「似恁偎香倚暖，抱著日高猶睡」（柳永《慢卷綢・雙調》）；前者表愁思苦深，難以安寢，後者以示安閒慵懶，長日好眠。「曉鶯啼」與「午鶯囀」（偶亦有黃昏鶯鳴）正好與此兩種情境暗合，雖然同樣是鶯聲，但其所表之情與所營之境，卻不相同，不可等量齊觀。如沈蔚《漢宮春・不見》：

> 日過重簾未卷，裊裊欲殘香線。午醉卻醒來，柳外一聲鶯囀。不見，不見，門掩落花深院。

該詞與其說寫什麼濃愁密恨，不如說表現慵懶中的淡淡閒愁與無聊。深院寧靜的午後，朦朧睡醒之際，那「柳外一聲鶯囀」，是何等的清麗又何等的閒懶，與離別之際「交加」曉鶯聲給人的感覺差距甚大。

三、柳浪聞鶯

柳浪聞鶯是最富江南地域色彩的意象組合，也是景與聲最完美結合。詞有濃鬱的「南國風味」〔註18〕，詞中柳情水態向來被視爲詞南

〔註18〕楊海明師《唐宋詞論稿》，鄧喬彬《唐宋詞美學》皆有論及。

國風味的重要標誌。而黃鶯與綠柳，通過動與靜、視覺與聽覺的融合，呈現出多變的美感來。

「柳軟鶯嬌」（黃昇《買花聲・憶舊》），柳與鶯在柔美的意趣上是一致的，且無論是從聲與色各方面考察，鶯與柳都很相配。如「柳藏鶯」。利用視覺上的似見不見，讓聽覺上更可感。如「綠樹藏鶯鶯正啼，柳絲斜拂白銅堤」（韋莊《浣溪沙》），柳色嫩綠而鶯羽金黃，綠柳間的黃鶯，本就是最靈動的一點，加上流利的鶯聲，更給人一種隱性的靈動美。又如「柳外一鶯啼晝，約略情懷中酒」（許棐《謁金門》），鶯聲的穿透力極強，一下子直達人心。又如「綺窗人似鶯藏柳，巧語春心透。聲聲清切入人深，一夜不知兩鬢、雪霜侵」（向子諲《虞美人》），將「綺窗人」與「藏柳鶯」巧妙對比，凸顯了隱於暗處的歌女歌聲之美，恰如「千呼萬喚始出來，猶抱琵琶半遮面」（白居易《琵琶行》）的歌女，妙處就在半隱半顯之間。

又如「鶯穿柳」。利用線條的美感配合流利的聲音創造出多變的審美意境。就線條的美感而言，柳條下垂，而鶯鳥橫飛，穿柳而過，縱橫交錯之間，彰顯一種動感的美來。「日上花梢，鶯穿柳帶」（柳永《定風波》），本身就是景中之優美者，更何況，在穿行之間，還伴隨著優美的鶯啼，如「行傍柳陰聞好語，鶯兒穿過黃金縷」（毛滂《蝶戀花・寒食》）。黃鶯的飛行甚爲迅疾，它們「倏來疏往，上下無定，宛似梭織的往還」〔註 19〕而鶯穿柳煙的景致，就被「情化」爲「柳線經煙，鶯梭織霧，一片舊愁新怨」（儲泳《齊天樂》），這讓這本來明麗的景致也呈現出朦朧愁怨的美感來。如果再加上聲響，「看流鶯度柳，似急響、金梭飛擲」（方千里《六醜》），其意境又一變。

而柳與鶯在情感融合上也是天衣無縫的。柳，留也。暗含挽留之意，古有折柳送別的習俗。而鶯聲恰有「留春」之意，如「留春不住。費盡鶯兒語」（王安石《清平樂》）。因此「柳上鶯聲」，在傳統的傷春

〔註 19〕賈祖璋著：《鳥與文學》，第 35 頁。

傷別詞中，成爲人凄涼心境的最佳詮釋。如趙長卿《阮郎歸・送別有感，因詠鶯作》：

東城沙軟馬蹄輕，清和雨乍晴。柳陰曲徑泣流鶯，淒涼不忍聽。　休苦怨，莫悲鳴。何須雨淚傾？但將巧語寫心誠，東君肯薄情。

流鶯美麗的聲音在離別的人聽來是如泣如訴的。從「東君肯薄情」句來看，柳陰曲徑裏流鶯的苦怨與悲鳴，它巧語中的誠心，皆是爲了挽留春天的腳步。這正和詞人挽留友人的心情是一致的。傷春與傷別達到了統一。

南宋晚期，柳浪聞鶯成爲「西湖十景」〔註 20〕之一，爲當時畫家、詩人爭相圖詠的對象。據《夢粱錄》載：「近者畫家稱湖山四時景色最奇者有十，曰蘇堤春曉，麴院觀荷，平湖秋月，斷橋殘雪，柳浪聞鶯，花港觀魚，雷峰夕照，兩峰插雲，南屏晚鐘，三潭映月。」〔註 21〕「十詠」很可能是畫家先提名的，之後才得以流傳入詩詞中。時畫家陳清波、詩人王洧、詞人張矩、陳允平、周密等皆有作品流傳。茲舉周密「柳浪聞鶯」詞作，略作分析：

木蘭花慢

晴空搖翠浪，畫禽靜、霽煙收。聽暗柳啼鶯，新簧弄巧，如度秦謳。誰紬。翠絲萬縷，颺金梭、宛轉織芳愁。風裊餘音甚處，絮花三月宮溝。　扁舟。纜繫輕柔。沙路遠、倦追遊。望斷橋斜日，蠻腰競舞，蘇小牆頭。偏憂。杜鵑喚去，鎮緜蠻、竟日挽春留。啼覺瓊疏午夢，翠丸驚度西樓。

〔註 20〕「西湖十景」正式御筆定名爲清康熙三十八年。但其名稱，最遲在南宋理宗時就已出現，被時人稱爲「西湖十詠」。陳允平作「西湖十詠」詞，後附言：「右十景，先輩寄之歌詠者多矣。雪川周公謹（周密）以所作木蘭花示予，約同賦，因成，時景定（宋理宗年號）癸亥歲也。」（見唐圭璋著：《全宋詞》，北京：中華書局，1965 年，第 3104 頁）

〔註 21〕【宋】吳自牧《夢粱錄》，見《東京夢華錄》（外四種），中國商業出版社，1982 年，第 96～97 頁。

此詞，俞陛雲《唐五代兩宋詞選釋》已解釋得頗爲詳細：「起首六句言凡鳥收聲，嬌鶯獨囀，得題前翔集之勢。『翠縷金梭』句，柳與鶯合寫。『風嫋』二句，餘音遠度，仍不脫『柳』字。轉頭處『係纜』四句言柳邊聽鶯之人，借西泠蘇小，用蠻腰舞態以關合『柳浪』。鶗催春去，而鶯挽春留，寫『聞鶯』別有思致。收筆鶯曳殘聲，猶驚午夢，詞亦餘音不盡也。」〔註22〕周密的這首「柳浪聞鶯」詞，可以說是曲盡鶯與柳聲色、聲情之妙。

四、花外流鶯

「花外流鶯」是最爲華美精緻的意象組合。如白居易的「間關鶯語花底滑」(《琵琶行》)，其色華美，其聲流利。相較而言「柳浪聞鶯」就「單薄」多了。又如歐陽修《蝶戀花》「花裏黃鶯時一弄，日斜驚起相思夢」之言相思；賀鑄《臨江仙》「閒花深院聽啼鶯。斜陽如有意，偏傍小窗明」之寓閒適；劉翰《好事近》「花底一聲鶯，花上半鈎斜月。月落烏啼何處，點飛英如雪」之抒春情；劉辰翁《瑞鶴仙·壽翁丹山》「正丹翁初度。對花滿江城，曉鶯欲語」之祝高壽等，都是滿載著春光花氣，夾帶著鶯歌豔舞，何止華美絢麗，簡直富貴十足。

「鶯聲多在杏花梢」(呂渭老《浣溪沙》)，詞中與鶯匹配的花，多是杏花。如「露花鮮，杏枝繁，鶯囀。野蕪平似剪」(顧敻《虞美人》)，「杏花枝上鶯聲嫩，鳳屏倦倚人初困」(陳允平《菩薩蠻》)，「嬌鶯聲嫋杏花梢，暗淡綠窗春曉」(朱敦儒《西江月》)，一來杏花開放的時間早於桃李，與早鶯啼鳴的時間相應。二來，粉紅嫩黃的組合，更能顯示春天的繁華美麗。

但其實花與鶯的組合併不比柳與鶯和諧。鶯與花皆以豔麗稱美，搭配起來，反而繁複紛亂。故而，詞人在處理花與鶯組合時，角度選

〔註22〕俞陛雲著：《唐五代兩宋詞選釋》，上海：上海古籍出版社，1985年，第558頁。

取上會有一定的變化。要麼淡化花而言其「影」，如「輕斂翠蛾呈皓齒，鶯囀一枝花影裏」（魏承班《菩薩蠻》）；要麼淡化色而言其香，如「百花香裏鶯聲好，晴日暖風天氣」（佚名《齊天樂・壽碧澗》）；要麼顧左右而言它，寫花邊、花底、花外，如「谷鶯語軟花邊過，水調聲長醉裏聽」（馮延巳《更漏子》），「花上密煙飄盡，花底鶯聲嫩」（黃庭堅《桃源憶故人》），「花外流鶯過，一番春去又經秋」（李彌遜《虞美人・詠古》），黃鶯眞正在花枝上停留的很少，故詞中「花外流鶯」者多，「鶯藏花樹」者少！

而花枝上的鶯聲則多在「鶯啼花落」之際，專爲傷春而準備。如蘇軾的《木蘭花令・次馬中玉韻》「落花已逐回風去。花本無心鶯自訴。明朝歸路下塘西，不見鶯啼花落處」，又如徐鉉《柳枝詞・座中應制》「重來已見花飄盡，唯有黃鶯囀樹飛」，都言春歸花落，黃鶯苦留。不僅如此，對惜花人而言，鶯的到來未必是好事，如劉克莊《賀新郎・用前韻賦黃荼縻》「愛惜尙嫌蜂採去，何況流鶯蹴落」，史達祖《杏花天》「棲鶯未覺花梢顫。踏損殘紅幾片」，張榘《水龍吟・寄興》「苦被流鶯，蹴翻花影，一闌紅露」，鶯啼鶯飛，不憐花之嬌弱，反蹴翻花影，驚落嬌紅，其罪過實在不小。

唐宋詞中，鶯啼花開時，鶯與花，鮮能共處相歡，但花落春歸後，鶯與花，卻能同遇同悲。如溫庭筠《更漏子》「牡丹花謝鶯聲歇，綠楊滿院中庭月」，這少了鶯聲與繁花的春天，是寂寞的。所以，少年要惜時，「更莫待、花殘鶯老」（劉鎭《絳都春・清明》），等到春歸鶯老，則爲時已晚。

當然鶯聲之美，並非幾個意象模式就能涵蓋，鶯聲除了婉轉，還有「急」，牛嶠《更漏子》「柳花飛處鶯聲急」；有「亂」，曹組《小重山》「陌上花繁鶯亂啼」；有「碎」韓玉《賀新郎》「柳外鶯聲碎」。但其都不脫柔美本質。這也是鶯聲在唐宋詞中保有其個性的重要原因。

第三節　鶯聲在唐宋詞中的作用

以上我們分析了歷代韻文中，對鶯聲美的歷史表現，以及唐宋詞中，關於鶯聲的幾個重要意象模式。鶯聲的美，鶯聲的豐富與變化，決定了其出眾的表現力。而在最適於它發展的沃土——唐宋詞中，鶯聲又發揮怎樣的作用呢？茲從以下幾方面略作論述：

一、鶯聲與春感

鶯聲近乎全知全能地歌唱了春來春去的全過程。透過鶯聲，能夠清晰地感受詞人的春情春思。黃庭堅有一首春詞，就和鶯對春的「全知」有關：

清平樂

春歸何處？寂寞無行路。若有人知春去處，喚取歸來同住。　　春無蹤跡誰知？除非問取黃鸝。百囀無人能解，因風飛過薔薇。

春來春去是大自然的規律，但詞人非要深情一問「春天沒有蹤跡，那它去了哪兒？」並且他還有專門的詢問對象「除非問取黃鸝」，只可惜，鶯聲百囀，雖可聽，卻難解。但在詞人看來，「花開花謝蝶應知，春來春去鶯能問」（晏幾道《踏莎行》），鶯兒是知道春天消息的。

詞人絕愛春天，四季詞中，詠春詞穩居榜首。而鶯聲則是伴春始終的：

（一）鶯啼幾聲

春風剛來，萬物始青，鶯兒還沒有開始歌唱時，詩人已經翹首盼望著黃鶯啼春美好時光了，如吳泳《洞仙歌・惜春和李元膺》「淡鵝黃嫋嫋，玉破梢頭，鶯未囀，綠皺池波尚淺」；隨著春天腳步的臨近，早春到來，也是雛鶯初啼的時，所謂「鶯初解語。最是一年春好處。微雨如酥，草色遙看近卻無」（蘇軾《減字木蘭花》），「新晴庭戶春陰薄，東風不度重簾幕。第幾小蘭房？雛鶯初弄黃」（趙長卿《菩薩蠻》），嬌嫩的鶯聲引得人春心蕩漾，愛情、相思，隨春而發，「幾度金鑄相思，又燕緊鴻杳。誰料如今，被鶯閒占春早」，只是搖蕩的春心還是晚來一步，被早鶯佔了先。

（二）嬌鶯百囀

當嬌鶯百囀於柳葉花間之日，也正是春光正濃時，「鶯聲巧、春滿闌干」（張鎡《風入松》），此時的鶯聲也是最美，最含情的。如謂「百花香裏鶯聲好，晴日暖風天氣」（佚名《齊天樂・壽碧澗》），「日暖風輕佳景，流鶯似問人」（林楚翹《洞仙歌》），在「蝴蝶滿西園，啼鶯無數」（晁沖之《感皇恩》）的美好日子裏，「秋韆爭鬧粉牆，閒看燕紫鶯黃。啼到綠陰處，喚回浪子閒忙。春光，春光，正是拾翠尋芳」（吳文英《如夢令》），正是「春遊」的好時候，正如吳文英《祝英臺近・春日客龜溪遊廢園》所言：「有情花景闌干，鶯聲門徑，解留我、霎時凝佇。」需停下來賞一賞，才不辜負大自然的恩賜。

（三）亂鶯聲碎

等到落花舞回風，柳絮飛滿天的季節，也正是「三月亂鶯聲」（王琪《望江南・柳》）「落紅深處亂鶯啼」（陳允平《浣溪沙》），鶯啼最爲「紛亂破碎」的時候。「春將半，鶯聲亂，柳絲拂馬花迎面」（呂渭老《惜分釵》），「水邊沙外，城郭春寒退。花影亂，鶯聲碎。飄零疏酒盞，離別寬衣帶」（秦觀《千秋歲》），此時春寒已退，好春過半，春色春光盛極轉衰，遠行詞人的心境也不由得紛亂起來，飄零之感、羈旅之思、離別之恨紛至沓來，流鶯聲中自然也開始帶了「怨盼」之情，如吳文英《絳都春・爲李篔房量珠賀》「流鶯常語煙中怨。恨三月、飛花零亂」。而閨中女子，相思婦人呢？亦是愁情萬端，望盡「斷腸南浦」，「更那聽、亂鶯疏雨」（歐陽修《夜行船》）彼時「恨聽鶯不見」，「到而今又恨，睍睆成愁」（劉辰翁《憶舊遊・和巽吾相憶寄韻》）。這裏，鶯聲人情之中，都起了留春之意，所謂「留春問誰最苦？奈花自無言鶯自語」（周密《大聖樂・東園餞春即席分題》），「甚無據。誰信一霎是春，鶯聲留不住」（呂渭老《祝英臺》）。

（四）殘鶯不語

清明之後，春盡鶯老，鶯兒也收起唱了一春的歌喉。如「傷春懷抱，清明過後鶯聲老」（晁元禮《一斛珠》）。許是無心，或是無力，亦或是羞慚自己的「好音不在」，此時鶯兒收起了唱了一春的歌喉，「懶」言以對。如周密《浪淘沙》「柳色淡如秋，蝶懶鶯羞。十分春事九分休」，李彭老《青玉案》「燕忙鶯懶青春暮，蕙帶空留斷腸句」等。此時，即便是還有鶯啼，也是「荼蘼花裏老鶯啼，懶留春住聽春歸」（仇遠《浣溪沙》），留春已然無據，傷春之感暗生，詞人所感受到的多是時光荏苒，逝者如斯，如「苒苒光陰似流水。春殘鶯老人千里」（杜安世《鳳棲梧》），即使相思中，也暗含了對「青春不再」隱憂，「不恨千金輕散盡，恨花殘鶯老」（晁補之《安公子・和次膺叔》），此刻即便有再多的悔恨，也難買尺寸之光陰。春之既去，傷之如何！歌唱了一春的嬌鶯聲也成爲詞人悉心追憶的對象，如李曾伯《滿江紅》「不恨碧雲遮雁絕，只愁紅雨催鶯老」。詩人傷春情懷，由來已久，他們甚至在春天未到，就萌起了傷春情緒，如「惜春長恨花開早，何況落紅無數」（辛棄疾《摸魚兒》），花還未開，已傷花落，春還未到，已傷春歸。但毫無疑問，「鶯老花殘」際，也是傷春最苦時。

另外，詞中也有夏日聞鶯或詠秋鶯的作品，但仍多與「春」相關，如張炎《蝶戀花・詠秋鶯》「求友林泉深密處，弄舌調簧，如問春何許？燕子先將雛燕去，淒涼可是歌來暮」，抒秋日懷春之感，還是傷春的延續。

「鶯帶春來，鵑喚春歸」（方岳《沁園春》），「愛鶯聲，怕鵑聲」（周密《江城子》），鶯聲中，有詞人寄託的各種幽情春思，自然鶯聲在詞中所營造的審美境界，所給人的美感也是獨特的。

二、鶯聲與詞境

鶯聲在詞中營造了「鬧中取靜，靜中顯孤」的特殊審美境界。任何一種聲音的出現，都意味著對它對立面「寧靜」的擾亂與打破。只不過，由於聲音本身音色和高低強弱的不同，以及周圍環境的各異，加之詞人表現方式的差異性，不同聲音在詞中所呈現的美感也是各異。正如，同樣是歌聲，但「十七八女郎，執紅牙板，歌『楊柳岸曉風殘月』」與「關西大漢，銅琵琶、鐵綽板，唱『大江東去』」〔註23〕的感覺是截然不同的。

偶然聽過鶯聲人會用「婉轉」來形容它，因爲它的鳴叫確實柔婉曲折。但熟悉鶯聲的人知道，鶯的鳴叫是多變的，所謂「柳占三春色，鶯偷百鳥聲」（溫庭筠《太子西池二首》）。鶯兒鳴叫時，一般都會「喈喈」、「喋喋」地叫上一陣兒，急促、嘈雜，聽之與眾鳥聲沒什麼不同，間或「睍睆」、「緜蠻」兩下，驀然之間，如聞天籟，偶然甚至會「啞吒」幾聲，彷彿小孩兒抗議時高分貝之尖叫聲，淒厲異常。但聽者往往自動略去它聲音前前後後的喧鬧，只擇取聲音中最婉轉的那段。如林楚翹《魚遊春水》之「鶯囀上林，魚遊春水」，万俟詠《三臺・清明應制》之「乍鶯兒百囀斷續，燕子飛來飛去」。

又黃鶯屬於「林鳥，從不下降地面來」〔註24〕，又多在高樹密柳上造巢，如《詩經》言其「出於幽谷，遷於喬木」（《伐木》），故鶯啼之環境多是綠樹叢生的，如「綠葉陰陰占得春，草滿鶯啼處」（徐俯《卜算子》），又如「平堤千里過盡，楊柳綠陰間。依約曉鶯啼處，認得南徐風物」（楊炎正《水調歌頭・呈趙總領》），叢生的高大綠樹，本就是「幽靜」之境，在眾鳥「嘰嘰喳喳」之際，偶而幾聲婉轉的鶯鳴，更給人清幽之感。

另外，詞中鶯聲還往往與數字連用，如「芳草綠楊堤畔，一聲初聽啼鶯」（朱敦儒《清平樂》），「繡屏驚斷瀟湘夢，花外一聲鶯」（陸游《烏夜啼》），「池上碧苔三四點，葉底黃鸝一兩聲」（晏殊《破陣子・春景》），「午醉醒來晚。何物最關情？黃鸝三兩聲」（王安石《菩薩蠻》），

〔註23〕【宋】俞文豹著，張宗祥校訂《吹劍錄全編》，古典文學出版社，1958年，第38頁。

〔註24〕賈祖璋《鳥與文學》，上海書店，1982年，第30頁。

「多謝流鶯，欲別頻啼四五聲」（賀鑄《減字木蘭花》），「蝶夢初回栩栩，柳岸幾聲鶯語」（米友仁《宴桃源》），「無端惹起離情，有黃鸝數聲」（戴復古《醉太平》）。從一聲、兩聲到四聲、五聲乃至幾聲、數聲，與晝夜不停的鵑聲相較起來，這稀稀疏疏的鶯聲，不僅毫無逼迫之感，更留人一種清麗寧靜之美。如葉夢得《南鄉子・自後圃晚步湖上》：

> 小院雨新晴。初聽黃鸝第一聲。滿地綠陰人不到，盈盈。一點孤花尚有情。　　卻傍水邊行。葉底跳魚浪自驚。日暮小舟何處去？斜橫。衝破波痕久未平。

此作通篇一個「靜」字，一個「情」字。深宅小院，雨過新晴，滿地綠蔭，一點孤花，本已是幽靜之境。偶然再加上密葉間的一聲鶯啼，打破寧靜後又重歸寧靜，其清幽之感倍增。相較於王安石《菩薩蠻》中「午醉醒來晚。何物最關情？黃鸝三兩聲」，其閒雅之情相似，清幽之感更勝。

由於鶯聲多與美好的春天相連，與人搖蕩的春情春思相繫，而又多關涉離情，故而有時即便鶯聲再歡再美，喚起詞人的多是寂寞的愁情。如秦觀《八六子》：

> 倚危亭。恨如芳草，萋萋剗盡還生。念柳外青驄別後，水邊紅袂分時，愴然暗驚。　　無端天與娉婷。夜月一簾幽夢，春風十里柔情。怎奈向、歡娛漸隨流水，素絃聲斷，翠綃香減，那堪片片飛花弄晚，濛濛殘雨籠晴。正銷凝。黃鸝又啼數聲。

秦觀此詞，被張炎評其為抒寫離情之典範，認為「離情當如此作，全在情景交煉，得言外意」〔註25〕。其「片片飛花弄晚，濛濛殘雨籠晴。正銷凝。黃鸝又啼數聲，語句清峭，為名流推激」〔註26〕，正是情景交融的好句，「飛花殘雨」，構建一片雲籠霧罩的朦朧愁境，與念別之心境暗合，「正銷凝。黃鸝又啼數聲」則「聞聲興悲，更不

〔註25〕【宋】張炎著，夏承燾注《詞源注》，人民文學出版社，1981年，第24頁。

〔註26〕【宋】洪邁《容齋隨筆》，上海古籍出版社，1978年，第772頁。

堪矣」〔註 27〕。這幾聲鶯啼，乍看來，像是對這片寂靜的愁雲的穿透，實際上數聲過後復歸的寧靜，正如回憶中短暫的甜蜜，只會加深詞人的寂寞之情。正如毛熙震《木蘭花》詞中所言「滿院鶯聲春寂寞，匀粉淚，恨檀郎，一去不歸花又落」，葉夢得《永遇樂・蔡州移守穎昌，與客會別臨芳觀席上》「明年春到，重尋幽夢，應在亂鶯聲裏」，當人被孤單所圍，被離情所罩，即便是再美再歡鬧的聲音，留存在心底的，也多是孤單與寂寞。

三、鶯聲與嬌慵之美

鶯聲有助於表現唐宋詞別樣的「嬌慵」之美。楊海明師早在其文《「懶起畫娥眉」與「怕尋酒伴懶吟詩」——談唐宋詞中的「以慵爲美」》指出唐宋詞中所慣於表現的「慵懶」之美〔註 28〕，而鶯聲也有助於表現詞體的這種「嬌慵」之美：

春鶯啼鳴，婉轉嬌巧，本就有一種天然的嬌態。如王千秋《生查子》「鶯聲恰恰嬌，草色纖纖嫩」，鶯聲之嬌與草色之嫩相映，一同描繪早春的鮮嫩之美。又如柳永《黃鶯兒》：

> 園林晴晝春誰主？暖律潛催，幽谷暄和，黃鸝翩翩，乍遷芳樹。觀露溼縷金衣，葉映如簧語。曉來枝上緜蠻，似把芳心、深意低訴。　　無據。乍出暖煙來，又趁遊蜂去。恣狂蹤迹，兩兩相呼，終朝霧吟風舞。當上苑柳穠時，別館花深處，此際海燕偏饒，都把韶光與。

此爲柳永詠黃鶯力作。詞中黃鶯乃春之嬌兒，趁著暖風，歌唱韶光，翩翩飛舞。它們巧舌如簧，緜蠻歌唱，款款深訴內心的芳情。它們雌雄相呼，日日悠閒地舞風吟霧，自由而恣狂。詞人這裏，將最美好的時光，最自由的姿態，最優美的環境都給了黃鶯。它的歌聲又怎能不嬌巧婉轉呢？

〔註 27〕唐圭璋《唐宋詞簡釋》，上海古籍出版社，1981 年，第 102 頁。
〔註 28〕楊海明師著：《唐宋詞縱橫談》，蘇州：蘇州大學出版社，1994 年，第 14 頁。

當暮春花落，嬌鶯不語時，詞人也特別選取「慵懶」二字，表其意態。如趙彥端《看花回》「催處處、燕巧鶯慵，幾聲鉤輈叫雲木」，柳永《清平樂》「翠減紅稀鶯似懶，特地柔腸欲斷」，汪莘《玉樓春·贈別孟倉使》「一片江南春色晚，牡丹花謝鶯聲懶」等，相較於「無語」、「不啼」等，「慵懶」二字，更有情味。且鶯的嬌懶還往往與燕的繁忙相對，如「荼蘼付與薰風管。燕子忙時鶯懶」（辛棄疾《杏花天》），「燕忙鶯懶花殘，正堤上、柳花飄墜」（壽涯禪師《水龍吟》），「燕忙鶯懶春無賴，懶爲好花遮護」（李昴英《摸魚兒》）等。暮春時分，正是「巢燕引雛，乳鶯空老」（馬子嚴《魚遊春水》）的時候，故而此時的燕子要比鶯兒繁忙的多。兩相對比，更突出了鶯兒的嬌慵之態。

鶯聲的嬌慵之美還在於它對美人「嬌慵」之態的喚起。如「鶯懶晝長，燕閒人倦，乍親花簟，慵引壺觴」（陳允平《風流子》），鶯燕的閒懶與人的慵懶相映成趣。又如張榘《西江月》：

> 春事三分之二，落花庭院輕寒。翠屏圍夢寶熏殘。窗外流鶯聲亂。睡起猶支雪腕，覺來慵整雲鬟。閒拈樂府憑闌干。宿酒才醒一半。

該詞寫天亮之時，窗外鶯聲喚醒窗內之人。此時美人雖醒，但其「猶支雪腕」，「慵整雲鬟」，「閒拈樂府憑闌干」等一系列動作，暗含其閒懶之態，而閒懶之中又有淡淡的愁怨，似所思之人的遠去，帶走了她生活的全部熱情。詞中女子這種無聊賴的「嬌懶」之態，朦朦朧朧的「依附」之感，正是以男子爲中心的社會所「樂見」的，他們欣賞並表現這種「病態」的嬌弱美，並大量引其入詞，從而進一步加重了詞體的柔弱感。

四、鶯聲與歌舞文化

鶯聲還以其聲音之婉轉，打入詞體歌唱領域，與「燕舞」一起，再現了詞中歌姬歌聲舞姿之美，較美地展示了唐宋時期歌舞文化之一角。如「檀板歌鶯，霓裳舞燕，當年娛樂」（秦觀《水龍吟》），「夜宴花漏長。乍鶯歌斷續，燕舞迴翔」（万俟詠《明月照高樓慢・中秋應制》），「玉腕籠寒，翠闌憑曉，鶯調新簧」（陳允平《永遇樂》）等，皆以鶯燕比附詞中美豔歌舞。

與詩文相比，詞更重娛樂性，鶯歌燕舞中盡展詞聲情之美。「綺筵公子、繡幌佳人，遞葉葉之花箋，文抽麗錦。舉纖纖之玉指，拍按香檀。不無清絕之辭，用助嬌嬈之態」〔註29〕。從創做到傳播，詞天生就與歌兒舞女密切相關。詞中多美女，而眾女的突出特點就是「能歌善舞」。詞中有專門一類，曰「贈妓」，柳永、秦觀、蘇軾、辛棄疾、劉過等著名詞人，都有題詠，皆以表現歌妓之歌聲舞態爲主。而鶯與燕以其美聲與麗姿參與其中，成爲詞人重要的審美對象。如程垓《意難忘》：

> 花擁鴛房。記駝肩髻小，約鬢眉長。輕身翻燕舞，低語轉鶯簧。相見處，便難忘。肯親度瑤觴。向夜闌，歌翻郢曲，帶換韓香。　　別來音信難將。似雲收楚峽，雨散巫陽。相逢情有在，不語意難量。些箇事，斷人腸。怎禁得悽惶。待與伊、移根換葉，試又何妨？

此詞就是贈妓詞的典型代表，寫對歌姬之懷念，抒離別之傷感。「輕身翻燕舞，低語轉鶯簧」句，以燕鶯爲喻，極盡音聲舞態之美。「古今詩人詠婦人者，多以歌舞爲稱」〔註30〕，而以鶯歌燕舞喻聲姿之美，也由來已久，如陰鏗《侯司空宅詠妓詩》云：「鶯啼歌扇後，花落舞衫前。」庾信《趙王看妓詩》：「綠珠歌扇薄，飛燕舞衫長。」「《禽經》：『燕以狂眄，鶯以喜囀。』眄，視也。夏小正：『來降燕乃睇。』轉，曲名，鶯聲似歌曲，故曰轉。」〔註31〕，可見，鶯聲與歌聲之緣分。

〔註29〕【唐】歐陽炯《花間集序》，見李冰若《花間集評注》，第1頁。
〔註30〕【宋】阮閱《詩話總龜》，人民文學出版社，1987年，第262頁。
〔註31〕【明】楊慎《詞品》，見唐圭璋《詞話叢編》，上海古籍出版社，1986年，第437頁。

詞中許多歌姬，也是以「鶯」爲名，與其嬌美之歌聲不無關係。如北宋詞人王詵就曾有一姬妾名「囀春鶯」，據《彥周詩話》：

> 王晉卿得罪外謫，後房善歌者名囀春鶯，乃東坡所見也，亦遂爲密縣馬氏所得。後晉卿還朝，尋訪微知之，作詩云：「佳人已屬沙吒利，義士今無古押衙。」僕在密縣與馬縉輔遊甚久，知趾最詳。縉輔在其兄處猶見之，國色也。
>
> 〔註32〕

另外，李綱有《西江月》詞，「贈友人家侍兒名鶯鶯者」，也叫鶯鶯，其「意態何如涎涎，輕盈只恐飛飛」也似「黃鶯」般輕盈美好。辛棄疾也有一首贈妓詞《念奴嬌．謝王廣文雙姬詞》有「西眞姊妹，料凡心忽起，共辭瑤闕。燕燕鶯鶯相併比，的當兩團兒雪」句，拿鶯鶯燕燕與兩位姬妾相比。

姜夔有自製曲《鶯聲繞紅樓》，以鶯聲喻歌聲，紅樓指歌樓，進一步說明了鶯聲對於宋詞歌舞文化的滲透，其全詞如下：

> 十畝梅花作雪飛。冷香下、攜手多時。兩年不到斷橋西。長笛爲予吹。　　人妒垂楊綠，春風爲、染作仙衣。垂楊卻又妒腰肢。近前舞絲絲。

詞前有小序云：「甲寅春，平甫與予自越來吳，攜家妓觀梅於孤山之西村，命國工吹笛，妓皆以柳黃爲衣。」〔註33〕該詞雖然在題材上沒有超出傳統「贈妓」詞的範疇，不過其詞牌卻表明了鶯聲與紅樓關係之密切，是鶯聲與傳統歌舞文化關係之見證。詞牌中還有《黃鶯兒》、《鶯啼序》等，單就題目而言，雖不如《鶯聲繞紅樓》直接，至少也是其佐證。

同時，在自然界的鶯聲走向「歌舞」社會的同時，歌舞文化也在向自然滲透。詞中在描繪自然界的「鶯鶯燕燕」時，有時借助歌舞之態，使其更具可感性。如吳潛《念奴嬌．戲和仲殊已未四月二十七日》

〔註32〕【宋】許顗《彥周詩話》，見吳文治主編《宋詩話全編》，江蘇古籍出版社，1998年，第1404頁。

〔註33〕唐圭璋《全宋詞》，中華書局，1965年，第2170頁。

「惟有流鶯當此際，舌弄笙簧如約」，周密《木蘭花慢．柳浪聞鶯》「聽暗柳啼鶯，新簧弄巧，如度秦謳」，鶯聲之婉轉難以描摹，而「笙簧」之樂器詞人多能耳熟，信手拈來，以之相喻，可謂生動。又如方千里《風流子》：

春色遍橫塘。年華巧、過雨濕殘陽。正一帶翠搖，嫩莎平野，萬枝紅滴，繁杏低牆。惱人是，燕飛盤軟舞，鶯語咽輕簧。還憶舊遊，禁煙寒食，共追清賞，曲水流觴。

迴思歡娛處，人空老，花影尚占西廂。堪惜翠眉環坐，雲鬢分行。看戀柳煙光，遮絲藏絮，妬花風雨，飄粉吹香。都爲酒驅歌使，應也無妨。

此爲春日憶舊之作，此時「正一帶翠搖，嫩莎平野，萬枝紅滴，繁杏低牆」，正是春滿橫塘的好時光，而最讓人心情蕩漾是「燕飛盤軟舞，鶯語咽輕簧」的靈動之景。只是詞人卻用「惱人是」形容之，頗令人費解。但從詞的下闋對舊遊「歌舞清賞」的追憶，不難發現，昔日歌舞與今日鶯燕的共同性，也正是借助這種共同性，才給詞人提供一個契機，思緒紛飛，感慨萬千。

鶯聲與詞有天生的緣分，「簸弄風月，陶寫性情，詞婉於詩。蓋聲出鶯吭燕舌間，稍近乎情可也。」〔註 34〕詞本身的可歌性與鶯聲的柔婉性是一致的。研究唐宋詞，離不開「鶯歌燕舞」，聆聽鶯聲，自然也離不開唐宋詞。正是「聽鶯聲，惜鶯聲。詞裏鶯聲最有情」〔註 35〕，如果有時間，讀讀唐宋詞，聽聽唐宋詞中的鶯聲，不失爲一種娛樂的好方法。

〔註 34〕張炎著，夏承濤注：《詞源注》，北京：人民文學出版社，1981 年，第 23 頁。

〔註 35〕改自徐霖《長相思》「聽鶯聲。惜鶯聲。客裏鳥聲最有情。家山何處青」句。

第四章　唐宋詞中的鵑聲及其文學、文化意味

澳大利亞當代作家考林·麥卡洛在其長篇小說《荊棘鳥》記述了「傳說中」、「那麼一隻鳥兒，它一生只唱一次，那歌聲比世上所有一切生靈的歌聲都更加優美動聽。從離開巢窩的那一刻起，它就在尋找著荊棘樹，直到如願以償，才歇息下來。然後，它把自己的身體紮進最長，最尖的荊棘上，便在那荒蠻的枝條之間放開了歌喉。在奄奄一息的時刻，它超脫了自身的痛苦，而那歌聲竟然使雲雀和夜鶯都黯然失色」〔註1〕，它就是荊棘鳥。荊棘鳥是西方的傳說，代表了他們以男女愛情為紐帶的社會文化，中國也有自己的傳說，有凝聚了中國千年厚重文化的鳥兒，那就是杜鵑。

第一節　杜鵑的傳說及其文學意味

中國文化向來不乏傳說，單說鳥類，就有不少。如百鳥之王鳳凰，傳說中的神鳥，有著五彩之羽和嘹亮的啼音，它的尊貴和吉祥中滲透著皇室的威儀。又如「青鳥」，它是西王母的使者，還會為相思苦怨而不得相見的戀人送信。還有精衛，炎帝的幼女，溺於東海，化而為

〔註1〕【澳大利亞】考林·麥卡洛《荊棘鳥》，文化藝術出版社，1990年，作者題記。

鳥，日日銜西山之木石來填滄海。另外還有金烏、朱雀、玄鳥、仙鶴、比翼鳥等，每一個族類都承載著先民美麗的幻想。但還沒有哪一種鳥能如杜鵑一般，既曠遠又貼近現實人生。

杜鵑，又名杜宇、望帝、子歸、鶗鴂、巂周〔註2〕等，是中國文化中既富於神話色彩又貼近士人生活的鳥類。考察唐宋詞中的鵑聲，需從杜鵑的三個傳說言起。

一、杜宇化鵑

「杜宇化鵑」是杜鵑最早的傳說，乃古蜀國望帝杜宇的悲劇故事。據《蜀王本紀》：

> 後有一男子，名曰杜宇，從天墮，止朱提。有一女子，名利，從江源井中出，爲杜宇妻。乃自立爲蜀王，號曰望帝。〔註3〕

按「從天墮」，自立爲蜀王，稱望帝看，杜宇的出生非凡，被賦予神話色彩。《禽經》亦言「望帝杜宇者，蓋天精也」〔註4〕。據載，古蜀地在其先祖蠶叢、魚鳧開國之時，「蜀民稀少」，到杜宇時「治汶山下邑，曰郫化，民往往復出」〔註5〕，人口興盛起來。說明杜宇頗有治國之才。

杜宇的悲劇，源於他統治百年之際蜀地來的一位叫鼈靈的男子：

> 望帝積百餘歲，荊有一人，名鼈靈。其屍亡去，荊人求之不得。鼈靈屍隨江水上至郫，遂活，與望帝相見。望帝以鼈靈爲相。時玉山出水，若堯之洪水。望帝不能治，使鼈靈決玉山，民得安處。鼈靈治水去後，望帝與其妻通，

〔註2〕杜鵑別稱，杜鵑有杜宇、子規、望帝、蜀魄、冤禽、鶗鴂、子鵑、巂周、思歸、思歸樂、謝豹等四十二種別稱。（見賈祖璋《鳥與文學》，上海書店，1982年，第61～66頁。）

〔註3〕【漢】楊雄《蜀王本紀》，壁經堂叢書本，第211頁。

〔註4〕【春秋】師曠《禽經》（舊本題師曠著，晉張華注。該書總結了宋以前鳥類知識，當是宋人所著之僞書。）見《文淵閣四庫全書》，上海古籍出版社，1987年，第847冊，第683頁。

〔註5〕【漢】楊雄《蜀王本紀》，壁經堂叢書本，第211頁。

慚愧，自以德薄不如鼈靈，乃委國授之而去，如堯之禪舜。

鼈靈即位，號曰開明帝。〔註 6〕

鼈靈的故事也頗富傳奇色彩。他本是荊人，死後逆流而上，至郫後復生，被望帝任命爲相，鑿山治水，功績頗大，後得蜀帝禪位。杜宇失國後，行蹤成迷，或言「望帝修道，處西山而隱，化爲杜鵑鳥，或云化爲杜宇鳥，亦曰子規鳥，至春則啼，聞者淒惻焉」〔註 7〕。或言杜宇因「淫其相妻」乃逃離蜀國，「望帝自逃之後，欲復位不得，死化爲鵑。每春月，晝夜悲鳴。蜀人聞之曰：『我望帝魂也。』」〔註 8〕又有言：「蜀王望帝淫其相妻，慚，亡去，爲子嶲鳥，故蜀人聞子嶲鳴，皆起曰：『是望帝也』。」〔註 9〕而對此最中和的解釋則是「望帝去時，子規鳴，故蜀人悲子規鳴而思望帝」〔註 10〕。至此，杜鵑悲劇的「望帝」杜宇建立了聯繫。

文學中對「杜宇化鵑」歌詠始於南朝，秦漢時期鮮有提及。先秦詩歌中涉及到杜鵑的多關注其「暮春而鳴」的習性，如「恐鶗鴂之先鳴兮，使夫百草爲之不芳」（屈原《離騷》）。鶗鴂即杜鵑〔註 11〕，常於暮春鳴叫。對此，王逸《楚辭章句》注曰：「言我恐鵜鴂以先春分鳴，使百草華英摧落，芬芳不得成也。以喻讒言先至，使忠直之士蒙罪過也。」〔註 12〕此時的杜鵑，還不是蒙冤的國君。考慮到《離騷》

〔註 6〕【漢】楊雄《蜀王本紀》，壁經堂叢書本，第 211 頁。

〔註 7〕【春秋】師曠《禽經》，見《文淵閣四庫全書》，上海古籍出版社，1987 年，第 847 冊，第 683 頁。

〔註 8〕【元】陶宗儀《說郛》，見《文淵閣四庫全書》，上海古籍出版社，1987 年第 879 冊，263 頁。

〔註 9〕【漢】許愼《說文解字・隹部嶲字》，中華書局，1985 年，第 111 頁。

〔註 10〕【漢】楊雄《蜀王本紀》，壁經堂叢書本，第 212 頁。

〔註 11〕顏師古、李善認爲鶗鴂是杜鵑，然此有爭議，服虔、陸佃認爲鶗鴂是伯勞，見洪興祖《楚辭補注》，中華書局，1983 年，第 39 頁。因其爭論的焦點在鶗鴂是春天鳴叫，夏天鳴叫還是秋天鳴叫，鑒於歷代詩詞中多寫鶗鴂暮春而鳴，故筆者從前者，即鶗鴂乃杜鵑。

〔註 12〕【漢】王逸著，黃靈庚疏證《楚辭章句疏證》，中華書局，2007 年，第 471 頁。

中「善鳥香草以配忠貞；惡禽臭物以比讒佞」〔註13〕的做法，這裏的杜鵑甚至連善鳥都不能算，而是一隻惡禽，它的鳴叫，讓百花凋零，好春不在，進而象徵「讒言先至，使忠直之士蒙罪過也」。

直到南朝鮑照的《擬行路難》詩，才化用了「杜宇化鵑」的故事：

> 愁思忽而至，跨馬出北門。帶頭四顧望，但見松柏園，荊棘鬱蹲蹲。中有一鳥名杜鵑，言是古時蜀帝魂。聲音哀苦鳴不息，羽毛憔悴似人髡。飛走樹間啄蟲蟻，豈憶往日天子尊？念此死生變化非常理，中心愴惻不能言。〔註14〕

這裏，杜鵑聲音哀苦，羽毛憔悴，飛走樹間以捕食蟲蟻爲生，昔日蜀國天子的尊嚴蕩然無存。可見，杜宇化鵑的傳說在南朝文學中已有所表現，其作爲「冤禽」「怨鳥」的形象逐漸豐滿。

二、杜鵑啼血

和「荊棘鳥」一樣，杜鵑也是以其啼聲觸人感思，只是，鵑聲要淒苦很多。杜鵑的另一個傳說，很好地詮釋了這一點，這就是「杜鵑啼血」。

杜鵑啼血，是唐以後才逐漸形成的文化共識〔註15〕，與杜宇化鵑傳說相關。杜鵑「狀如雀、鷂而色慘黑，赤口」〔註16〕。其「赤口」，也引起了人們豐富的聯想。或言：「嶲周，甌越間曰怨鳥。夜啼達旦，血漬草木。凡鳴皆北向也。」〔註17〕又「杜鵑，一名子規。苦啼，啼血不止。一名怨鳥，夜啼達旦，血漬草木」〔註18〕；又「杜鵑大如鵲

〔註13〕【漢】王逸著，黃靈庚疏證《楚辭章句疏證》，中華書局，2007年，第10頁。

〔註14〕【南朝宋】鮑照著，葉菊生校訂《鮑參軍詩注》，人民文學出版社，1957年，第58頁。

〔註15〕參見戴偉華《唐詩中「杜鵑」內涵辨析》，《華南師範大學學報》（社會科學版），2007年，第3期，第65頁。

〔註16〕【明】李時珍《本草綱目》，華夏出版社，2009年，第1756頁。

〔註17〕【春秋】師曠《禽經》，見《文淵閣四庫全書》，上海古籍出版社，1987年，第847冊，第683頁。

〔註18〕【宋】陸佃《埤雅》，浙江大學出版社，2008年，第87頁。

而羽鳥，其聲哀而吻有血」〔註 19〕；白居易亦有「杜鵑啼血猿哀鳴」（《琵琶行》）句。而杜鵑「血漬草木」，也成了杜鵑花的由來，如吳溶《送杜鵑花》:「春紅始謝又秋紅，息國亡來入楚宮。應是蜀冤啼不盡，更憑顏色訴西風。」

且筆者認為「杜鵑啼血」乃「杜宇化鵑」傳說衍生而來，理由如下：

杜鵑啼血，重在表現其「苦」，而自然界中，其鳴聲與布穀鳥相類，並不淒苦。按鳥類學觀點，布穀鳥其實是杜鵑的一種，身形略大。《禽經》言其為「仲春鷹所化也」〔註 20〕，「生樹穴中，不巢生」，「此鳥飛鳴於桑間，雲五穀可布種」〔註 21〕，其飛行類鷹、啼鳴「布穀布穀」、包括不自己營巢育雛等習性皆與杜鵑並無二致。然而在詩人心中，布穀鳥的鳴聲卻與杜鵑有本質區別。布穀催耕而杜鵑啼血，一樂一悲，界限分明。如果不是受蜀君杜宇故事的影響，其何至於此？

唐詩中，杜鵑啼血和杜宇化鵑的傳說往往彼此交融。如李白《杜鵑》「蜀國曾聞子規鳥，宣城還見杜鵑花。一叫一迴腸一斷，三春三月憶三巴」，杜甫《杜鵑行》「君不見昔日蜀天子，化作杜鵑似老烏……其聲哀痛口流血，所訴何事常區區」，顧況《子規》「杜宇冤亡積有時，年年啼血動人悲」等。如果杜鵑啼血的傳說是唐以後才逐漸形成的文化共識，那麼它很難避開「杜宇化鵑」故事。甚至可以說，它們是一脈相承的。

繼「杜鵑啼血」的傳說後，杜鵑作為冤禽、怨鳥的形象進一步豐富。

〔註 19〕【宋】祝穆《古今事文類聚》後集，見《文淵閣四庫全書》，上海古籍出版社，1987 年，第 926 冊，第 683 頁。

〔註 20〕其實是杜鵑善於模仿著猛鷙的鷹類飛行，以便嚇跑其它鳥類，順利將卵產到其它鳥巢中。

〔註 21〕【春秋】師曠《禽經》，見《文淵閣四庫全書》，上海古籍出版社，1987 年，第 847 冊，第 683 頁。

三、杜鵑催歸

杜鵑啼聲若「不如歸去」，是宋朝達成文學共識。賈祖璋《鳥與文學》中言「杜鵑的鳴聲，自來擬爲『不如歸去，不如歸去』的；由『不如歸去』的哀怨情感，然後幻想出一個望帝出亡的故事，也屬可能的事」〔註 22〕，然而唐以前的詩文中對鵑聲的描繪並不多，未擬爲「不如歸去」。

南朝宋鮑照《擬行路難》詩中，最早對鵑聲有所表現，僅言其「聲音哀苦鳴不息」（見前引）。唐有大量歌詠杜鵑的詩句，多立足杜鵑的前兩個傳說，對其聲音描繪以「哀苦」、「不停不休」爲主，如李白《杜鵑》之「一叫一迴腸一斷」，杜甫《杜鵑行》「其聲哀痛口流血」等。晚唐司空曙《杜鵑行》有「聲音咽嘁若有謂，號啼略與嬰兒同」句，稱鵑聲「若有謂」，說明其開始有意識探究鵑聲的特別含義，尚未對「不如歸去」有聯想。後劉禹錫《鶗鴂吟》言其「如何上春日，唧唧滿庭飛」，則是延續屈原「鶗鴂」惡鳥之傳統。賈島《子規》詩：「遊魂自相叫，寧復記前身」，言杜鵑叫聲類「子規」，乃自呼其名也，似乎離「不如歸去」稍近了。唐末貫休《聞杜宇》言其「宜須喚得謝豹出，方始年年無此聲」，則又將杜宇化鵑的傳說與謝豹的傳說〔註 23〕糾纏在一起，言杜鵑鳴聲如「謝豹」，又與「不如歸去」拉開了距離。

中唐以後，對「思歸樂」鳥的題詠，則略可看出杜鵑「不如歸去」的擬定過程。元稹《思歸樂》有「山中思歸樂，盡作思歸鳴。爾是此山鳥，安得失鄉名。應緣此山路，自古離人征」句。又白居易《和思歸樂》云：

〔註 22〕 賈祖璋《鳥與文學》，上海書店，1982 年，第 52 頁。

〔註 23〕 【元】伊世珍《瑯嬛記》引《成都舊事》：「昔有人飲於錦城謝氏，其女窺而悅之，其人聞子規啼，心動，即謝去。女恨甚，後聞子規啼，則怔忡若豹鳴也，使侍女以竹枝驅之，曰：『豹，汝尚敢至此啼乎？』故名『子規』爲『謝豹』。」叢書集成新編本，（臺灣）新文豐出版社，1985 年，第 87 冊，第 420 頁。

山中不棲鳥，夜半聲嚶嚶。似道思歸樂，行人掩泣聽。皆疑此山路，遷客多南征。憂憤氣不散，結化爲精靈。我謂此山鳥，本不因人生。人心自懷土，想作思歸鳴……〔註 24〕

兩位詩人皆指出思歸樂的鳴聲類「思歸」，且白居易詩表明傳說「思歸樂」是許多南征遷客憂憤之氣所化，而他則認爲是人心懷北，自然而然的「擬聲」，當與杜宇之亡魂無關。而在元稹的另外一首詩《西州院》中，有「牆上杜鵑鳥，又作思歸鳴」句，將杜鵑與「思歸」之鳴聯繫起來。之後溫庭筠有《錦城曲》：

蜀山攢黛留晴雪，簝筍蕨芽縈九折。江風吹巧剪霞綃，花上千枝杜鵑血。杜鵑飛入岩下叢，夜叫思歸山月中。巴水漾情情不盡，文君織得春機紅。怨魄未歸芳草死，江頭學種相思子。樹成寄與望鄉人，白帝荒城五千里。〔註 25〕

「花上千枝杜鵑血」、「杜鵑飛入岩下叢，夜叫思歸山月中」、「怨魄未歸芳草死，江頭學種相思子」等詩句，表明溫庭筠最終完成了杜宇化鵑、杜鵑啼血、鵑鳴「思歸」的貫通。只是杜宇「思歸」之鳴，在晚唐尚未有很大影響。

眞正將「不如歸去」視爲杜鵑鳴聲，並在作品中大量題詠的，是宋人〔註 26〕。北宋陶岳《零陵記》載：「思歸鳥狀如鳩而慘色，三月則鳴，其音云『不如歸去』。」 這是關於「不如歸去」擬聲的最早記載，陶岳很可能受元、白影響，但他並未將思歸鳥與杜鵑合二爲一。

宋時「不如歸去」還曾一度與布穀鳥之叫聲「脫卻破袴」混同，引起爭論。先是蘇軾《五禽言》（其二）寫到布穀：

〔註 24〕【唐】白居易著，丁如明校點《白居易全集》，上海古籍出版社，1999 年，第 27 頁。

〔註 25〕【唐】溫庭筠著，曾益箋注《溫飛卿詩集箋注》，上海古籍出版社，1980 年，第 8 頁。

〔註 26〕戴偉華《唐詩中「杜鵑」內涵辨析》認爲是唐以後的事，《華南師範大學學報》（社會科學版），2007 年，第 3 期，第 67 頁。

> 南山昨夜雨，西溪不可渡。溪邊布穀兒，勸我脱破袴。不辭脱袴溪水寒，水中照見催租瘢。〔註27〕

該詩末，蘇軾自注「士人謂布穀爲脱卻破袴」。而對這「布穀聲」，南宋吳曾《能改齋漫錄》「子規」條有：

> 鮑彪《少陵詩譜論》引陳正敏曰：「飛鳥之族，所在名呼不同。有所謂脫了布袴。」東坡云北人呼爲布穀，誤矣。此鳥晝夜鳴。土人云：不能自營巢，寄巢生子。細詳其聲，乃是云不如歸去，此正所謂子規也。今人往往認杜鵑爲子規。杜鵑一名杜宇，子美亦言其寄巢生子，此蓋禽鳥性有相類者。〔註28〕

他認爲「脫了布袴」和「不如歸去」只是方言差別，都是子規鳥鳴聲。並指出子規與杜鵑也不是同一種鳥。南宋袁文《甕牖閒評》亦言「蘇東坡詩云：『溪邊布穀兒，勸我脱破袴。』蓋以布穀爲『脱卻破袴』也。然脱卻破袴乃是『不如歸去』，子規之鳥耳，非布穀也。」〔註29〕可見，「不如歸去」到底是什麼鳥之鳴聲，在宋代還存在爭議。但這也表明，杜鵑「不如歸去」之叫聲在宋以前是沒有達成文化共識的。

有宋一代，儘管文人對布穀、子規、杜鵑、思歸樂的關係尙存疑慮，但詩詞創作中已將子規、杜宇、杜鵑和「不如歸去」視爲一體了。如范仲淹詩《越上聞子規》言「春山無限好，猶道不如歸」，梅堯臣的詩《杜鵑》「蜀帝何年魄，千春化杜鵑。不如歸去語，亦自古來傳」，都將「不如歸去」與杜鵑相連。此後歐陽修、晏幾道、王令、趙鼎、陸游等多數詩人，在創作中皆將之視爲一體。

可見，關於杜鵑的傳說並不是一步到位的，它在中國文化中歷經千年的歷史，最終達成共識。即：杜鵑乃蜀帝精魄所化，暮春時分徹夜啼鳴，不惜血漬草木也不停息，而它的鳴聲是「不如歸去」。與其

〔註27〕【宋】蘇軾著，王文誥輯注，孔凡禮點校《蘇軾詩集》，中華書局，1982年，第1046頁。

〔註28〕【宋】吳曾《能改齋漫錄》，上海古籍出版社，1979年，第91頁。

〔註29〕【宋】袁文《甕牖閒評》，叢書集成初編本，商務印書館，1939年，第45頁。

它鳥啼相比，鵑聲往往無關愛情，它所關涉的是君臣、賢士、志士、鬥士、征客等的淒涼心曲，浸染著濃鬱的儒家文化色彩。

第二節　唐宋詞中「鵑聲」常見的意象模式

與鶯聲所呈現的直觀的美感不同，杜鵑的「美」超越了感官刺激、直觀感受，它承載的是一個淒苦的傳說，一段執著的文化，和執著中透著無奈的民族文化心理，這讓「鵑聲」天生有一種「厚重感」。這種「厚重」大大增強了其在詩文中的表現力。然而，對於「輕靈纖弱」的小詞而言，「厚重」有時反而成爲其縛累。唐宋詞對鵑聲的表現，不如鶯聲來的多而美，但它仍然地位獨特，尤其在某些意象模式中。

一、鶗鴂催春

鶗鴂，即杜鵑〔註 30〕。「鶗鴂一聲春事了，不知苦勸誰歸」（王炎《臨江仙・和將使許過雙溪》），唐宋詞中，鵑聲也與春天有不解之緣。鵑聲與落花、暮雨的組合，訴說著春歸的傷感與無奈。

「鵑聲落花」。杜鵑啼鳴時正是飛花滿院，絲雨朦朧的暮春時節，所以鵑聲多與落花組合。如「杜鵑聲裏飛花滿」（呂勝己《漁家傲・沅州作》），「曲檻日初斜。杜鵑啼落花」（李珣《菩薩蠻》），「門外落花流水，日暖杜鵑聲碎」（謝逸《如夢令》），「對空山、寂寂杜鵑啼，梨花落」（毛开《滿江紅》）。與鵑聲相匹的花雖然不少，但往往都是「落花」。加之鵑聲本就淒苦，使得這一組合的境界也充滿了苦澀與傷感。

唐宋詞中杜鵑「催春」的寫法源自《離騷》，但它剔除了「惡禽」的政治象徵寓意，淡化了詩文中「冤禽怨鳥」的厚重感，代之以單純的傷春之感。自屈原「恐鶗鴂之先鳴兮，使夫百草爲之不芳」（《離

〔註 30〕鶗鴂是杜鵑，乃宋人的普遍觀點，辛棄疾曾對此提出異議，認爲「鵜鴂、杜鵑實兩種」（見其詞《賀新郎・別別茂嘉十二弟》），而其依據是《離騷補注》，關於此爭論，見前注。

騷》）後，鵑聲便與落花傷春結下了不解之緣。如「鶯帶春來，鵑喚春歸」（方岳《沁園春》），「一朝杜宇才鳴後，便從此、歇芳菲」（佚名《慶金枝令》）。與屈原「善鳥香草以配忠貞；惡禽臭物以比讒佞」〔註 31〕的象徵不同，唐宋詞中的鵑聲，往往只是單純地表現春歸的傷感，其政治寓意被極大淡化。如劉克莊《滿江紅・二月廿四夜海棠花下作》：

> 老子年來，頗自許、心腸鐵石。尚一點、消磨未盡，愛花成癖。懊惱每嫌寒勒住，丁寧莫被晴烘坼。奈暄風烈日太無情，如何得？　　張畫燭，頻頻惜。憑素手，輕輕摘。更幾番雨過，彩雲無跡。今夕不來花下飲，明朝空向枝頭覓。對殘紅滿院杜鵑啼，添愁寂。

此詠海棠花，詞人愛花惜花之意蘊含在一片豪爽氣概中。俞陛雲評此詞「起四句便表出惜花之意，下闋有莫折空枝之感，以抗爽之筆，寫芳悱之懷，若劍器舞公孫，剛健與婀娜相雜也」〔註 32〕。相比之下，其上闋更剛健而下闋更婀娜些，結句「對殘紅滿院杜鵑啼，添愁寂」，以簡淡之筆，寫花落春歸時，滿院鵑啼的寂寞愁緒。劉克莊是「辛派詞人」的代表，其「生於南渡，拳拳君國」，「志在有爲，不欲以詞人自域」〔註 33〕，故其詞中的政治家國感，比其它詞人要濃厚。即便是他，在寫到暮春鵑聲時，也對政治性有一定淡化。

又如「鵑聲暮雨」。與鶯聲不同，杜鵑多在黃昏後啼鳴，暮雨中的鵑聲處處訴說著春歸的傷感與無奈。「杜鵑啼正忙時，半風半雨春慳霽」（陳著《水龍吟・次韻黃蘧軒虛谷詠鳳花》），「風雨打黃昏，啼殺滿山杜宇」（汪莘《好事近》）。與飛花中鵑聲的獨奏相比，雨聲與鵑聲的合奏，要愁苦很多。如果落花中的鵑聲，是爲了祭奠生命中「最

〔註 31〕【漢】王逸著，黃靈庚疏證《楚辭章句疏證》，中華書局，2007 年，第 10 頁。

〔註 32〕俞陛雲《唐五代兩宋詞選釋》，上海古籍出版社，1985 年，第 471 頁。

〔註 33〕【清】馮煦《蒿庵論詞》，見唐圭璋《詞話叢編》，上海古籍出版社，1986 年，第 3595 頁。

美好」的逝去，那麼暮雨鵑聲則爲它平添一份淒涼的滄桑感來，如王炎《蓦山溪・巢安僚畢工》「鶯啼花謝，斷送春歸去。雨後聽鵑聲，恰似訴、留春不住。韶光易邁，暗被老相催，無個事，沒些愁，方是安身處」，可謂是寫盡了春暮、年暮、日暮時，暮雨後，靜聽鵑聲的感受。「無個事，沒些愁，方是安身處」的體會，也只有在經歷了無數風雨、滄桑後，才會暗存心底吧。

面對春暮、日暮、人「心暮」時，不停不休啼鳴的杜鵑，詞人心中的苦澀也不斷加深。有愁苦，有不堪忍受，甚至有懼怕鵑聲。如「漏清宮樹子規啼，愁鎖碧窗春曉」（尹鶚《滿宮花》）之言愁聽；「可堪孤館閉春寒，杜鵑聲裏斜陽暮」（秦觀《踏莎行》），「百紫千紅過了春，杜鵑聲苦不堪聞」（辛棄疾《定風波・杜鵑花》）之言不堪忍受；「莫開簾，怕見飛花，怕聽啼鵑」（張炎《高陽臺・西湖春感》）「愛鶯聲，怕鵑聲」（周密《江城子》）之怕聽鵑聲等等。並且這種懼怕也頗複雜，詞人不但怕聽到鵑聲，更怕聽不到鵑聲，如吳潛《喜遷鶯》「只有思歸魂夢，卻怕杜鵑啼歇」，張炎《臺城路》「只恐空山，近來無杜宇」。「鶯帶春來，鵑喚春歸」（方岳《沁園春・用梁權郡韻餞春》）鵑聲雖是送春，但沒了鵑聲，這春天更是逝去的了。

二、子規叫月

月，是最富於中國傳統抒情韻味的文學意象。明月、殘月、圓月、彎月、花月、柳月、風月、霜月……每一種月都有它獨特的美。國人喜歡月亮甚於太陽。那靜靜的一彎，朦朧疏淡，是遊子的思鄉情，是閨婦的相思怨，是賢才的不遇恨，是鬥士的無奈苦。「海上生明月，天涯共此時」（張九齡《望月懷遠》），月亮的陪伴，讓我們的生活綻放出詩意的美好，而不眠不休伴著月亮的，數春鳥與秋蛩最爲特別了。當黑夜籠罩大地，萬象模糊，也只有偶然鳴奏的聲音，伴著月的孤獨，助人悽楚。暮春的鵑聲，是伴月亮而鳴的，淒迷，執著，不眠不休。

暮春季節，當日落黃昏，素月初生時，杜鵑便開始了苦啼。如周密《杏花天》「漸暮色、鵑聲四起。正愁滿、香溝御水」，吳潛《滿江紅・己未四月九日會四明窗》「芳草淒迷歸路遠，子規更叫黃昏月」；而月明夜半，人們都安睡後，杜鵑依然在苦啼，如「蝴蝶夢中千種恨，杜鵑聲裏三更月」（汪元量《滿江紅・吳山》，「盡月明夜半，杜鵑聲急」（方岳《滿江紅・和程學諭》），啼聲愈見急切；及至月落樹梢，天之將亮，你依然可以聽到杜鵑那銷魂的啼鳴，如「落月杜鵑啼未了，粥魚忽報千山曉」（呂渭老《漁家傲》）「念蝴蝶夢回，子規聲裏，半窗斜月，一枕餘香」（蔡伸《風流子》）。說鵑聲是伴月而生的，也不爲過。

月與鵑聲的組合，也有獨特之處。就外表看，其一靜一動，一朦朧疏淡，一嘹亮淒厲；就意境看，也一優美一悲壯，天生對立，而又相處和諧。如「奈何琴劍匆匆，而今心事，在月夜、杜鵑聲裏」（張輯《祝英臺近》）月夜與鵑聲明顯承載了詞人共同的心事；「蝴蝶夢中千種恨，杜鵑聲裏三更月」（汪元量《滿江紅・吳山》），午夜夢回之際，月與鵑聲喚醒同樣的遺恨；「欲趁啼鵑歸月下，可奈川回山阻」（曹休齊《賀新郎・海棠次劉草窗韻》），歸而不得的無奈，讓鵑聲與月亮產生了共情，悲壯的鵑啼，一旦被揉碎在朦朧靜謐的夜月裏，境界也柔軟優美起來。而統領它們的情感，正是對家鄉的思念和歸家的衝動。於漂泊的旅人而言，「家」永遠是他們內心深處的一汪溫泉，而杜鵑在月夜「不如歸去」的啼鳴，也在遊子對家的思念中柔化了，融彙了。

然而當遊人歸家未得，無家可歸，又或思婦空閨念遠時，這苦澀的鵑啼，又會得月夜淒涼之助，加倍悽楚。看劉過《祝英臺近》：

> 笑天涯，還倦客。欲起病無力。風雨春歸，一日近一日。看人結束征衫，前呵騎馬，腰劍上、隴西平賊。　鬢分白。只可歸去家山，無田種瓜得。空抱遺書，憔悴小樓側。杜鵑不管人愁，月明枝上，直啼到、枕邊相覓。

該詞盡寫天涯倦客漂泊憔悴之狀。從上闋「看人結束征衫，前呵騎馬，腰劍上、隴西平賊」看，詞人滿腔抱負，渴望爲國效力。然直到烈士暮年，非但一事無成，甚而連安置心靈的家園失去了。此情此境，月明之夜，本就哀愁滿腹，孤枕難眠，又聽聞杜鵑不如歸去」、「不如歸去」的苦勸，其悽楚更是難以言喻。

而對獨守空閨的思婦而言，月下鵑聲的悽楚，也是加倍的，如「最苦子規啼處，一片月、當窗白」（張輯《月當窗・寓霜天曉角》），「春夜闌，春恨切，花處子規啼月。人不見，夢難憑，紅紗一點燈」（毛文錫《更漏子》）等。只因此時杜鵑「歸家」的苦勸，所喚起的已經不是家的溫暖，反而是孤枕難眠的無奈現實。

值得注意的是，在杜鵑與月的組合中，常用「叫」來形容，頗有陽剛之美。如「空山子規叫，月破黃昏冷」（程垓《瑤階草》），「芳草淒迷歸路遠，子規更叫黃昏月」（吳潛《滿江紅・己未四月九日會四明窗》）。相對於啼、鳴、囀、歌等詞，「叫」，顯得更有張力。人只有在內心鬱結著非常強烈的情感時，才會大聲叫喊，以示發泄。杜鵑的叫，飽含著千年的遺恨，淒苦、執著，無休無止，似不達目誓不罷休。正是「子規叫斷黃昏月，疑是佳人恨未消」（黃公度《菩薩蠻・小序》），「叫徹斜陽，又見空山月」（王質《□□□・聞鵑啼》），這裏的「斷」、「徹」字，又給本就力量十足的「叫」一劑強心劑，好比金剛加上怒目，震懾感又強烈不少。

因此，如果說鶯聲是以婉轉的柔性美沁人心脾的話，那麼鵑聲則以執著的剛性美震撼人心。如辛棄疾《滿江紅》：

> 點火櫻桃，照一架、荼蘼如雪。春正好，見龍孫穿破，紫苔蒼壁。乳燕引雛飛力弱，流鶯喚友嬌聲怯。問春歸、不肯帶愁歸，腸千結。　　層樓望，春山疊。家何在，煙波隔。把古今遺恨，向他誰說？蝴蝶不傳千里夢，子規叫斷三更月。聽聲聲、枕上勸人歸，歸難得。

該詞意象密集，花花草草，蟲蟲鳥鳥都有，表傷春之感，也抒家國之思。就鳥而言，詞中燕、鶯、鵑各有特點。「乳燕引雛飛力弱」，「流鶯喚友嬌聲怯」,「子規叫斷三更月」。與無力的乳燕、嬌怯的流鶯相比,杜鵑的叫聲更爲剛烈。又因爲鵑聲中飽含厚重的歷史遺恨,加之不眠不休、不催不折的執著精神讓它顯得尤其陽剛悲壯。

三、泣血言歸

「泣血言歸」主要是指杜宇化鵑的「泣血深怨」和「不如歸去」的鳴聲。受詞體限制,詩文中的「泣血催歸」的深重怨憤在詞中有新的表現。

首先看其「泣血深怨」。因小詞以輕靈軟媚爲尊,唐宋詞對鵑聲「泣血」怨憤之氣有所淡化。如劉克莊《憶秦娥》「枝頭杜宇啼成血,陌頭楊柳吹成雪。吹成雪,淡煙微雨,江南三月」,將杜宇失國落魄之冤,淡化爲三月春歸悽楚之苦;又如呂渭老《情久長》「鎖窗夜永,無聊盡作傷心句。甚近日、帶紅移眼,梨臉擇雨。春心償未足,怎忍聽、啼血催歸杜宇」,亦將去國之仇,淡化爲離家之思、相思之感。簡而言之,杜鵑作爲「冤禽怨鳥」怨憤的一面淡化了,而其「傷春傷別」苦澀的一面則加重了。

但在個別作家,尤其是經歷國破家亡的遺民詞人那裏,這種「怨氣」依然存在。如汪元量《滿江紅・和王昭儀韻》:

> 天上人家,醉王母、蟠桃春色。被午夜、漏聲催箭,曉光侵闕。花覆千官鸞閣外,香浮九鼎龍樓側。恨黑風、吹雨溼霓裳,歌聲歇。　　人去後,書應絕。腸斷處,心難説。更那堪杜宇,滿山啼血。事去空流東汴水,愁來不見西湖月。有誰知?海上泣嬋娟,菱花缺。

王昭儀,本名王清惠,宋度宗昭儀。臨安淪陷之時,她隨三宮一起被俘往元都,途中作詞《滿江紅》(太液芙蓉)一首:

> 太液芙容,渾不似、舊時顏色。常記得、春風雨露,玉樓金闕。名播蘭簪妃后裏,暈潮蓮臉君王側。忽一聲、鼙鼓揭天來,繁華歇。　　龍虎散,風雲滅。千古恨,憑誰説?對山河百二,淚痕沾血。客館夜驚塵土夢,宮車曉碾關山月。問嫦娥、垂顧肯從容,同圓缺。

上闋憶宮廷舊事，言己「名播蘭簪妃后裏，暈潮蓮臉君王側」，下闋述世事變幻，一朝寵妃淪爲俘虜，「龍虎散，風雲滅。千古恨，憑誰說。對山河百二，淚盈襟血」句，寄託家國之思、盛衰之感。其詞情眞意切，感人肺腑，故時人多有和作，汪元量就是其中之一。汪詞上闋回憶繁華舊事，下闋言人去樓空，心事難說。而詞中「滿山啼血」的杜鵑，無疑就有杜宇失國化鵑的怨憤之氣鬱結其中。這是特殊時代的反應。

其次，看其「不如歸去」的啼鳴。它在詩詞中的表現也不盡相同。以梅堯臣兩首杜鵑詩爲例：

四禽言・子規

不如歸去，春山雲暮。萬木兮參雲，蜀天兮何處。人言有翼可歸飛，安用空啼向高樹。〔註 34〕

杜鵑

蜀帝何年魄，千春化杜鵑。不如歸去語，亦自古來傳。月樹啼方急，山房客未眠。還將口中血，滴向野花鮮。〔註 35〕

此兩首詩，雖然從「空啼」、「苦啼」兩個不同的角度描寫了詩人聽聞鵑聲的感受，但有一點卻是相似的，他將「不如歸去」與蜀帝冤魂化鵑的傳說緊密聯繫，其「歸家」的苦啼聲中，暗含著深刻的冤情怨意。

詞中對鵑聲的表現則略有不同，其「歸蜀」被多情的詞人廣化爲「歸家」、「歸隱」，其去國之「冤情」被淡化爲傷春、離家之「苦情」，甚至離宦歸隱之「樂情」。如晏幾道的《鷓鴣天》：

十里樓臺倚翠微。百花深處杜鵑啼。殷勤自與行人語，不似流鶯取次飛。　　驚夢覺，弄晴時。聲聲只道不如歸。天涯豈是無歸意？爭奈歸期未可期。

〔註 34〕【宋】梅堯臣著，朱東潤編校《梅堯臣集編年校注》，上海古籍出版社，1980 年，第 103 頁。

〔註 35〕【宋】梅堯臣著，朱東潤編校《梅堯臣集編年校注》，上海古籍出版社，1980 年，第 781 頁。

上闋不僅將鵑聲置於「百花深處」的優美環境，且它還是個「多情種子」，「殷勤自與行人語，不似流鶯取次飛」。下闋風格稍變，對其「不如歸去」的鳴聲進行了深情描繪，然只言杜鵑勸人歸家，從而用簡淡之筆，點出思家之愁。雖也蘊含著淡淡的哀傷，詩文中的「冤情」則是絕跡的。

而鵑聲中的苦情，往往交織著留春不住，歸家不得的無奈之感。如辛棄疾《定風波》「杜鵑聲苦不堪聞。卻解啼教春小住」，言杜鵑挽春；王炎《驀山溪》「雨後聽鵑聲，恰似訴、留春不住」，何夢佳《喜遷鶯》「留春不住。又早是清明，楊花飛絮。杜宇聲聲，黃昏庭院，那更半簾風雨」，言春留不住。而一旦漂泊遊子的傷春之感與思家之愁相連，「不如歸去」的苦勸與歸家不得的無奈相繫，鵑聲的苦情就會加倍呈現，如康與之《滿江紅・杜鵑》「正長堤楊柳，翠條堪折。鎮日叮嚀千百遍，只將一句頻頻說。道不如歸去不如歸，傷情切」，李太古《永遇樂》「青青白白，關關滑滑，寒損珠衣狂客。盡聲聲、不如歸去，歸也怎生歸得」，這杜鵑的苦勸，無疑加重了詞人心中的傷感。

而當離家已遠而又歸家無望時，這聲聲「不如歸去」的苦勸，除了引起詞人更深的傷感外，得到的就只有「責難」了。如黃機《臨江仙》：

> 上巳清明都過了，客愁惟有心知。子規昨夜忽催歸，驛程那復記？魂夢已先飛。　回首故園花與柳，枝枝葉葉相思。歸來拼得典春衣，綠陰幽遠處，不管盡情啼。

上巳、清明皆是傳統節日，本當與家人團聚，然而詞人卻遠在異鄉客。正是「每逢佳節倍思親」（王維《九月九日憶山東兄弟》），此時杜鵑催歸的啼聲，催得詞人連離家的驛程都不復記取，魂夢早已飛去。只是夢必竟是夢，最終還是被鵑聲叫醒。「綠陰幽遠處，不管盡情啼」句，說出了詞人的共同心聲。杜鵑不會照顧聽者的感受，無論你思家與否，歸家能否，它皆不管，只是不停的啼叫「不如歸去」、「不如歸去」，如何讓人不責難，不反感呢？

需要指出的是，這種責難和反感並非個別現象，許多詞人在其作品中都有表現。如前面所舉晏幾道之「聲聲只道不如歸。天涯豈是無歸意，爭奈歸期未可期」，又如陳瓘《卜算子》：

> 只解勸人歸，都不留人住。南北東西總是家，勸我歸何處？　　去住總由天，天意人難阻。若得歸時我自歸，何必閒言語。

該詞一反杜鵑詩詞「叫苦言悲」的寫法，語調頗爲詼諧幽默。從「南北東西總是家，勸我歸何處」可以看出，詞人四海漂泊，歸與不歸對他似已無甚區別。更何況，在詞人心中，人能走到何處，由天意而定，到我歸家之時，我自會歸去，何必杜鵑閒言閒語，管東管西。可見，有時苦勸太過，不僅無用，甚至會引起他人反感，效果更差。

當然，也並非所有詞人都如此「聽不得勸」，歸隱詞人就能對此規勸聲產生共鳴，甚至表現出快樂的一面。如吳潛《謁金門・枕上聞鵑賦》「紗窗曉。杜宇數聲聲悄。眞個不如歸去好，天涯人已老」句，雖暗含人生遲暮之感，但他明顯是聽進了杜鵑的規勸。又如柳永《思歸樂》「晚歲光陰能幾許？這巧宦、不須多取。共君把酒聽杜宇。解再三、勸人歸去」，這裏的杜鵑，簡直成了詞人的知己，彷彿它也洞悉官場苦樂，知道勸人歸去。而這裏的「歸去」已經超出了歸家、歸鄉的範圍，而是指歸隱。也只有當歸去與歸隱牽繫時，杜鵑那悲苦的啼鳴才可能短暫緩解，稍稍表現出快樂來，如「綠樹隔巢黃鳥並，滄洲帶雨白鷗飛。多謝子規啼勸我，不如歸」（賀鑄《攤破浣溪沙》），杜鵑「不如歸去」的相勸也需要感謝了。又如倪偁的《蝶戀花》：

> 綠葉陰陰亭下路，修竹喬松，中有飛泉注。水滿寒溪清照鷺，箇中不住歸何處？　　枝上幽禽相對語，細聽聲聲，道不如歸去。只待小園成數畝，歸來占盡山中趣。

這裏有陰陰綠葉小亭，松竹滿路，更有飛泉滿注，照溪白鷺，環境清幽。面對如斯美景，杜鵑的聲聲相勸，也變得溫和多了，似乎還要人細細傾聽。從「枝上幽禽相對語」，杜鵑也像其鳥兒一樣，成雙成對地「歌唱」了。這意境、這歡情也只有在歸隱之樂中才能看到。

當然，也並非所有的歸隱都是快樂的，歸隱多發於無奈，如仕進無望，抱負難以施展，前途的渺茫，漂泊流蕩的酸楚等。所以，勸歸的鵑聲，還是以「苦情」爲多，正如柳永另一首詞《安公子》中所表：「遊宦成羈旅。短樯吟倚閒凝佇。萬水千山迷遠近，想鄉關何處。自別後、風亭月榭孤歡聚。剛斷腸、惹得離情苦。聽杜宇聲聲，勸人不如歸去。」但至少，歸隱之思中，對鵑聲的認同感是一致的。

總之，唐宋詞對「泣血言歸」有所保留又有所深化的，淡化了其冤情怨氣，深化了「歸家」、「歸隱」之思。當然，唐宋詞中的鵑聲也不只這幾個意象類型，筆者只是「舉物比類」，以期從小處著手，加深對詞作中鵑聲的認知。

第三節　鵑聲中的悲劇文化

以上我們分析了杜鵑的三個傳說，以及唐宋詞中對鵑聲的表現。我們發現，杜鵑身上，寄託了豐厚的傳統文化內涵。鵑聲中的淒苦、滄桑、執著、無奈，甚至是困境中的奮進與退守，都決定它強勁的表現力。雖然，在詞這種輕靈軟媚的體制中，它的某些內涵並未得到充分展示，但它在唐宋詞中依然是特別的。

從「杜宇化鵑」的傳說始，杜鵑已不再是自然的寵兒了，而是一個悲劇的文化符號。它一旦在詩詞中開始悲啼，它隨身附帶帝王失國，進退失據，有家難歸，泣血言歸等經歷，自然會感發人心。詞中鵑聲表現的悲劇文化主要集中在春歸之悲、人生之悲、家國之悲及歷史興亡之悲等方面。

一、春歸之悲

提起春天，人們恨不能將所有美好的詞彙都留給她，青春、美麗、生命、希望等等。如果說鶯聲是以其婉轉的歌喉，歌唱春天全部美好的話，那麼鵑聲的悲啼則是專爲「春歸」而準備。正是「百紫千紅過了春。杜鵑聲苦不堪聞」（辛棄疾《定風波》），年年春暮日暮之時，杜鵑都會用它苦澀的聲音啼叫。「數聲鶗鴂。又報芳菲歇」（張炎《千秋歲》），它啼落了春花；「幾處杜鵑啼暮雨，來禽空老一春花」（仇遠《八拍蠻》），它啼來了暮雨；「杜鵑聲斷日曈曨。過雨濕殘紅」（王炎《朝中措》），它啼去了夕陽；「聽鵑聲度月，春又寥寞」（蔣捷《解連環·嶽園牡丹》），它又啼徹了明月。這一切繁華的消歇，時光的流逝，都意味著春天腳步的遠去。

並且，鵑聲中的傷春與其它意象又有不同，它對春歸「苦」的再現，是由始至終的。提起傷春，多數人最先想到不是杜鵑，而是「落花」、「柳絮」等視覺意象，如「面旋落花風蕩漾。柳重煙深，雪絮飛來往」（歐陽修《蝶戀花》）。它們有一個共同的特點，都曾經張揚地的綻放過、鮮嫩過、美麗過，如「日出江花紅勝火，春來江水綠如藍」（白居易《望江南》），「看盡鵝黃嫩綠，都是江南舊相識」（姜夔《淡黃柳》），只是隨著時間的流逝，花兒那鮮豔美麗的容顏變淡了，它飄落了，柳兒那鵝黃鮮嫩的色彩，也凝成碧了。正如我們那美好的青春，鮮活的生命，彷彿只是瞬間，就褪色了，凋謝了。這也正是人們對於春的傷感所在。但鵑聲就是其中的異類。當杜鵑來到春天，並用它特有的嗓音開始啼鳴時，春天的腳步已經走到了最後。它完全沒有鶯兒那樣的運氣，可以伴隨著整個春天歌唱，所以，它的啼聲，才自始至終都那麼苦澀，才那麼不管不顧吧。正是「杜宇不知春已過。枝頭聲越大」（佚名《謁金門》），從來沒有見證過春天的到來，也不知道春天的悄然離去，這又怎能讓人不「愁落鵑聲萬里」（張炎《西子妝慢》）呢？

二、離別之悲

「黯然銷魂者，唯別而已矣」〔註 36〕，杜宇去國離家的苦恨，讓鵑聲也蘊含了離別的傷感。甚至有人將杜鵑視爲不祥之鳥，言「初

〔註 36〕【南朝】江淹《別賦》，見《江文通集彙注》，中華書局，1984 年，第 35 頁。

鳴先聽其聲者，主離別」〔註37〕。苦澀的鵑聲，確實會攪得人離腸寸斷。如吳潛《水調歌頭・送叔永文昌》「夜雨連風壑，此意獨淒涼。杜鵑聲，猶不住，攪離腸」，言別友之淒涼；趙長卿《青玉案》「梅黃又見纖纖雨。客裏情懷兩眉聚。何處煙村啼杜宇？勸人歸去，早思家轉，聽得聲聲苦」，言別家之痛苦，皆如此。

鵑聲中的傷別也自有特點，其家別之思，占絕大部分，且往往表現爲離家難歸的苦楚，較少描繪臨別場面。如「芳草淒迷歸路遠，子規更叫黃昏月」(吳潛《滿江紅・己未四月九日會四明窗》)，「客中自被啼鵑惱。況落春歸道」(劉辰翁《虞美人・客中送春》)，漂泊在外的遊子，聽著杜鵑「不如歸去」、「不如歸去」苦勸，總會黯然神傷，痛苦不已。所謂「在家誰道不如歸」(趙師俠《鵲橋仙》)，關鍵是「家山千里遙」(吳潛《謁金門・枕上聞杜鵑》)。

而對孤處家中的少婦而言，聽到那苦啼的鵑聲自然也會想到自己孤苦之境，同樣會心生哀怨，埋怨「月明窗外子規啼，忍使孤魂愁夜永」(薛濤《阿曲那》)。看歐陽修《玉樓春》：

> 江南三月春光老。月落禽啼天未曉。露和啼血染花紅，恨過千家煙樹杪。　　雲垂玉枕屏山小。夢欲成時驚覺了。人心應不似伊心，若解思歸歸合早。

該詞下片言閨婦孤眠，被杜鵑一聲聲「不如歸去」的啼音驚醒，再難入眠。末句以遊子比杜鵑，言他的心應當不如杜鵑你多情，不懂思家。哀怨滿懷，比擬精當。

三、身世之悲

人生在世，不如意者常十之八九。對傳統士子而言，這不如意莫過於漂泊淪落之辛酸，懷才不遇之痛楚，和前途未卜迷茫。這些在鵑聲中皆有反映。早在易靜《兵要望江南・占鳥其七》「城營內，忽見杜鵑來。應有負冤人未雪，佞臣謀間損賢才。天遣叫聲哀」，對鵑聲

〔註37〕【唐】段成式《酉陽雜俎》，中華書局，1981年，第154頁。

的占卜中就有賢才蒙冤之悲，而這種悲哀，在歷朝歷代都未曾消歇。如趙鼎《賀聖朝・道中聞子規》：

> 征鞍南去天涯路。青山無數。更堪月下子規啼，向深山深處。　　淒然推枕，難尋新夢，忍聽伊言語。更闌人靜一聲聲，道不如歸去。

趙鼎爲宋南渡初期宰相，積極主張北伐復國，無奈爲時局所誤，因反對秦檜「和議」而罷相，出知泉州。從「征鞍南去天涯路」看，該詞當作於其去泉州途中。此時詞人遠走天涯，歷青山無數，距朝廷也越來越遠，又於月夜深山寂靜之中，聽聞杜鵑一聲聲「勸歸」的悲鳴，想到自己罪客遷臣的身世，其淒然之情可想而知。詞下片直言「新夢難尋」，不忍聽杜鵑言語。何況是它那「不如歸去」、「不如歸去」的苦勸，一遍遍地響徹在「更闌人靜」之時，助人無寐。此刻詞人的身世之悲，理想之悲，皆寓於鵑聲中，響徹在長夜裏。

鵑聲中的身世之感也自有特點。其往往更傾向於未來，抒發進退失據，前途迷茫的人生之悲。如秦觀《踏莎行》：

> 霧失樓臺，月迷津渡。桃源望斷無尋處。可堪孤館閉春寒，杜鵑聲裏斜陽暮。　　驛寄梅花，魚傳尺素。砌成此恨無重數。郴江幸自繞郴山，爲誰流下瀟湘去。

該詞作於宋紹聖四年（1097）春，秦觀由郴州移橫州編管途中，爲郴州贈別之作。秦觀身歷元祐黨禍，其遷客心事，羈旅之愁，失路之悲，一一蘊含詞中。詞上闋「樓臺」、「津渡」皆喻征途，「霧失」、「月迷」則有末路之悲，而欲尋一歸隱之「桃源」亦是遍尋不見，「可堪孤館閉春寒，杜鵑聲裏斜陽暮」句，「『孤館』點出旅愁，館已孤矣，『春寒』又從而『閉』之，淒苦之境，亦『君門九重』之歎，於是只聞『杜鵑』之聲，而於其聲中，又俄而『斜陽』焉，俄而『暮』焉，則日坐愁城可知，不必寫情而情自見矣。」〔註 38〕我們知道，鵑聲擬「不如歸去」，而詞人身處之境，自是難以從願，何況是獨處

〔註 38〕陳匪石《宋詞舉》，金陵書畫出版社，1993 年，第 91 頁。

孤館，面對鵑聲中逐漸失去的夕陽與黑暗呢！正是其「所處者『孤館』，所聞者『鵑聲』，所見者『斜陽』，有一於此，已令人生愁，況並集於一時乎」〔註 39〕？其「不如歸去」的悲鳴，本就指向未來，然往往又與詞人未來難卜，前途迷茫的境況相對，所以，其身世之悲，暗含著末路之歎，其悲劇意味要深沉得多。

四、家國之悲

在鵑聲中寄託國破家亡之感，是再自然不過的事情，因爲杜鵑本身就是一位去國懷鄉君主的精魂所化。有宋以來，經歷了兩次「亡國」之難，第一次「北宋亡國」，失去了淮河以北大半江山；第二次，「南宋滅亡」，領土則全部爲外族佔領。這兩次重大的災難，都在時人心中刻下了深深印記。而鵑聲，也成了他們抒發幽憤的重要憑藉。如辛棄疾《賀新郎・別茂嘉十二弟。鵜鴂、杜鵑實兩種，見〈離騷補注〉》

> 綠樹聽鵜鴂。更那堪、鷓鴣聲住，杜鵑聲切。啼到春歸無尋處，苦恨芳菲都歇。算未抵、人間離別。馬上琵琶關塞黑，更長門、翠輦辭金闕。看燕燕，送歸妾。　將軍百戰身名裂。向河梁、回頭萬里，故人長絕。易水蕭蕭西風冷，滿坐衣冠似雪。正壯士、悲歌未徹。啼鳥還知如許恨，料不啼清淚長啼血。誰共我，醉明月。

該詞作於辛棄疾移居江西瓢泉時期，上片言「北都舊恨」，下片言「南渡新恨」〔註 40〕，開篇詞人便由三種鳥聲「觸物生情」，鶗鴃、鷓鴣、杜鵑之啼，皆是聲之悲苦者，聽此三聲，觀眼下送別之境，不由讓人情辭激蕩，思緒萬千。馬上三句，用昭君出塞、陳皇后辭闕、莊姜送戴媯三個典故，張離別之悲，喻己辭別舊都之恨。下闋，繼言蘇武、李陵、荊軻三位壯士別國之悲，言己英雄失路之恨。「啼鳥還知如許

〔註 39〕唐圭璋《唐宋詞簡釋》，上海古籍出版社，1981 年，第 106 頁。

〔註 40〕【清】周濟《宋四家詞選》，叢書集成初編本，商務印書館，1940 年，第 40 頁。

恨，料不啼清淚長啼血」，可謂畫龍點睛，將如上心緒全數點出。鵑聲中的家國之思，也躍然紙上。

而南宋失國之後，那苦啼杜鵑，就眞的沒有清淚，而只啼血了。如前引汪元量《滿江紅・和王昭儀韻》「人去後，書應絕。腸斷處，心難說。更那堪杜宇，滿山啼血」，劉辰翁《金縷曲・杜鵑》「寂寞江上南輪四角，問長安、道上無人住。啼盡血，向誰訴」等，皆如此。此時鵑聲的苦啼，儼然已失去了辛詞中的抗爭精神而只剩下難以化解的悲哀了。

可以說，除了鮮少涉及情人間的愛之傷外，杜鵑用其痛苦的悲啼，詮釋著人生中幾乎全部的苦難。而與愛情絕緣的事實，又何嘗不是另外一種悲劇。這就意味著它永遠形單影隻，只能將它那苦澀的悲啼含著血淚播撒世間，正如前引辛棄疾所言，「啼鳥還知如許恨，料不啼清淚長啼血」。王國維曾贊李煜「後主之詞，眞所謂以血書。……儼有釋迦、基督擔荷人類罪惡之意」〔註41〕，筆者認爲，此讚譽與其給那「天眞」的末代君王，不若給這千年苦啼的杜鵑，它才是承載了世間太多苦難。

第四節　鵑聲中的歷史文化

所謂的歷史文化，是指鵑聲帶給人們濃厚的歷史感和文化感。千百年來，杜宇化鵑，杜鵑啼血，不如歸去等傳說已深至人心，杜鵑已不像鶯鶯燕燕之類，是自然的寵兒了，它更像是一個歷史的、文化的符號。它一旦在詩詞中開始悲啼，它隨身附帶帝王失國，進退失據，有家難歸，泣血言悲等經歷，也同時浮現在人們腦海。無論是創作還是閱讀，其爲作品帶來的歷史的、文化的厚度，是任何其它鳥類都難以媲美的。如同樣是「借巢育雛」的習性，杜鵑在西方及在中國文化中得到的評價就完全不同，西方從「養子不育」角度給予其最本眞的

〔註41〕王國維《人間詞話》，上海古籍出版社，2000年，5頁。

批判，我們則因望帝化鵑的傳說，將之上陞到政治倫理的角度加以認同。正如杜甫《杜鵑行》中所言「寄巢生子不自啄，群鳥至今與哺雛」，群鳥是自願養育其子。而在其《杜鵑》詩中，這種思想表達得更爲明白，「生子百鳥巢，百鳥不敢嗔。仍爲喂其子，禮若奉至尊」，直接上陞的「禮」的高度，百鳥養育杜鵑的幼雛，乃是盡君臣之禮，是理所應當。這種差別彰顯著文化的力量。

杜鵑是中國的「文化鳥」，它「不如歸去」「不如歸去」的啼聲中，包含著深厚的歷史盛衰感、政治功名感和儒家傳統的進取精神。

一、歷史盛衰感

自南朝鮑照《擬行路難》以來，詩中借鵑聲詠歎最多的是昔日天子今朝「鵑」的巨變所帶來的盛衰之感。正如司空曙《杜鵑行》詩首尾所歎：「古時杜宇稱望帝，魂作杜鵑何微細……乃知變化不可窮，豈知昔日居深宮，嬪妃左右如花紅。」其所關注的正是這種世事變幻，古今盛衰的歷史感。這種盛衰之感，在國人面臨亡國滅種之際，在宋遺民詞人那裏，表現的尤爲明顯。茲以劉辰翁、劉將孫父子詞作爲例，略作分析。

摸魚兒・甲申客路聞鵑

雨蕭蕭、春寒欲暮。杜鵑聲轉□□。東風與汝何恩怨？強管人間去住。行且去。漫憔悴十年，愁得身成樹。青青故宇。看浩蕩靈修，徘徊落日，不樂復何故？　曾聽處。少日京華行路。青燈夢斷無語。風林颯颯雞聲亂，搖落壯心如土。今又古。任啼到天明，清血流紅雨。人生幾許？且贏得劉郎，看花眼慣，懶復賦前度。（劉將孫）

金縷曲・聞杜鵑

少日都門路。聽長亭、青山落日，不如歸去。十八年間來往斷〔註42〕，白首人間今古。又驚絕、五更一句。道是流離蜀天子，甚當初、一似吳兒語。臣再拜，淚如雨。　畫

〔註42〕詞人自注「予往來秀城十七八年，自己巳夏歸，又十六年矣」。

堂客館眞無數。記畫橋、黃竹歌聲，桃花前度。風雨斷魂蘇季子，春夢家山何處？誰不願、封侯萬户。寂寞江上南輪四角，問長安、道上無人住。啼盡血，向誰訴？（劉辰翁）

這兩首詞皆作於元至元二十一年（1284），距宋亡已五年。劉將孫先作《摸魚兒》一首，下面是其父劉辰翁的和詞。這兩首詞同樣借鵑聲抒故國之思、亡國之痛，然細品而來，其關注之重點，思想之厚度卻差別甚大。劉將孫生當宋朝末世，未經歷過南宋中興與繁華，故其詞中自始至終皆一片灰敗之象。鵑聲中的春暮，其靈魂的憔悴，落日中的漂泊不定，杜鵑亙古以來徹夜的悲啼，都與詞人自身「憔悴十年」，「壯心搖落」的身世之悲暗合。結尾借劉禹錫「玄都觀看花」典，有看破世間風雲之意。興亡盛衰，本是歷史常跡，今朝亡國，明朝可能重新掌權，世事變幻，如經眼之花開花落，我已看慣，再不新奇了。其心境之灰敗，正如詞境之灰敗，難有半點生機。

劉辰翁「聞杜鵑」詞，可謂杜鵑詞中之傑。以詩筆入詞，其政治感、歷史感、滄桑感，皆較前作不可等量齊觀。其「流離蜀天子，甚當初、一似吳兒語」，不僅哀傷杜鵑之流落，且對其輕易讓國表示譴責，飽含政治之思。「陳再拜，淚如雨」用杜甫《杜鵑行》「我見常再拜」、「淚下如迸泉」句，意把杜鵑當成被俘流亡北方之宋恭帝，遙遙相拜，以盡君臣之禮，盡顯對故國故朝的懷念與忠貞。結篇以「啼盡血，向誰訴」，言其亡國之痛，無處可說。其情感之厚度，不止高於它詞，與詩文相比，也毫不遜色。其哀痛之中，嚴守君臣之度，忠貞之情，在哀怨故國之亡的同時，感懷南宋故君，可謂「怨而不怒」。這都是傳統儒家文化在杜鵑身上的表現。另外，與劉將孫相比，劉辰翁經歷了宋的繁華與中興，也曾經壯心如許，渴望北伐復國。詞下片「記畫橋、黃竹歌聲，桃花前度。風雨斷魂蘇季子，春夢家山何處？誰不願、封侯萬戶」，皆有前朝繁華及自己淩雲壯志的影子。故而，他詞中情感之厚度較前篇大有提升。這也是時代和人生經歷在詞人心靈上的烙印。

二、政治功名感

杜鵑的鳴聲中還蘊含著豐富的政治功名感。如上，鵑聲中有盛衰唏噓之歎，然大多時候，詞中承載這種盛衰之感的鳥兒，不再是「杜鵑」了，燕子與鷓鴣接過了歷史的接力棒，如「舊日堂前燕，和煙雨，又雙飛」（韓元吉《六州歌頭・桃花》），「試問越王歌舞地。佳麗。只今惟有鷓鴣啼」（李泳《定風波・感舊》）〔註 43〕。而詞中的鵑聲，則慢慢騰出腳步，以歷史爲基礎向現實政治進發，並向詞人心靈深處挖掘。如陳人傑《沁園春・問杜鵑》：

> 爲問杜鵑，抵死催歸，汝胡不歸？似遼東白鶴，尚尋華表，海中玄鳥，猶記烏衣。吳蜀非遙，羽毛自好，合趁東風飛向西。何爲者？卻身羈荒樹，血灑芳枝。　　興亡常事休悲。算人世榮華都幾時。看錦江好在，臥龍已矣，玉山無恙，躍馬何之？不解自寬，徒然相勸，我輩行藏君豈知？閩山路，待封侯事了，歸去非遲。

這首詞，也言歷史，言杜鵑的身世，只是已經跳出「一位帝王化爲一隻小鳥」的歷史怪圈，開始反觀歷史，關注現實功名了。

我們知道，杜鵑向來以「苦勸」出名，單就它的經歷而言，它確實有這種「勸」的資本。但勸人，還是需要選擇對象和勸說方式的，而杜鵑不，它仿上帝般地視眾生平等，它不眠不休地只重複著一句話「不如歸去」、「不如歸去」！這對半世飄零，一生羈旅的傷懷者，或許能立竿見影，而對於正青春年少，渴望有番作爲的志者〔註 44〕，則難有什麼成效。就如該詞作者所問「汝胡不歸」？「吳蜀非遙，羽毛自好」，爲何你自己偏要「身羈荒樹，血灑芳枝」？而

〔註 43〕它們身上的這種歷史盛衰之感，分別源自兩首唐詩——劉禹錫的《烏衣巷》和李白的《越中覽古》。劉禹錫《烏衣巷》有「舊時王謝堂前燕，飛入尋常百姓家」句；李白《越中覽古》，有「宮女如花滿春殿，只今惟有鷓鴣飛」句，皆言昔盛今衰之歎，後爲宋人多次引用借鑒。

〔註 44〕陳人傑（1218～1243），宋度宗時人，年二十六而亡，有宋最短命之詞人。陳容公《龜峰詞跋》言其「不盡財（才）而死」、「重可哀也」。

杜鵑身上的興亡之感，顯然也被詞人有心淡化，一句「興亡常事休悲。算人世榮華都幾時」，不僅不聽，反有勸鵑之感。

詞人的關注點，明顯已經不是興亡盛衰的歷史感，而是現實的「封侯事」，是其政治抱負。這裏的杜鵑也失去了他頭頂的偉大光環。其徒然相勸，強管他人人生的態度也未免要惹人生厭了。

三、執著的進取精神

杜鵑晝夜不息的啼鳴中還蘊含著傳統儒家文化無奈而執著的抗爭力量。與佛教、基督教等宗教文化相比，中國儒家文化向來主張入世，講究「知其不可而爲之」〔註 45〕的進取精神。杜鵑的身世經歷，就是在這種文化氛圍中孕育而生的，自然是這種文化的有力代表。

首先看其無奈，杜鵑本身的經歷就是「無奈」的最佳注解。它雖有故鄉，無奈卻「身羈荒樹，血灑芳枝」(陳人傑《沁園春·問杜鵑》)；家在南國（蜀），無奈卻「鳴必向北」〔註 46〕，只因「蜀道之難，難於上青天」，而只在西北之極的太白山，才有一個所謂的「鳥道」，「可以横絕峨眉巔」(李白《蜀道難》)。正如元姚燧《賀新郎》中所言，「蜀道思歸誠何有，便隔雲山千疊。一再舉、猶堪横絕」，雲山的隔絕，一次次阻止了杜鵑的歸路，眞是無奈有家難歸啊！又如趙師俠《鵲橋仙·同敖國華飲，聞啼鵑，即席作》：

> 春光已暮，花殘葉密，更值無情風雨。斜陽芳樹翠煙中，又聽得、聲聲杜宇。　　血流無用，離魂空斷，只撓淒涼爲旅。在家誰道不如歸？你何似、隨春歸去。

全詞充斥著一種無奈之悲，上闋言「無情風雨」中，「花殘葉密」春歸之無奈，下闋抒「淒涼爲旅」歸家不得之無奈。既是寫人，更寫杜鵑。此刻杜鵑一聲又一聲「不如歸去」的苦勸，讓詞人愈加痛苦。也

〔註 45〕【春秋】孔丘《論語·憲問》，見朱熹注《四書章句集注》，中華書局，1983 年，第 158 頁。

〔註 46〕【明】李時珍《本草綱目》，華夏出版社，2009 年，第 1756 頁。

正源此，千百年來杜鵑只能用一遍又一遍「不如歸去」、「不如歸去」的啼鳴，表達其無奈中的抗爭。

在北伐鬥士辛棄疾那裏，鵑聲無奈中的抗爭精神就更加明顯了。如前引辛棄疾《滿江紅》之「層樓望，春山疊。家何在，煙波隔。把古今遺恨，向他誰說？蝴蝶不傳千里夢，子規叫斷三更月」，詞人心中有千古遺恨，「子規叫月」這一意象組合也有極強的張力，似要把心中的憤怒都化爲力量呼喊而出。又如其《賀新郎・別茂嘉十二弟》之「將軍百戰身名裂，向河梁、回頭萬里，故人長絕。易水蕭蕭西風冷，滿座衣冠似雪。正壯士、悲歌未徹。啼鳥還知如許恨，料不啼清淚長啼血」，這裏泣血鳴叫的杜鵑，與退居南國的詞人一樣，雖有無奈，更有壯士的悲歌和抗爭復國的願望。

有時，杜鵑「不如歸去」的苦勸，還暗含著陶淵明式的隱逸之思。辛棄疾的另一首詞《御街行・山中問盛復之提幹行期》「山城甲子冥冥雨。門外青泥路。杜鵑只是等閒啼，莫被他催歸去」，就對朋友諄諄勸誘，「要好好爲官」，生怕他被那杜鵑勸歸了去。這裏的「歸」，顯然是指歸隱而非歸家。又如洪咨夔《沁園春・次黃宰韻》「歸去來兮，杜宇聲聲，道不如歸。正新煙百五，雨留酒病，落紅一尺，風妒花期」，然這種歸隱之思，也多是在儒家入世思想頻頻碰壁的情況下才興起的，有孟子「窮則獨善其身，達則兼濟天下」〔註47〕的影子在。

總之，杜鵑的啼聲中，蘊含了儒家傳統文化，其文化厚度是其它聲音難以企及的。

第五節　鵑聲中的地域文化

詞中鵑聲還有鮮明的地域色彩，詞人經常在鵑聲中，體味地域差異帶來的各種感受。

〔註47〕【戰國】孟軻《孟子・盡心上》，見朱熹注《四書章句集注》，中華書局，1983年，第351頁。

一、蜀地意識

杜鵑是望帝精魄所化，向來被視爲「蜀鳥」，如雍陶《聞杜鵑》「蜀客春城聞蜀鳥，思歸聲引未歸心」，文天祥《酹江月・驛中言別友人》「蜀鳥吳花殘照裏，忍見荒城頹壁」等，皆以蜀鳥指杜鵑。杜鵑，還有個名字，叫「蜀魄」，如杜荀鶴《聞子規》：「楚天空闊月成輪，蜀魄聲聲似告人。啼得血流無用處，不如緘口過殘春」，吳潛《水調歌頭・聞子規》「昨日既盟鷗鷺，今日又盟猿鶴，終久以爲期。蜀魄不知我，猶道不如歸」，皆以蜀魄指杜鵑。這裏的蜀，就是杜鵑的故鄉。而在蜀地之鳥杜鵑的身上，「不如歸去」、「不如歸去」的鳴聲中，也有了鮮明的地域色彩，這種地域色彩在離家的蜀人，和在蜀的羈客身上有不同表現。

首先看離家的蜀人，他們往往會對鵑聲的歷史感及苦情淡化處理，甚至以鵑聲抒發樂情。唐宋間以蜀爲故鄉的大詩人，以唐李白〔註48〕和宋蘇軾最爲著名。在他們詩詞中對杜鵑的怨憤之氣和政治之思，都做了淡化處理。杜鵑化身爲多情的親人好友，是他們思鄉情結的寄託。如李白《宣城見杜鵑花》「蜀國曾聞子規鳥，宣城還見杜鵑花。一叫一迴腸一斷，三春三月憶三巴」，即是「觸景生情」，以聽聞杜鵑之鳴和他鄉見到杜鵑花起興，抒發其對故土的思念。其《聞王昌齡左遷龍標，遙有此寄》「楊花落盡子規啼，聞道龍標過五溪。我寄愁心與明月，隨風直到夜郎西」，也只是以杜鵑的啼叫表惜別之情。杜鵑的啼鳴，在李白的詩中，與其說是政治的象徵，不如說是鄉愁的寄託更合理些。

又或借鵑聲表達樂情。蘇軾兩首關於「鵑聲」的詞就有此特點。茲以《西江月》〔註49〕爲例，略作分析：

〔註48〕李白雖祖籍碎葉，但在少時遷居蜀地，巴蜀的自然人文環境對其影響最深。

〔註49〕詞前有小序：「春夜行蘄水中過酒家飲酒，酒醉，乘月至一溪橋上，曲肱醉臥少休。及覺，已曉。亂山蔥蘢，流水鏘然，疑非塵世也。書此語橋柱上。」（見唐圭璋《全宋詞》，第284頁。）

照野瀰瀰淺浪，橫空曖曖微霄。障泥未解玉驄驕。我欲醉眠芳草。　可惜一溪明月，莫教踏破瓊瑤。解鞍欹枕綠楊橋。杜宇一聲春曉。

關於該詞，俞陛雲評曰「誦其下闋四句，清狂自放，有『萬象賓客』之慨」〔註50〕。該詞寫山林遊覽，「醉眠芳草」醒來之時的美好情境。詞人眼之所及，有廣闊的田野，晴朗的天空，美麗的芳草嬌花，還有明月下如美玉般的清澈溪水。枕著綠楊橋欄小憩片刻，再被清晨的一聲鵑鳴悠閒喚醒，此情此境，眞是說不出的美好。「杜宇一聲春曉」，以悲啼著稱的杜鵑，在蘇軾的詞中也歡快放達起來。

其次，對於在蜀的羈客而言，杜鵑的啼鳴往往會讓人聯想起杜宇的身世，聯想起自己的處境，其政治感遇之情明顯要深厚。如唐杜甫、司空曙、顧況、李商隱等著名詩人，皆有遊歷四川的經歷，無不留下關於鵑聲的詩句，如「杜宇冤亡積有時，年年啼血動人悲」（顧況《子規》），「莊生曉夢迷蝴蝶，望帝春心託杜鵑」（李商隱《錦瑟》）等，皆在鵑聲中寄託了無限哀思。詞中同樣如此，貶謫蜀地的詞人，在此感受的不僅是鵑聲觸發的離恨鄉愁，還有伴著那一聲聲「不如歸去」的呼喚，聯想起的蜀帝的千古奇冤和自己身世之感。如陸游的《鵲橋仙・夜聞杜鵑》：

茅簷人靜，蓬窗燈暗，春晚連江風雨。林鶯巢燕總無聲，但月夜、常啼杜宇。　催成清淚，驚殘孤夢，又揀深枝飛去。故山猶自不堪聽，況半世、飄然羈旅。

陸游出蜀時已五十四歲，據「況半世、飄然羈旅」可知，此詞是在蜀聞杜鵑而作，關於該詞，歷來評論者皆賞其「故山猶自不堪聽，況半世、飄然羈旅」句，認爲其「不唯句法曲折，而意亦更深」〔註51〕，「去國懷鄉之感，觸緒紛來。讀之令人於邑」〔註52〕。入蜀前，陸游

〔註50〕俞陛雲《唐五代兩宋詞選釋》，上海古籍出版社，1985年，第208頁。

〔註51〕【清】許昂霄《詞綜偶評》，見唐圭璋《詞話叢編》，上海古籍出版社，1986年，第1559頁。

〔註52〕【清】馮金伯《詞苑萃編》，見唐圭璋《詞話叢編》，上海古籍出版社，1986年，第1875頁。

在抗戰前線——南鄭（今陝西）作四川宣撫使王炎的幕僚，王炎調歸朝廷後，陸游也被迫離開前線調任成都，其抗戰北伐的夢想由此擱淺。此時於異地月夜聞鵑，觸動詞人的除了漂泊之苦、羈旅之思、思鄉之感，還當有家國之恨。只是，這些苦恨，一如那鵑聲中杜宇的冤屈，都難以昭雪。對於身羈他鄉的詞人，聽聞鵑聲，皆會不由地起「故山之歎」。

再次，蜀地以外的旅人聽聞鵑聲而起的特別感受，也與杜鵑身為「蜀鳥」的地域性相關。宋人寫詩喜歡出新，而這種出新有時對身世淒慘的杜鵑而言，不免顯得過於「尖酸刻薄」。如其常言「言歸汝亦無歸處，何用多言傷我情」（洪炎《山中聞杜鵑》），「自出錦江歸未得，至今猶勸別人歸」（楊萬里《出永豐縣石橋上聞子規》）。詞中亦有「若得歸時我自歸，何必閒言語」（陳瓘《卜算子》），「不解自寬，徒然相勸，我輩行藏君豈知」（陳人傑《沁園春・問杜鵑》）等。杜鵑作為蜀鳥而不能歸蜀的淒慘往事，在詩人看來，也就是往事了。詞作雖是詠鵑，但卻是在揭杜鵑的傷疤，並在對杜鵑的反駁中抒寫一己的名利之心、功業之望等，全無同情之懷，更遑論共鳴。

二、南方意識

《禽經》言「江介曰子規」，「蜀右名杜宇」，杜鵑的棲息範圍早已超過蜀地，人們在杜鵑的身上還寄寓了鮮明的「南方意識」。如前文所引趙鼎貶謫福建泉州時，所作之《賀聖朝・道中聞子規》，還有陳瓘《卜算子》（只解勸人歸），陳人傑《沁園春・問杜鵑》及楊萬里《出永豐縣石橋上聞子規》等作，皆並非蜀地聞鵑之作。而人們在杜鵑的身上也寄寓了鮮明的「南北意識」。如邵伯溫《聞見錄》之「天津橋聞杜鵑」：

> 嘉祐末，康節邵先生行洛陽天津橋，忽聞杜宇之聲，歎曰：「北方無此物，異哉！不及十年，其有江南人以文字亂天下者乎？」客曰：「聞杜鵑何以知此？」康節曰：「天

> 下將治，地勢自北而南。將亂，自南而北。今南方地氣至矣。禽鳥飛類，得氣之先者也。」〔註 53〕

邵雍於洛陽見杜鵑，驚歎：「北方無此物，異哉！」可見，在宋人眼裏，杜鵑是南方之禽，不當出現在北方。南方的之杜鵑飛到北方，是謂南方得地氣之先，天下是必將大亂。這種類似「江南人以文字亂天下」的見解，雖然為後世歷史所「驗證」，但總體而言，缺乏科學根據。不過宋人在杜鵑身上寄予的鮮明的南北意識則是顯而易見的。

鵑聲喚起的南北意識，在南渡愛國詞人身上表現得尤為明顯。除了「不如歸去」的苦啼，杜鵑還有一個習性，即「杜鵑鳴必向北」〔註 54〕，這就與宋詞中的另外一種鳥「鷓鴣」剛好相反。鷓鴣被人稱為「越鳥」，詞牌《鷓鴣天》，本名即《思越人》。傳言「江南無野狐，江北無鷓鴣」〔註 55〕，鷓鴣飛不過長江，「其志懷南，不思北，其鳴呼飛『但南不北』」〔註 56〕，因此雖「不如歸去」與「行不得也，哥哥」（宋人擬鷓鴣啼聲），表面看來都是勸歸阻行的，但實際上，鵑聲與鷓鴣聲給人，特別是「北人」，造成的心理影響有很大差異。以辛棄疾《菩薩蠻・書江西造口壁》為例，先看鷓鴣啼：

> 鬱孤臺下清江水，中間多少行人淚。西北望長安，可憐無數山。　　青山遮不住，畢竟江流去。江晚正愁予，山深聞鷓鴣。

該詞尾「江晚正愁予，山深聞鷓鴣」句，言聞鷓鴣聲而生愁。關於此句，有人認為「南渡之初，虜人追隆祐太后御舟至造口，不及而還，幼安自此起興。『聞鷓鴣』之句，謂恢復之事行不得也。」〔註 57〕又有人認為「詩人極力主張北伐，一心要為國殺敵立功的壯志與朝廷『但

〔註 53〕【宋】祝穆《古今事文類聚》卷 44，引邵伯溫《聞見錄》，見《文淵閣四庫全書》，上海古籍出版社，1987 年，第 926 冊，第 684 頁。

〔註 54〕【明】李時珍《本草綱目》，華夏出版社，2009 年，第 1756 頁。

〔註 55〕【五代】孫光憲《北夢瑣言》，中華書局，2002 年，第 442 頁。

〔註 56〕【漢】楊孚《異物志》，叢書集成初編本，商務印書館，1936 年，第 4 頁。

〔註 57〕【宋】羅大經《鶴林玉露》，中華書局，1983 年，第 13 頁。

南不北』(鷓鴣啼聲)的國策發生了衝突，大志難酬，因此當他聽到鷓鴣的叫聲時便自然愁緒滿懷，悲忿不已。」〔註 58〕不論如何解釋，鷓鴣的叫聲，都在其「北」伐理想的對立面。

杜鵑則不同，其「鳴必北向」，故而辛棄疾詞中的鵑聲，非但有著執著的戰鬥精神，而且還是詞人理想志願的寄託。如其《賀新郎・別茂嘉十二弟》下闋言:「將軍百戰身名裂向河梁、回頭萬里，故人長絕。易水蕭蕭西風冷，滿座衣冠似雪。正壯士、悲歌未徹。啼鳥還知如許恨，料不啼清淚長啼血。誰共我，醉明月。」在列舉了蘇武、李陵、荊軻等英雄的事跡後，言杜鵑之泣血長鳴，似乎杜鵑才是自己的知己，有著滿腔憤恨，長夜悲啼著不願放棄心中的執著。杜鵑的北向而飛，它不如歸去的苦啼，它難以歸家的現實都與詞人經歷何其相似，無怪乎，詞人要聞鵑而生悲、而生憤、而想起自己北伐中原的願望了。

杜鵑身爲蜀鳥、南方之鳥的鮮明的地域性及其思歸的啼鳴，觸發了詞人的種種感受。每一種感受，都與杜鵑的悲劇身世密切相關。鵑聲的苦，鵑聲的歷史與文化感，鵑聲的地域特色，昭示著鵑聲的與眾不同。這讓其在詞中有著特殊地位，與閒懶婉轉的鶯聲所代表的歌舞文化相比，鵑聲中蘊含人生的、政治的、歷史的悲劇文化要厚重得多。

綜上，杜鵑用它苦澀的嗓音，呼喚了千年。杜鵑的傳說，杜鵑的精神，深深地融彙入民族文化當中。鵑啼，也成爲最有文化代表的鳥啼聲。在「輕靈短小」的詞中，鵑聲有特殊表現，其所代表的文化力量也增強了詞體的情感厚度。因此，對於鵑啼，與其去痛苦，去責難，不如去接受，去理解。也許，當你也歷經諸多苦難，就會對杜鵑及其淒涼的啼鳴產生更多共鳴吧!

〔註 58〕艾思《詩詞中的鷓鴣與杜鵑》，《文學遺産》1987 年，第 3 期，第 88 頁。

第五章　唐宋詞中的蟬聲和蛩聲及其時令感

韓愈在其文《送孟東野序》中言「物不得其平則鳴」，萬物天地四時都會「擇其善鳴者而假之鳴」，「是故以鳥鳴春，以雷鳴夏，以蟲鳴秋，以風鳴冬」〔註 1〕。正如滿川風雨會替人愁，鳥啼之聲能驚人心，蟲兒同樣以其細微之軀，斷續之音，不停地詠唱著古來文人的情懷。詩詞中的蟲唱以蟬聲和蛩聲最爲著名，如宋楊萬里《秋蟲》詩：「蟬哀落日恰才收，蛩怨黃昏正未休。催得世人頭總白，不知替得二蟲愁。」它們不僅是以其「不類微驅」的聲音，吟唱著屬於自己的曲調，更創造出「無上的美的境界，絕好的自然詩篇」〔註 2〕。

第一節　文學中的蟬與蛩

自然界中與鳥相類，主要以歌喉動人心者，還有昆蟲。多數昆蟲沒有優美的外形，鮮亮的羽翅，然有時卻能發出不下於鳥兒的清亮歌唱。文學中對蟲的關注也是由來已久，其中以蟬和蛩尤著。除了聲音，還歌詠了昆蟲的其它方面，尤其是對蟬。

〔註 1〕【唐】韓愈著，屈守元編《韓愈全集校注》，四川大學出版社，1996年，第 1464 頁。

〔註 2〕葉聖陶《沒有秋蟲的地方》，見葉聖陶《過去隨談》上，大眾文藝出版社，2000 年，第 112 頁。

一、聲外之蟬

蟬在中國文學與文化中比較特別。就一般的蟲類而言，因其身形細微，很少有人關注它們的形體乃至習性等。蟬卻不同，幾乎它身體的每個部位都受到了重視，並被賦予獨特內涵。

蟬又名蜩、螗、螿、蟪蛄、蛁蟟等。《莊子・逍遙遊》中「決起而飛」、「不知春秋」〔註3〕卻又笑大鵬的蜩與蟪蛄是也。乍看來，蟬似乎是個拘於自身限制而目光短淺的傢夥，然而在中國文化中，蟬的意義遠非如此。

首先，看蟬之出身。蟬在某些方面與荷略有相類，同樣在污穢中孕育，然一旦夏日來臨，便「忽神蛻而靈變兮，奮輕翼之浮征」〔註4〕，退去外衣，長出羽翅，飛向高空。這樣的巨變令人神往、驚異。司馬遷《史記・屈原賈生列傳》稱揚屈原「濯淖污泥之中，蟬蛻於濁穢，以浮游塵埃之外，不獲世之滋垢，皭然泥而不滓者也」〔註5〕，並以此來表屈原之「志潔」與「行廉」。

道家也將「蟬蛻」視爲成仙長生的標誌，如左思《吳都賦》「桂父練形而易色，赤鬚蟬蛻而附麗」〔註6〕，呂岩《七言》詩「曾於錦水爲蟬蛻，又向蓬萊別姓名」等。有鑒於此，蟬便也跟著退去難看的表象，變得仙氣飄飄，如葛長庚《賀新郎・羅浮作》「醉見千山面。晚晴初、蟬聲未了，鳥聲尤遠。知道僊人丹竈在，尚有陳灰猶暖」，即便是在仙境，也少不了這高亢的蟬聲。從周朝後期到漢代的葬禮中，人們總把一隻玉蟬放入死者口中，同樣是源於對長生的追求。

〔註3〕【戰國】莊子《逍遙遊》，見莊周著，王先謙集解《莊子集解》，中華書局，2006年，第2頁。

〔註4〕【晉】傅玄《蟬賦》，見傅玄著，高新民編著《傅玄〈傅子〉校讀》，寧夏出版社，2008年，第204頁。

〔註5〕【漢】司馬遷《史記》，中華書局，1959年版，第2482頁。

〔註6〕【晉】左思《吳都賦》，蕭統著，李善注《文選》，中華書局，1977年，第94頁。

其次，看蟬之形體。蟬退去外殼之後，兩隻眼睛顯得尤其突出，更是長出了一對輕靈的薄翼，較以前之爬蟲類不知「美麗」多少。於是，便有「巧人」模仿「蟬翼」，創造出了女子美麗的髮式，稱爲「蟬鬢」，後以蟬鬢代指美人。據崔豹《古今注・雜注》:「魏文帝宮人絕所寵者，有莫瓊樹、薛夜來、田尚衣、段巧笑，日夕在側，瓊樹乃製蟬鬢。縹眇如蟬翼，故曰蟬鬢。」〔註7〕梁元帝蕭繹《登顏園故閣》「妝成理蟬鬢，笑罷斂蛾眉」句，即以蟬鬢、蛾眉分別指代當時流行的髮式和眉形。唐宋詞中對於蟬鬢屢有再現，如「修蛾慢臉，不語檀心一點。小山妝。蟬鬢低含綠，羅衣澹拂黃」(毛熙震《更漏子》),「暈殘紅，勻宿翠，滿鏡花開。嬌蟬鬢畔，插一枝、淡蕊疏梅」(晏殊《於飛樂》),「蟬翼輕籠雲鬢巧，斜插一枝紅萼」(無名氏《念奴嬌・詠剪花詞》)，美人的嬌態在輕靈的髮式的映襯下更顯楚楚動人。

蟬鬢後來亦代指男子。如駱賓王《在獄詠蟬》「那堪玄鬢影，來對白頭吟」，玄鬢即由蟬鬢假借而來。有了蟬鬢之說，加之蟬應節而鳴的「候蟲」習性，敏感的詩人一聽到蟬聲，便想到自己滿頭白髮，歲華將暮的事實，悲感頓生。如杜牧《聞蟬》「故國行千里，新蟬忽數聲……不敢頻傾耳，唯憂白髮生」，白居易《聞新蟬贈劉二十八》「蟬發一聲時，槐花帶兩枝。只應催我老，兼遣報君知」，陳允平《解蹀躞》「舞奈歷歷寒蟬，爲誰喚老西風，伴人吟苦」等等。

另有「孟家蟬」衣飾。據朱彧《萍洲可談》:「(宋哲宗)時，孟氏皇后，京師衣飾畫作雙蟬，目爲孟家蟬。」〔註8〕可知，孟家蟬，乃宋代的一種衣飾。姜夔《觀燈口號》:「遊人總戴孟家蟬，爭托星毬萬眼圓。」可見這種衣飾在當時非常時髦。

再次，看蟬之習性。今人皆知蟬是以吸食植物汁液爲食，然古人卻不以爲然，他們認定蟬不食五穀，而只以清露爲飲。正所謂「蠶食

〔註7〕【晉】崔豹《古今注》，叢書集成初編本，商務印書館，1937年，第22頁。

〔註8〕【宋】朱彧《萍洲可談》，上海古籍出版社，1989年，第15頁。

而不飲，蟬飲而不食，蜉蝣不飲不食，萬物之所以不同」〔註9〕，又如蕭統《蟬贊》「茲蟲清潔，惟露是餐」〔註10〕，唐詩人李百藥《詠蟬》詩亦言蟬「清心自飲露，哀響乍吟風」。這一認知讓平平常常的蟬與道家清淨無爲的品質聯繫在一起。如曹植《蟬賦》就有「唯夫蟬之清素兮，潛厥類於太陰。在盛陽之仲夏兮，始遊豫乎芳林。實淡泊而寡欲兮，獨怡樂而長吟」〔註11〕句，賦蟬以清素無爲之質，淡泊寡欲之心。加之蟬又喜居高抱樹而鳴，鳴聲高亮，如晉司馬紹《蟬賦》：「尋長枝以淩高，靜無爲以自寧。邈焉獨處，弗累於情。任運任時，不慮不營。」〔註12〕，故賦蟬以不凡的品質。

蟬居高飲潔的習性，甚至爲它帶來了滔天的富貴和權勢。如漢侍中、常侍等貴近之臣的冠飾，就將貂尾和蟬鑲於其上。按《後漢書·輿服志下》:「侍中、中常侍加黃金璫，附蟬爲文，貂尾爲飾，謂之『趙惠文冠』。」劉昭注:「應劭《漢官》曰:『說者以金取堅剛，百鍊不耗。蟬居高飲潔，口在掖下，貂內勁捍而外溫潤。』此因物生義也。」〔註13〕於是，原本清淨高潔的蟬也沾染了世俗的塵埃，成爲權貴名望的象徵。看劉克莊《賀新郎》：

> 夢斷鈞天宴。怪人間、曲吹別調，局翻新面。不是先生瘖啞了，怕殺烏臺舊案。但掩耳、蟬嘶禽囀。老去把茅依地主，有瓦盆盛酒荷包飯。停造請，免朝見。　　少狂誤發功名願。苦貪他、生前死後，美官佳傳。白髮歸來還自笑，管轄希夷古觀。看一道、冰銜堪羨。妃子將軍瞋未已，問匡山、何似金鑾殿。休更待，杜鵑勸。

〔註9〕【漢】劉向著，何寧釋《淮南子集釋》，中華書局，1998年，第347頁。

〔註10〕【南朝梁】蕭統《蟬贊》，見（清）嚴可均輯《全梁文》，中華書局，1999年，第223頁。

〔註11〕【魏】曹植《蟬賦》，見《曹集詮評》，商務印書館，1931年，第19頁。

〔註12〕【晉】司馬紹《蟬賦》，見清嚴可均輯《全晉文》，中華書局，1999年，第79頁。

〔註13〕【南朝宋】范曄《後漢書》，中華書局，1965年，第3668頁。

從該詞「不是先生喑啞了，怕殺烏臺舊案」句看，詞人有明顯的畏禍心理。甚至對「少狂誤發功名願。苦貪他、生前死後，美官佳傳」的少年志節深深「反省」。而詞中更有「但掩耳、蟬嘶禽囀」。詩詞中能以「囀」形容的鳥聲，多爲鶯啼，蟬與鶯皆是富貴者的象徵，不聽蟬鳴鶯啼，自然是表達其棄絕功名，辭官歸去的決心。

而蟬一旦世俗結緣，便無法逃脫其爲政治服務的命運。正如陸雲的《寒蟬賦・序言》〔註 14〕中所言：

> 昔人稱雞有五德，而作者賦焉。至於寒蟬，才齊其美，獨未之思，而莫斯述。
>
> 夫頭上有緌，則其文也。含氣飲露，則其清也；黍稷不享，則其廉也。處不巢居，則其儉也；應候守常，則其信也；加以冠冕，取其容也。君子則其操，可以事君，可以立身，豈非至德之蟲哉？且攀木寒鳴，貧士所歎，余昔僑處，切有感焉，興賦云爾。〔註 15〕

蟬同時具有文、清、廉、儉、信、容等多種品德。窮處之時，可以代貧士所歎，通達之後可以侍奉君王，兼濟天下，眞乃「至德之蟲」。蟬的「至德」，使其每每成爲貧士們的題詠對象和不遇文人聊表心跡的媒介。如李商隱《蟬》詩：「本以高難飽，徒勞恨費聲。五更疏欲斷，一樹碧無情。薄宦梗猶泛，故園蕪已平。煩君最相警，我亦舉家清。」即以「高難飽」的鳴蟬自喻。張元幹《沁園春》「歸後，任饑蟬自嘯，宿鳥相依。癡兒。莫蹈危機。悟三十九年都盡非」，同樣以清高之饑蟬自喻。一抒其「富貴浮雲，身名零露」的人生悲感。

最後，看蟬之傳說。關於蟬有兩個不大美麗，甚至是充滿怨氣的傳說。一說，蟬爲齊女所化。據崔豹《古今注・問答釋義》：

〔註 14〕寒蟬，指秋蟬，然很多習性乃普通蟬之共性。

〔註 15〕【晉】陸雲《寒蟬賦》，見嚴可均輯《全晉文》，中華書局，1999 年，第 1063 頁。

牛亨問曰:「蟬名齊女者何?」答曰:「齊王后忿而死,屍變爲蟬,登庭樹嘒唳而鳴。王悔恨。故世名蟬曰齊女也。〔註16〕

可見,齊女化蟬的傳說由來已早。齊王后怨憤而死的悲慘故事,也讓本來高亢清亮的蟬聲蒙上一股哀婉纏綿的韻味。這個傳說,在唐宋詞中屢被化用,如陳恕可《齊天樂・餘閒書院擬賦蟬》「琴絲宛轉。弄幾曲新聲,幾番淒惋。過雨高槐,爲渠一洗故宮怨」,唐珏《齊天樂・餘閒書院擬賦蟬》「奈欲斷還連,不堪重聽。怨結齊姬,故宮煙樹翠陰冷」等,皆因齊女之傳說,使那蟬聲充滿怨悱之氣。

一說是朽木化蟬,按段成式《酉陽雜俎》:

蟬,未脱時名復育,相傳言蛣蜣所化。秀才韋翾莊在杜曲,嘗冬中掘樹根,見復育附於朽處,怪之。村人言蟬固朽木所化也,翾因剖一視之,腹中猶實爛木。〔註17〕

這一傳說有類「志怪」、「傳奇」,在文學上影響甚微,詞中對此更是鮮有再現。

二、聲外之蛩

蛩,俗名蟋蟀,又叫促織、促機、莎雞、絡緯、寒蟲、陰蟲、王孫、紡績等。與蟬相比,蛩在中國文化中則相對「平凡」,它沒有蟬一樣的出身,也沒有美麗的傳說和非凡的外形,更不會衝破貧寒的限制,被人繡在官服上,一躍而成爲達官貴人的標誌。如果非要在中國文化中爲蛩找方寸之地的話,只有「鬥蟋蟀」的「遊戲」了。

鬥蟋蟀遊戲概始於唐天寶後,興於宋,盛於明清。按《開元天寶遺事》記載:「每至秋時,宮中妃妾輩皆以小金籠提貯蟋蟀,閉於籠中,置於枕函畔,夜聽其音。庶民之家皆傚之也。」〔註18〕可見,養

〔註16〕【晉】崔豹《古今注》,叢書集成初編本,商務印書館,1937年,第23頁。

〔註17〕【唐】段成式《酉陽雜俎》,中華書局,1981年,第166頁。

〔註18〕【唐】王仁裕《開元天寶遺事》,中華書局,2006年,第22頁。

蟋蟀的習俗，開始時僅是爲了聽蟋蟀的聲音，其後才發展爲鬥蟋蟀的遊戲。紈絝子弟常以萬金之資，付之一炬。南宋宰相賈似道，在金兵圍攻襄陽的當口，仍然與群妾鬥蟋蟀。另據蒲松齡《聊齋誌異》：明「宣德間，宮中尚促織之戲，歲徵民間」〔註19〕，敕令如徵稅一樣徵召蟋蟀，一時鬥蟋蟀遊戲大盛於前。然而，這種遊戲在文學作品中甚少出現，唐宋詞中尤少。筆者檢罷《全宋詞》也就選出一首，張鎡《滿庭芳．促織兒》：

> 月洗高梧，露溥幽草，寶釵樓外秋深。土花沿翠，螢火墜牆陰。靜聽寒聲斷續，微韻轉、淒咽悲沈。爭求侶，殷勤勸織，促破曉機心。　　兒時，曾記得，呼燈灌穴，斂步隨音。任滿身花影，猶自追尋。攜向華堂戲鬭，亭臺小、籠巧妝金。今休說，從渠牀下，涼夜伴孤吟。

張鎡出身富貴，在他身上頗能見南宋「鬥蟋蟀」遊戲的盛況。該詞被周密譽爲「詠物之入神者」〔註20〕。詞上闋言蛩聲訴秋「嗚咽悲沈」，下闋回憶兒時捉蟋蟀、鬥蟋蟀之樂事，復又回到眼前孤鳴之蛩身上，今昔對比中反襯詞人的孤單寥落。鬥蟋蟀之戲，作爲兒時夥伴戲玩之樂事，確實値得回憶。另姜夔《齊天樂》詠促織詞，於詞前小序中提到「鬥蟋蟀」之戲：

> 丙辰歲，與張功父會飲於張達可之堂，聞屋壁間蟋蟀有聲，功父約予同賦，以授歌者。功父先成，辭甚美。予裴回末利花間，仰見秋月，頓起幽思，尋亦得此。蟋蟀，中都呼爲促織，善鬭。好事者或以三二十萬錢致一枚，鏤象齒爲樓觀以貯之。〔註21〕

然，全詞皆言蛩聲之哀怨，與此鬥遊戲毫無關涉。而唐宋詞中對蟋蟀也即蛩的抒寫，主要集中在它的聲音上。

〔註19〕【清】蒲松齡《聊齋誌異》，人民文學出版社，1962年，第494頁。
〔註20〕【清】張宗橚《詞林紀事》引周密語，上海教育書店，1948年，第335頁。
〔註21〕唐圭璋《全宋詞》，中華書局，1965年，第2175～2176頁。

第二節　唐宋詞中的蟬聲與蛩聲

所謂「情以物遷，辭以情發。一葉且或迎意，蟲聲有足引心。」〔註22〕自古至今，蟲的吟唱感動了一代又一代人。葉聖陶稱之爲「人間絕響」:「它們高低宏細疾徐作歇，彷彿經過樂師的精心訓練，所以這樣地無可批評，躊躇滿志。其實他們每一個都是神妙是樂師；眾妙畢集，各抒靈趣，哪有不成人間絕響的呢。」〔註23〕特別是作爲蟲兒代表的蟬和蛩。

一、唐宋詞中蟬聲

提到蟬音，可謂與其形體反差巨大。單看蟬的形體，即便它在中國文化中如何被深化、美化，它也不過是幾公分的飛蟲。然就是這小小的身體，蘊含著不可思議的力量，其發聲之宏亮，令人震驚。任何動物的聲音都不是一成不變的，蟬的聲音同樣如此。平常「知了——知了——」的蟬鳴，與其求偶時的急切鳴叫，以及感受威脅時淒厲的叫聲自然不同。

不同類的蟬，鳴聲亦不同。如「螗蜩」，一種個頭較小的蟬，常發出「唧——唧——」尖細的長鳴，聲音清亮，《詩經・豳風・七月》有「四月秀葽。五月鳴蜩」，可見蜩是於農曆五月之盛夏開始長鳴的，古人擬其鳴聲日「嘒嘒」。如《詩經・小雅・小宛》言「鳴蜩嘒嘒」，這種聲色與平日所見蟬「知了——知了——」的乾澀斷續之音自是不同。

又如寒蟬，寒蟬又稱寒螿、寒蜩等，是一種青色的小蟬。「（孟秋之月）涼風至，白露降，寒蟬鳴」〔註24〕，可見是秋蟬。寒蟬的叫聲在詞人聽來，多數比較淒涼悲切，如柳永《雨霖鈴》「寒蟬淒切，

〔註22〕【南朝梁】劉勰著，范文瀾注《文心雕龍注》，人民文學出版社，1958年，第693頁。

〔註23〕葉聖陶《沒有秋蟲的地方》，見葉聖陶《過去隨談》上，大眾文藝出版社，2000年，第112頁。

〔註24〕【漢】劉向著，何寧釋《淮南子集釋》，中華書局，1998年，第411頁。

對長亭晚，驟雨初歇」，在蟬聲中打併入季節的秋感，人生的秋感，離別的愁緒，自然這聲音聽來並不怡人。

就音色而言，夏秋之季「聲嘶力竭」的蟬聲，與春天那婉轉動人的鶯啼是難以媲美的，甚至春夏之交那悲壯的鵑聲都比它來得可人。那明顯被拖長了的幽咽、斷續、沙啞、乾澀而喧鬧的蟬聲，在那或燥熱或淒涼的季節裏，自午至暮，一刻不停地叫著，任何人都不能對它們熟視無睹。唐宋詞中對蟬聲有集中表現，主要用「吟」、「嘶」、「咽」、「噪」、「鬧」、「斷續」等詞擬之。

如曰「吟」，指蟬鳴悠長沉鬱。如黃裳《宴春臺・初夏宴芙蓉堂》「夏景舒長，麥天清潤，高低萬木成陰。曉意寒輕，一聲未放蟬吟」，趙長卿《好事近・雨過對景》「山路亂蟬吟，聲隱茂林修竹。恰值快風收雨，遞荷香芬馥」，皆夏蟬之聲；又柳永《戚氏》「正蟬吟敗葉，蛩響衰草，相應喧喧」，史達祖《玉蝴蝶》「可憐閒葉，猶抱涼蟬。短景歸秋，吟思又接愁邊」，乃秋蟬之吟。

又如曰「嘶」，狀蟬鳴沙啞乾澀。如陳允平《風流子》「深院悄，亂蟬嘶夏木，雙燕別春泥」，周密《過秦樓・避暑次穴由雲韻》「喜嘶蟬樹遠，盟鷗鄉近」言夏蟬嘶鳴；又柳永《引駕行》「虹收殘雨。蟬嘶敗柳長堤暮」，汪藻《點絳唇》「高柳蟬嘶，採菱歌斷秋風起」，則言秋蟬嘶鳴。

再如曰「咽」，描蟬聲幽咽凝滯。如蘇軾《阮郎歸》「綠槐高柳咽新蟬。薰風初入弦」，陳著《眞珠簾・四時懷古夏詞》「更華林蟬咽，係人腸斷」，言夏蟬咽；周邦彥《法曲獻仙音》「蟬咽涼柯，燕飛塵幕，漏閣簽聲時度」，劉辰翁《踏莎行》「北馬依風，涼蟬咽暮。城門半帶東陵圃」，言秋蟬咽。

再如「噪」，摹蟬聲響亮鬧人。如閻選《臨江仙》「雨停荷芰逗濃香。岸邊蟬噪垂楊」，辛棄疾《賀新郎》「我輩從來文字飲，怕壯懷、激烈須歌者。蟬噪也，綠陰夏」，言夏蟬噪；柳永《竹馬子》「漸覺一葉驚秋，殘蟬噪晚，素商時序」，楊澤民《選官子》「塞雁呼雲，寒蟬噪晚，繞砌夜蛩淒斷」，言秋蟬噪。

後如「斷續」，繪蟬聲時有間隔不連貫。如盧祖皐《謁金門》「晚蟬聲斷續，一雨藕花新浴。香破小窗幽獨」言夏蟬；石孝友《鷓鴣天》「驚秋遠雁橫斜字，噪晚哀蟬斷續弦」言秋蟬。可見，無論是在夏季還是秋季，蟬聲在音色上沒有本質差別。然無論夏蟬還是秋蟬，無論是拖長了嗓子吟唱還是嘶咽著喉嚨悲鳴，蟬都以其高亮之音獨樹一幟。

蟬聲這種天然的幽咽斷續的音質又與琴、琵琶等樂器的婉轉之音，甚至歌聲的韻味有共通處，故詞中常用「蟬韻」、「蟬歌」等詞，狀琴聲、歌聲之清亮哀婉。如張先《定西番・執胡琴者九人》「三十六弦蟬鬧，小絃蜂作團。聽盡昭君幽怨，莫重彈」，以蟬鬧聲比胡琴弦聲；又如其《更漏子・流杯堂席上作》「重抱琵琶輕按。回畫撥，抹幺弦。一聲飛露蟬」，以極速的飛蟬鳴聲，比回撥琵琶抹幺弦聲；而賀鑄的《踏莎行》「蟬韻清絃，溪橫翠縠。翩翩彩鷁帆開幅」，吳則禮《多麗》「聽新蟬，舜琴初弄清絃。伴薰風、蔥蔥佳氣，鍾希世英賢」，石孝友的《鷓鴣天》「驚秋遠雁橫斜字，噪晚哀蟬斷續弦」等則反用之，以樂器之清韻，比附蟬聲。另有蟬歌者，如吳文英的三首詞「蟬聲空曳別枝長。似曲不成商」（《風入松・桂》），「殘蟬度曲，唱徹西園，也感紅怨翠」（《鶯啼序・荷和趙修全韻》），「度一曲新蟬，韻秋堪聽」（《齊天樂・白酒自酌有感》），那秋蟬之聲彷彿就是一首淒涼的歌曲，哀婉動人。

這蟬韻蟬歌，到底是清亮還是悲涼？看劉禹錫《始聞蟬，有懷白賓客，去歲白有聞蟬見寄詩，云只應催我老兼遣報君知之句》：

> 蟬韻極清切，始聞何處悲。人含不平意，景值欲秋時。
> 此歲方晼晚，誰家無別離。君言催我老，已是去年詩。〔註25〕

〔註25〕【唐】劉禹錫著，卞孝萱《劉禹錫集》，中華書局，1990年，第438頁。

蟬聲是極爲清切的，只因人內心不寧靜，秋天景物淒涼，才造成了蟬聲悲切的錯覺。其實，蟬聲又有什麼清切、悲切之分呢？說蟬聲清切亦不過是人給它的品質。所謂「茲蟲清潔，惟露是餐」（蕭統《蟬贊》），蟬聲的清切也是其「吟風吸露」、「高潔」品性的移情。

更有甚者，詞人還能從蟬聲中聽出「嬌」和「嫋」來呢。如陳德武《清平樂·詠蟬》：

> 嬌聲嬌語，恰深深閨女。三疊琴心音一縷，趓在綠陰深處。　　此音寧與人知？此身不與人欺。薄暮背將斜月，噤聲飛上高枝。

日間，蟬喜躲在綠陰深處放聲長鳴，夜裏則噤聲飛上高枝，可謂遠避行人，免遭欺侮。此處詞人用蟬喻官場之不易，言爲官者反不如蟬兒自在。然言蟬聲「嬌聲嬌語」則尤爲特別。無獨有偶，陳著《綺羅香·詠柳外聞蟬三章》，也聽得那蟬聲格外嬌嫋可人，如其初章言「記春風、曾著鶯啼，便嬌那得嫋如許」，甚至那鶯啼都不如蟬聲嬌嫋；二章又言「嫋入風腔，清含露脈，聲在絲絲煙碧。破暑吹涼，天付弄嬌雙腋」，密葉碧煙中，蟬兒吟風吸露，破暑吹涼，是上天賦予了它如此嬌嫋的嗓子；又三章亦言蟬聲「有時如、柔嫋琴絲，忽如笙咽轉嬌妙」，和那柔婉琴音，嗚咽的笙簫有一拼。

筆者認爲摹蟬聲以「嬌」，雖特別，也並非難以理解。自「蟬鬢」流行以來，詞人多以「嬌蟬」代指美女，如陸游《眞珠簾》「淺黛嬌蟬風調別，最動人、時時偷顧」，美女含羞帶怯，偷偷回頭的那一顧盼，最是美麗動人；又吳文英《法曲獻仙音·秋晚紅白蓮》「半掬微涼，聽嬌蟬、聲度菱唱」，夏日蓮花池畔採蓮女的一聲菱唱，蕩漾在紅白相間的蓮花間，亦是嬌美異常。嬌蟬（美女）嬌柔的歌聲讓人聯想起蟬聲，言蟬聲也如這美人歌聲一樣嬌嫋動人亦不爲過。

二、唐宋詞中的蛩聲

與蟬複雜的「身世背景」相比，蛩要單純得多。它的單純也讓它更貼近一般昆蟲——平凡無奇。然而，蛩卻憑著它的歌喉爲自己在文學，特別是在詞中闖出一片天地。蛩在唐宋詞中的地位不在於它的出身、外形、乃至習性。一開始就是以其鳴聲引人注目的。

首先，看蛩的發聲。就音量而言，蛩自然不如蟬聲高亮噪鬧，好就好在蛩總於秋夜長鳴，夜的寂靜凸顯了並不響亮的蛩聲，入那未眠人的耳，亦同樣的蕩氣迴腸。唐宋詞中對蛩聲的描繪主要有四：

其一，唧唧。早在北朝樂府《木蘭詩》中就有「唧唧復唧唧，木蘭當戶織」句，唧唧乃擬蛩聲〔註26〕，以催織的秋蛩起興。僧貫休《雜曲歌辭・輕薄篇二首》「木落蕭蕭，蛩鳴唧唧」，李郢《宿杭州虛白堂》「秋月斜明虛白堂，寒蛩唧唧樹蒼蒼」等皆以唧唧擬蛩聲，唧唧的蛩聲與朦朧的秋月相映成趣。又陸龜蒙《江南秋懷寄華陽山人》「唧嘖蛩吟壁，連軒鶴舞楹」，以「唧嘖」擬蛩聲，與唧唧相類。詞中同樣如此，如吳潛《生查子・己示八月二日四明窗和韻》：「唧唧暗蛩鳴，點點流螢入。人生歧路中，底用楊朱泣」，朱淑眞《菩薩蠻・秋》「秋聲乍起梧桐落。蛩吟唧唧添蕭索」，唧唧的蛩聲，是秋聲的又一員，和著院子裏凋零的梧桐，爲秋平添一片蕭索。

其二，切切。如姚合《郡中冬夜聞蛩》「秋蛩聲尙在，切切起蒼苔」，爲冬天還聽得見秋蛩的切切鳴聲而驚異不已。又柳永《女冠子》：「莎階寂靜無睹。幽蛩切切秋吟苦。疏篁一徑，流螢幾點，飛來又去。」秋日的夜晚，萬籟俱寂，只有那秋蛩切切苦吟，應和著疏篁裏的幾點流螢。又石孝友《黃堂春》「寒蛩切切響空帷。斷腸風葉霜枝」，吳潛《蝶戀花》「一寸愁腸千萬縷。更聽切切寒蛩語」，柴元彪《水龍吟》「有哀雁聲聲，愁蛩切切，悄悄地、聽人語」等，以切切之蛩吟，抒發秋晚之愁緒。

其三，啾啾。如劉長卿《睢陽贈李司倉》「白露變時候，蛩聲暮啾啾」，白居易《新秋夜雨》「蟋蟀暮啾啾，光陰不少留」等。「蟋蟀

〔註26〕余光中《就是那一隻蟋蟀》言蟋蟀「在花木蘭的織機旁唱過」，則唧唧，擬蟋蟀鳴聲也。但也有解釋「唧唧」乃花木蘭的歎息聲。

俟秋吟」〔註27〕，白露降下的夜晚，蛩兒會適時地啾啾鳴叫，讓人想起流逝的光陰，感傷滿懷。又如陳德武《清平樂・詠促織》:「啾啾唧唧，夜夜鳴東壁。如訴如歌如涕泣，亂我離懷似織。」對離人而言，這樣啾啾唧唧的聲音，會攪得人愁緒滿腸，難以入眠。

最後，織織。蛩又名促織，「謂鳴聲如急織也」〔註28〕，詩詞中對蛩的描摹多與「織」相關。如柳永《傾杯》「離愁萬緒，聞岸草、切切蛩吟如織」，李之儀《玉蝴蝶》「攪回碭、蛩吟似織，留恨意、月彩如攤」等，皆言蛩聲似「織」。秋露初降，秋日來臨，氣溫驟降，也是要添衣的季節，蛩聲「織織」的鳴叫，彷彿在催人織布。吳文英《滿江紅》「杯面寒香蜂共泛，籬根秋訊蛩催織」，程垓《蝶戀花・月下有感》「鴻斷天高無處覓，矮窗催暝蛩催織」，方千里《法曲獻仙音》「庭葉飄寒，砌蛩催織，夜色迢迢難度」等，皆言蛩吟「催織」，那催織的蛩，彷彿也洞悉了秋的肅殺與寒冷，催得人難以入眠。

值得注意的是，蛩聲，無論是「唧唧」、「切切」、「啾啾」還是「織織」，在發音上都從人的唇齒間摩擦著擠出來的，天生便有種悲悲切切的味道。如果說乾澀沙啞的蟬聲，還能因其響亮，在夏日怒暑中，給人帶來高遠之志的話，那麼蛩這種唧唧織織的響動，只能伴著秋的肅殺，助人無寐了。正如賈島的《客思》「促織聲尖尖似針，更深刺著旅人心。獨言獨語月明裏，驚覺眠童與宿禽」，這唧唧織織的聲音，像針一樣尖細而鋒利，甚至要刺穿人心靈。

三、蟬鳴蛩吟之對比

蟬和蛩皆蟲類，特別是寒蟬、蛩皆秋蟲，許多方面有相似之處。昔人抒發秋感，往往蟬蛩同舉，如「百草凋索花落英，蟋蟀吟牖寒蟬鳴。百年之命忽若傾」（晉樂府《白紵舞歌詩》），寒蟬、蛩鳴皆當百

〔註27〕【漢】班固《漢書》，中華書局，1962年，第2826頁。
〔註28〕【晉】崔豹《古今注》，叢書集成初編本，商務印書館，1937年，第14頁。

草凋零際，不由地讓人想起生命的短暫與易逝。又如王維《早秋山中作》「草間蛩響臨秋急，山裏蟬聲薄暮悲」，白居易《題李十一東亭》「相思夕上松臺立，蛩思蟬聲滿耳秋」，蟬聲與蛩聲讓人時刻感受到秋的肅殺，暮年之悲油然而生。詞中同樣如此，如柳永《戚氏》：「正蟬吟敗葉，蛩響衰草，相應喧喧」，楊澤民《選官子》「塞雁呼雲，寒蟬噪晚，繞砌夜蛩淒斷」，殘蟬寒蛩就是秋的代表，詞人抒發悲秋之感，總忘不了其淒淒切切的吟唱。那麼除了如上形體、音質等方面的差別，蟬和蛩在唐宋詞中又有什麼不同的表現呢？

首先，看它們鳴叫的時間。若以一日而論，蟬於晝鳴而蛩於夜吟。秋日的蟬鳴蛩吟在時間上有種相續之感，蟬蛩同舉，愈言悲苦，則悲苦愈甚。如韓愈《秋懷詩》：「寒蟬暫寂寞，蟋蟀鳴自恣。運行無窮期，稟受氣苦異。」隨著日落，寒蟬暫停了悲鳴，而更爲幽怨的蛩吟卻愈發恣意地響起，讓人時刻不得安寧，這就是秋之聲，苦澀秋之聲。又周密的《齊天樂・蟬》：「枝冷頻移，葉疏猶抱，孤負好秋時節。淒淒切切。漸迤邐黃昏，砌蛩相接。」秋蟬，在冷落的孤風中猶抱葉苦吟，淒淒切切的聲音，一直鳴響到黃昏，而此刻又有同樣淒切的蛩聲與其相續。蟬鳴蛩吟時間上的相接感，內化爲詞人心中的悲感，則這悲感亦是相承相續，晝夜不息。

這晝夜相接的鳴叫，給人時間上的流動感。如晏殊的《蝶戀花》：

> 梨葉疏紅蟬韻歇。銀漢風高，玉管聲淒切。枕簟乍涼銅漏咽。誰教社燕輕離別。　草際蛩吟珠露結。宿酒醒來，不記歸時節。多少衷腸猶未說。朱簾一夜朦朧月。

晏殊的詞常給人種「漸變」感悟〔註 29〕。「梨葉疏紅蟬韻歇」，尚看得到凋疏的紅葉，而蟬鳴也剛剛停歇，當是傍晚剛過。之後時間緩緩流動，經過「銀漢風高」，到「草際蛩吟珠露結」，業已臨近亥時子夜。而「珠簾一夜朦朧月」則暗示著一夜的無眠，清晨的來到。「漸變」，

〔註 29〕參照楊海明師《對於「漸變」的感悟和描繪——談晏殊的〈浣溪沙〉及其它》，見《唐宋詞縱橫談》，蘇州大學出版社，1994 年，第 122 頁。

變化細微，常存在於不知不覺間。蟬鳴蛩吟則是時間軸上的重要一環，默默提醒著你，時間在不經意間已緩緩流逝，如果你足夠的細心，當勘破這「造物主騙人的手段」〔註 30〕。

而若以季節而論，蟬鳴有夏秋之別，而蛩只在秋夜長吟，不同時間的蟬鳴蛩吟給人不同的感受（寒蟬與蛩作爲秋蟲的代表，還是有許多相似點的，這在下節詳細展開）。除了上面所言之悲苦，蟬聲還有給人以清遠悲壯之感的，而蛩聲則往往只讓人憂苦叢生。如辛棄疾《賀新郎》「我輩從來文字飲，怕壯懷、激烈須歌者。蟬噪也，綠陰夏」，又其《西江月・夜行黃沙道中》「明月別枝驚鵲，清風半夜鳴蟬。稻花香裏說豐年，聽取蛙聲一片」，另陸游《烏夜啼》「弄筆斜行小草，鈎簾淺醉閒眠。更無一點塵埃到，枕上聽新蟬」等，皆詠夏蟬，在辛棄疾、陸游這類「志士」耳中，夏蟬清切的高鳴，不獨讓人壯懷激烈，還給人一種悠閒之感；再看他們詞中的秋蛩聲，「臨風橫玉管。聲散江天滿。一夜旅中愁。蛩吟不忍休」（辛棄疾《菩薩蠻・和夏中玉》），「桐葉晨飄蛩夜語。旅思秋光，黯黯長安路」（陸游《蝶戀花》），卻是旅思況味，愁苦淒涼，讓人不忍卒聽。

蟬與蛩這種晝夜季節之別，若推之以陰陽之論，則蟬屬陽而蛩爲陰，也因此蛩常常被稱爲「陰蟲」。如顏延之《夏夜呈從兄散騎車長沙》：「夜蟬當夏急，陰蟲先秋聞。」梅堯臣《夏日晚霽》：「寶氣無入發，陰蟲入夜鳴。」有鑒於此，蟬聲悲壯閒逸而蛩吟淒涼憂苦。

然鑒於小詞「陰柔」的天性，詞中對蟬聲的表達往往有一定「變形」。不僅秋蟬遠多於夏蟬，且暮蟬竟多於晝蟬，讓本來高亮的蟬唱也給人一種陰柔悲切之感。如柳永《雨霖鈴》「寒蟬淒切，對長亭晚，驟雨初歇」，劉辰翁《踏莎行》「北馬依風，涼蟬咽暮。城門半帶東陵圃」等，都言暮蟬淒切。蟬雖伴日而鳴，然伴蟬聲的卻往往是夕陽斜日，如「拂堤垂柳，蟬噪夕陽餘」（李珣《臨江仙》），「一行歸鷺拖秋

〔註 30〕豐子愷《漸》，見《豐子愷散文全編》，浙江文藝出版社，1992 年，第 96 頁。

色，幾樹鳴蟬餞夕陽」（黃昇《鷓鴣天・張園作》）之言蟬咽夕陽；又「傷心兩岸官楊柳，已帶斜陽又帶蟬」（賀鑄《臨江仙》），「舟在綠楊堤下，蟬嘶欲盡斜陽」（周紫芝《清平樂》）之蟬嘶斜日，同樣讓本來陽剛的蟬鳴沾染了許多陰柔之氣，再加上它那乾澀嗚咽的音色，更讓蟬鳴與蛩吟一樣，逗人哀怨。

其次，看其鳴叫的方位。蟬喜援長條高枝，引吭高歌，所謂「尋長枝以淩高」〔註 31〕，「據長條而悲鳴」〔註 32〕是也，唐宋詞中，夏蟬聲便與高柳綠槐結下不解之緣。如「綠槐高柳咽新蟬。薰風初入弦」（蘇軾《阮郎歸・初夏》），夏日剛到，蟬兒們便攀上了綠槐高柳，嗚咽著嗓子開始歌唱。「日長高柳一蟬聲。翡翠簾深寶簟清」（趙子發《憶王孫》），楊柳枝上的一聲蟬唱，驀然穿過那重重翠簾，驚醒了清涼寶簟上睡美人，別有一番悠閒滋味。「繫船高柳，晚蟬嘶破愁寂」（張輯《念奴嬌》），即便是傍晚，晚蟬的鳴叫也能實時地撕破心中的愁寂，讓人不由地想「攜酒高歌」，一舒胸中鬱悶。又如「蟬抱高高柳，蓮開淺淺波。倚風疏葉下庭柯。況是不寒不暖、正清和」（張先《南歌子》），什麼是清和之境呢？倚風樹下，看淺波蓮開，聽高柳蟬鳴，即便身處酷暑，也不由地感到清明舒和。

即便秋日來臨，殘蟬咽暮，生命即將走到盡頭，蟬兒們也不願屈身「降下」，依然棲槐傍柳，嗚咽悲鳴。如朱敦儒《念奴嬌》「誰做秋聲穿細柳，初聽寒蟬淒切」，汪藻《點絳唇》「高柳蟬嘶，採菱歌斷秋風起。晚雲如髻。湖上山橫翠」，李演《摸魚兒・太湖》「又西風、四橋疏柳，驚蟬相對秋語」，寒蟬依傍著高柳疏葉，越是震驚於秋的來臨，就越發淒涼悲切地鳴叫。又周密《齊天樂・蟬》「槐薰忽送清商怨，依稀正聞還歇。故苑愁深，危弦調苦，前夢蛻痕枯葉」，趙文《烏

〔註 31〕【晉】司馬紹《蟬賦》，見清嚴可均輯《全晉文》，中華書局，1999 年，第 79 頁。

〔註 32〕【晉】孫楚《蟬賦》，見清嚴可均輯《全晉文》，中華書局，1999 年，第 76 頁。

夜啼・先秋》「院靜槐陰似水，雨餘蟬語先秋」，與夏蟬的清閒不同，伴著秋的肅殺與生命的無奈，秋蟬只能用斷續的聲音傳達獨屬秋的哀怨。

詩詞中對秋蟬的描繪，往往與枯樹敗葉結合。如柳永《應天長》「殘蟬漸絕。傍碧砌修梧，敗葉微脫」，趙長卿《臨江仙》「只愁秋色入高林。殘蟬和落葉，此際不堪論」，殘蟬、哀蟬寧要抱殘枯葉，也不願流落荒草的，乾澀與枯萎的結合，讓同樣心境苦澀的詞人不忍卒看，難以卒聽。

詞人在殘蟬敗葉之間，又常著「空」之一字。如張艾《繞佛閣》「柳影孤危，殘蟬空抱葉」，應法孫《霓裳中序第一》「愁雲翠萬疊。露柳殘蟬空抱葉」等，敏感的詞人早就注意到，在大自然鐵的規則下，任何生物都是無能爲力的，何況是飛蟲。「空」字表明詞人對蟬的憐惜，也抒「同是天涯淪落人」（白居易《琵琶行》）的悲歎。

蛩在方位上與蟬恰恰相反。蟬棲身高槐巨柳，蛩投身露草敗壁；蟬從破土而出的那一刻，就步步往上爬，抵死不落地，蛩則由始至終與荒草冷露爲伴。如李清照《行香子》「草際鳴蛩，驚落梧桐。正人間、天上愁濃」，周密《秋霽》「殘蛩露草，怨蝶寒花，轉眼西風，又成陳跡」，蛩鳴衰草就已經夠讓人天上地下地愁雲慘淡，更何況這「殘蛩露草」，轉眼之間又成陳跡，秋的陰寒與時光的無情在這小小的蛩身上愈發讓人膽顫。

大多時候，當蛩還在草叢流落時，正是其「在野」的七月〔註33〕，只是涼意微逗的初秋，此時人們的秋懷尚不那麼悲切。如張孝祥的《柳梢青》：

> 草底蛩吟。煙橫水際，月淡松陰。荷動香濃，竹深涼早，銷盡煩襟。　　髮稀渾不勝簪。更客裏、吳霜暗侵。富貴功名，本來無意，何況如今？

〔註33〕《詩經・豳風・七月》言蛩「五月斯螽動股。六月莎雞振羽。七月在野。八月在宇。九月在户。十月蟋蟀入我床下」。

上片與「草底蛩吟」相伴的景色還是橫煙、淡月、荷香、綠竹，是早秋的清涼，消盡夏的煩溽。下片棄絕功名之念也用淡語道出，與深秋的愁懷自不能相提並論。

是否近人是蟬和蛩的又一區別。蟬喜藏身綠蔭密葉，遠避行人，而蛩卻頗能「與人相親」。「五月斯螽動股，六月莎雞振羽。七月在野，八月在宇，九月在戶，十月蟋蟀入我床下」（《詩經・豳風・七月》），則自仲秋八月始，蛩就告別原野，來到人們院內，或投身幽砌，如「並梧墮葉，寒砌叫蛩，秋滿屏幃」（楊澤民《四園竹》），「階砌蛩，正竹外蕭蕭，雨驟風駛」（吳潛《秋霽》）；或棲身敗壁，「夜闌心事，燈外敗壁哀蛩」（吳文英《新雁過妝樓》），「秋懷騷屑，臥聽蕭蕭葉。四壁寒蛩吟不歇，舊恨新愁都說」（黎廷瑞《清平樂・舒州》）；甚至乾脆藏身床下，如趙長卿《減字花木蘭》「半窗斜月，茅店蕭條燈已滅。床下蛩聲，聲動淒涼不忍聽」，床下的蛩吟，與人耳如此接近，無怪乎讓詞人「淒涼不忍聽」了！蛩「入我床下」時，時令已屆深秋初冬，詞人心中的悲苦之情亦愈深。如杜安世的《浪淘沙》：

> 後約無憑。往事堪驚。秋蛩永夜繞牀鳴。展轉尋思求好夢，還又難成。　　愁思若浮雲。消盡重生。佳人何處獨盈盈。可惜一天無用月，照空爲誰明？

全詞寫空閨念遠之愁怨。愛人遠去，歸期難說，本就愁苦難眠，偏遇上繞床悲鳴的秋蛩，這樣即便輾轉求寐，以求在夢中偶遇的「夢想」，卻也難成。無奈只得披衣重起，望月傷懷。

最後，看聲音的高低與境界的不同。蟬聲高遠自不用說，能夠當得了「噪」之一詞的，自非凡蟲可比。如吳潛《二郎神》「任景物換來，蛙鳴蟬噪，耳邊口煎唧」，蛙鳴蟬噪是世間少有的讓人口耳煎唧的聲音。又如虞世南《蟬》「垂緌飲清露，流響出疏桐。居高聲自遠，非是藉秋風」，疏桐葉下的蟬聲，清亮高遠，與它居高而鳴相關。正是「晝永蟬聲庭院」（陸游《昭君怨》），日間蟬聲尚能凌駕於其它聲音，何況是傍晚夜間。與此相對，夜蛩的聲音就只能以「細微」而論，如吳文英《惜秋華》「細響殘蛩，傍燈前、似說深秋懷抱」，蔡伸《點絳唇》「背壁燈殘，臥聽簷雨難成寐。井梧飄墜。歷歷蛩聲細」，不過，夜的寂靜伴上細微的蛩吟，也足夠助人無眠。

但蟬鳴蛩吟所營造的境界，卻恰恰與其聲音的高低相反。自王籍《入若邪溪》「蟬噪林逾靜，鳥鳴山更幽」句以來，噪鬧的蟬聲所營造的境界就與「幽靜」結了緣。如白居易《開成二年夏聞新蟬贈夢得》「十載與君別，常感新蟬鳴。今年共君聽，同在洛陽城。噪處知林靜，聞時覺景清」，又如毛文錫《臨江仙》「蟬吟人靜，殘日傍，小窗明」，辛棄疾《瑞鷓鴣》「疏蟬響澀林逾靜，冷蝶飛輕菊半開」等，蟬的鬧反襯出周圍環境的幽靜。再看陸游《烏夜啼》：

> 紈扇嬋娟素月，紗巾縹渺輕煙。高槐葉長陰初合，清潤雨餘天。　　弄筆斜行小草，鉤簾淺醉閒眠。更無一點塵埃到，枕上聽新蟬。

高槐綠蔭之下，是雨後清潤空氣，悠閒之中，弄筆寫幾行小草，飲幾盅小酒，淺淺地醉上一會，再淺淺地睡上一會兒，眞是無比的愜意。此時那耳邊的蟬唱，愈發顯得詞人居處的清幽安寧。

蟬聲明明是噪鬧的，而它營造的境界卻是幽靜的。究其原因，與詞人悠然的心境密切相關。如辛棄疾《江神子．聞蟬蛙戲作》：

> 簟鋪湘竹帳籠紗。醉眠些，夢天涯。一枕驚回、水底沸鳴蛙。借問喧天成鼓吹，良自苦，爲官哪？　　心空喧靜不爭多。病維摩，意云何？掃地燒香、且看散天花。斜日綠陰枝上噪，還又問，是蟬麼。

夏日蛙鬧，在患優人耳中，聽感自不同，其「爲官哪」？或爲其它呢？此刻辭人甚是爲官事所擾。詞下闋言己如佛祖一般「心空喧靜不爭多」，聽聞那噪耳的蟬聲，問出的卻是「是蟬麼」？則已憂樂兩忘，再喧鬧的聲音也難入寧靜的心靈了。

與此相反，細微的蛩吟，反而營造出另人心煩無奈的鬧境來。岳飛《小重山》「昨夜寒蛩不住鳴。驚回千里夢，已三更。起來獨自繞階行。人悄悄，簾外月朧明」，言寒蛩驚夢，心亂如麻；杜安世《浪淘沙》「後約無憑。往事堪驚。秋蛩永夜繞床鳴。展轉尋思求好夢，還又難成」，言秋蛩擾人，永夜難眠。又如曹組《品令》：

> 乍寂寞。簾櫳靜，夜久寒生羅幕。窗兒外、有箇梧桐樹，早一葉、兩葉落。　獨倚屏山欲寐，月轉驚飛烏鵲。促織兒、聲響雖不大，敢教賢、睡不著。

開篇即言秋夜的寂寞、寧靜，靜得連梧桐落葉，驚烏翻樹的細微響聲都清晰可聞。然促織（即蛩）那本不大的聲響，卻分外吵鬧，直叫人難以入眠。

這鬧境，自然也與人心境不無關聯。倘若人心無外想，秋夜淒切的蛩吟也不過如此！看陳德武《清平樂・詠促織》：

> 啾啾唧唧。夜夜鳴東壁。如訴如歌如涕泣。亂我離懷似織。　畫堂簾幕沉深。美人睡穩香衾。懶婦知眠到曉，爾蟲枉自勞心。

啾啾唧唧夜鳴東壁的秋蛩，在悲愁的離人聽來是「如訴如歌如涕泣」，怎一個「鬧」字了得！吵得人「離懷似織」，難以入睡。然對於畫堂美人、無知的懶婦而言，這蟲聲卻注定是白叫了，只因在她們波瀾不興的心中，聽不到這細微聲響。

第三節　蟬聲蛩聲中的時令感

「造化生微物，常能應候鳴」（許棠《聞蟬十二韻》），應候而鳴，是蟲類和鳥類的又一區別。雖然，鳥兒們在春季鳴叫得最爲動人，然夏季、秋季、甚至冬季，都有不畏暑寒的同類堅守陣地。蟲類則不同，多「應候而生」，「季盡則亡」，至少古人是這麼認知的。蟬和蛩皆如此。

一、蟬聲之時令感

正是「朝菌不知晦朔，蟪蛄不知春秋」〔註 34〕，蟬兒們春生則

〔註 34〕【戰國】莊子《逍遙遊》，見莊周著，王先謙集解《莊子集解》，中華書局，2006 年，第 2 頁。

夏死，夏生則秋亡，把自己短暫的生命，全都奉獻給一個季節，用高亢的音符，表達著對生命的眷戀與歌唱。

夏之蟬鳴。如果要爲每個季節選一位「歌唱家」的話，夏日的歌唱家，當屬鳴蟬。蟬「經青春而未育兮，當隆夏而化生」〔註35〕，「在赫赫之隆暑，獨肅肅而自清」〔註36〕。唐宋詞中寫到四時景物時，往往以蟬作爲夏日代表，如王觀《減字木蘭花》「春光景媚，花褪殘紅炎天氣。蟬噪高枝，雁叫長空雪亂飛」，就分別以花、蟬、雁、雪，代表春夏秋冬四季。又陳允平《風流子》「深院悄，亂蟬嘶夏木，雙燕別春泥」，分別以燕、蟬作爲春夏的表徵。蟬的到來，蟬唱的響起，讓詞人驚悟春的逝去，時光的無情，正是「來時燕棲未穩，滿耳又蟬聲」（劉辰翁《水調歌頭》），「流鶯過了又蟬催，腸斷碧雲天外」（晁補之《西江月》），青春與時光就是在這一聲聲鳥啼與蟬唱中硬生生被催去的。蟬聲，帶給詞人的首先傷春之緒，流年之歎。

然隨著盛夏怒暑的到來，催促流年的蟬聲，反而放慢了它的節奏，變得清遠而悠閒起來。所謂「梅雨霽，暑風和。高柳亂蟬多」（周邦彥《鶴衝天・溧水長壽鄉作》），盛夏之時，最是蟬兒們的天下。在高木密陰當中，翠葉的遮蓋之下，蟬聲尤其悠閒動人，如吳奕《昇平樂》「庭槐轉影，紗廚兩兩蟬鳴。幽夢斷枕，金猊旋熱，蘭炷微薰」，不管什麼，只要成對出現，總是美好的，紗櫥內兩兩蟬聲，也顯得輕柔許多，喚起閒眠的玉人，也自悠閒起來。

由於蟬聲足夠響亮，即便在遠處也能聽聞，詞中詠夏蟬又往往喜從其居處的高遠入手，讓「吟風吸露」蟬歌更顯清遠之致。如晁沖之的《小重山》：

〔註35〕【晉】傅玄《蟬賦》，見傅玄著，高新民編著《傅玄〈傅子〉校讀》，第204頁。

〔註36〕【晉】傅咸《黏蟬賦》，見嚴可均輯《全晉文》，中華書局，1999年，第536頁。

> 碧水浮瓜紋簟前。只知閒枕手，不成眠。晚雲如火雨晴天。輕雲遠，亭外一聲蟬。　　池館幾年年。倚欄催小艇，採新蓮。多情還到芰荷邊。應相憶，折藕看絲牽。

夏日午後，無事可忙，鋪一方涼席在碧水小池旁邊，閒懶地枕著手臂。睡不著的時候，看那晚雲如火，輕雲遠去，亭外遠處的一聲蟬鳴，和著這幽遠之境，也平添出一番清幽閒逸之態來。蟬聲的喧鬧在盛夏的綠陰下，幽趣頓生。正如陳著《綺羅香・詠柳外聞蟬三章》（其一）：「障暑稠陰，梳涼細縷，□□□□□□。露腋玲瓏，多少鬧中幽趣。」越炎熱季節，越噪耳的蟬鳴，越能襯托密陰下的清涼與幽靜。在萬物都躁動的季節，詩詞中卻往往清涼一片，悠然自在。又如周密《清平樂》：

> 小橋縈綠，密翠藏吟屋。千頃風煙森萬玉，依約輞川韋曲。　　臨流照影何人？悠然倚仗看雲。柳色翠迷山色，泉聲清和蟬聲。

夏日給人最美饋贈就是青翠，滿眼滿眼的綠色，美玉般森然而立，讓人心曠神怡。而蟬，就藏身這密翠裏，自由吟唱。清澈的溪水映照著碧空白雲，在山色的襯托下，翠柳的掩映中，蟬聲也和著清泉的流動，變得格外的清揚舒暢。

蟬聲清切悠遠，然也只有盛夏的蟬鳴才給人如斯感受。如前所論，初夏詩人們還沒有從春歸的傷感中蘇醒，借「傷春」而發流年之歎才是最重要的主題。盛夏后，他們又早早地忙著悲秋，普通人耳中無甚變化的蟬鳴，也驟然哀婉淒切起來，如黃裳的《洞仙歌・暑中》：「亂蟬何事？冒暑吟如訴。斷續聲中爲誰苦。陣雲行碧落，舒卷光陰，秋意爽，俄作晴空驟雨。」題中曰「暑中」，然下句便「硬生生」地說起了秋意的舒爽來。帶了秋感的鳴蟬，雖也在冒暑長吟，卻不再有「破暑吹涼」（陳著的《綺羅香・詠柳外聞蟬三章》其二）的本領了。它的啼聲充滿了悲苦，這正是詞人心中有秋的原因。

秋之蟬吟。不同於自然界，唐宋詞中對秋蟬的表現更多。秋蟬也更能觸發敏感詞人的愁緒。如「岸柳飄殘黃葉，尚學纖腰舞。謝他終日，亭前伴羈旅。舞奈歷歷寒蟬，爲誰喚老西風，伴人吟苦」（陳允平《解蹀躞》），秋日，飄飛的殘葉，隨風舞動，尚有纖腰舞動般美感的話，則苦吟的秋蟬，只能觸滿腔愁緒了。按鍾嶸《詩品序》言：「若乃春風春鳥，秋月秋蟬，夏雲暑雨，冬月祁寒，斯四候之感諸詩者也。」〔註 37〕秋蟬給人聽覺上的震撼能與視覺上秋月一拼。確實，詞中的秋季不僅有「寒蟬噪晚」（楊澤民《選官子》），「涼蟬咽暮」（劉辰翁《踏莎行》），還有「殘蟬度曲」（吳文英《鶯啼序・荷和趙修全韻》），「哀蟬斷續」（石孝友《鷓鴣天》），更有露蟬、風蟬，在淒涼的西風下悲鳴。

單就蟬之音色和「品性」而言，它確實更適合秋天。除了聲高與夏季相合外，那明顯被拖長了的乾澀嘶啞嗚咽而斷續的長吟，與視覺上枯黃而凋零的秋景反而更加般配；它清苦高傲的「貧士」之態與秋那蕭瑟淒冷的感受也是相得益彰；更別提礙於傳說，它鳴聲中的那股悲怨之感，都不適合壯觀的夏日。蟬在夏季「委曲求全」而「小心翼翼」地掩蓋著如斯「本性」，硬是唱出夏日詞要求的悠閒與逸樂來。秋蟬的鳴叫則不同，它憑著本性的長吟，就裝點著秋天，彰顯著秋天。

與清遠高亮而又悠閒自在的夏日蟬鳴相比，秋蟬的鳴叫要淒涼悲切得多，「誰做秋聲穿細柳，初聽寒蟬淒切」（朱敦儒《念奴嬌》）；也要幽冷寂寞得多，寒蟬欲報三秋候，寂靜幽齋。葉落閒階。月透簾櫳遠夢回（馮延巳《採桑子》）；不僅如此，還充斥著無可奈何的「老境」，「蛻翦花輕，羽翻紙薄，老去易驚秋信」（唐藝孫《齊天樂・餘閒書院擬賦蟬》），這都源於「秋」這個季節，蒼老而肅殺的秋天，給人帶來的震驚自然更爲劇烈。如柳永《爪茉莉・秋夜》：

> 每到秋來，轉添甚況味。金風動、冷清清地。殘蟬噪晚，甚聒得、人心欲碎，更休道、宋玉多悲，石人、也須下淚。　　衾寒枕冷，夜迢迢、更無寐。深院靜、月明風

〔註 37〕【南朝梁】鍾嶸《詩品序》，見陳延傑校《詩品注》，人民文學出版社，1961 年，第 2 頁。

細。巴巴望曉，怎生捱、更迢遞。料我兒、只在枕頭根底，
等人來、睡夢裏。

柳永詞中多「秋感」，秋天一到，自然就犯「季節病」，不由得心中百感交集，淒涼不已。聽那殘蟬噪晚，嘶啞嗚咽，催得人心肝欲碎。更何況，與靜悄悄的梧桐樹相比，秋蟬那聒耳的鳴叫，彷彿就是掉在耳旁的懸鈴，讓人一刻也不得寧靜。

二、蛩聲之時令感

蛩聲雖然沒有蟬鳴高亢清亮，然其時令感更甚於蟬。蛩沒有夏秋之別，它從一開始就獨屬於秋天。蛩「秋初生，得寒乃鳴」〔註38〕。早在《詩經》中，先民就在蛩身上發現了明確的時令特徵，言其「五月斯螽動股，六月莎雞振羽，七月在野，八月在宇，九月在戶，十月蟋蟀入我床下」(《豳風·七月》)，分別以月份標出了蛩之所處。莎雞，即蛩，一名絡緯，又名蟋蟀，「謂其鳴如紡緯也」〔註39〕。許多蟲類都是以振動翅膀發聲，七月莎雞振羽，即意味著蛩鳴叫的時間正是初秋七月。然而，它與人的「親密接觸」，則從其「登堂入室」始，此時已屆中秋，一年當中最美好的時光都已流逝，故而《唐風·蟋蟀》中時令感更強：「蟋蟀在堂，歲聿其莫。今我不樂，日月其除……蟋蟀在堂，歲聿其逝。今我不樂，日月其邁。……蟋蟀在堂，役車其休。今我不樂，日月其慆。」每當蟋蟀來到身邊鳴叫，也就預示著歲月的無情流逝，這讓人無論如何也快樂不起來，人的心境在隨著蟋蟀的鳴聲改變。

《詩經》中以「蟋蟀吟秋」表歲月變更的模式為人普遍接受。如「來日苦短，去日苦長。今我不樂，蟋蟀在房」(《短歌行》)，「四時代序逝不追，寒我習習落葉飛，蟋蟀在堂露盈墀」(《燕歌行》)，「桑

〔註38〕【晉】崔豹《古今注》，叢書集成初編本，商務印書館，1937年，第13頁。

〔註39〕【晉】崔豹《古今注》，叢書集成初編本，商務印書館，1937年，第14頁。

樞戒，蟋蟀鳴，我今不樂歲聿征」（《順東西門行》），「歲月如流邁，行已及素秋。蟋蟀吟堂前，惆悵使儂愁」（陸龜蒙《子夜變歌三首》）等。與蟬橫跨春夏秋三個季節不同，蟋蟀只有在秋天才會放聲吟唱，所謂「虎嘯而風冽，龍起而致雲，蟋蟀俟秋吟，蜉蝣出以陰」〔註40〕，相比而言，蛩顯得更爲單純而專情，更有秋蟲的秉性，甚至成爲人心中「忠信」者的代表，如言「布穀鳴於孟夏，蟋蟀吟於始秋，物有微而志信，人有賤而言忠」〔註41〕。聽聞那候蟲的悲吟，心中一腔悲秋的愁緒也一觸即發。

正是「蛩鳴誰不怨」（雍裕之《秋蛩》），與蒼老悲切的秋蟬相比，秋蛩的吟唱要更幽怨些。如王月山《齊天樂》「間愁似線。甚擊損柔腸，不堪裁翦。聽著鳴蛩，一聲聲是怨」，翁元龍《齊天樂・遊胡園書感》「露井寒蛩，爲誰清夜訴幽怨」，黃昇《重疊金・壬寅立秋》「西風半夜驚羅扇。蛩聲入夢傳幽怨」等，秋夜的蛩聲，不僅充滿幽怨，且能代人傾訴幽怨，更有甚者，它還能隨情入夢，將幽怨帶到夢境之中，讓人即便睡也睡不安穩。

第四節　蟲兒吟秋三部曲

秋天，無論對落葉還是昆蟲，都是特別的。寒蟬、蛩皆屬秋蟲，詞人在其鳴聲中會聆聽到相似的內容，關於秋的。

一、報秋

正如梧桐一葉落而天下知秋，秋蟲的鳴唱同樣能報秋。按《淮南子・時則訓》載：「〔孟秋之月〕涼風至，白露降，寒蟬鳴。」〔註42〕蔡邕《月令章句》亦言：「寒蟬應陰而鳴，鳴則天涼，故謂之寒蟬也。」

〔註40〕【漢】班固《漢書》，中華書局，1962年，第2826頁。
〔註41〕【南朝宋】范曄《後漢書》，中華書局，1965年，第1080頁。
〔註42〕【漢】劉向著，何寧釋《淮南子集釋》，中華書局，1998年，第411頁。

〔註 43〕蛩同樣如此，「秋初生，得寒乃鳴」〔註 44〕。蟲吟「啾啾」，「據郭沫若考證：甲骨文的『秋』字，象形蟋蟀一類的秋蟲，諧其鳴聲，借作秋季的『秋』字。」〔註 45〕如「寒蟬欲報三秋候」（馮延巳《採桑子》），蟲兒們彷彿就是秋的使者，向人報告著秋的消息。高觀國在其詞《思佳客・立秋前一日西湖》中言：「醒醉夢，喚吟仙。先秋一葉莫驚蟬。」秋蟬的鳴叫，似乎還早於那「梧桐一葉」，讓還處於夏日悠閒中的詞人驀然驚醒，是啊，什麼東西在不知不覺間已經悄然改變。又如趙師俠《鷓鴣天・七夕》：「一葉驚秋風露清。砌蛩初聽傍窗聲。」窗前淒涼的蛩聲伴著飄飛的黃葉，爲你帶來秋至的訊息。

二、驚秋

「遵四時以歎逝，瞻萬物而思紛，悲落葉于勁秋，喜柔條於芳春」〔註 46〕，人們在面對季節交替時，總會生出「時序驚人心」的流年之歎。如「晴嵐低楚甸，暖回雁翼，陣勢起平沙。驟驚春在眼」（周邦彥《渡江雲》），「客路那知歲序移。忽驚春到小桃枝。天涯海角悲涼地，記得當年全盛時」（趙鼎《鷓鴣天・建康上元作》），不知不覺間春天已經驟然來到，「病裏不知春早晚，驚心綠暗紅稀」（李之儀《臨江仙》），糊裏糊塗中春天卻又悄然而逝。春天尚且如此，何況是肅殺的秋季呢！

以視覺而言，飄飛的黃葉最讓人驚心，如柳永《竹馬子》「漸覺一葉驚秋，殘蟬噪晚，素商時序」，賀鑄《浪淘沙》「一葉忽驚秋。

〔註 43〕【南朝梁】蕭統《文選・曹植〈贈白馬王彪〉詩「秋風發微涼，寒蟬鳴我側」句之李善注。見蕭統著，李善注《文選》，中華書局，1977 年，第 341 頁。

〔註 44〕【晉】崔豹《古今注》，叢書集成初編本，商務印書館，1937 年，第 13 頁。

〔註 45〕見姜金元《夜音諦聽——中國古典詩歌中的蟋蟀意象》，《探索與爭鳴》，2007 年，第 5 期，第 124 頁。

〔註 46〕【晉】陸機著，張少康集釋《文賦集釋》，人民文學出版社，2002 年，第 20 頁。

分付東流」等，倘以聽覺而論，秋蟲的吟唱則更觸動人心。如羅鄴《蟬》：

> 才入新秋百感生，就中蟬噪最堪驚。能催時節凋雙鬢，愁到江山聽一聲。不傍管絃拘醉態，偏依楊柳撓離情。故園聞處猶惆悵，況是經年萬里行。〔註47〕

秋日蟬鳴，不僅帶來秋的消息，讓人驀然驚歎於秋的肅殺，還促人百感叢生。它催促著時節，凋零了雙鬢，還依傍枯萎楊柳悲鳴，催的人離情滿懷，卻又歸去無憑。詞中同樣如此，吳文英《過秦樓・黃鐘商芙蓉》「生怕哀蟬，暗驚秋被紅衰，啼珠零露」，這哀蟬也震驚於秋日芙蓉的凋零，轉而在秋露中悲切長啼。又周伯陽《春從天上來・武昌秋夜》：「西風舊年有約，聽候蛩語夜，客裏心驚」，夜聽蛩吟，讓漂泊的孤客驟然意識到秋的到來，不由得羈思如麻。李清照《行香子》「草際鳴蛩。驚落梧桐。正人間、天上愁濃」，這蛩聲還能「驚」得梧桐葉滿庭地飄落。

落葉蟲吟之所以讓人驚心，在於它們讓人意識到時序的改變，年華的老去。「雨葉吟蟬，露草流螢，歲華將晚。」（王沂孫《金盞子》），「征雁雲深，亂蛩寒淺。驚心怕見年華晚」（錢宀孫《踏莎行》），季節的秋感觸發人生的秋感，吟唱出流年之歎。

詞中秋蟲的鳴叫不僅「驚人」，還「自驚」，似乎它也爲秋的來臨震驚不已。如張輯《碧雲深・寓憶秦娥》「風淒淒。井闌絡緯驚秋啼。驚秋啼。涼侵好夢，月正樓西」，嚴仁《鷓鴣天・怨別》「征鴻送恨連雲起，促織驚秋傍砌吟」，就如同詩人們用詩歌表達秋感一樣，蛩用自己的鳴叫表達對秋的震驚。又如唐藝孫《齊天樂・餘閒書院擬賦蟬》「蛻翦花輕，羽翻紙薄，老去易驚秋信」，王沂孫《齊天樂・蟬》「病翼驚秋，枯形閱世，消得斜陽幾度」等，秋的到來，對秋蟬而言也意味著生命的最後璀璨，所以它們才會拖著蒼老的歌喉吟唱。

〔註47〕【清】彭定求編《全唐詩》，中華書局，1960年，第7529頁。

三、悲秋

「自古逢秋悲寂寥」(劉禹錫《秋詞》),悲秋是中國傳統文人千年來解不開的「愁結」。錢鍾書《管錐編》對此這一情結即有詳細論述:

> 《詩》之《君子于役》等篇,微逗其端,至《楚辭》始粲然明備,《九辯》首章,尤便舉隅。潘岳謂其以「四感」〔註 48〕示「秋氣」之「悲」,實不止此數。他若「收潦水清」、「薄寒中人」、「羈旅無友」、「貧士失職」、「燕辭歸」、「蟬無聲」、「雁南遊」、「鵾雞悲鳴」、「蟋蟀宵征」,凡與秋可相繫著之物態人事,莫非「感」而成「悲」,紛至沓來,匯合「一途」,寫秋而悲即同氣一體。舉遠行、送歸、失職、羈旅者,以人當秋則感其事更深,亦人當其事而悲秋愈甚。〔註 49〕

此可謂是對傳統悲秋情結作了一個最精準而廣泛的概括:「凡與秋可相繫著之物態人事,莫非『感』而成『悲』」。則「蟬無聲」、「蟋蟀宵征」等亦在列。又言「舉遠行、送歸、失職、羈旅者,以人當秋則感其事更深,亦人當其事而悲秋愈甚」,也即當人們在秋天遠行、送歸、失職或羈旅,則對這些事的悲感會更深。而當人在遠行、送歸、失職、羈旅的途中遭逢秋季的話,對秋的悲感也更甚。

秋蟲的吟唱算是與秋相聯繫之物態,那麼與之相聯繫的人事呢?葉聖陶在其散文《沒有秋蟲的地方》,提到秋蟲的吟唱時言:

> 雖然這些蟲聲會引起勞人的感歎,秋士的傷懷,獨客的微喟,思婦的低泣;但這正是無上的美的境界,絕好的自然詩篇,不獨是旁人最歡喜吟味的,就是當境者也感受一種酸酸的麻麻的味道,這種味道在另一方面是非常雋永的。〔註 50〕

〔註 48〕 此指潘岳《秋興賦》所言之「登山」、「臨水」、「遠行」、「送歸」四感。
〔註 49〕 錢鍾書《管錐編》,中華書局,1979 年,第 628 頁。
〔註 50〕 葉聖陶《沒有秋蟲的地方》,見葉聖陶《過去隨談》上,大眾文藝出版社,2000 年,第 112 頁。

以筆者看，這種「酸酸麻麻的」而「雋永」的味道，其實正是傳統文人被那蟲吟「逗引」出的一腔悲秋情緒。

先看勞人的感歎。勞人，憂傷之人也。所謂「驕人好好，勞人草草。蒼天蒼天！視彼驕人，矜此勞人」（《詩・小雅・巷伯》），普通布衣百姓且不論，與秋蟲的吟唱共鳴的人，往往是心有所憂者。如張先《塞垣春・寄子山》「甚客懷、先自無消遣。更籬落、秋蟲歎」之羈客；李珣《定風波》「解鬟臨鏡泣殘妝。沈水香消金鴨冷，愁永，候蟲聲接杵聲長」之閨婦；文天祥《酹江月》「風雨牢愁無著睡，那更寒蟲四壁」之志士；朱敦儒《西江月》「屈指八旬將到，回頭萬事皆空。雲間鴻雁草間蟲，共我一般做夢」之暮士，皆是傷心不已。蟬聲和蛩聲更是如此，如劉克莊《摸魚兒》「暮雲千里傷心處，那更亂蟬疏柳」言北伐志士之傷；李萊老《臺城路・寄弁陽翁》「故人倦旅。料渭水長安，感時吟苦。正自多愁，砌蛩終夜語」言羈客之愁；高觀國《喜遷鶯》:「倦登眺，動悲涼還在，殘蟬吟處」，言不遇者之悲等。秋季聽秋蟲哀鳴，正是傷心人歎傷心事，各有各的傷心處。

再看秋士的傷懷。秋士，遲暮不遇之士也。《淮南子・繆稱訓》：「春女思，秋士悲，而知物化矣。」〔註51〕通俗地講，也可認爲是貧寒之士。秋蟬且不用說，其「且攀木寒鳴，貧士所歎」〔註52〕，自古以來就被人廣爲接受。如李彌遜《沁園春・寄張仲宗》：

> 欹枕深軒，散帙虛堂，晨景屢移。漸披襟臨水，揞牀就月，蓮香拂面，竹色侵衣。壓玉爲醪，折荷當醆，臥看銀潢星四垂。人歸後，伴饑蟬自語，宿鳥相依。　　癡兒。莫蹈危機。悟四十九年都盡非。任紆朱拖紫，圍金佩玉，青錢流地，白璧如坻。富貴浮雲，身名零露，事事無心歸便歸。秋風動，正吳淞月冷，蓴長鱸肥。

〔註51〕【漢】劉向著，何寧釋《淮南子集釋》，中華書局，1998年，第734頁。

〔註52〕【晉】陸雲《寒蟬賦》，見嚴可均輯《全晉文》，中華書局，1999年，第1063頁。

由「悟四十九年都盡非」知該詞當作於紹興八年。李彌遜上書反對議和，開罪秦檜，隨再次上書求去。下篇明顯有視富貴如浮雲，去後優游以卒歲的心態。詞上片寫到蟬時言歸後「伴饑蟬自語」，乃是以貧士自居。

蟬喻貧士，非單純爲「啼饑號寒」，自有「高潔」秉性。如上李彌遜以饑蟬爲友，暗含其不與姦人同流合污的高潔品性。又如王沂孫的《齊天樂・蟬》：

> 一襟餘恨宮魂斷，年年翠陰庭樹。乍咽涼柯，還移暗葉，重把離愁深訴。西窗過雨。怪瑤佩流空，玉箏調柱。鏡暗妝殘，爲誰嬌鬢尚如許？　　銅仙鉛淚似洗，歎攜盤去遠，難貯零露。病翼驚秋，枯形閱世，消得斜陽幾度？餘音更苦。甚獨抱清高，頓成悽楚。謾想薰風，柳絲千萬縷。

《樂府補題》載王沂孫、周密，呂同老、王易簡、陳恕可、唐玨、唐藝孫、仇遠等同賦《齊天樂》詠蟬詞八首，學術界多認爲其爲元僧楊璉眞伽發宋陵而作。八首詠蟬詞，皆以蟬鬢、齊女化蟬之幽恨代指帝後遺骨被盜取並轉移到杭州故宮的事件，該詞同樣如此。上闋用「齊女化蟬」典，言宋妃一腔宮恨，下闋則暗寓遺民之恨，故國之思。另周濟論該詞曰「此身世之感」〔註53〕，該詞下闋言蟬「病翼驚秋，枯形閱世，消得斜陽幾度。餘音更苦。甚獨抱清高，頓成悽楚」，明顯有詞人的貧士之歎——老病纏身，淒苦無奈而又清高自守。王沂孫生當末世，一生清苦，這蟬聲中的貧士之歎正是其身世之悲。

値得注意的是，還有以蟬聲反諷所謂「貧士」的詞，如魏了翁《水調歌頭・李參政壁生日》：

> 宇宙一大物，掌握付諸人。人心不滿方寸，坱北浩無垠。或者寒蟬自比，不爾禿犀貽笑，齪齪竟何成？胡不引賢者，相與共彌綸。　　未如何，嘗試使，問蒼旻。四時

〔註53〕【清】周濟《宋四家詞選》，叢書集成初編本，商務印書館，1940年，第71頁。

迭起代謝，有屈豈無伸？昨夜伶倫聲裏，一氣排陰直上，陽德與時新。道長自今日，持此慶生申。

該詞上闋對汲汲於功名的人做了辛辣的諷刺，言其「或者寒蟬自比，不爾禿犀貽笑，齪齪竟何成」，可見在詞人心中，寒蟬是非常高潔之物，只有擁有高潔秉性、不爲功名所拘的不遇之士，才有資格當之。

蛩聲中的秋士之歎就相對簡單，相較於蟬之歎「饑」，更側重於歎「寒」。如方千里《法曲獻仙音》「庭葉飄寒，砌蛩催織，夜色迢迢難度」，周密《南樓令・次陳君衡韻》「新雁舊蛩相應和，禁不過、冷清清」等，不同於蟬在白天嘶啞，蛩總是在夜里長鳴。氣溫的驟降，讓本就孤單的人輾轉難眠，何況，聽著那蛩整夜整夜發著寒聲，更是愁懷難禁。

又詞人多言「蛩吟似織」（李之儀《玉蝴蝶・以三闋見寄，輒次其韻》），「砌蛩催織」（方千里《法曲獻仙音》），蛩的鳴叫就像催促織布，好做寒衣。如王沂孫《更漏子》「別離心，思憶淚。錦帶已傷憔悴。蛩韻急，杵聲寒。征衣不用寬」，它「織織」的鳴叫，同那咚咚的「搗衣聲」一樣，帶著無限寒意，讓人更深刻地感受到秋的冰冷與肅殺。又如吳潛《桂枝香》「淒砌寒蛩暗語，杵聲相續」，蛩聲和砧杵聲相接相續，昭告著寒秋的來臨。

漂泊不遇的寒士，聽著寒秋寒蛩的寒聲，也身心俱寒。正所謂「愁殺離家未達人，一聲聲到枕前聞。苦吟莫向朱門裏，滿耳笙歌不聽君」（郭震《蛩》），蛩的吟唱讓窮處的寒士愁腸百結，輾轉難眠，然其對於那朱門裏的富貴之人卻毫無意義，因爲他們滿耳的笙歌，根本注意不到蛩吟的悲切。又如張炎《木蘭花慢・用前韻呈王信父》「但春蚓秋蛩，寒籬晚砌，頗歎非能。何如種瓜秫，帶一鉏、歸去隱東陵」，砌蛩噪晚像是感歎自己沒有治世之才能，其實是哀歎現世沒有安放其才能的位置。另在其《意難忘》詞前小序中，張炎復言：

中吳車氏，號秀卿，樂部中之翹楚者，歌美成曲得其音旨。余每聽，輒愛歎不能已，因賦此以贈。余謂有善歌而無善聽，雖抑揚高下，聲字相宣，傾耳者指不多屈。曾不若春蚓秋蛩，爭聲響於月籬煙砌間，絕無僅有。余深感於斯，爲之賞音，豈亦善聽者耶。〔註54〕

言「春蚓秋蛩，爭聲響於月籬煙砌間，絕無僅有」，在詞人看來，「春蚓秋蛩」的吟唱是世間少有的美麗聲音，其才能絕無僅有。一個美聲家感歎自己的「非能」，難道不是反語？又如劉克莊《浪淘沙》：

早歲類寒蛩，晚節遭逢。曾開黃卷侍重瞳。歸去青藜光照牖，階藥翻紅。　出晝頗怱怱，主眷猶濃。除官全似紫陽翁。換箇新銜頭面改，又似包公。

從首句「早歲類寒蛩，晚節遭逢」可知，該詞作於劉克莊晚年。劉克莊早年與江湖派詩人翁卷、趙師秀等人交往，深受其影響，晚年趨奉賈似道，官位漸升。「寒蛩」一詞，概括了他早年沉淪下僚、漂泊無定的境況，可謂懷才不遇。又如蘇軾的《木蘭花令‧宿造口聞夜雨寄子由、才叔》：

梧桐葉上三更雨。驚破夢魂無覓處。夜涼枕簟已知秋，更聽寒蛩促機杼。　夢中歷歷來時路。猶在江亭醉歌舞。尊前必有問君人，爲道別來心與緒。

提及光照千古的蘇軾，少有人將其與「啼饑號寒」的秋士畫等號。然縱觀蘇軾苦難的一生，又與那暮年不遇的秋士何其相似。該詞就充斥著濃濃的孤寒之氣，其作於蘇軾遠謫惠州南行的途中，雨打梧桐的颯颯秋聲，將詞人從夢中驚醒，屬於秋的寒氣凜然逼人，此時再耳聞夜蛩急切的勸織聲，想到遠謫惠州的孤單處境，孤寒之感頓生。蘇軾身歷苦難無數，如其在《自題小像》：「心如已灰之木，身似不繫之舟；問汝平生功業，黃州惠州儋州。」惠州的貶謫對其打擊之沉重是旁人難以想像的，正如詞中出現的孤冷之境，詞人的心境之寒也是可以想見，說這蛩聲，是秋士的傷懷亦屬當然。

最後看「獨客的微喟」和「思婦的低泣」。他們是相輔相成的一類，沒有遠行的獨客，就不會有孤宿的思婦，他們同樣離別成傷、相

〔註54〕唐圭璋《全宋詞》，中華書局，1965年，第3489頁。

思成災，秋蟲的吟唱更使其柔腸寸斷。如向子諲《秦樓月》：

> 蟲聲切，柔腸欲斷傷離別。傷離別，幾行清淚，界殘紅頰。　　玉階白露侵羅襪，下簾卻望玲瓏月。玲瓏月，寒光淩亂，照人愁絕。

開篇即以蟲聲起興，蟲聲切，傷離別，淚濕紅顏，月照愁絕。淒涼悲切的蟲聲，就是一個引子，引出你內心千般柔情，萬般哀愁。孤宿的清夜，聽著那蟲聲淒切，體味著心中「酸酸楚楚」的感覺，這味道確實讓人「愁絕」！

蟲聲中，以催織的蛩聲起興表征客思婦之愁的最常見。一來其鳴聲與男耕女織的生活相關，孤客在外，聽著「織織」的催促聲，自然想起在家辛勤織布，預備寒衣的妻子，興起思家之念。在家的妻子，聽著這催織聲，也會想起遠方的愛人。眞是「一種相思，兩處閒愁」（李清照《一翦梅》），皆被這一聲蛩唱，一部機杼逗引出來。如柴元彪《惜分飛・客懷》：

> 候館天寒燈半滅，對著燈兒淚咽。此恨難分說，能禁幾度黃花別？　　乍轉寒更敲未歇，蛩語更添淒惻。今夜歸心切，砧聲敲碎誰家月？

該詞題「客懷」，乃征客羈旅、思家之作。然上片卻從對面落筆，不寫自己念家，卻寫妻子垂淚念己。下片言孤宿候館，歸心之切，此處出現三種聲音——更聲、蛩聲、搗衣聲，皆是秋夜裏常聞的，它們的合奏讓漂泊羈客和那獨宿閨婦更加孤寒淒惻。

二來，蛩於夜間悲鳴，在最應該安詳地休息的時刻，擾人清夢。悲愁之人聽著這淒淒切切的蟲吟，本可勉強入睡，卻被其擾亂了。如姜夔《齊天樂》〔註 55〕：

〔註 55〕詞前有小序：丙辰歲，與張功父會飲於張達可之堂，聞屋壁間蟋蟀有聲，功父約予同賦，以授歌者。功父先成，辭甚美。予裴回末利花間，仰見秋月，頓起幽思，尋亦得此。蟋蟀，中都呼爲促織，善鬥。好事者或以三二十萬錢致一枚，鏤象齒爲樓觀以貯之。（見唐圭璋《全宋詞》，第 2175～2176 頁。）

庾郎先自吟《愁賦》。淒淒更聞私語。露溼銅鋪，苔侵石井，都是曾聽伊處。哀音似訴。正思婦無眠，起尋機杼。曲曲屏山，夜涼獨自甚情緒。　　西窗又吹暗雨。爲誰頻斷續，相和砧杵。候館迎秋，離宮弔月，別有傷心無數。豳詩漫與。笑籬落呼燈，世間兒女。寫入琴絲，一聲聲更苦。

夜蛩催織的哀吟如泣如訴，讓那思婦難以入睡，彷彿是順從了蛩吟，她無奈地起來織布作衣。而候館的羈客，離宮的皇妃，也同樣聽著這蛩聲，與秋月相弔，別有一番傷情愁緒。這蛩吟之調，即便被譜寫成曲，也會一聲比一聲更苦吧！

詞中以蟬聲表征客思婦之愁的也很常見。如黃裳《酹江月》「聽得寒蟬聲斷續，一似離歌相答」，吳文英《尾犯・黃鐘宮贈陳浪翁重客吳門》「醉雲吹散，晚樹細蟬，時替離歌咽」，蟬聲那斷續嗚咽的音質，與離別的歌曲有異曲同工之妙。無怪乎詞人聽聞蟬聲就想起離別。又曹組《點絳唇》「疏柳殘蟬，助人離思斜陽外」，蟬喜援引高柳長條，詩詞中常見其與柳意象疊加，如李商隱的《柳》：「曾逐東風拂舞筵，樂遊春苑斷腸天。如何肯到清秋日，已帶斜陽又帶蟬。」柳「留也」，抒發離情的典型。秋蟬與秋柳組合，離別之思與悲秋之感交織，使離情更濃而悲感愈甚。

當然，獨客的微喟往往並不單純是羈旅相思，多打併入身世之感，功名之怨與不遇之悲等。如柳永的《戚氏》：

晚秋天。一霎微雨灑庭軒。檻菊蕭疏，井梧零亂惹殘煙。淒然。望江關。飛雲黯淡夕陽間。當時宋玉悲感，向此臨水與登山。遠道迢遞，行人悽楚，倦聽隴水潺湲。正蟬吟敗葉，蛩響衰草，相應喧喧。　　孤館度日如年。風露漸變，悄悄至更闌。長天淨，絳河清淺，皓月嬋娟。思緜緜。夜永對景，那堪屈指，暗想從前。未名未祿，綺陌紅樓，往往經歲遷延。　　帝里風光好，當年少日，暮宴朝歡。況有狂朋怪侶，遇當歌、對酒競留連。別來迅景如梭，舊遊似夢，煙水程何限。念利名、憔悴長縈絆。追往事、空慘愁顏。漏箭移、稍覺輕寒。漸嗚咽、畫角數聲殘。對閑窗畔，停燈向曉，抱影無眠。

該詞寫「客館秋懷」，前人有「《離騷》寂寞千年後，《戚氏》淒涼一曲終」〔註56〕句，雖不免有過譽之嫌，然其境界超出凡詞，當是確然。該詞「用筆極有層次」、「第一遍，就庭軒所見，寫到征夫前路。第二遍，就流連夜景，寫到追懷昔遊。第三遍，接寫昔遊經歷，仍落到天涯孤客，竟夜無眠情況。」〔註57〕此處蟬鳴蛩吟，是詞人的悲秋之懷、羈旅之愁、流年之歎、功名之悲等，是打併入詞人身世之感的，充滿情感厚度的秋蟲吟唱。

當然，蟲聲所逗引出的傳統士子的一腔悲秋情緒，並不是上四類就能概括的。就比如說抗戰的志士，參戰的兵士，賣藝的歌女，幽怨的宮婦，甚至亡國的遺民，他們心中的秋感同樣強烈。

志士者如岳飛。他三十三歲就被封爲武昌侯，成爲兩宋以來最年輕的「建節封侯者」。之後又屢次升職，官居太尉。他是少年得志的天才，也是戰場上三陣殺降將軍，更是抗金復國的志士。他的複雜的經歷已完全超出了「秋士」的範圍。亦不是勞人、獨客所能涵蓋。其《小重山》詞，借蛩聲悲身世，同樣讓人悲慨不已：

昨夜寒蛩不住鳴。驚回千里夢，已三更。起來獨自繞階行。人悄悄，簾外月朧明。　　白首爲功名。舊山松竹老，阻歸程。欲將心事付瑤琴。知音少，絃斷有誰聽。

從言「白首爲功名」，「欲將心事付瑤琴。知音少，弦斷有誰聽」，可知岳飛所歎同樣是功名之悲，其實就是「戰與和」的矛盾。詞人力主抗戰，然而朝廷上下佔優勢的卻是與秦檜「沆瀣一氣」的「主和派」。詞人帶著將士在前線浴血奮戰，後方朝廷卻收繳大量錢帛糧產隨時準備投降，難怪其會夜不成寐。秋夜寒蛩的悲鳴，與其說是吵醒了處在

〔註56〕【宋】王灼《碧雞漫志》，古典文學出版社，1957年，第61頁。

〔註57〕蔡嵩雲《柯亭詞論》見唐圭璋《詞話叢編》，上海古籍出版社，1986年，第4916頁。

人生困境中的詞人，不如說是詞人紛擾多愁的內心與這唧唧啾啾淒涼秋聲的共鳴。

兵士者，如盧祖皐《更漏子》詞中所言之征人：

> 蓼花繁，桐葉下。寂寂夢回涼夜。城角斷，砌蛩悲。月高風起時。衣上淚。誰堪寄。一寸妾心千里。人北去，雁南征。滿庭秋草生。

該詞言征人思婦之怨，戰爭之悲。戰場上守城的角聲與階下的蛩聲同樣嗚咽難聽。而在家的思婦，守著身邊欲寄的寒衣，又是何其的肝腸寸斷。

歌女者，如歐陽修《品令》詞中多言之獨處者：

> 漸素景。金風勁。早是淒涼孤冷。那堪聞、蛩吟穿金井。喚愁緒難整。　　懊惱人人薄幸。負雲期雨信。終日望伊來，無憑準。悶損我、也不定。

一時的歡好，換來長久的期待，那負約的薄幸人，遲遲不來。此情此境，聽聞那秋蛩淒涼的悲鳴，不是更加讓人愁緒難理？

而宮怨與遺民之歎者，以《樂府補題》所錄之八首《齊天樂・蟬》詞，最爲有名。如「齊宮往事謾省，行人猶與說，當時齊女」（仇遠詞），「翠雲深鎖齊姬恨，纖柯暗翻冰羽」（王易簡詞），「過雨高槐，爲渠一洗故宮怨」（陳恕可詞），「怨結齊姬，故宮煙樹翠陰冷」（唐玨詞），「墜葉山明，疏枝月月，惆悵齊姬薄幸」（呂同老）等皆言宮怨，並藉以抒發遺民之歎。之前已引王沂孫一首，茲再舉周密《齊天樂・蟬》詞爲例：

> 槐薰忽送清商怨，依稀正聞還歇。故苑愁深，危絃調苦，前夢蛻痕枯葉。傷情念別。是幾度斜陽，幾回殘月。轉眼西風，一襟幽恨向誰說？　　輕鬟猶記動影，翠蛾應妒我，雙鬢如雪。枝冷頻移，葉疏猶抱，孤負好秋時節。淒淒切切。漸迤邐黃昏，砌蛩相接。露洗餘悲，暮煙聲更咽。

從「槐薰忽送清商怨」，該詞所詠之蟬亦是秋蟬。這首詠蟬詞同前面所引王沂孫《齊天樂・蟬》作於同時，皆爲元僧楊璉眞伽發宋陵而作。據《明史》載：

> 至元間，西僧嗣古妙高欲燬宋會稽諸陵。夏人楊輦眞珈爲江南總攝，悉掘徽宗以下諸陵，攫取金寶，裒帝后遺骨，瘞於杭之故宮，築浮屠其上，名曰鎭南，以示厭勝，又截理宗顱骨爲飲器。眞珈敗，其資皆籍於官，顱骨亦入宣政院，以賜所謂帝師者。〔註58〕

詞上闋「故苑愁深」，下闋「輕鬢猶記動影，翠蛾應妒我，雙鬢如雪」等句，用「蟬鬢」、「齊宮」典，暗指帝王妃子。「傷情念別。是幾度斜陽，幾回殘月。轉眼西風，一襟幽恨向誰說」，則帝后遺骨離開故地被運往他鄉，以蟬聲表離別之怨，黍離之悲。齊女化蟬的典故也讓這清秋的蟬聲天生地籠罩著一層幽怨與悲感，與離情國恨交織，融彙成一首離別哀歌。

唐宋詞中那蟲吟所蘊含的雖不只秋感，還含有對節日的詠歎等，如借蛩聲催織言七夕織女的愁怨等，然卻以其聲中之秋感最有特色，否則，秋天也不會假秋蟲而爲之鳴了。

〔註58〕【清】張廷玉《明史》，中華書局，1974年，第7315頁。

第六章　唐宋詞中的鼓聲與琴聲及其俗情雅韻

世界上的聲音不知凡幾，風雨聲、蟲鳥聲皆屬自然之聲，而與人相關的聲音亦是舉不勝舉，哭聲、笑聲、低語聲，賣花聲、搗衣聲、汲水聲，甚至是漏聲、車聲、舟聲等等，不可一一列舉。人聲之美者當屬歌聲，而伴歌而行的則是器樂聲。歌聲，受歌者影響之大，不可一一考論，而器樂之聲則相對穩定。關於「樂」，許慎《說文解字》釋名曰：「樂，五聲八音〔註1〕總名。象鼓鞞。」近人羅振玉《增訂殷墟書契考釋》言：「樂，從絲附木上，琴瑟之象也。」〔註2〕故而筆者特選鼓聲和琴聲作爲樂聲之代表，結合唐宋詞之特點，略加論述。

第一節　鼓琴雜論

今人看來，鼓和琴給人的感覺完全不同。鼓屬「革」類樂器，外形圓滾；琴屬「絲」類樂器，體型修長；鼓聲雄壯渾厚，而琴聲平和溫潤；鼓，即便是平頭百姓也會掄那麼兩下，而琴則與棋、書、畫一起成爲文人雅趣的體現。然而，昔時鼓和琴確實也有相類之處：

〔註1〕「『八音』（金、石、土、革、絲、木、匏、竹）一詞，相傳虞舜時候已經有之。西周時期，則明見與典籍」（見鄭祖襄《中國古代音樂史》高等教育出版社，2008年，第13頁。）

〔註2〕參見周武彥《中國音樂考釋》，吉林人民出版社，2005年，第1頁。

一、歷史悠久

鼓、琴都是「古樂器」，穿過亙古的歲月流傳至今。早在遠古時期，就有「陶鼓」存在，《禮記・名堂》載：「土鼓，蕢桴，葦籥，伊耆氏之樂也」〔註3〕。「伊耆氏」，即神農氏，也有人說是帝堯，無論是誰，皆說明鼓存在歷史之悠遠。20世紀80年代以來，在甘肅、山東、山西等地出土的「陶鼓」，也證實了這一古老樂器的存在〔註4〕。古琴同樣如此。關於古琴的創制，有兩個傳說，一說是伏羲氏造，見漢蔡邕《論琴》：「伏羲削桐爲琴，面圓法天，底平象地。龍池八寸，通八風；鳳池四寸，象四氣。」〔註5〕一說是神農氏造，見漢桓譚《新論》：「昔神農氏繼宓義而王天下，亦上觀法於天，下取法於地，近取諸身，遠取諸物，於是始削桐爲琴，繩絲爲弦，以通神明之德，合天地之和焉。」〔註6〕然無論是伏羲還是神農造琴，皆是取法天地而造，則琴與天地精神是相通的，同時亦說明琴的創制同樣出現在遠古時期。《詩經》首篇《關雎》：「參差荇菜，左右采之。窈窕淑女，琴瑟友之。參差荇菜，左右芼之。窈窕淑女，鐘鼓樂之。」(《周南・關雎》)就同時奏響了琴、瑟、鐘、鼓四種樂器。

二、雅樂之器

鼓、琴的演奏曾經都作爲「雅樂」的代表。尤其是鼓聲，在宗廟祭祀樂中扮演著重要角色。《詩經》「頌」的部分，即是以宗廟祭祀爲主的樂詩，常用鼓演奏。如「猗與那與，置我鞉鼓。奏鼓簡簡，衎我烈祖。湯孫奏假，綏我思成。鞉鼓淵淵，嘒嘒管聲。既和且平，依我磬聲。於赫湯孫，穆穆厥聲。庸鼓有斁，萬舞有奕。我有嘉客，亦不

〔註3〕【漢】戴聖著，楊天宇譯《禮記譯注》，上海古籍出版社，2004年，第396頁。

〔註4〕據鄭祖襄《中國古代音樂史》高等教育出版社，2008年，第8頁。

〔註5〕【明】陳耀文《天中記》引漢蔡邕《論琴》，見《文淵閣四庫全書》，上海古籍出版社，1987年，第967冊，第33頁。

〔註6〕【漢】桓譚《桓子新論》，龍谿精舍叢書，琴論，第4頁。

夷懌」(《詩經・商頌・那》)，鼓聲單純、整齊、敦厚，這使它與祭祀祖先的嚴肅場合相合，成爲祭祀樂的首選。

而琴聲清厲溫潤，常用於諸侯宴饗之樂，如「呦呦鹿鳴，食野之芩。我有嘉賓，鼓瑟鼓琴。鼓瑟鼓琴，和樂且湛。我有旨酒，以燕樂嘉賓之心」(《詩經・小雅・鹿鳴》)。一直到宋代，鼓、琴依然在雅樂中扮演者重要的角色。鼓如：

> 凡言樂者，必曰鐘鼓，蓋鐘爲秋分之音而屬陰，鼓爲春分之音而屬陽。金奏待鼓而後進者，雷發聲而後群物皆鳴也；鼓復用金以節樂者，雷收聲而後蟄蟲坯户也。《周官》以晉鼓鼓金奏，陽爲陰唱也。建鼓，少昊氏所造，以節眾樂。夏加四足，謂之足鼓；商貫之以柱，謂之楹鼓；周縣而擊之，謂之縣鼓。鼗者，鼓之兆也。天子賜諸侯樂，以柷將之；賜伯、子、男樂，以鼗將之。柷先眾樂，鼗則先鼓而已。以雷鼓鼓天神，因天聲以祀天也；以靈鼓鼓社祭，以天爲神，則地爲靈也；以路鼓鼓鬼享，人道之大也。以舞者迅疾，以雅節之，故曰雅鼓。相所以輔相於樂，今用節舞者之步，故曰相鼓。登歌今奏擊拊，以革爲之，實之以糠，升歌之鼓節也。〔註 7〕

言樂則必言鐘鼓，鐘鼓相鳴，乃陰陽調和。又有晉鼓、建鼓、楹鼓、縣鼓、鼗鼓、雷鼓、靈鼓、路鼓、雅鼓、相鼓等多種鼓，從朝廷到州縣，從天子到諸侯，從祀天、祀地、到祀鬼神，甚至節制音樂歌舞者等，鼓都起著重要的作用。范祖禹《虞神歌》「震地鼓吹悲雄。誰何羽衛重」，和峴《導引・開寶元年南郊鼓吹歌曲三首》「角聲勵，鉦鼓攸宜。金管成雅奏，逐吹逶迤。薦蒼璧，郊祀神祇」等，都是表現郊廟祭祀的詞曲，當中的鼓聲顯得雄壯而又雅正。又琴如：

> 贖天地之和者莫如樂，暢樂之趣者莫如琴。八音以絲爲君，絲以琴爲君。眾器之中，琴德最優。《白虎通》曰：「琴者，禁止於邪，以正人心也。」宜眾樂皆爲琴之臣妾……

〔註 7〕【元】脱脱《宋史》，中華書局，1977 年，第 3011～3012 頁。

> 宋始製二弦之琴，以象天地，謂之兩儀琴，每絃各六柱。又爲十二絲以象十二律，其倍應之聲靡不畢備。太宗因大樂雅琴加爲九絃，按曲轉入大樂十二律，清濁互相合應。大晟樂府嘗罷一、三、七、九，惟存五絃，謂其得五音之正，最優於諸琴也。今復俱用。太常琴制，其長三尺六寸，三百六十分，象周天之度也。〔註 8〕

琴爲眾器樂之「君」，琴弦之數量，琴身之長度皆比照天地五行而造，宋大樂用諸琴以奏，而其它弦樂樂器，如箏、琵琶等，雖也屬「絲」類弦樂，聲音清麗而富於變化，然正因其音節的多變，與正音「平和溫潤」之質相左，最終難登「大雅」之堂。歷代雅樂皆追求「八音克諧」，則金、石、土、革、絲、木、匏、竹類樂器皆會扮演相應角色，相輔相成，以達到陰陽諧和。

三、鼓琴之「因革」

值得注意的是，鼓和琴在其形態材質上雖有一定的穩定性，然亦有變化，特別是鼓。鼓雖多是兩端細，中腰粗，上下以皮革蒙之，演奏時以手或槌敲擊，然從置於鼓架上之「大鼓」，到縛於腰間之「腰鼓」，再到拿於手中之「撥浪鼓」，卻是相差甚巨。以唐宋詞爲例，就鳴奏著各種類型的鼓。

若以材質、形態而論，有鼉鼓、銅鼓、鐃鼓、畫鼓、花鼓等。鼉鼓，即用鼉（揚子鱷）皮所製，聲大而雄壯。蔣捷《賀新郎・彈琵琶者》:「天天把妾芳心誤。小樓東、隱約誰家，鳳簫鼉鼓。」若說鼉鼓尚屬革類樂器，那麼銅鼓、鐃鼓則爲金質鼓，已超出「革」之範圍。宋范成大《桂海虞衡志・志器》:「銅鼓，古蠻人所用。南邊土中時有掘得者，相傳爲馬伏波所遺……兩人舁行，以手拊之，聲全似鞞鼓。」〔註 9〕朱敦儒《卜算子》有:「慘黯蠻溪鬼峒寒，隱隱聞銅

〔註 8〕【元】脫脫《宋史》，中華書局，1977 年，第 3341～3342 頁。

〔註 9〕【宋】范成大著，齊治平校補《桂海虞衡志校注》，廣西民族出版社，1984 年，第 41 頁。

鼓。」鐃鼓，則多用於大駕出行，鹵簿鼓吹及伴奏軍樂等。《唐六典》：「凡軍鼓之制有三：一曰銅鼓，二曰戰鼓，三曰鐃鼓。」〔註10〕柳宗元《樂府雜曲・鼓吹鐃歌・東蠻》有：「歌詩鐃鼓間，以壯我元戎。」吳文英《瑤華・分韻得作字，戲虞宜興》有：「胡歌秦隴，問鐃鼓、新詞誰作？」可見，昔日之蠻夷、軍事之樂器也逐漸走入人們的日常生活。又有畫鼓、花鼓，即繪有彩飾的鼓，精緻華麗，有催促節制樂拍之用，如黃庭堅《踏莎行》：「畫鼓催春，蠻歌走餉。雨前一焙誰爭長。」

不同地方的鼓也擁有不同的風情。羯鼓起源於印度，從西域傳入，故其聲音高亢雄壯，所謂「羯鼓聲高眾樂停」（李商隱《龍池》）。「羯鼓，正如漆桶，兩頭俱擊。以出羯中，故號羯鼓，亦謂之兩杖鼓。」〔註11〕這是一種中腰細，兩頭擊的鼓。據言，唐玄宗酷愛羯鼓，以之為「八音之領袖」〔註12〕，溫庭筠《華清宮》「宮門深鎖無人覺，半夜雲中羯鼓聲」詩，即爲其表現。葉夢得《臨江仙・詔芳亭贈坐客》有「恨無羯鼓打梁州。遺聲猶好在，風景一時留」，展示羯鼓所伴奏《梁州曲》的雄壯高昂。別如，越鼓，當爲越地之鼓。吳潛《賀新郎・用趙用父左司韻送鄭宗丞》：「燕社鴻秋人不問，儘管吳笙越鼓。」「吳笙越鼓」這一江南的產物，一旦與「別情」相連，天生就與羯鼓、鼙鼓（騎上之鼓）等不同，其風雲之氣銳減，兒女之態頓生。

若以功用而言，更鼓、禁鼓等與上述作爲伴奏樂器的羯鼓、畫鼓不同，也不同於銅鼓、鐃鼓等戰鼓，它們是日常用以報時、警示之鼓。更鼓，乃夜間報時之鼓，《宋史・律曆・漏刻》載：「每夜分爲五更，更分爲五點，更以擊鼓爲節，點以擊鐘爲節。每更初皆雞唱，轉點即移水稱，以至五更二點，止鼓契出，五點擊鐘一百聲。」〔註13〕可見，

〔註10〕【唐】李林甫著，陳仲夫注《唐六典》，中華書局，1992年，第460頁。
〔註11〕【唐】杜佑《通典》，中華書局，1999年，第3677頁。
〔註12〕【宋】歐陽修《新唐書》，中華書局，1975年，第476頁。
〔註13〕【元】脫脫《宋史》，中華書局，1977年，第1588頁。

古代鐘、鼓亦用以報時。劉辰翁《金縷曲・奇番總管周耐軒生日》:「聞道行驄行且止，卻聽譙樓更鼓。」因更鼓多於夜間響起，故更能於靜謐中觸發詞人感思。禁鼓，爲宮城譙樓上報時之鼓，本有禁夜之意。周密《木蘭花慢》:「重城。禁鼓催更。羅袖怯，暮寒輕。」宋代不禁夜後，禁鼓多爲更鼓之意。由此，鼓聲與長夜、時光聯繫在了一起，輾轉無寐之夜，相思懷友之時，寂靜長夜中的嚦嚦鼓聲，不知逗引出詞人多少憂思。

琴也同是，有承有變，只是與鼓相比，承多而變少。古琴通常長三尺六寸，由上下兩塊夾板構成，面上有七絃十三徽。琴面多以桐木製成，弦用許多蠶絲聚合，徽則多以蚌殼爲之，故古琴又被稱爲「七絃」、「七絃桐」等。如賀鑄《六州歌頭》:「恨登山臨水，手寄七絃桐。目送歸鴻。」琴的形制樣式也不過幾種：仲尼式（又稱夫子式、孔子式)、列子式、伏羲式、連珠式、落霞式、蕉葉式等，以仲尼式和列子式最常見。宋趙希鵠《洞天清錄》載：

> 古琴惟夫子、列子二樣，若太古琴或以一段木爲之，並無肩腰，惟加岳，亦無焦尾，安焦尾處則橫嵌堅木以承絃。而夫子、列子樣亦皆肩垂而闊，非若今聳而狹也。惟此二樣乃合古制。近世雲和樣，於岳之外，刻作雲頭，卷而下通，身如壺瓶狀，或以夫子樣周偏皆作竹節形，名竹節樣，其異樣不一，皆非古制。又於第四絃下安徽以求異，曰此外國琴，尤可笑也。〔註14〕

可見昔人對琴式樣「穩固」的追求。

然琴亦有變化，「大多數典籍在說起早期琴的時候，都說琴本五弦，到了周文王時，加了二弦，成爲七弦……伏羲氏琴長七尺二寸，神農氏琴半之，爲三尺六寸。」〔註15〕五弦琴者，又叫「舜琴」,「虞琴」相傳爲虞舜造，故名。《禮記・樂記》:「昔者舜作五絃之琴，以

〔註14〕【宋】趙希鵠《洞天清錄集》，叢書集成初編本，中華書局，1985年，第1頁。

〔註15〕郭平《古琴叢談》，山東畫報出版社，2006年，第13頁。

歌《南風》。」〔註 16〕韓元吉《南鄉子・壽廿一弟》:「功業會相尋，好挹薰風和舜琴。鶴住千年丹九轉，如今。門外梧桐長翠陰。」又史浩《喜遷鶯・叔父生日》:「朱旂鳳闕展，弄罷五弦，南薰敲竹」，皆暗借虞舜之典歌頌功德。

不同於鼓因材質功用等而得名，琴的得名，多源於一些美麗的故事和傳說，這讓琴比別的樂器更添出一份靈性。如上述之「舜琴」，又如中國的四大名琴：

其一曰「號鍾」。琴音宏亮，如鐘聲激蕩，號角長鳴。號鍾乃齊桓公之名琴，「齊桓公使寧戚叩牛角而歌哀公，鼓號鍾之琴以和之，侍者莫不涕下，命後車以歸。」〔註 17〕漢劉向《九歎・愍命》:「破伯牙之號鍾兮，挾人箏而彈緯。」〔註 18〕可見，著名琴師伯牙也曾彈過此琴。獨孤及《夏中酬於逖華耀問病見贈》詩:「遙指故山笑，相看撫號鍾。」即以號鍾代指名琴。

其二曰「繞梁」。《列子・湯問》:「昔韓娥東之齊，匱糧，過雍門，鬻歌假食。既去，而餘音繞梁欐，三日不絕。」〔註 19〕「繞梁」本指歌聲美妙絕倫，如今用它命名一把琴，足見其琴聲之動人心魄。確實如此，它曾令一代明君七日不朝。按虞汝明《古琴疏》:

> 華元獻楚莊王以繞梁之琴，鼓之，其聲裊裊，繞於梁間，循環不已。楚王樂之，七日不聽朝，其音始歇。樊姬進曰:「君淫於樂矣，昔桀好妹喜之瑟而亡其身，紂聽靡靡之音而喪其國，今君繞梁是樂七日弗朝，君樂亡身喪國乎？」於是以鐵如意錘琴而破之〔註 20〕

〔註 16〕【漢】戴聖著，楊天宇譯《禮記譯注》，上海古籍出版社，2004 年，第 479 頁。

〔註 17〕【元】陶宗儀《說郛》，見《文淵閣四庫全書》，上海古籍出版社，1987 年，第 881 冊，第 656 頁。

〔註 18〕【宋】洪興祖《楚辭補注》，中華書局，1983 年，第 304 頁。

〔註 19〕【戰國】列禦寇著，楊伯峻集釋《列子集釋》，中華書局，1985 年，第 177～178 頁。

〔註 20〕【元】陶宗儀《說郛》，見《文淵閣四庫全書》，上海古籍出版社，1987 年，第 881 冊，第 657 頁。

自此，萬人羨慕的名琴「繞梁」絕響了。

其三曰「綠綺」。司馬相如之琴，然其本是梁王琴。先是「司馬相如作《玉如意賦》，梁王悅之，賜以綠綺之琴，文木之几，夫餘之珠，琴銘曰『桐梓合精』，其後「攜綠綺遊臨卭，以琴心挑卓女，作爲琴歌詞曰：鳳兮鳳兮歸故鄉，遨遊四海求其凰……」〔註21〕可見綠綺之有名，源於一段「才子佳話」。詞亦是言情文體，故對「綠綺」的借用，要遠遠高於其它名琴。賀鑄《小梅花》「愁無已。奏綠綺。歷歷高山與流水。妙通神。絕知音。不知暮雨朝雲、何山岑」，晏幾道《何滿子》「綠綺琴中心事，齊紈扇上時光。五陵年少渾薄幸，輕如曲水飄香」等，皆借綠綺以表美琴、美人、美情。不僅如此，司馬相如這一《鳳求凰》琴曲、他才子佳人的美麗故事，也同他的這把琴一起，名傳千古，如沈端節《洞仙歌》「琴心傳密意，唯有相如，失笑他滿傜撩亂」，陳三聘《浣溪沙》「半墜寶釵慵覽鏡，任偏羅髻卻拈書。琴心誰與問相如」等，情人間的相思怨悱、愛恨情仇都可以借這把「綠綺」傳達出來。

其四曰「焦尾」。漢著名琴師蔡邕所製。《後漢書・蔡邕傳》：「吳人有燒桐以爨者，邕聞火烈之聲，知其良木，因請而裁爲琴，果有美音，而其尾猶焦，故時人名曰『焦尾琴』焉。」〔註22〕李頎《題僧房》有：「誰能事音律，焦尾蔡邕家。」並劉過《賀新郎》有：「人道愁來須殢酒，無奈愁深酒淺。但寄興、焦琴紈扇。」都將自己的滿腹愁情，一寄於琴中。

又有伯牙琴。該琴又名伯琴、伯牙弦等，乃是紀念知音之琴。按《列子・湯問》：

> 伯牙善鼓琴，鍾子期善聽。伯牙鼓琴，志在登高山。鍾子期曰：「善哉！峨峨兮若泰山！」志在流水。鍾子期曰：

〔註21〕【元】陶宗儀《説郛》，見《文淵閣四庫全書》，上海古籍出版社，1987年，第881冊，第657頁。

〔註22〕【南朝宋】范曄《後漢書》，中華書局，1965年，第2004頁。

「善哉！洋洋兮若江河！」伯牙所念，鍾子期必得之。伯牙遊於泰山之陰，卒逢暴雨，止於岩下；心悲，乃援琴而鼓之。初為霖雨之操，更造崩山之音。曲每奏，鍾子期輒窮其趣。伯牙乃捨琴而歎曰：「善哉，善哉，子之聽夫！志想像猶吾心也。吾於何逃聲哉？」〔註 23〕

正是千金易得，知音難覓。伯牙與鍾子期的故事讓無數後人羨慕不已，如徐鹿卿《水調歌頭》「流水伯牙操，底處有鍾期」。後鍾子期死，伯牙破琴絕弦，終身不復鼓琴，這又讓後人歎惋不已，如陳亮《賀新郎・寄辛幼安和見懷韻》「行矣置之無足問，誰換妍皮癡骨。但莫使、伯牙弦絕」，知音難覓，故其尤顯得彌足珍貴。

另又有「無弦琴」、「無聲琴」，乃陶淵明所「彈」。按《晉書・隱逸傳》：

（陶淵明）性不解音，而畜素琴一張，絃徽不具，每朋酒之會，則撫而和之，曰：「但識琴中趣，何勞弦上聲！」〔註 24〕

蕭統《陶淵明傳》亦言：「淵明不解音律，而蓄無絃琴一張，每酒知，輒撫弄以寄其意。」〔註 25〕然陶淵明是否眞不解音律，則有待考證。在其文《與子儼等疏》中，陶淵明如此描述自己：「少學琴書，偶愛閒靜，開卷有得，便欣然忘食。」〔註 26〕其《自祭文》亦有：「欣以素牘，和以七絃。」〔註 27〕很明顯，他是解音律的，也會彈琴。如此陶淵明「彈」無弦琴，就成了一種精神的溯求，正如老子大音希聲之說，彈無弦之琴反而是一種得魚忘筌、得意忘言，是對「琴心」的更高層次追求，更是其「悠然自適」精神狀態的反應。這把「無弦琴」，

〔註 23〕【戰國】列禦寇著，楊伯峻集釋《列子集釋》，第 177～178 頁。

〔註 24〕【唐】房玄齡《晉書》，中華書局，1974 年，第 2463 頁。

〔註 25〕北京大學中文系等編，《陶淵明資料彙編》，中華書局，1962 年，第 7 頁。

〔註 26〕【晉】陶淵明著，逯欽立校注《陶淵明集》，中華書局，1979 年，第 188 頁。

〔註 27〕【晉】陶淵明著，逯欽立校注《陶淵明集》，中華書局，1979 年，第 197 頁。

也橫跨千古，在詩詞中屢有再現，如李白《贈崔秋浦三首》「崔令學陶令，北窗常晝眠。抱琴時弄月，取意任無弦」，辛棄疾《念奴嬌》「高情千載，只有陶彭澤。愛說琴中如得趣，弦上何勞聲切」，張繼先《度清霄》「起來閒操無弦琴。聲高調古驚人心。琴罷獨歌還獨吟。松風澗水俱知音」等。這無弦琴中的意趣，讓人敬仰不已。

自然也有「雍門琴」，屬琴中哀調。相傳雍門子周以善琴見孟嘗君：

> 孟嘗君曰：「先生鼓琴亦能令文悲乎？」雍門子周曰：「臣何獨能令足下悲哉……然臣之所爲足下悲者一事也。夫聲敵帝而困秦者君也，連五國之約南面而伐楚者又君也。天下未嘗無事，不縱則橫。縱成則楚王，橫成則秦帝，楚王秦帝，必報讎於薛矣。夫以秦楚之強而報讎於弱薛，譬之猶摩蕭斧而伐朝菌也，必不留行矣。天下有識之士無不爲足下寒心酸鼻者，千秋萬歲之後，廟堂必不血食矣！」孟嘗君聞之悲淚盈眶。子周於是引琴而鼓，孟嘗君增悲流涕曰：「先生之鼓琴，令文立若破國亡邑之人也。」〔註 28〕

後以雍門琴指琴中哀調。張炎《水調歌頭·寄王信父》有「化機消息，莊生天籟雍門琴」句，將雍門琴曲與莊子天籟之音並舉，一樂一哀，對比鮮明。

而即便是沒有這些傳說，一把琴，也往往有自己的名字。如現在故宮所藏「九霄環佩」琴、「萬壑松風」琴、「飛泉」琴、「青英」琴等。琴與琴師的關係，往往要比鼓與鼓者的關係親密得多。

第二節　唐宋詞中鼓琴聲之俗情雅韻

這裏的俗情雅韻，主要是指鼓之俗與琴之雅。說到鼓與琴給人的聽感，其實就如同它們給人觀感相似，一個粗狂雄壯，一個優美雅致。鼓與琴的雅俗之趣，首先是由其演奏時之聽感決定的。

〔註 28〕【漢】劉向著，楊以瀅校《說苑》，中華書局，1985 年，第 110 頁。

一、鬧靜之「聲」

早在《詩經》，對鼓聲的模擬就有不少，如「擊鼓其鏜」（《終風・擊鼓》）、「坎其擊鼓」《陳風・宛丘》、「伐鼓淵淵」（《小雅・采芑》）、「鐘鼓將將」、「鐘鼓喈喈」、「鐘鼓欽欽（《小雅・鐘鼓》）」、「鼓咽咽（《魯頌・有駜》）」、「奏鼓簡簡」（《商頌・那》）等，再現了千年前鼓聲在人們生活中的重要性。直到唐宋時期，這種描繪依然不絕如縷，如「人語鼓聲沈洶洶」（石孝友《玉樓春》）、「鼓聲疊疊」（劉辰翁《青玉案》）、「禁街人靜冬冬鼓」（劉辰翁《摸魚兒》）、「境幽生怕鼓聲塡」（魏了翁《浣溪沙》）、「聽考考、城頭暮鼓」（吳文英《江樓令・晚眺》）等，鼓給人最大的聽感就是節奏簡單明瞭，聲音渾厚雄壯，所謂「簫鼓喧闐」，鼓聲所突出的莫若一「鬧」字。

與此相對，琴聲則往往突出一「靜」字。《詩經・鄭風・雞鳴》有「琴瑟在御。莫不靜好」句，突出一個「靜」字。詞中如「簾卷春風琴靜好」（魏了翁《滿江紅・劉左史光祖生日正月十日》）「流水高山琴靜奏」（曹冠《惜芳菲・述懷》），「琴聲萬籟幽」（曹冠《宴桃源・遊湖》）等，同樣如此。

詩詞中對琴聲的描摹，最著名的當屬韓愈的《聽穎師彈琴》，然此琴聲，聽起來卻不怎麼「靜」：

> 昵昵兒女語，恩怨相爾汝。劃然變軒昂，勇士赴敵場。浮雲柳絮無根蒂，天地闊遠隨飛揚。喧啾百鳥群，忽見孤鳳凰。躋攀分寸不可上，失勢一落千丈強。嗟余有兩耳，未省聽絲篁。自聞穎師彈，起坐在一旁。推手遽止之，溼衣淚滂滂。穎乎爾誠能，無以冰炭置我腸。〔註 29〕

詩人用情人間的呢喃聲，戰場上的殺敵聲，風吹柳絮聲，群鳥喧啾聲，鳳凰孤鳴聲等形容穎師之琴聲，一柔一壯，一鬧一清，排比出現，突出琴師技藝之高超。最後以「冰炭置我腸」冰火兩重天之聽感結束，

〔註 29〕【唐】韓愈著，屈守元編《韓愈全集校注》，四川大學出版社，1996 年，第 719 頁。

描寫可謂精彩絕倫。然如此變化多姿之琴聲，是眞就這樣呢？還是多源於詩人的想像呢？

歐陽修曾評韓愈《聽穎師彈琴》曰：「此只是聽琵琶耳！」〔註30〕。後來蘇軾隱括韓愈此「琴詩」，作《水調歌頭》（昵昵兒女語）詞，並有小序曰：

> 公舊序云：歐陽文忠公嘗問余：「琴詩何者最善？」答以退之穎師琴詩最善。公曰：「此詩最奇麗，然非聽琴，乃聽琵琶也。」余深然之。建安章質夫家善琵琶者，乞爲歌詞。余久不作，特取退之詞，稍加檃括，使就聲律，以遺之云。〔註31〕

可見，蘇軾非常贊同歐陽修的觀點，並將韓愈所聽之「琴曲」，改成了「琵琶曲」。自然，詞中也有對琴聲的集中描繪，然與韓愈所聽之琴，略有不同。如蘇軾的《醉翁操》：

> 琅然，清圓，誰彈？響空山，無言，惟翁醉中知其天。月明風露娟娟，人未眠。荷蕢過山前，曰有心也哉此賢。
>
> 醉翁嘯詠，聲和流泉。醉翁去後，空有朝吟夜怨。山有時而童巔，水有時而回川，思翁無歲年。翁今爲飛仙，此意在人間，試聽徽外三兩絃。

根據詞前小序：

> 琅琊幽谷，山川奇麗，泉鳴空澗，若中音會。醉翁喜之，把酒臨聽，輒欣然忘歸。既去十餘年，而好奇之士沈遵聞之往遊，以琴寫其聲，曰《醉翁操》，節奏疏宕；而音指華暢，知琴者以爲絕倫。然有其聲而無其辭。翁雖爲作歌，而與琴聲不合。又依楚詞作《醉翁引》，好事者亦倚其辭以製曲。雖粗合韻度，而琴聲爲詞所繩約，非天成也。後三十餘年，翁既捐館舍，遵亦沒久矣。有廬山玉澗道人崔閑，特妙於琴。恨此曲之無詞，乃譜其聲，而請於東坡居士以補之云〔註32〕。

〔註30〕【宋】蔡絛《西清詩話》，見吳文治主編《宋詩話全編》，江蘇古籍出版社，1998年，第2496頁。

〔註31〕唐圭璋《全宋詞》，中華書局，1965年，第280頁。

〔註32〕唐圭璋《全宋詞》，中華書局，1965年，第331頁。

「醉翁操」本是沈遵遊覽「醉翁亭」所彈之紀念「醉翁」（歐陽修）之琴曲。惜於有曲無辭，輾轉之中，請蘇軾依譜填詞，乃得《醉翁操》，中有對琴聲的形象描繪。這琴聲清朗、圓潤，於幽靜的空山中響起，和著明月風露，伴著那未眠之人；這琴聲，讓我們追憶起醉翁的嘯詠，聲和流泉，如高山流水，清逸無限。而南宋詞人樓鑰，又對蘇軾詞有「追和」之作，見《醉翁操・和東坡韻詠風琴》：

> 冷然，清圓，誰彈？向屋山。何言？清風至陰德之天。悠颺餘響嬋娟，方晝眠。迴立八風前，八音相宣知孰賢。
>
> 有時悲壯，鏗若龍泉。有時幽杳，彷彿猿吟鶴怨。忽若巍巍山巔，蕩蕩幾如流川，聊將娛暮年。聽之身欲仙，絃索滿人間，未有逸韻如此弦。

該詞對琴聲的描繪更爲直白細緻些。冷然、清圓，悲壯、鏗鏘、幽杳，悲怨，如高山流水，聽之讓人如處仙境。如此變化，倒與那韓愈聽到的琴聲相似，顯然也是經過藝術加工了的，很難說是反映了琴之「眞音」。

詞中也繪及「琴聲」其它聽感的，如「琴幃底，聲調和」（陳著《滿江紅・壽小叔母》）之和；「薰風度、琴聲清淑」（李漳《滿江紅・周監務生日，妻善鼓琴》）之清；「古淡無絃有音徽」（陳韡（《哨遍・陳抑齊乞致仕》）之古、淡；「素琴韻遠」（王炎《水調歌頭・夜泛湘江》）之遠；「絃索滿人間。未有逸韻如此絃」（樓鑰《醉翁操・和東坡韻詠風琴》）之逸；「琴心和雅，天性清圓」（《沁園春・用伍先生韻呈元規》）之和、雅；「樓閣空蒙，管絃清潤」（張輯《斷腸聲・寓南歌子》）之清、潤；「琴調細鳴焦木」（陳三聘《朝中措》）之細；「聽瑤琴輕弄」（趙長卿《聲聲慢・府判生辰》）之輕等，亦多與韓愈詩不同。

明朝徐上瀛《溪山琴況》，仿照司空圖《二十四詩品》亦賦琴二十四況，分別是和、靜、清、遠、古、淡、恬、逸、雅、麗、亮、采、潔、潤、圓、堅、宏、細、溜、健、輕、重、遲、速。此類況味，大部分在詞中皆有表現。而如斯況味，其實互相關聯。如其言「靜」：

撫琴卜靜處亦何難？獨難於運指之靜。然指動而求聲，惡乎得靜？余則曰政在聲中求靜耳。

聲厲則知指躁，聲粗則知指濁，聲希則知指靜，此審音之道也。蓋靜由中出，聲自心生，苟心有雜擾，手有物撓，以之撫琴，安能得靜？惟涵養之士，淡泊寧靜，心無塵翳，指有餘閒，與論希聲之理，悠然可得矣……〔註 33〕

則求靜需「淡泊寧靜，心無塵翳」，「與論希聲之理，悠然可得矣」，則其與淡、恬、逸等相關。又如其言「清」：

語云：「彈琴不清，不如彈箏」，言失雅也。故清者，大雅之原本，而爲聲音之主宰。地不僻則不清，琴不實則不清，弦不潔則不清，心不靜則不清，氣不肅則不清，皆清之至要者也，而指上之清尤爲最……〔註 34〕

「彈琴不清，不如彈箏」，則清、雅、靜、潔等亦是相關。其實簡要來說，就是「清遠古雅」四字，它其實是與國人「安詳寂靜、灑脫自在」的內在品質相合，與傳統溫柔敦厚的詩教相連。穎師彈琴之法，若眞如韓愈所言，當眞是以彈琵琶之法彈琴了。

二、雅俗之境

有鑒於上述鼓、琴聽感上的不同之「況」，它們在詞中的表現亦是一俗一雅，各有特點。

先看鼓，鼓無疑是所有流傳至今的古樂器中最爲世俗的一個。且不說「擊鼓者」往往默默無聞，即便詩人在暢談少時所學時，言己學「詩書」者有之，「棋畫」者有之，「絲管」者有之，然鮮有言學「打鼓」的。可見「鼓」在他們心中至少不算「雅器」。除去朝廷郊廟祭祀，鼓作爲一般樂器，在人們生活中所扮演的往往是個「鬧角」、「俗角」。

〔註 33〕【明】徐上瀛《溪山琴況》，見《續修四庫全書》，上海古籍出版社，1995 年，第 475 頁。

〔註 34〕【明】徐上瀛《溪山琴況》，見《續修四庫全書》，第 476 頁。

一直以來，漢民族就喜用敲鑼打鼓來表達自己的快樂之情，所以鼓聲在先民的意識裏首先是喧鬧與快樂的表徵，尤其是宋人。都市的繁華、宵禁的無忌，讓他們通宵達旦地狂歌醉舞，公宴、私宴接二連三，而鼓聲無疑助長了這歡鬧的氛圍。如柳永《玉樓春》:「醮臺清夜洞天嚴，公宴凌晨簫鼓沸。」鼓聲通宵鳴奏，直到淩晨依然不減其「沸天」之勢。又如史浩《太清舞》，更是唱念俱佳地表演了宴席上的著名舞曲：「唱了，後行吹太清歌，眾舞，換坐，當花心一人唱：我今來訪煙霞侶。沸華堂簫鼓。疑是奏鈞天，宴瑤池金母。」鼓聲就是給人這種「沸騰」的感覺，就比如現在的搖滾樂，不沸騰，不驚顫人心，不足以彰顯人們極致的快感。

而在傳統民俗節日上，喧闐鼓聲亦是不絕入耳，最典型的要數元宵節。王庭珪《虞美人・辰州上元》:

> 城東樓閣連雲起，冠絕辰州市。蓮燈初發萬枝紅，也似江南風景、半天中。　　花衢柳陌年時靜，剗地今年盛。棚前簫鼓鬧如雷，添箇辰溪女子、舞三臺。

「蓮燈初發萬枝紅」，視覺上，夜晚的燈市顯得更光彩琉璃，但在聽覺上，靜謐的夜晚，無疑更能彰顯鼓聲的動人效果，「棚前簫鼓鬧如雷」，耳邊響著如雷般的鼓聲，歡鬧喜慶的感覺油然而生。

在觀潮競渡等盛典之上，同樣少不了「鼓聲」的參與。如「潮生潮落，千古長如許。吳越舊爭衡，覽遺迹、英雄何處？胥神忠憤，賈勇助鯨波，湍砥柱，駕鼇峰，萬騎轟鼉鼓」(曹冠《驀山溪・渡江詠潮》)，觀潮競渡，乃爲祭奠潮神伍子胥，據《吳越春秋・夫差內傳》載：「吳王賜伍子胥死後，乃取子胥屍，盛以鴟夷之器……棄其軀，投之江中。子胥因隨流揚波，依潮來往，蕩激崩岸。杭州人以旗鼓迓之，弄潮之戲蓋始於此」〔註35〕。這裏的「萬騎轟鼉鼓」聲，正是潮神怒氣的象徵。又如潘閬《酒泉子》:

〔註35〕周生春《吳越春秋輯校彙考》，上海古籍出版社，1997年，第85頁。

長憶觀潮，滿郭人爭江上望。來疑滄海盡成空，萬面鼓聲中。　　弄濤兒向濤頭立，手把紅旗旗不溼。別來幾向夢中看，夢覺尚心寒。

萬人空巷，湧向江頭觀潮，這海潮的巨響彷彿是萬面大鼓同時擂動。在如此雄壯聲情之下，弄潮兒破浪而行、勇奪錦標。「別來幾向夢中看」、「夢覺尚心寒」，這如鼓的浪潮，不僅敲打在當下，更是穿越時空，敲打在詞人的魂夢當中，在夢中亦爲之震顫。

與此相對，琴卻是個「靜角」、「雅角」。其實對於唐宋詞而言，琵琶和笛的「地位」更爲特別，因爲它們是唐宋詞的主要伴奏樂器。據劉堯民《詞與音樂》：

詞起源於燕樂，唐時其伴奏樂器主要是琵琶，也叫「胡琴」，北宋所作，多付箏琶，故嘽緩繁促，而易流之。南度以後，半歸琴笛，故滌蕩沉渺而不雜。……五代北宋詞皆用絃索，以琵琶色爲主器。南宋則新腔，以管色爲主器。絃索以指出聲，流利爲美。管色以口出聲，的爍爲優。〔註 36〕

然而琵琶作爲入漢之「胡樂」，畢竟少了那麼點內蘊。不僅其彈奏者以歌女爲主，就連詞中所及之「聽」琵琶者，也往往以抒發「豔情」爲尊，與有著千年歷史的琴笛相比，顯得單薄許多。尤其是琴，「眾器當中，琴德最優」〔註 37〕，故而自古以來就是頗受人尊重的雅器。如《風俗通義》載：

雅琴者，樂之統也，與八音並行，然君子所常御者，琴最親密，不離於身。非必陳設於宗廟鄉黨，非若鐘鼓羅列於虡懸也，雖在窮閻陋巷，深山幽谷，猶不失琴。以爲琴之大小得中，而聲音和，大聲不喧嘩而流漫，小聲不湮滅而不聞，適足以和人意氣，感人善心。故琴之爲言禁也，

〔註 36〕劉堯民《詞與音樂》，第四編《燕樂與詞》，雲南人民出版社，1982 年，第 64 頁。

〔註 37〕【晉】嵇康《琴賦・序》，見戴明揚校注《嵇康集校注》，人民文學出版社，1962 年，第 84 頁。

雅之爲言正也，言君子守正以自禁也。〔註 38〕

可見，琴作爲雅器與鼓是不同的，雅之鼓要「羅列於虛懸」，「陳設於宗廟鄉黨」，而琴則因其大小適中、聲音和雅、感人善心，故而是「君子」所常御，其「雖在窮閻陋巷，深山幽谷，猶不失琴」。由是觀之，常人生活中的鼓是俗的，而琴則是雅的。

詞中對琴的表現，不僅在於「雅士」彈奏「雅器」所出之「雅聲」，更在於對琴「雅境」的選擇及「雅情」的表現。《紅樓夢》中有一個情節說是寶玉想向黛玉學琴，黛玉說了一大通話，便是那彈琴的講究。其中就有對於環境的嚴格要求：

黛玉道：「琴者，禁也。古人制下，原以治身，涵養性情，抑其淫蕩，去其奢侈。若要撫琴，必擇靜室高齋，或在層樓的上頭，在林石的裏面，或是山巔上，或是水涯上。再遇著那天地清和的時候，風清月朗，焚香靜坐，心不外想，氣血和平，才能與神合靈，與道合妙。所以古人說『知音難遇』。若無知音，寧可獨對著那清風明月，蒼松怪石，野猿老鶴，撫弄一番，以寄興趣，方爲不負了這琴。」〔註 39〕

琴無疑是難得之雅器，它對環境的要求也如此苛刻。正如上文所言，彈琴的地方主要有二：自然界或是琴室中，且各有說道。自然界中要有山有水的，美麗姑且不論，「清幽」是一定要的。對琴室的要求則更甚，要在層樓上、林石裏的靜室高宅才行。這同樣是對幽靜的追求。非但如此，它對氣候也有要求，要天地清和之時，風清月朗之刻，「焚香靜坐，心不外想，氣血和平，才能與神合靈，與道合妙」。正如嵇康《贈秀才入軍》：「息徒蘭圃，秣馬華山。流磻平皋，垂綸長川。目送歸鴻，手揮五弦。俯仰自得，遊心太玄。」又「閒夜肅清，朗月照

〔註 38〕【漢】應劭《風俗通義・聲音第六》，《風俗通義校注》，中華書局，1981 年，第 293 頁。

〔註 39〕曹雪芹、高鶚《紅樓夢》，人民文學出版社，1962 年，第 1240～1241 頁。

軒。微風動袿，組帳高褰。旨酒盈樽，莫與交歡。鳴琴在御，誰與鼓彈？」〔註40〕並非所有人都能「俯仰自得，遊心太玄」〔註41〕鳴琴所處的環境，要麼是蘭圃華山、平皋長川，要麼是閒夜小軒、朗月微風。也僅如此，才能心與神和，遊心太玄，體會那宇宙大道吧。

唐宋詞中對此同樣有所表現。抱琴山水者，如陳著《浪淘沙·與前人》「有約泛溪篷。遊畫圖中。沙鷗引入翠重重。認取抱琴人住處，水淺山濃。一笑兩衰翁」，抱琴人所居之處，山濃水淺，翠綠重重，沙鷗陣陣，靈溪澄澈，在此相約泛舟，眞如同在畫中遊覽般，美不勝收。想來在此處彈琴，當更有意趣。又王沂孫《八六子》「當時暗水和雲泛酒，空山留月聽琴」，張炎《壺中天·賦秀野園清暉堂別本作爲陸義齋賦清暉山堂》「空翠暗濕荷衣，夷猶舒嘯，日涉成佳趣。香雪因風晴更落，知是山中何樹。響石橫琴，懸崖擁檻，待月慵歸去」，空山留月，空翠濕衣，晝有佳趣，夜有幽情，如斯美景，再不橫琴彈上一曲，卻是太辜負這大自然的恩賜了。在自然界中，面對那朗月清風撫琴，獨對那日暮歸鴻遊心太玄，雖大盛於魏晉時期，是魏晉風流的重要表現，然這種遺風，卻浸染了一代又一代人，讓他們同樣借著這清景美琴，一洗心中的勞世之歎。如葛長庚《滿江紅·聽陳元舉琴》：

> 樹色冥濛，山煙暮、鳥歸日落。憑闌處、眼空宇宙，心游碧落。古往今來天地裏，人間那有揚州鶴。幸而今、天付與青山，甘寥寞。好花木，多巖壑。　　得蕭散，耐淡泊。把他人比並，我還不錯。一曲瑤琴知此意，從前心事都忘卻。況新秋、不飲更何時，何時樂？

葛長庚是南宋時期著名的道教詞人。世人出家爲道往往爲了卻塵緣，從該詞中「幸而今、天付與青山，甘寥寞」，「把他人比並，我還不錯」，「從前心事都忘卻」等句可知，葛長庚亦不脫出家人之慣例。與佛教徒相比，出家爲道者往往棲身山林，寄情山水，在自然界中體味大道。

〔註40〕【南朝梁】蕭統著，李善注《文選》，中華書局，1977年，第342頁。
〔註41〕【南朝梁】蕭統著，李善注《文選》，中華書局，1977年，第342頁。

該詞題爲「聽琴」，然全詞絕大部分篇幅，都用來描繪山煙樹色，鳥歸日落等自然之景，並於花木岩壑中滌蕩塵懷，得蕭散淡泊之趣。所謂「一曲瑤琴知此意」，這琴與境的契合，聲與情的交匯，正是在如此山光水色之中。

又有橫琴雅室者，如蘇軾《浣溪沙・憶舊》「長記鳴琴子賤堂。朱顏綠髮映垂楊。如今秋鬢數莖霜」，張繼先《蘇幕遮》「抱孤琴，彈小操。獨坐幽軒，盡日無人到」，曹冠《滿庭芳》「南堂。清晝永，瑤琴橫膝，芸帙披香」等，皆是彈琴於靜齋高堂之內。琴堂之中，雖然裝潢不必華麗，然亦古樸潔淨，且往往與棋、書等物相伴，更顯雅致，如白居易《廬山草堂記》，言其堂中僅設「木榻四，素屏二，漆琴一張、儒道佛書各三兩卷」〔註42〕。歐陽修號稱「六一」居士，「《集古錄》一千卷，藏書一萬卷，有琴一張，有棋一局，而常置酒一壺，吾老於其間，是爲六一」〔註43〕。詞中對此亦是多有表現。如張炎《滿江紅・己酉春日》「書冊琴棋清隊仗，雲山水竹閒蹤迹」，陳允平《三犯渡江雲・舊平聲，今入入聲，爲竹友謝少保壽》「高獨。虛心共許，淡節相期，幾人閒棋局。堪愛處，月明琴院，雪晴書屋」，琴之雅器，在讀書人手中，與那棋、書、畫並在一起，處處透出清淨寧和之氣，更顯其高雅不俗。

至於「雅情」，又是鼓聲琴韻的又一差別。鼓聲所伴是親朋高宴，假日歡鬧。而琴聲所伴的則是歸隱之思，閒居之樂，是詞人的曠逸之懷，幽獨之趣，是游離於世俗功業名利之外的東西。如蘇軾《行香子・述懷》「雖抱文章，開口誰親。且陶陶、樂盡天眞。幾時歸去，作個閒人。對一張琴，一壺酒，一溪雲」，言歸隱之思。又黃庭堅《撥棹子・退居》：

〔註42〕【唐】白居易著，丁如明校點《白居易全集》，上海古籍出版社，1999年，第630頁。

〔註43〕【宋】歐陽修著，李逸安點校《歐陽修全集》，中華書局，2001年，第2641頁。

歸去來。歸去來。攜手舊山歸去來。有人共、月對尊罍。橫一琴，甚處不逍遙自在。　　閒世界。無利害。何必向、世間甘幻愛。與君釣、晚煙寒瀨。蒸白魚稻飯，溪童供筍菜。

如果蘇軾尚在期待歸隱的話，那麼黃庭堅之「退居」詞，可謂實現了蘇軾的願望。退居的好處，就在於和名利競逐之世遠遠隔開，世間幻愛利害皆與我無關，此時只需在高山流水之中，明月樽酒之下，橫一把鳴琴，逍遙自在即可。這種逍遙自在，還往往帶著曠達超逸的味道，如李綱《水調歌頭·與李致遠、似之、張柔直會飲》:「我醉欲眠君去，醉醒君如有意，依舊抱琴來。尚有一壺酒，當復爲君開。」明顯來源於李白《山中與幽人對酌》詩「兩人對酌山花開，一杯一杯復一杯。我醉欲眠卿且去，明朝有意抱琴來」，那灑脫超逸之態，同樣有魏晉遺風在。

對名利的斥離性是琴聲與鼓聲的又一差別，而這又與鼓功能的多元性和琴的專一性有關。鼓在人們生活中的角色是多樣的，它不僅是一種樂器，還用於戰場警示、日常報時之用，農事、政事、祭祀方面也各有用途。正如《周禮·地官司徒》載：

鼓人掌教六鼓、四金之音聲，以節聲樂，以和軍旅，以正田役，教爲鼓，而辯其聲用。以雷鼓鼓神祀，以靈鼓鼓社祭，以路鼓鼓鬼享，以鼖鼓鼓軍事，以鼛鼓鼓役事，以晉鼓鼓金奏。〔註 44〕

鼓，可用以節制其它聲樂，以指揮軍事，以匡正農事，以祭祀神鬼廟堂，以指示勞役等事務。而唐宋詞中對鼓的報時之用及軍事之用表現最爲突出。

作爲報時之用的鼓聲多與詞人的官役、勞役、行役等聯繫。宋人爲官，一般要五更上朝，於庭外等待皇上的召見。如吳潛《望江南》:

〔註 44〕楊天宇《周禮譯注》，上海古籍出版社，2004 年，第 182～183 頁。

家山好，結屋在山椒。無事琴書爲伴侶，有時風月可招邀。安樂更相饒。　　伸腳睡，一枕日頭高。不怕兩衙催判事，那愁五鼓趣趨朝，此福要人消。

都言爲官的好處，爲官的榮耀，然爲官的苦楚卻往往被忽視。這裏有「兩衙催判事」，要「五鼓趣趨朝」，五更天就要晨起述職，這種「福氣」，也非一般人可以消受。宋人的官役、勞役相當繁重，爲生活所逼，經常需要外出謀生，天未亮就要出發，所謂「雞聲茅店月，人跡板橋霜」（溫庭筠《商山早行》）是也。隻身在外，又往往寂寞難耐、輾轉難眠，夜深人靜之時，那報時的更鼓，更是觸發詞人思緒的關鍵所在。如劉過《賀新郎・贈張彥功》：

曉印霜花步。夢半醒、扶上雕鞍，馬嘶人去。嵐溼青絲雙轡冷，緩鞚野梅江路。聽畫角、吹殘更鼓。悲壯寒聲撩客恨，甚貂裘、重擁愁無數。霜月白，照離緒。　　青樓回首家何處。早山遙、水闊天低，斷腸煙樹。誰念天涯牢落況，輕負暖煙濃雨。記酒醒、香銷時語。客裏歸韉須早發，怕天寒、風急相思苦。應爲我，翠眉聚。

人還在半夢半醒之間，就要離去，夜間的更鼓，更是擊打在詞人的心間，撩撥出無窮的離恨客愁，詞人身心的疲憊可想而知。鼓聲之清冷，更是如影隨形。不僅如此，有時，當詞人滿腔別緒無處發時，那咚咚的鼓聲，還在催促客人的離程，更是讓人心亂如麻。如趙善括《水調歌頭・奉餞冠之之行》：

佳客志淮海，賤子設樽罍。楚江昨夜清漲，短棹已安排。休問南樓風月，且念陽臺雲雨，幾日卻重來？銀燭正凝淚，畫鼓且休催。　　彩雲飛，黃鶴舉，兩徘徊。林泉歸去高臥，回首笑塵埃。我唱更憑君和，君起誰同我舞，莫惜玉山頹。他日揚州路，散策願相陪。

別離之時「銀燭正凝淚，畫鼓且休催」，連無情的蠟燭都在爲人垂淚，急奏的畫鼓卻不斷催促行人，這鼓聲也煞是惱人了。鼓聲錚錚，多是表達歡慶、熱鬧、雄壯之節奏的，然而在此類更鼓、津鼓聲中，詞人更多感受到的則是生活的艱辛無奈，更深體會的則是淒涼的離愁別恨。正如吳潛《蝶戀花》中所言：「客枕夢回聞二鼓。冷落青燈，點滴空階雨。一寸愁腸千萬縷。更聽切切寒蛩語。」

而軍鼓聲則是最雄偉和悲壯的。如辛棄疾的《水調歌頭》：

> 相公倦臺鼎，要伴赤松遊。高牙千里東下，笳鼓萬貔貅。試問東山風月，更著中年絲竹，留得謝公不？孺子宅邊水，雲影自悠悠。　　占古語，方人也，正黑頭。穹龜突兀，千丈石打玉溪流。金印沙堤時節，畫棟珠簾雲雨，一醉早歸休。賤子祝再拜，西北有神州。

北宋亡國，讓國人失去了大半江山，辛棄疾一生矢志北伐，即便是與同僚朋友的日常交往中，亦不忘一抒其投身邊塞的豪情。「高牙千里東下，笳鼓萬貔貅」，牙旗千里而來，我方英勇將士在笳鼓轟鳴的戰場上奮勇殺敵，以望復我西北神州。悲壯的笳鼓聲，彰顯了將士的英勇，更彰顯了軍旅生活的雄壯。這戰鼓聲中，交織著將士們的浴血奮戰，同時無可否認的包含著他們建功立業的功名之想。

然而軟弱的朝廷，「議和」的國策，並不會因愛國詞人的奔走呼號而有所改變，於是無數詞人將目光投放在歷史的長河中，以懷古的形式，在感懷三國英雄舊事的過程中，抒發其鬱勃之情。鼓角之聲，也隨之穿越時空，響徹在歷史的古戰場上。如陸游的《水調歌頭・多景樓》：

> 江左占形勝，最數古徐州。連山如畫，佳處縹渺著危樓。鼓角臨風悲壯，烽火連空明滅，往事憶孫劉。千里曜戈甲，萬竈宿貔貅。　　露沾草，風落木，歲方秋。使君宏放，談笑洗盡古今愁。不見襄陽登覽，磨滅遊人無數，遺恨黯難收。叔子獨千載，名與漢江流。

「鼓角臨風悲壯，烽火連空明滅，往事憶孫劉。」南宋偏安江南，其所面臨的情況與三國時的孫吳何其相似。然孫劉還敢於聯手抗曹，著眼於一統江山之雄圖霸業，南宋朝廷上下卻只願偏安江南，苟安以活。故而，在歷史的戰場上，那鼓角於悲壯中平添一份蒼涼，是詞人悲愴心境的再現。

如上無論是報時之禁鼓、津鼓，還是指揮戰爭之軍鼓，往往與個人的功業名利密切相關。人們聽聞那悲壯的鼓聲，內心升起的是功業之想，名利之望，亦或者是不能成就二者的無奈與悲哀。

琴則不同，與鼓的多元性相比，琴則是專一的，它從誕生開始，就是一把樂器，歷經千古的歲月，它還只是一把樂器。在古人看來，音樂是可以培養人的雅情的，如蘇軾《於潛僧綠筠軒》：

> 可使食無肉，不可使居無竹。無肉令人瘦，無竹令人俗。人瘦尚可肥，俗士不可醫。〔註45〕

傳言蘇東坡極愛吃肉，東坡肉便由此得名。然如斯之人，對音樂（絲竹）的看中遠遠勝於口腹之欲，就是因爲音樂能夠培養士人的「雅情」，這是別的任何東西都替代不了的。

而若要論「雅」，這琴音又是個中翹楚。所謂「聽琴知思靜，說劍覺神揚」（楊巨源《上劉侍中》），琴聲總能滌蕩塵心，讓人靜心凝慮。如白居易《好聽琴》：

> 本性好絲桐，塵機聞即空。一聲來耳裏，萬事離心中。清暢堪銷疾，恬和好養蒙。尤宜聽三樂，安慰白頭翁。〔註46〕

「一聲來耳裏，萬事離心中」，這琴聲確實淡泊得可以，又平和得可以，不然也不會「消疾養蒙」，慰藉被那塵世傷透了的心靈了。又如蘇軾《聽僧昭素琴》：

> 至和無攫醳，至平無按抑。不知微妙聲，究竟從何出。散我不平氣，洗我不和心。此心知有在，尚復此微吟。〔註47〕

琴音至平至和，能「散我不平氣，洗我不和心」，可謂「機心盡掃」。與那「機心」重重的鼓聲相比，這琴聲無疑要清雅得多。然而，這清雅的琴聲，亦是對彈琴者心志的考驗，正如前引要「心不外想，氣血和平，才能與神合靈，與道合妙」。看蘇軾《減字木蘭花・琴》：

〔註45〕【宋】蘇軾著，王文誥輯注，孔凡禮點校《蘇軾詩集》，中華書局，1982年，第448頁。

〔註46〕【唐】白居易著，丁如明校點《白居易全集》，上海古籍出版社，1999年，第349頁。

〔註47〕【宋】蘇軾《蘇軾詩集》，中華書局，1982年，第576頁。

> 神閒意定，萬籟收聲天地靜。玉指冰弦，未動宮商意已傳。　悲風流水，寫出寥寥千古意。歸去無眠，一夜餘音在耳邊。

這高古的琴音，不僅需要一把好琴，還需要彈著的神閒意定，也唯有此才能摒棄一切雜念、雜聲，「萬籟收聲天地靜」。

而如果非要爲琴聲尋那麼點執著的「機心」的話，千百年來對於「知音」的不懈而嚴苛的追求，則略可算數。伯牙、鍾子期「高山流水遇知音」〔註 48〕的故事千古流傳，而自那以後，「知音」難覓，便成了彈琴者永恒的話題。如漢劉向《雅琴賦》:「末世鎖才兮知音寡。」〔註 49〕《古詩十九首・西北有高樓》:「不惜歌者苦，但傷知音稀」，劉勰《文心雕龍・知音》篇說:「知音其難哉！音實難知，知實難逢，逢其知音，千載其一乎！」〔註 50〕看來知音難逢，乃世所共歎。唐宋詞中亦有知音之歎，如晁補之《洞仙歌・塡盧仝詩》「奏綠綺、弦清切。何處有知音？此恨難說」，岳飛《小重山》「欲將心事付瑤琴。知音少，弦斷有誰聽」，空有美琴，難遇知音，同樣是遺恨重重。又辛棄疾《新荷葉》「知音絃斷，笑淵明、空撫餘徽」，陶淵明「但識琴中趣，何勞弦上聲」的超逸精神，在辛棄疾這裏反而成了其不遇知音不願撫琴的悲哀，翻用舊典，「彈出新調」。無獨有偶，宋先生《浪淘沙》同樣如此：

> 我有一張琴，隨坐隨行。無弦勝似有弦聲。欲對人前彈一曲，不遇知音。　夜靜響錚轟，神鬼俱驚。驚天動地若雷鳴，只候功成歸去後，攜向蓬瀛。

這把隨坐隨行的琴，明顯也是沒有弦的。在不遇知音的濁世，無弦卻是比有弦好，至少不用被逼「對牛」彈。琴者的知音之所以難覓，往

〔註 48〕見第一節所引「伯牙琴」。

〔註 49〕【漢】劉向《雅琴賦》，龔克昌等評注《全漢賦評注》，花山文藝出版社，2003 年，第 271 頁。

〔註 50〕【南朝梁】劉勰著，范文瀾注《文心雕龍注》，人民文學出版社，1958 年，第 713 頁。

往在於他們對知音要求的嚴苛。他們有才，他們同樣清高，游離於名利之外的高士，守著淡泊清遠的古琴，他們無所求也無所畏。正如前引《紅樓夢》中黛玉所言：「若無知音，寧可獨對著那清風明月，蒼松怪石，野猿老鶴，撫弄一番，以寄興趣，方爲不負了這琴。」

沒有知音的琴聲，雖尋不到共鳴，至少也沒有佞思，還爲自己留一份「幽獨之趣」，這難說不是另外一種清雅。正如王維《竹里館》：「獨坐幽篁裏，彈琴復長嘯。深林人不知，明月來相照。」獨自彈琴長嘯，雖不免有「不爲世知」的孤單與寂寞，然於清幽的竹林中自由紓解，又有那明月清風爲伴，亦是不錯。正是「抱琴寫幽獨」（葛郯《蘭陵王・和吳宣卿》），琴就是這麼清高、淡泊而又幽然成趣，更何況「琴罷獨歌還獨吟。松風澗水俱知音」（張繼先《度清霄》），有如斯聽眾，又何必要求太多呢？

當然，詞中也有用舜琴、雍門琴、單于調等典故，表達對同僚的讚美和功業的歌頌。如「功業會相尋。好挹薰風和舜琴」（韓元吉《南鄉子・壽廿一弟》），「化機消息，莊生天籟雍門琴」（張炎《水調歌頭・寄王信父》），「一見桃花參學了。呈法要。無弦琴上單于調。」（黃庭堅《漁家傲》），然所佔比例小且不說，如後兩例，皆是反用舊典，表達的還是世外之思，玄外之想，與琴之一貫情韻相合。

第三節　唐宋詞中鼓琴聲的雅俗之「變」

以上我們看了鼓聲之俗與琴聲之雅。然而，在唐宋詞中，這種雅與俗並非一成不變。鼓聲可以表達詞人的雅情幽趣，自然，琴聲偶然也會「俗不可耐」。

一、鼓聲之雅

先看鼓聲之雅。鼓聲的雅，源於宋文人的雅。宋代文人是非常有生活情調的一個群題，雖然他們有時也沉迷於歌舞狎妓，然同樣追求生活的高雅閒逸，在偶有的閒情逸致中，他們可以將生活裝點得雅致而悠閒。這樣的日子，同樣少不了鼓聲。比如在「遊覽山水」之「遊鼓」聲中，他們就在與自然的親密接觸中抒寫著自己的幽情雅趣。如范成大《滿江紅・雨後攜家遊西湖，荷花盛開》：

柳外輕雷，催幾陣、雨絲飛急。雷雨過、半川荷氣，粉融香浥。弄蕊攀條春一笑，從教水濺羅衣溼。打梁州、簫鼓浪花中，跳魚立。　　山倒影，雲千疊。橫浩蕩，舟如葉。有采菱清些，桃根雙檝。忘卻天涯漂泊地，尊前不放閒愁入。任碧筩、十丈卷金波，長鯨吸。

雨後的西湖是芬芳而濕潤的，春天的腳步似乎在這裡長久駐足，一切都顯得青春而寧靜，然而即便是在這裏，咚咚的鼓聲也並未停歇，「打梁州、簫鼓浪花中，跳魚立」，這鼓聲，並沒有打破這份和諧，反而與西湖的浪花聲、魚兒的跳水聲交融在一起，更襯托了這份安寧的可貴，讓西湖的美，更有立體感，美得更全面。並非僅是西湖，在虎丘、在吳興、在荊州、在錢塘、甚至在不知名的小湖、不知名的小亭，都有簫鼓鳴奏。如吳文英《木蘭花慢・重遊虎丘》：「青冢麒麟有恨，臥聽簫鼓遊山。」張先《泛青苕・正月十四日與公擇吳興泛舟》：「飛檻倚，斗牛近，響簫鼓、遠破重雲、歸軒未至千家待，掩半妝、翠箔朱門。」遠處隱隱的鼓聲，是昔人對自然的親近，更是其對生活的熱愛。

不僅如此，宋人即使在賞花中，也不忘敲著小鼓，飲著小酒，作著小詩，讓觀花這一普通的行動，顯得情趣盎然。如黃機《清平樂・柬邢宰》：

曉窗晴日，一點黃金橘。萬事如毛隨日出，多少人間頭白。未春長恨春遲，春來生怕春歸。辦取揭天簫鼓，莫教孤負荼蘼。

「辦取揭天簫鼓」，不免顯得過於誇張，但昔人對花的喜愛、對春的留戀則更深刻地蘊含其中。又如葛勝仲《蝶戀花》：

只恐夜深花睡去，火照紅妝，滿意留賓住。鳳燭千枝花四顧，消愁更待尋何處？　　漢苑紅光非浪語，棲靜亭前，都是珊瑚樹。便請催尊鳴𪔳鼓，明朝風惡飄紅雨。

從首句「只恐夜深花睡去」看，詞人當是賞海棠花〔註 51〕。這裏詞人不僅「火照紅妝」，還要「請催尊鳴醽鼓」，否則，萬一明朝有風雨，則花落賓散，又該是多麼的淒涼。這裏伴著嬌花與美酒的鼓聲，也彰顯著詞人幽情雅趣。

而鼓聲的幽情雅趣，其實源於詞中鼓的「柔化」表現。對比江南絲竹等管絃樂器，鼓無疑更具北國陽剛之氣。但當它被頻繁地用於以鮮明的南方文學爲特徵，以柔美爲主體風尚的唐宋詞時，鼓本身也不可避免的有了「柔化」的表現。比如說羯鼓，由西域傳入，本是馬上之鼓，陽剛而粗獷，然其傳入中原以後，卻有了不同程度的「柔化」表現。如「玳筵雙揭鼓。喚上花茵舞」（晏幾道《菩薩蠻》），「已無翠鳥傳花信，又無羯鼓與花聽。更催催，遲數日，是春生」（劉辰翁《最高樓》），這鼓聲總與柔弱的花柳相伴而鳴。

非但如此這羯鼓還有了另外兩個「婉約」的名字，叫花奴鼓和催花鼓。花奴鼓之花奴，乃唐汝南王李璡（小名花奴），善擊羯鼓，受玄宗親傳技藝，「璡嘗戴砑絹帽打曲，上自摘紅槿花一朵，置於帽笪處，二物皆極滑，久之方安，遂奏《舞山香》一曲，而花不墜。」〔註 52〕後即有花奴鼓之名。如蘇軾《虢國夫人夜遊圖》：「宮中羯鼓催花柳，玉奴絃索花奴手」，這花奴手，其實就是「羯鼓手」，而詞中的「催花鼓」同樣有其典故，按唐南卓《羯鼓錄》載：

> 二月初，詰旦，巾櫛方畢，時宿雨始晴，景色明麗。小殿內亭，柳杏將吐，（唐玄宗）睹而歎曰：「對此景物，豈可不與他判斷之乎。」左右相目，將命備酒，獨高力士遣取羯鼓。上旋命之臨軒縱擊一曲，曲名《春光好》（上自製也）。神思自得。及顧柳杏，皆已發折。上指而笑謂嬪嬙內官曰：「此一事，不喚我作天公可乎？」皆呼萬歲。〔註 53〕

〔註 51〕該句源於蘇軾《海棠》詩「只恐夜深花睡去，故燒高燭照紅妝」句。
〔註 52〕【唐】南卓《羯鼓錄》，古典文學出版社，1957 年，第 4 頁。
〔註 53〕【唐】南卓《羯鼓錄》，古典文學出版社，1957 年，第 4 頁。

羯鼓聲能催發柳杏，讓春景更加爛漫美麗？雖然在理智上我們認定它只是一種傳說與偶合，但並不能阻止多情的詞人藉此詠歎，「催花鼓」一名也由此而出。正是「橘生淮南則為橘，生於淮北則為枳」〔註 54〕，羯鼓聲雖雄壯，在中原腹地呆久了，也不免生起幾分「柔婉」之態。而著名詞樂《春光好》亦是羯鼓所伴奏。非但羯鼓，其它無名之鼓亦是如此，如「待問訊、柳邊花下。簫鼓聲中，溫存小樓深夜」（趙以夫《探春慢・立春》），「擊鼓吹簫花落未。杏梅桃共李」（韓淲《謁金門》），北國之鼓與江南之花柳「形影不離」，百鍊鋼化而為繞指柔也只是時間問題。

二、琴聲之俗

相對於鼓聲在賞花遊勝中的雅情幽趣，那仿若與世無爭的寧靜而淡遠的琴聲與詞的邂逅，則注定了是另一種「沉淪」。其實，隨著燕樂的傳入，以及人們對於清新熱鬧的燕樂的普遍接受，相對平和而變化不多的琴就受到了冷落。這種境況在唐朝最為明顯。如白居易《鄧魴、張徹落第》詩所言：

> 古琴無俗韻，奏罷無人聽。寒松無妖花，枝下無人行。春風十二街，軒騎不暫停。奔車看牡丹，走馬聽秦箏。眾目悅芳豔，松獨守其貞。眾耳喜鄭衛，琴亦不改聲。懷哉二夫子，念此無自輕。〔註 55〕

秦箏和琵琶等樂器，與琴相比，音域更寬廣，音色更清亮，且富於變化，故而表現力也更豐富。它們的流行，也帶來了琴的式微。琴就如同那高山流水，陽春白雪，高雅不俗，卻無人問津。琴的這種境況在宋詞中亦有表現。如張掄《訴衷情》：

> 閒中一弄七絃琴。此曲少知音。多因淡然無味，不比

〔註 54〕【春秋】晏嬰著，吳則虞集釋《晏子春秋集釋》，中華書局，1962 年，第 392 頁。

〔註 55〕【唐】白居易《白居易全集》，上海古籍出版社，1999 年，第 13 頁。

鄭聲淫。　　松院靜，竹林深。夜沉沉。清風拂軫，明月當軒，誰會幽心？

與琵琶、箏等「鄭衛」之聲相比，琴聲可謂是「淡然無味」。在這種情形下，詩人對琴的熱愛，必然造成其難覓知音的悲哀後果。其實，有宋一代，隨著崇文政策及尚雅的社會風氣的到來，琴的境況是得到一定改觀的。如著名的《聽琴圖》就細緻地描繪了宋徽宗於青松之下彈琴的情況。歐陽修、蘇軾等文人也都表示了對琴的喜愛。如歐陽修《三琴記》言自己「自少不喜鄭衛，獨愛琴聲，尤愛《小流水曲》」〔註 56〕，蘇軾在其《舟中聽大人彈琴》詩中亦言「風松瀑布已清絕，更愛玉佩聲琅璫」，同樣可見其對清雅琴聲之愛。

然而，有宋一代，琴聲也確實有一定程度的俗化。如《琴調相思引》詞，就是以琴伴奏的。同時，我們在琴聲中亦「聽出」了有類琵琶曲之類的「俗情」。

如豔情。「詞爲豔科」，詞自誕生起就是宴會上「佐歡」的重要工具。其中贈妓詞是當中的重要組成部分，並「深刻」地詮釋了「豔」的內涵。詞人與歌女之間，詩來詞往，歌來酒往，琴來瑟往都是很正常的事情。而向來淡泊的琴聲，在這些豔曲中，也逐漸喪失了自己的本衷，不由自主地「鄭衛」起來。黃庭堅和李之儀就分別寫過一首送給太平州歌女楊姝的詞作，而楊姝就是位彈琴的高手。其詞如下：

好事近・太平州小妓楊姝彈琴送酒

一弄醒心絃，情在兩山斜疊。彈到古人愁處，有眞珠承睫。　　使君來去本無心，休淚界紅頰。自恨老來憎酒，負十分金葉。（黃庭堅）

清平樂・聽楊姝琴

殷勤仙友，勸我千年酒。一曲履霜誰與奏？邂逅麻姑妙手。　　坐來休歎塵勞，相逢難似今朝。不待親移玉指，自然癢處都消。（李之儀）

〔註 56〕【宋】歐陽修《三琴記》，歐陽修著，李逸安點校《歐陽修全集》，中華書局，2001 年，第 942 頁。

兩首詞小序中雖都提到聽琴，然這兩首詞的都沒有對琴聲有什麼表現，反而將注意力全放在了這位美妙歌女身上。如果黃庭堅還算能自持的話，那麼李之儀可謂是「露骨」得多。什麼「邂逅麻姑妙手」，「不待親移玉指，自然癢處都消」，眞是俗豔無比，完全沒有昔人聽琴「焚香靜坐」的高雅之態。

又如客愁。看張輯《憶蘿月・寓清平樂客盱江，秋夜鼓琴，思故山作》：

> 新涼窗户，閒對琴言語。彈到無人知得處，兩袖五湖煙雨。坐中斗轉參橫，珠躔碎落瑤觥。憶著故山蘿月，今宵應爲誰明？

又家國之愁。看張炎《徵招・聽袁伯長琴》：

> 秋風吹碎江南樹，石牀自聽流水。別鶴不歸來，引悲風千里。餘音猶在耳。有誰識、醉翁深意。去國情懷，草枯沙遠，尚鳴山鬼。　客裏。可消憂，人間世、寥寥幾年無此。杳老古壇荒，把淒涼空指。心塵聊更洗。傍何處、竹邊松底。共良夜，白月紛紛，領一天清氣。

家國之愁，是每個辭家別國的人所共同面臨的人生悲感。它往往籠罩著濃烈的憂傷。這時候，靜靜地坐著，彈一首琴曲，也許可以稍稍緩解那內心的無奈。

還有憂憤之感。如辛棄疾《鷓鴣天・徐仲惠琴不受》：

> 千丈陰崖百丈溪。孤桐枝上鳳偏宜。玉音落落雖難合，橫理庚庚定自奇。　人散後，月明時。試彈《幽憤》淚空垂。不如卻付騷人手，留和《南風》解慍詩。

這首詞上片言琴「出身」之不凡。它是用千丈陰崖百丈溪上，曾棲鳳凰的梧桐枝所造，聲音清靈出塵，凡音難和，紋理橫布也是世間少有。很明顯，這把清高非凡的琴是詞人自喻。下片抒憂憤之感。卻言可以把自己滿腔憂憤託付給這把琴，因爲它彈出的《南風》之曲，高雅平和，可以紓解內心的煩躁。

其實，除了用琴來表豔情外，琴聲中的客愁、憂憤之感並無損其平和清雅之態。因爲詞中多言用琴曲來紓解內心的憂傷或憂憤，則那琴音非但不應憂傷，反而當是一貫地平和的。然而即便如此，不可否認的是，宋代的琴音確實有俗的一面。如蘇軾《琴非雅聲》論：

> 世以琴爲雅聲，過矣。琴正古之鄭、衛耳。今世所謂鄭、衛者，乃皆胡部，非復中華之聲。自天寶中坐立部與胡部合，自爾莫能辨者。或云今琵琶中有獨彈，往往有中華鄭衛之聲，然亦莫能辨也。〔註57〕

蘇軾之論，可謂是顛覆舊典。他認爲琴所奏之樂，一開始就是「鄭衛」靡靡之音，而琵琶等，只是胡樂，連中華鄭衛都不能算。且不論蘇軾所言是否正確，單就他能提出如此觀點，就足見琴音在宋代之「俗化」程度，至少也部分地失卻的它一貫的清雅。然而依筆者之見，鼓有其雅，而琴有其俗。

然而生活中鼓聲即便是雅，也是小雅一把，而琴聲便是俗，也是小俗一回，與其「本性」難有什麼本質的改變。琴聲的俗與琵琶等天生的俗樂還是不同的。如戴復古《清平樂・嘲人》：

> 醉狂癡作，誤信青樓約。酒醒梅花吹畫角，翻得一場寂寞。　　相如謾賦淩雲，琴臺不遇文君。江上琵琶舊曲，只堪分付商人。

該詞中有三部樂器——畫角、琴、琵琶。畫角吹出的是寂寞，琴奏出的是風流而琵琶舊曲卻「只堪分付商人」。可見即便都是「豔情」，《鳳求凰》之琴曲，與《玉樹後庭花》之琵琶曲，還是有本質差別的。

更何況，聽者的感受有時還與樂器「無關」。所謂「感時花濺淚，恨別鳥驚心」（杜甫《春望》），人憂傷之時，即便是對著美麗的花朵也會淚流滿面，即便是再動聽的鳥啼，也會讓人心驚不已。而那琴聲，雖是清雅，也可能被聽出不平與雄壯來。如汪元量《水龍吟・淮河舟中夜聞宮人琴聲》：

〔註57〕【宋】蘇軾《蘇軾文集》，中華書局，1986年，第2244頁。

> 鼓鞞驚破霓裳，海棠亭北多風雨。歌闌酒罷，玉啼金泣，此行良苦。駝背模糊，馬頭匼匝，朝朝暮暮。自都門燕別，龍艘錦纜，空載得、春歸去。　　目斷東南半壁，悵長淮、已非吾土。受降城下，草如霜白，淒涼酸楚。粉陣紅圍，夜深人靜，誰賓誰主。對漁燈一點，羈愁一搦，譜琴中語。

也不知那宮人所彈到底是什麼曲調，只是這琴聲也忒「不同凡響」了。上片開始便以「鼓鞞驚破霓裳」之鼓聲，將我們的耳朵拉到歷史的古戰場上，那悲哀的安史之亂。知道的謂其在賦琴，不知道的還以爲他在寫鼓呢。全詞還是劉克莊一貫的豪放之風，除了最後一句「對漁燈一點，羈愁一搦，譜琴中語」，這首詞眞像與那清雅的琴聲無甚大關聯。

綜上，我們看到了鼓琴的悠久歷史，更聽聞了其聲音中的俗情雅韻。然而，小小的一篇論文，不可能窮盡所有。如在樂器與樂器的合奏方面，琴往往獨奏，而鼓就喜與它樂合奏，像簫鼓、鐘鼓、鼓角、笳鼓等。簫鼓多喻繁華喜慶之聲，如辛棄疾《滿江紅》「明月樓臺簫鼓夜，梨花院落秋韆索」，万俟詠《雪明鳷鵲夜慢》「聖時觀風重臘，有簫鼓沸空，錦繡匝道」；鐘鼓聽之則祥和清潤，如張炎《大聖樂．華春堂分韻同趙學舟賦》「任燕來鶯去，香凝翠暖，歌酒清時鐘鼓」，蘇軾《一叢花》「寒夜縱長，孤衾易暖，鐘鼓漸清圓」；而鼓角及笳鼓則多寓邊塞戰爭之聲，如張孝祥《六州歌頭》「看名王宵獵，騎火一川明。笳鼓悲鳴。遣人驚」，又其《鵲橋仙．平國弟生日》「渚宮風月，邊城鼓角，更好親庭一醉」等等。鼓宜合奏，琴多孤鳴，這也是鼓易抒歡鬧之情，而琴易表幽獨之趣的又一原因。

第七章　聲音意象在唐宋詞中的作用

評價一部作品，品評一位人物，又或贊評一個時代，人們常用「有聲有色」、「金聲玉色」、「聲色大開」等詞來形容，如《北江詩話》卷一評李白杜甫寫月詩時言：「寫月有聲有色如此，後人復何能著筆耶？」〔註 1〕然而前人對「詩詞」的研究，多集中在其「色」上，對「聲」的關注不多，且往往集中在「陰陽」、「平仄」、「格律」、「曲調」、「演唱」等方面，對詞文本之內的各類聲音意象的關注較少。本文即立足詞作文本，研究聲音意象在唐宋詞中的作用。

第一節　聲音與情感表達

對文學作品而言，情感表達是其永恒的主題。詞更是如此。正如張惠言《蕙風詞話》載：

> 吾聽風雨，吾覽江山，常覺風雨江山外有萬不得已者在。此萬不得已者，即詞心也。而能以吾言寫吾心，即吾詞也。此萬不得已者，由吾心醞釀而出，即吾詞之眞也，非可強爲，亦無庸強求。視吾心之醞釀何如耳。〔註 2〕

詞是一種語言藝術，而其根本在「以吾言寫吾心」。其「詞心」就是詞人的感情，也即風雨江山外的「萬不得已者」。而詞中風雨、江山等物象，不僅是觸情之物，同時又是寓情之所，皆爲此「萬不得已者」而存在。

〔註 1〕【清】洪亮吉《北江詩話》，人民文學出版社，1998 年，第 13 頁。
〔註 2〕【清】況周頤《蕙風詞話》，人民文學出版社，1961 年，第 10 頁。

一、聞聲動情

聲音意象能觸發人各類憂樂之情，正是「氣之動物，物之感人，故搖蕩性情，行諸舞詠」〔註3〕，早在南朝，鍾嶸就注意到了萬物對情感的感發作用。聲音作爲物象中極其特別的一類，它對情感的作用首先也是「感發」、「起興」。如「關關雎鳩，在河之洲，窈窕淑女，君子好逑」（《周南・關雎》），河州之上，成對鳴叫的雎鳩鳥，搖蕩了人的情絲，讓他們興起了追尋生命中另一半的願想。

所謂「人稟七情，應物斯感，感物吟志，莫非自然」〔註4〕，人以「喜、怒、哀、懼、愛、惡、欲」〔註5〕等情感對世界做出反應。聲音作爲觸發人情感的「媒介」，對各種情感皆有感發，詞中亦多有表現。如「鵲聲生暗喜。翠袖輪纖指。」（向滈《菩薩蠻・望行人》），鵲聲讓人心喜；「有怒濤聲遠，落花香在，人疑是、桃源路」（辛棄疾《水龍吟・題雨岩》），濤聲隱含著怒氣；「過萬里、西風塞雁，數聲哀咽」（吳潛《滿江紅・禾興月波樓和友人韻》），雁聲觸人哀思；「愛鶯聲，怕鵑聲。人自多情，春去自無情」（周密《江城子・擬蒲江》），人皆愛婉轉的鶯啼卻懼怕悲鳴飛鵑叫；「夜深休更喚笙歌，簷頭雨聲惡。不是小山詞就，這一場寥索」（辛棄疾《好事近・中秋席上和王路鈐》），雨聲讓人心生厭惡；「蘭麝細香聞喘息，綺羅纖縷見肌膚」（歐陽炯《浣溪沙》），那欲望的喘息聲，在夜的襯托下，尤爲突出。這些聲音，在被書寫前，只是自發地鳴奏著，無喜亦無懼。然而，它們與詞人的美麗邂逅，則開啓另一段生命之旅，它觸發了詞人種種憂樂之情。

〔註3〕【南朝梁】鍾嶸《詩品序》，見陳延傑校《詩品注》，人民文學出版社，1961年，第1頁。

〔註4〕【南朝梁】劉勰著，范文瀾注《文心雕龍注》，人民文學出版社，1958年，第65頁。

〔註5〕【漢】戴聖著，楊天宇譯《禮記譯注》，上海古籍出版社，2004年，第275頁。

詞中聲音所觸發的情感以傷情愁思爲主。韓愈言「和平之音淡薄，而愁思之聲要妙；歡愉之辭難工，而窮苦之言易好也」〔註6〕，正是這個原因。縱覽詞中各類聲音，完全只給人快樂之感的，幾乎沒有。婉轉的鶯啼，算是最可人的鳥聲了，依然有人「厭鶯聲到枕」（賀鑄《望湘人・春思》）；清冽的泉水，偏給人「幽篁獨處泉嗚咽」（張炎《醉落魄》）的悲感；即便是「但風搖環珮，細聲頻觸」（方千里《大酺》）般的清脆聲，也僅存於詞人對昔日歡會和今日的相思裏；而「蛾兒雪柳黃金縷。笑語盈盈暗香去」（辛棄疾《青玉案・元夕》），那樣的歡聲笑語，卻逐香遠去，惹人惆悵。更別說那本就悲啼的鵑聲、蕭瑟的雨聲、淒切的蟬聲和蛩聲了，更是「一聲聲、都是消凝」（周密《南樓令》），「一聲聲、都是斷腸」（陳允平《戀繡衾》），「一聲聲更苦」（姜夔《齊天樂》）了。

正是人生在世，不如意者長十之八九。對聲音的而言，其自身並沒有那麼多「情感糾葛」，關鍵在於它們成了人情感的「寓所」，從而「剪不斷、理還亂」，「別有一番滋味在心頭」（李煜《相見歡》）。而這「寓所」之用，就是詞人對情感表達第二個作用。

二、以聲寓情

聲音意象是寄寓情感的重要載體。詞人抒情有兩種途徑，一曰直抒胸臆，「多情自古傷離別，更那堪冷落清秋節」（柳永《雨霖鈴》）是也；二曰寓情於景，「楊柳岸，曉風殘月」（柳永《雨霖鈴》）是也。直抒胸臆者，簡單明瞭，繪情感一瀉千里之勢；寓情於景者，沉鬱含蓄，多耐人尋味之境，所謂「狀難寫之景，如在目前，含不盡之意，見於言外」〔註7〕是也。美景美情，往往「有聲有色」，如王安石《菩薩蠻》「何物最關情？黃鸝三兩聲」言多情之鶯聲，又蔣捷《虞美人・

〔註6〕【唐】韓愈《荊潭唱和詩序》，見韓愈著，屈守元編《韓愈全集校注》，四川大學出版社，1996年，第1464頁。

〔註7〕【宋】歐陽修《六一詩話》引梅堯臣語，見歐陽修著，李逸安點校《歐陽修全集》，中華書局，2001年，第1952頁。

聽雨》「悲歡離合總無情。一任階前、點滴到天明」言無情之雨聲，皆在聲音中寄寓憂樂之情。

與色彩、畫面、場景等視覺之景相比，聲音的優勢就在於它單純且動感十足。如「小院雨新晴。初聽黃鸝第一聲。滿地綠陰人不到，盈盈。一點孤花尙有情。(葉夢得《南鄉子・自後圃晚步湖上》)，在滿是綠蔭，開著盈盈孤花，布滿清朗日光的小院，黃鸝的一聲婉轉嬌啼，讓這小院愈發寧靜安詳。又「嫩涼新霽。明月光如洗。長笛一聲煙際起。人在危樓獨倚」(袁去華《清平樂》) 在「明月如霜，好風如水」(蘇軾《永遇樂》) 的夜裏，高樓上一聲長笛驀然劃破茫茫夜幕，悠揚而感人心扉。與層層鋪墊的視覺意象相比，聲音多數並不繁複，卻往往如「異軍突起」,「孤注一擲」，穿透力極強，尤能觸人感思。

聲音能增強景物、畫面的流動感，增強詞作震撼人心的效果。在論述情與景的關繫時，楊海明師用「靈魂和肉體」、「精神和容顏」來比喻之，言：「若無肉體，人的靈魂就無所寄寓，若無容顏的具體展示，人的精神神氣就無法捉摸；而反過來說，則肉體越是演的豐滿動人，人的靈魂就越是呼之欲出，容顏越是展示得顧盼生倩，人的精神風貌就越顯得富有生氣。」〔註 8〕而如果景物可以算是肉體和容顏的話，那麼美景之中那特別的一兩聲，就如那雙靈動的眼睛，心靈的窗戶，尤能飽含感情，尤能觸動人心。如柳永《八聲甘州》：

> 對瀟瀟、暮雨灑江天，一番洗清秋。漸霜風淒慘，關河冷落，殘照當樓。是處紅衰翠減，苒苒物華休。惟有長江水，無語東流。　　不忍登高臨遠，望故鄉渺邈，歸思難收。歎年來蹤迹，何事苦淹留。想佳人、妝樓顒望，誤幾回、天際識歸舟。爭知我、倚闌干處，正恁凝愁。

關於該詞，世人皆賞其「漸霜風淒慘，關河冷落，殘照當樓」句，其更被蘇軾譽爲「不減唐人高處」〔註 9〕，又被俞陛雲評之爲：「音節悲

〔註 8〕楊海明師《唐宋詞美學》，見《楊海明詞學文集》，江蘇大學出版社，2010 年，第 5 冊，第 181 頁。

〔註 9〕【宋】趙德鄰《侯鯖錄》，中華書局，2002 年，第 183 頁。

抗，如江天聞笛，古戍吹笳。」〔註10〕然相比而言，這霜風與首句之瀟瀟暮雨尤爲特別。就視覺而言，風雨、關河、殘照、紅消翠減、長江東流、甚至詞人想像中的佳人、妝樓、欄杆、歸舟等意象共同組合成一幅秋之怨別畫卷，然這風雨聲如異軍突起，猛然之間便穿透種種畫面，卷耳前來，震撼人心。透過這風聲雨聲，多少淒涼之感，頓生胸臆。又如張炎的《聲聲慢・都下與沈堯道同賦別本作北遊答曾心傳惠詩》：

平沙催曉，野水驚寒，遙岑寸碧煙空。萬里冰霜，一夜換卻西風。晴梢漸無墜葉，撼秋聲、都是梧桐。情正遠，奈吟湘賦楚，近日偏慵。　　客裏依然清事，愛窗深帳暖，戲揀香筒。片霎歸程，無奈夢與心同。空教故林怨鶴，掩閒門、明月山中。春又小，甚梅花、猶自未逢。

上片，就視覺而言，這裏有平沙野水、遠山碧空，還有萬里冰霜，晴梢墜葉，然「撼秋聲、都是梧桐」，最震撼人心的還是那西風下梧桐樹的颯颯秋聲，淒涼、蕭颯，直擊人心。而最爲典型的還數辛棄疾的《菩薩蠻・書江西造口壁》詞：

鬱孤臺下清江水，中間多少行人淚。西北望長安，可憐無數山。　　青山遮不住，畢竟東流去。江晚正愁予，山深聞鷓鴣。

該詞寥寥數語，卻是惜山怨水，忠憤滿懷。關於此詞，許多評論家也都注意到「山深聞鷓鴣」句，然多從其思想內涵入手加以評斷。如羅大經《鶴林玉露》言：「南渡之初，虜人追隆祐太后御舟至造口，不及而還，幼安自此起興。『聞鷓鴣』之句，謂恢復之事行不得也。」〔註11〕古人擬鷓鴣鳴聲爲「行不得也，哥哥」，故羅先生有此推斷。然而，他們沒有提及的是，這深山深處的驀然一聲鷓鴣啼，所創造的意境，更爲不凡。上片言山連水、水連山，無數山水中的無數傷心往事，將鬱孤臺置於那一重又一重的山重水複之中。下片言即便如此多

〔註10〕俞陛雲《唐五代兩宋詞選釋》，上海古籍出版社，1985年，第149頁。
〔註11〕【清】羅大經《鶴林玉露》，中華書局，1983年，第13頁。

的山，也遮不住我如水的哀愁，可見其愁苦之深。詞尾「江晚正愁予。山深聞鷓鴣」，這一聲鳥啼，於深山中驀然響起，淒厲而嘹亮，一下子打破寂靜，而又即刻復歸靜寂。「靜中忽動」、「鬧中取靜」。這一聲悲啼，不知代表了詞人多少悲心。正如況周頤「詞有不盡之妙」中言：

> 吾蒼茫獨立於寂寞無人之區，忽有匪夷所思之一念，自沉冥杳靄中來，吾於是乎有詞，洎吾詞成，則於頃者之一念若相屬若不相屬也。而此一念，方綿邈引演於吾詞之外，而吾詞不能殫陳，斯爲不盡之妙。非有意爲是不盡，如書家所云無垂不縮，無往不復也。〔註 12〕

想來，辛棄疾塡寫這首詞作之時，獨立於鬱孤臺上，可謂是「蒼茫獨立於寂寞無人之區」，那沉重的悲心，可謂此「匪夷所思之一念」，而這一念，如此的悲哀、沉重而又無從言說，只能託於那空山鷓鴣的一聲悲啼，留於後人慢慢參詳。眞可謂「含不盡之意，見於聲外」。

三、緣情布聲

詞中聲音意象的運用受詞人情感主導，甚至是詞人在情感的主導下精心布置的。儘管聲音意象能觸人感思，能寄寓感情，能含不盡之意，見於聲外。然而，詩詞當中起主導作用的還是情感。如《窺詞管見》載：「作詞之料，不過情景二字，非對眼前寫景，即攄心上說情，說得情出，寫得景明，即是好詞」，又言「詞雖不出情景二字，然二字亦分主客。情爲主，景是客，說景即是說情，非借物遣懷，即將人喻物」〔註 13〕，則寫景是爲寓情，情才是主體。然他也只說了其中一面。又田同之《西圃詞說》載：

> 作長調最忌演湊。須觸景生情，復緣情布景，節節轉換，穠麗周密，譬之織錦家，眞竇氏迴文梭矣。〔註 14〕

〔註 12〕【清】況周頤《蕙風詞話》，人民文學出版社，1961 年，第 10 頁。

〔註 13〕【清】李漁《窺詞管見》，見唐圭璋《詞話叢編》，上海古籍出版社，1986 年，第 554 頁。

〔註 14〕【清】田同之《西圃詞説》，見唐圭璋《詞話叢編》，上海古籍出版社，1986 年，第 1470 頁。

詞的創作過程中，景與情的互動是節節轉換的，觸景生情之後，則是「緣情布景」，展示於讀者眼前的「景」，已是根據詞人抒發情感需要所精心布置的。聲音意象同樣如此，如「怕聽秋聲，卻是舊愁來處」（張炎《玲瓏四犯・杭友促歸，調此寄意》），詞人對秋聲的畏懼，其實是源於詞人內心由來已久的「舊愁」。

又如人們對鳥聲的模擬與表現，「不如歸去」（杜鵑）、「行不得也，哥哥」（鷓鴣）、「提葫蘆」（提葫蘆鳥）、「脫絝」（布穀）等，也都是人們「移情」的結果。另寫鶯聲，有「聽鶯聲，惜鶯聲，客裏鶯聲最有情」（徐霖《長相思》）之愛惜，又有「厭鶯聲到枕，花氣動簾，醉魂愁夢相半」（賀鑄《望湘人・春思》）之厭惡，亦是詞人緣情布聲的結果。徐霖因「惜春」而「惜鶯聲」，他所關注的是鶯聲伴春而來。賀鑄卻因「傷春」，而「厭鶯聲」，因爲鶯聲卻又伴春而歸。

縱是同一詞人對同一聲音，心境不同，賦予聲音的「聽感」也不同。如辛棄疾《謁金門》：「流水高山絃斷絕，怒蛙聲自咽。」蛙聲中，有怒意，又有哀感，而其《西江月・夜行黃沙道中》：「稻花香裏說豐年，聽取蛙聲一片。」蛙聲中則滿是平和與安詳。正是「凡音者，生人心者也」〔註15〕，人心境平和時，所聽之聲也安詳平和。而對辛棄疾而言，平和的心境卻只是偶然擁有，在其不斷被「錯位」的人生中〔註16〕，他常心懷憂憤，讓原本充滿著田園氣息蛙聲也滿含著怒意。這同樣是緣情布聲。

緣情布聲，也是聲音意象能反應詞人個性的重要原因。在本文的第一章，第三節，筆者舉詞人辛棄疾和吳文英例，論述了「聲音的作家之別」。辛棄疾詞中壯聲，如「馬作的盧飛快，弓如霹靂弦驚」（《破陣子・爲孫同甫賦壯語以寄》），「須臾動地鼙鼓。截江組練驅山去，

〔註15〕【漢】戴聖著，楊天宇譯《禮記譯注》，上海古籍出版社，2004年，第468頁。

〔註16〕詳細論述參見楊海明師《唐宋詞與人生》上編，第十一章《角色錯位：辛棄疾的政治憂憤與人生悲涼》，《楊海明詞學文集》，江蘇大學出版社，2010年，第5冊，第7冊，第94頁。

鏖戰未收貔虎」(《摸魚兒・觀潮上葉丞相》),無論是記夢還是觀潮,鳴奏的聲音都幻化出戰場的節奏,就是詞人「移悲壯之情」入宏大之聲的結果。張炎的詞中則多衰颯之音,張炎是除辛棄疾和吳文英外,另一位善寫聲音的詞人。張炎的詞中,多秋聲又多夜雨聲,如言秋聲「風雨怯殊鄉。梧桐又小窗。甚秋聲、今夜偏長」(《南樓令》),「晴梢漸無墜葉,撼秋聲、都是梧桐」(《聲聲慢》),「賦了秋聲,還賦斷腸句」(《祝英臺近》),「無避秋聲處,愁滿天涯」(《甘州》) 等;又言夜雨聲,「連昌約略無多柳,第一是、難聽夜雨」(《月下笛》),「江南又聽夜雨,怕梅花、零落孤山」(《聲聲慢・寄葉書隱》),「去年燕子天涯,今年燕子誰家?三月休聽夜雨,如今不是催花」(清平樂)等。秋聲與夜雨聲,同樣難聽,卻同樣避無可避。詞人身歷國破家亡,漂泊異地,這聲音無疑就是其心靈之愁的移情化用。正是因爲詞人的經歷不同、心境各異,而又「緣情布聲」,將自己的情感、經歷一併打入聲音中,才有了如斯個性。

四、因聲暢情

聲音還能夠蕩心靈,人的情緒、心境等皆能因聲音的介入而舒暢起來。能夠在詩詞創作中一展拳腳的人,都擁有一顆善感的心。大到時事風雲聚會,家國瞬息巨變,小到季節物候陰陽交替,乃至草長鶯飛,景物的細微變化,都會在他們心上留下諸多痕跡。其「黛蛾長斂,任是春風吹不展。困倚危樓,過盡飛鴻字字愁」(秦觀《減字花木蘭》),滿腔的愁懷悲緒無人訴說。

而某些聲音,尤其是樂聲,則往往有解憂之效。如「夜中不能寐,起坐彈鳴琴」(阮籍《詠懷》),這琴聲,有時就如杜康酒,可以解憂。如白居易《好聽琴》:

> 本性好絲桐,塵機聞即空。一聲來耳裏,萬事離心中。
> 清暢堪銷疾,恬和好養蒙。尤宜聽三樂,安慰白頭翁。〔註 17〕

〔註 17〕【唐】白居易著,丁如明校點《白居易全集》,上海古籍出版社,1999 年,第 27 頁。

機心、憂愁，乃至疾病，在這清暢的琴聲中，都會無所遁形，消失殆盡。

它如雨聲，也有消憂解悶功效。此在陸游詩中，就多有表現。如「解酲不用酒，聽雨神自清；治疾不用藥，聽雨體自輕」（《夜聽竹間雨聲》），「天河不洗胸中恨，卻賴簷頭雨滴消」（《聽雨》）雨聲不僅可以解酒醫病，而且能一洗胸中悵恨。雨聲甚至能同參佛理，如「少年交友盡豪英，妙理時時得細評。老去同參惟夜雨，焚香臥聽畫簷聲」（《冬夜聽雨戲作》），可見這聲音的「厚度」。蔣捷《虞美人．聽雨》「而今聽雨僧廬下。鬢已星星也。悲歡離合總無情。一任階前、點滴到天明」，即詞人歷經滄桑後聽雨的「平靜」心態。

與色彩、畫面等多重組合、重重逼近的效果相比，聲音的出現往往相對單一而單純，如「小院雨新晴。初聽黃鸝第一聲」（葉夢得《南鄉子．自後圃晚步湖上》），「山徑人稀，翠蘿深處，啼鳥兩三聲」（林仰《少年遊．早行》）「蓑衣箬笠，更著些兒雨。橫笛兩三聲，晚雲中、驚鷗來去」（向子諲《驀山溪．王明之曲，薌林易置十數字歌之》），它們或於夜間清晰耳聞，或於幽靜的山林小院，驀然響起，故尤有「靜趣」。在它所創設的寧靜的氛圍中，詞人更易將機心放下，休息片刻，回想片刻，從而開啓人生的另一番境界。

當然，也並非所有的聲音，都有如此功效。如苦勸的鵑聲、淒切蟬聲、細碎的蛩聲等則往往會適得其反，非但不能解憂，反而會惹得人更加煩躁起來。這與其所營造的「鬧境」有關。此在下節會有專門論述，此不贅言。

總之，詞中的聲音意象，對詞人情感表達極其重要。優秀的詞人，往往會在聲與情，聲與色的互動中找到平衡，從而使自己的詞作，達到更高境界。而評判這一切的標準，不是色彩的絢麗與否，聲音的清亮是否，而是在「聲—色—情」三維一體的結構中，對詞境的塑造成功與否。

第二節　聲音與詞境塑造

說到聲音的作用，還有一點是不容忽視的，那就是對詞境的塑造。自王國維「詞以境界爲最上」〔註 18〕論斷以來，詞境對於詞的重要性受到學界普遍關注。詞境塑造成爲評定詞作優秀與否的重要標準。那麼何爲詞境呢？張惠言《蕙風詞話・述所歷詞境》，載：

> 人靜簾垂。燈昏香直。窗外芙蓉殘葉颯颯作秋聲，與砌鼎相和答。據梧瞑坐，湛懷息機。每一念起，輒設理想排遣之。乃至萬緣俱寂，吾心忽瑩然開朗如滿月，肌骨清涼，不知斯世何世也。斯時若有無端哀怨，棖觸於萬不得已，即而察之，一切境象全失，唯有小窗虛幌、筆床硯匣，一一在吾目前。此詞境也。〔註 19〕

從「述所歷詞境」，這段話無疑是詞人創作實踐的經驗總結。然也確實說得惚兮恍兮，玄之又玄。具體而言，詞境的創造須有如下幾個重要因素。一曰「物境」，即「人靜簾垂。燈昏昏直。窗外芙蓉殘葉，颯颯作秋聲，與砌鼎相和答」，主要是由眼前之景和耳畔之聲所構成之場景。二曰「構思」，亦可稱爲聯想、想像，即「據梧瞑坐，湛懷息機。每一念起，輒設理想排遣之。乃至萬緣俱寂，吾心忽瑩然開朗如滿月，肌骨清涼，不知斯世何世也」。三曰「寓情」，也可叫「寄託」，即「斯時若有無端哀怨，棖觸於萬不得已」。四曰「詞境」，也即詞中意境。即「即而察之，一切境象全失，唯有小窗虛幌、筆床硯匣，一一在吾目前。」由此可見，詞境，其實就是經過想像構思，加入了詞人情感寄託的物境。而構成詞境的意象，除了眼前之景，還有耳畔之聲——「窗外芙蓉殘葉，颯颯作秋聲，與砌鼎相和答」。聲音意象是構成詞境不可或缺的重要因素。

〔註 18〕王國維《人間詞話》，上海古籍出版社，2000 年，第 1 頁。
〔註 19〕【清】況周頤《蕙風詞話》，人民文學出版社，1961 年，第 9 頁。

一、聲音之於詞境的重要性

聲音意象的不可或缺，首先源自於它的無處不在。聲音充斥在一切時間和空間，滿布詞人生活的方方面面。

首先，看詞人的世俗生活。衣食住行、親友往來，觥籌交錯，歌舞宴飲等，除了眼睛觀賞到的美景外，鳴響在耳畔的聲響同樣豐富。如「舞低楊柳樓心月，歌盡桃花扇底風」（晏幾道《鷓鴣天》）之歌舞賞樂聲，「笑擁眉開祝壽聲，滿勸鴛鴦盞」（陳著《卜算子・壽族弟藻夫婦八十》）之祝壽歡鬧聲，「杵歌串串，鼓聲疊疊，預賞元宵舞」（劉辰翁《青玉案・用辛稼軒元夕韻》）之節日歡慶聲。人們日常生活中，歌聲、樂聲、歡聲、鬧聲與歡鬧之場面一結合，別有一番風致。

而又或辭家離親，漂泊異地，孤宿相思，羈旅傷懷等。屆時上有鳥啼，下有蟲吟，中間還有無情風雨助人淒涼。那耳畔之音甚至比眼前之景更讓人無奈。如勸歸的鵑啼「剛斷腸、惹得離情苦。聽杜宇聲聲，勸人不如歸去」（柳永《安公子》）；床下的吟蛩「後約無憑。往事堪驚。秋蛩永夜繞床鳴」（杜安世《浪淘沙》）；旅店的風雨，「人道山長山又斷。蕭蕭微雨聞孤館（李清照《蝶戀花》）；舟側的波浪，「波聲拍枕長淮曉，隙月窺人小。無情汴水自東流，只載一船離恨、向西州」（蘇軾《虞美人》）等等，同樣會觸發詞人無邊愁緒。

其次，看詞人詩酒唱和，遨遊山水的文雅生活。屆時雨聲、芭蕉聲、鶯聲、蟬聲、琴聲、棋聲等，皆可入詩入酒。如史達祖《南歌子》言「昨夜詩情頻在、雨聲中」，又耿時舉《浣溪沙》有「碧井臥花人寂寞，畫廊鳴葉雨瀟瀟。漫題詩句滿芭蕉」，這窗外的雨聲，亦或是雨滴芭蕉聲，無時無刻不逗引著人們的詩情。又「曉夢鶯呼起。便安排、詩家廚傳，酒家行李」（陳以壯《賀新郎・和劉潛夫韻》），詞人被鶯聲叫醒，立刻就想起了詩酒唱和的文雅生活。再如「牆頭喚酒，誰問訊、城南詩客。岑寂。高柳晚蟬，說西風消息」（姜夔《惜紅衣》），「真得歸來笑語，方是閒中風月，剩費酒邊詩。點檢歌舞了，琴罷更圍棋」，這蟬聲、琴棋中也滿載著詩情雅致。

更遑論遊玩時的山水泠泠聲、環佩聲、車馬聲、簫鼓聲等等，如姜夔《夜行船》遊吳興沈氏圃「略彴橫溪人不度。聽流澌、佩環無數。屋角垂枝，船頭生影，算唯有、春知處」之流水聲、環佩聲，吳文英《木蘭花慢》遊虎丘之「紫騮嘶凍草，曉雲鎖、岫眉顰」之馬嘶聲，重遊虎丘「青冢麒麟有恨，臥聽簫鼓遊山」之遊山簫鼓聲等，都裝點在詞人的旅途中。

它如隱逸生活中，抗敵報國之軍旅生活等，同樣充斥著聲音。如漁隱詞中之風雨聲、鳴櫓聲、棹歌聲，山隱詞之猿啼鶴唳之聲；軍旅生活之軍樂聲、邊雁、邊風、戰馬、干戈等聲，此在前文已有論述〔註 20〕，此不多做贅言。

可見，生活中之聲音極其豐富，讓人避無可避。即便有人尋到了那麼一塊「淨土」，寧靜、幽靜，乃至寂靜得似無任何聲響，然「無聲之聲」，同樣是一種聽感，與尋常之視覺意象亦是不同。面對如此豐富之聲音，詞人耳聞目見，習之如常，擇之進行藝術加工，寫入詞中也是理所應當。聲音意象成爲構成詞境的重要因素。

而聲音區別於視覺、觸覺等其它意象的獨特性，讓它在詞中獨樹一幟，不可替代。

首先，聲音不受光線的限制，這讓它在視覺受阻時顯得尤爲重要。這在暮夜詞中表現最明顯。比如說夜雨聲。古人常有夜間聽雨的習慣，如「連昌約略無多柳，第一是、難聽夜雨」(張炎《月下笛》)，夜雨聲尤其讓人難堪。又如暮鵑聲、晨鳴聲。杜鵑與雞是禽鳥中特別的兩類，杜鵑常於日暮始啼，長夜不停，聲調悲苦，而雞，天不亮就打鳴，催人早行，如秦觀《踏莎行》「可堪孤館閉春寒，杜鵑聲裏斜陽暮」，又蘇軾《沁園春》「孤館燈青，野店雞號，旅枕夢殘」，對於睡不安枕的人來說，這啼聲總有別樣的滋味的。再如砧杵聲（搗衣聲)。「一寸愁心。日日寒蟬夜夜砧」(晏幾道《採桑子》)，秋冬之際，

〔註 20〕詳細見本文第一章第二節「聲音的地域之別」之「邊塞之聲」，第三章第三節「生活聽雨」之「安居生活」。

在外之人需要寒衣，婦女製作冬衣時很自然會掛念遠方的親人。為了不耽誤其它家務，搗衣的時間多選在有月亮的晚上，這讓搗衣的情緒、環境、音響、動作等都布滿了詩意。它如蛩聲及鼠、蝙蝠等夜間活動的聲音，人活動的聲音，音樂聲等不一而足，這些聲音都在夜幕的籠罩下，亦或是在夜間寂靜的襯托下，顯得特別的撩人，也呈現別樣的情味。〔註21〕

而器樂聲、歌聲等，在唐宋詞中的地位尤其特別。詞起源於音樂，詞從譜曲、填製直到演唱都離不開音樂。而音樂又何嘗不是一種特別的聲音？所謂「比音而樂之，及干戚羽旄，謂之樂。樂者，音之所由生也。其本在人心之感於物也」〔註22〕可見，音樂不過是聲音的排序組合，樂之根本同普通聲音一樣，皆是人內心感情的再現。

樂聲，大致包括器樂聲和歌聲兩大類。以器樂而言，詞中可謂品類繁多，金、石、土、革、絲、木、匏、竹（即「八音」），應有盡有。「紅牙雙捧旋排行」（王安中《小重山》），「琵琶撥盡四絃悲」（周邦彥《浣沙溪》；「樓頭鐘鼓變新聲」（王庭珪《江城子》），「公宴凌晨簫鼓沸」（柳永《玉樓春》）；「一聲玉磬下星壇」（吳文英《江神子・喜雨上麓翁》），「惻惻笙竽萬籟風」（趙長卿《浣溪沙》）；「有塤篪諧律」，（劉克莊《滿江紅》）「聽緩敲牙板」（楊無咎《望海潮・上梁帥生辰》）等等。古人創制音樂，很早就注意到了各種樂器間的諧暢問題，追求「八音諧暢」。如《尚書》言：「詩言志，歌永言，聲依永，律和聲。八音克諧，無相奪倫。」〔註23〕故對各類樂器都很重視，即便是小詞對樂聲的表現也很全面。

而歌聲，因歌者本身素質不同，帶來的聽感也各異。柳永詞中就對歌者多有描繪。如「心娘自小能歌舞，舉意動容皆濟楚。解教天上

〔註21〕詳細分析見本書第一章第一節，聲音的晝夜之別。

〔註22〕【漢】戴聖著，楊天宇譯《禮記譯注》，上海古籍出版社，2004年，第467～468頁。

〔註23〕李民《尚書譯注》，上海古籍出版社，2004年，第19頁。

念奴羞，不怕掌中飛燕妒」，「佳娘捧板花鈿簇，唱出新聲群豔伏。金鵝扇掩調累累，文杏梁高塵簌簌」，「蟲娘舉措皆溫潤，每到婆娑偏恃俊。香檀敲緩玉纖遲，畫鼓聲催蓮步緊」，「酥娘一搦腰肢嫋，回雪縈塵皆盡妙。幾多狎客看無厭，一輩舞童功不到」（《木蘭花》〈四首〉），這裏的心娘、佳娘、蟲娘、酥娘皆是青樓歌妓，其歌舞有豔麗、有溫潤，各不相同。

不同樂聲，其聽感及其所營造之境界也各不相同。如世人評蘇軾詞和柳永詞之不同，就以音樂之風格別之。按《吹劍錄》：

> 東坡在玉堂日，有幕士善歌，因問：「我詞何如柳七？」對曰：「柳郎中詞，只合十七八女郎，執紅牙板，歌『楊柳外曉風殘月』。學士詞，須關西大漢，銅琵琶、鐵綽板，唱『大江東去』。」東坡爲之絕例。〔註24〕

蘇軾《念奴嬌·赤壁懷古》與柳永《雨霖鈴》，一豪放，一婉約，境界迥然各異，其所配之樂器，一爲「銅琵琶、鐵綽板」，一是「紅牙板」；其歌手也是一爲「關西大漢」，一是「十七八女郎」；一陽剛，一婉柔，亦自不同。可見這器樂聲、歌聲，又不同於一般聲音，各有其聲也各展其情，它們對詞境的塑造也當各有其別。

由此可見，聲音的豐富性和獨特性決定了它的不可替代性。如此品類繁多的聲音所塑造的詞境也是各種各樣的。

二、聲音所營造之詞境

以上分析，我們看到了聲音的豐富性和獨特性，及其對於詞境塑造的不可或缺性。聲音，雖有別於普通景物，同樣寄託著詞人的眞情眞性。所謂「能寫眞景物、眞感情者，謂之有境界」〔註25〕。詞中聲與聲合奏，聲與色（包括畫面、場景等視覺景觀）的聯手，聲音與胸懷、情趣等的融彙貫通等，都會營造出非一般的境界來。

〔註24〕【宋】俞文豹著，張宗祥校訂《吹劍錄全編》，古典文學出版社，1958年，第38頁。

〔註25〕王國維《人間詞話》，上海古籍出版社，2000年，第2頁。

首先看聲與聲的合奏。聲音訴諸聽覺意識，「聲與聲」構境者，自然也趨向於聽覺，主要是指詞中的「鬧境」與「靜境」，具體而言有「鬧中取靜」和「靜中顯鬧」兩種。

自「蟬噪林逾靜，鳥鳴山更幽」（王籍《入若邪溪》）句以來，「鬧中取靜」就成了世人共知的論題。不少人還專門仿照它造句，如南宋曾季貍《艇齋詩話》載：

> 南朝人詩云：「蟬噪林逾靜，鳥鳴山更幽。」荊公嘗集句云：「風定花猶落，鳥鳴山更幽。」說者謂上句靜中有動意，下句動中有靜意。此説亦巧矣。至荊公絕句云「茅簷相對坐終日，一鳥不鳴山更幽」，卻覺無味。蓋鳥鳴即山不幽，鳥不鳴即山自幽矣，何必言更幽乎？此所以不如南朝之詩爲工也。〔註 26〕

自此，蟬鳴鳥啼也成了「鬧中取靜」的代表，在詩詞中多有表現。如蟬聲，「露腋玲瓏，多少鬧中幽趣」（陳著《綺羅香·詠柳外聞蟬三章》），「深院悄，亂蟬嘶夏木，雙燕別春泥」（陳允平《風流子》）等，夏日的蟬聲，紛亂噪人，然正因其噪，才顯出小院的安靜，鬧出「幽趣」來。又如鶯聲，「那堪片片飛花弄晚，濛濛殘雨籠晴。正銷凝。黃鸝又啼數聲」（秦觀《八六子》），「池上碧苔三四點，葉底黃鸝一兩聲」（晏殊《破陣子・春景》），這葉底花外的一兩聲鶯啼，別有一番幽情閒趣。蟬聲和鳥聲皆以高遠響亮著稱，然它們所營造的詞境，恰恰與其聲音之大小相反，多表現爲「鬧中取靜」之靜境。

而與之相反，那細微、紛碎的蛩聲、鼠聲、蝙蝠聲等，則往往於「靜中取鬧」，在詞中創造出頗讓人煩躁的鬧境來。如「昨夜寒蛩不住鳴。驚回千里夢，已三更」（岳飛《小重山》），「秋蛩永夜繞床鳴。展轉尋思求好夢，還又難成」（杜安世《浪淘沙》），細細微微的蛩吟，硬是有驚人本領，擾得人難以入眠。又如「繞床饑鼠，蝙蝠翻燈舞。

〔註 26〕【宋】曾季貍《艇齋詩話》，叢書集成初編本，商務印書館，1936 年，第 19 頁。

屋上松風吹急雨，破紙窗間自語」（辛棄疾《清平樂・獨宿博山王氏庵》），夜間的鼠聲、蝙蝠聲、風雨聲，窗紙聲的合奏，窸窸窣窣，不一定有多大力量，然同樣攪得人夜不安枕。

以上是詞人塑造詞境慣用的手法，詞境的靜與鬧恰恰與其聲音的高與低成反比。如同詞人往往於夏季詞中營造清涼之境，而於冬季詞中塑造溫暖之境一樣，是一種「陌生化」的筆法。表面上看似自相矛盾，然卻恰恰與人的感知相符。正如寒冷的冬季，讓人思憶最深的是溫暖，喧鬧之中，最鮮明的也莫過於喧鬧中的片刻安靜。正是「別有幽愁暗恨生，此時無聲勝有聲」（白居易《琵琶行》），靜與鬧的關鍵，本質並不在於聲音的高低（儘管詞人經常如此「反面出擊」），而在於這鬧與靜是否爲彼此留足空間，在於鬧與靜中詞人的心境如何。

以鵑聲爲例。同樣是山林掩映中，詞中杜鵑的叫聲就往往急切而喧鬧。如方岳《滿江紅・和程學諭》「盡月明夜半，杜鵑聲急」，康與之《滿江紅・杜鵑》「鎮日叮嚀千百遍，只將一句頻頻說。道不如歸去不如歸，傷情切」等。與鶯、燕等其它鳥兒相比，杜鵑往往於傍晚或夜間鳴叫，且只於寂靜中簡單地重複著一個音調，「不如歸去」、「不如歸去」，單一而急切。非但如此，杜鵑還不懂得收放有度，爲山林之靜留下空間，它一旦啼叫起來，就不休不止，不眠不休，少有能讓這山、這夜回覆寧靜的時候，故而這「鬧」也就不斷地持續下去，直鬧得人心也跟著煩躁起來。如趙鼎《賀聖朝・道中聞子規》：

> 征鞍南去天涯路。青山無數。更堪月下子規啼，向深山深處。　　淒然推枕，難尋新夢，忍聽伊言語。更闌人靜一聲聲，道不如歸去。

該詞其實就是靜與鬧的抗爭。遠走天涯，青山無數，本是寂靜之極。然月下杜鵑的不住啼鳴，又於靜中顯鬧。更闌人靜，也屬靜景，而一聲聲的「不如歸去」，又是對這靜謐的打破。這千山杜宇，業已啼得人淒涼頓生，難以入眠，竟連對未來的「新夢」也難以追尋，可謂喧鬧至極。這樣的鳥聲，早失去了「鳥鳴山更幽」的境界，而變爲「山幽鳥愈喧」了。鵑聲非但沒爲山林的寧靜貢獻一己之力，反過來，這山與夜的寂靜反而成了鵑聲的襯托，襯得這鳥啼愈發噪耳。

夜裏的蛩聲、鼠聲之鬧，也同理可證。蛩吟切切，「不眠聽鼠齧」（石孝友《謁金門》），這些細微的聲響，不足以打破長夜的寂靜，然它們的擾人正在於其重複、細碎、無休無止，在夜的襯托下，反而顯得出奇響亮。這樣細微的響動還很多，如李清照《添字醜奴兒》「傷心枕上三更雨，點滴霖霪。點滴霖霪。愁損北人，不慣起來聽」之雨水滴答聲，周邦彥《蝶戀花》「月皎驚烏棲不定」的烏鳥翻樹聲，甚至清秋的落葉聲「窗兒外、有個梧桐樹，早一葉、兩葉落」（曹組《品令》），枯荷的露滴聲「枯荷露重時聞滴。君夢不來誰阻隔」（徐照《玉樓春》）等等。皆是以細微之聲，營造「鬧」境。當然，這種鬧境也是相對的，是趨向於人不平靜心靈的。反言之，正是源於人心靈的不寧靜，才讓如此細微瑣碎之音有可趁之機。

當然，詞中的鬧境，並非全由這些細微之聲營造，它如「記得南樓三五夜，曾聽鳳管昭華」（蔡伸《臨江仙・中秋和沈文伯》）節日管絃之鬧，「遠似舊時遊上苑，車如流水馬如龍」皇苑覽勝之鬧，「羌管弄晴，菱歌泛夜，嬉嬉釣叟蓮娃」，都市繁華之鬧等。只是這些鬧境，與前面所分析之鵑聲、蛩聲等所營造的鬧境又有不同。一種是苦鬧，一種卻是歡鬧。正如「最苦子規啼處，一片月、當窗白」（張輯《月當窗・寓霜天曉角》），「黃木灣頭人鬧，耳邊都是歡聲」境界也迥然不同。

自然，也不排除以歌舞音樂之鬧來寄託愁情，營造愁境的，如「舞扇招香，歌橈喚玉，猶憶錢塘蘇小。無端暗惱」（張炎《臺城路》），又「五更簫鼓貴人家。門外曉寒嘶馬」（吳文英《西江月・丙午冬至》），然這樣的愁，往往存在於他與我、今與昔的對比中，並非這歡聲笑語的「直接後果」。而對詞中的鬧境與靜境的塑造，最典型的還要數蘇軾的《永遇樂・夜宿燕子樓，夢盼盼，因作此詞》：

> 明月如霜，好風如水，清景無限。曲港跳魚，圓荷瀉露，寂寞無人見。紞如三鼓，鏗然一葉，黯黯夢雲驚斷。夜茫茫，重尋無處，覺來小園行徧。　　天涯倦客，山中歸路，望斷故園心眼。燕子樓空，佳人何在？空鎖樓中燕。古今如夢，何曾夢覺，但有舊歡新怨。異時對，黃樓夜景，爲余浩歎。

關於該詞，世人皆賞其「燕子樓空，佳人何在，空鎖樓中燕」句，認爲其「用張建封事……用事不爲事所使」〔註 27〕，然「紞如三鼓，鏗然一葉，黯黯夢雲驚斷」句，同樣驚人耳目。倘若是在白天，葉落之細微響動甚至不能爲人耳所捕捉，然在寂靜的夜裏，它卻能在詞人的心中無限放大，發出有類金屬鳴奏般的「鏗然」之聲，此不可謂不震人心魄。正因爲它僅僅是一葉之聲，鏗然過後復歸夜的寧靜，故而愈發顯得這夜靜的驚人。蘇軾的這種寫法，動靜之中，另有曲折，較一般的鬧中取靜、靜中顯鬧則更進一層。

其次，看聲音與色彩、畫面、場景等得聯合。我們研究聲音，然我們不得不承認，人的五感當中，視覺往往是處於統領地位的。詩詞當中專用聲音來塑造詞境的情況，雖然獨特，然並不佔優勢。大多時候，詞境的塑造需要依靠聲與色（畫面、場景等）的互動。

如冷暖之境。「冷暖」，乍看來像是人的觸覺感受。其實詞中之冷暖，往往是人的一種心靈感受。如「秋陰時晴向暝。變一庭淒冷。佇聽寒聲，雲深無雁影」（周邦彥《關河令》），「樓上酒融歌暖，樓下水平煙遠」（韓元吉《謁金門・春雪》），秋日景色的淒冷，冬日歌聲的暖融，皆是詞人心境的外化。

有些聲音，天生便有冷暖之別。如春鶯秋雁，「香暖薰鶯語，風清引鶴音」（毛熙震《女冠子》），「暖香十里軟鶯聲。小舫綠楊陰」（張炎《風入松》），又劉辰翁《唐多令》「寒雁下荒洲。寒聲帶影流。便

〔註 27〕【宋】張炎著，夏承燾注《詞源注》，人民文學出版社，1981 年，第 19 頁。

寄書、不到紅樓」，張淑芳《更漏子・秋》「桐葉落，蓼花殘。雁聲天外寒」，這鶯聲總帶著春歸大地的溫情暖意，雁聲又帶著秋落人間的荒涼與寒冷。又如晝蟬夜蛩。「晝永蟬聲庭院，人倦懶搖團扇」（陸游《昭君怨》），「梅雨霽，暑風和。高柳亂蟬多」（周邦彥《鶴衝天・溧水長壽鄉作》），又吳文英《霜葉飛》「小蟾斜影轉東籬，夜冷殘蛩語」，周密《南樓令・次陳君衡韻》「新雁舊蛩相應和，禁不過、冷清清」，夏日的午後，蟬聲嘶啞，總帶著暑氣，高鳴耳畔。夜裏的秋蛩，斷斷續續，冷冷清清，卻讓人尤難忍受。此冷暖之別，主要源自於物候的「陰陽」之變，陽則溫暖，陰則淒冷。春秋晝夜，陰陽不同，故而專於其間鳴叫的聲音也有了冷暖之別。

值得注意的是，這種天生之別，多數卻拗不過詞人的後天改造。如春鶯聲，婉轉嬌美，然清晨的鶯啼，在「曉鶯殘月」之意象模式中，與淒涼之「色」一組合，便極有淒冷之致〔註 28〕。如「門外早鶯聲，背樓殘月明」（孫光憲《菩薩蠻》），「鶯啼殘月，繡閣香燈滅。門外馬嘶郎欲別，正是落花時節」（韋莊《應天長》）等等。又如蟬，這一夏日晝間的歌者，也往往不「按時」歌唱了。唐宋詞中詠秋蟬、暮蟬者更多。如柳永《雨霖鈴》「寒蟬淒切，對長亭晚，驟雨初歇」，趙彥端《點絳唇・途中逢管倅》「我是行人，更送行人去。愁無據。寒蟬鳴處。回首斜陽暮」，本來噪鬧的蟬聲，與秋雨、秋暮之景結合，境界也淒冷起來。可見，聲與色的互動，多是聲從於色，聽覺從於視覺的。

而倘若再比照飽含濃鬱情感的場景，聲音又不得向場景「低頭」了。而最典型的就要數雨了。雨在色調上無疑是冷的，下雨時天會暗下來，溫度會降下來，就連那瀟瀟雨聲也總散發著凜凜寒意，如「午醉西橋夕未醒，雨花淒斷不堪聽。」（晏幾道《浣溪沙》），「離別苦。那堪聽、敲窗凍雨」（趙汝茪《玲瓏四犯・重過南樓月白石體賦》）等。

〔註 28〕具體見本書第三章，第二節「唐宋詞中鶯聲常見的意象模式」之「曉鶯殘月」。

然在「對床聽雨」,「剪燈聽雨」時,那一燈之下,兩床之間,與親朋好友,親切交談的場景中,卻是溫暖人心的。〔註 29〕如馮取洽《念奴嬌·次韻玉林寄示》「對牀誤喜,與君同聽風雨」,周密《憶舊遊·寄王聖與》:「記移燈翦雨,換火篝香,去歲今朝。」與友人相聚時,在柔和的燭光下,在溫暖的篝火前,徹夜暢談。燭心快滅了,就拿剪刀一剪,篝火冷了,就叫人添煤加碳。此時室外即便是狂風暴雨,也只會更加襯托出室內的一片溫情暖意。此情此境,本該冷冷的雨聲,聽起來是暖的,塑造的詞境也是暖的。

又如**剛柔之境**。剛與柔,作爲美的兩個極端,爲眾多學者注意。美學大家朱光潛就舉「駿馬秋風冀北,杏花春雨江南」〔註 30〕,並將之視爲「剛性美」和「柔性美」的代表〔註 31〕。這裏的剛與柔,皆偏重於視覺,有很強烈的畫面感。而聲音與畫面一樣,也有剛柔之別。

唐宋詞中多柔聲,聲之柔美者,以春鳥聲最爲典型。如春鶯聲,鶯聲向以「婉轉嬌慵」著稱,正是「鶯語巧,上林中。正嬌慵」(曾覿《訴衷情》),那一番嬌美慵懶之韻,與天生纖巧的詞體可謂珠聯璧合。又燕聲,燕聲雖不如鶯聲婉轉嬌媚,然燕語呢喃,與那情人間的愛語出奇相似,如「燕將舊侶。呢喃終日相語」(楊無咎《垂絲釣》),「隔簾聽燕呢喃語,似說相思苦」(沈端節《虞美人》),燕語呢喃,與詞善寫相思別怨的題材暗合,故而也極富柔婉之致。其它如蛩聲、雁聲、櫓聲、砧聲等,也往往寄託著詞人的柔情蜜思。「紅藕香寒翠渚平,月籠虛閣夜蛩清。塞鴻驚夢兩牽情」(顧敻《浣溪沙》),「聽雁聽風雨,更聽過、數聲柔櫓。暗將一點心,試托醉鄉分付」(張炎《探春慢》),「砧聲齊,杵聲齊,金井欄邊敗葉飛。夜寒烏不棲」(黃昇《長相思·秋夜》)等,皆如此。

〔註 29〕詳見本書第二章,第四節「雨聲的意境美」之「雨聲的冷暖之境」。

〔註 30〕徐悲鴻自題聯「白馬秋風賽上,杏花春雨江南」,後爲吳寇中改爲「駿馬秋風冀北,杏花春雨江南」。

〔註 31〕朱光潛《文藝心理學》,安徽教育出版社,1997 年,第 221 頁。

聲之陽剛者亦有，如潮聲、濤聲，「老月騰輝群動息，獨坐清分沆瀣。更滿聽、潮聲澎湃」（李震《賀新郎・題高克恭夜山圖》），「亂石穿空，驚濤拍岸，卷起千堆雪」（蘇軾《念奴嬌・赤壁懷古》），又如鼓聲，尤其是軍鼓聲，「起擁奇才劍客，十萬銀戈赤幘，歌鼓壯軍容」（王以寧《水調歌頭・裴公亭懷古》），另如前章所論之「邊聲」，皆是典型的陽剛之聲。這些陽剛之聲多出現在詠史懷古，特別是軍旅題材中，數量不多，表現力較唐詩而言，也相對一般，皆因其與小詞之風格不類。

就詞而言，「其爲體也纖弱」〔註32〕，故往往多柔婉之境而少陽剛之氣。詞中柔婉聲之豐富且不用說，就是對那些中性之聲，唐宋詞也往往側重表現其柔的一面。言風雨則多是和風細雨，溫柔纏綿。如張先《八寶妝》所言：「花陰轉、重門閉。正不寒不暖，和風細雨，困人天氣。」又劉過《滿江紅・高帥席上》「敲面風輕，一兩點、海棠微雨」等；賦雷鳴則有常常是輕雷陣陣，隱隱傳來。如「柳外輕雷池上雨，雨聲滴碎荷聲。」（歐陽修《臨江仙》），「重簾人語，轔轔繡軒，遠近輕雷」（張先《宴春臺慢》）等。

即便典型的「陽剛之聲」，與花柳等傳統柔美之景一結合，其境界也不由地柔婉起來。如羯鼓，本是馬上之鼓，然傳入中原之後，不僅有了「花奴鼓」、「催花鼓」〔註33〕兩個柔婉的名字，且喜與花柳爲伴。如劉辰翁《最高樓》「已無翠鳥傳花信，又無羯鼓與花聽。更催催，遲數日，是春生」。又如羌笛、胡笳等邊地之聲，入住中原、江南之後，也漸漸婉約起來，如「花作陣，舟爲宅。敲羯鼓，鳴羌笛。漸夜涼風進，酒杯無力」（黃人傑《滿江紅》），「一葉扁舟輕帆卷。暫泊楚江南岸。孤城暮角，引胡笳怨。水茫茫，平沙雁、旋驚散」（柳永《迷神引》），羯鼓、羌笛、胡笳、畫角等，本是蒼涼悲壯的邊塞之

〔註32〕【明】陳子龍《王介人詩餘序》，見施蟄存《詞籍序跋彙編》，中國社會科學出版社，1994年，第506頁。

〔註33〕詳見本書第七章，第三節「詞中鼓琴的雅俗之『變』」。

聲，然與江南之景結合，雖仍不免略有幽怨之氣，其陽剛之境確已蕩然無存。

當然，詞境並非僅這幾種，如王國維所言之「有我之境」與「無我之境」〔註 34〕，言秦觀詞之「淒婉」乃至「淒厲」〔註 35〕境等，它們與詞之冷暖、剛柔之境相似，皆不出聲、色、情之間的互相配合。

與陽剛悲壯的「詩境」相比，詞境以「深靜」爲優。如況周頤《蕙風詞話》：

> 詞境以深靜爲至。韓持國《胡擣練令》過拍云：「燕子漸歸春悄。簾幕垂清曉。」境至靜矣！而此中有人，如隔蓬山。思之思之，遂由淺而見深。蓋寫景與言情，非二事也。善言情者，但寫景而情在其中。此等境界，唯北宋人詞往往有之。〔註 36〕

顯而易見，這裏的「深靜」主要是指情深、景靜。欲情深則不能過於直白，要「如隔蓬山。思之思之，遂由淺而見深」，其實，也就是要將深刻的情感寄寓在至靜至寂的景致中，以得含蓄之妙。依筆者看來，這「深靜」一說，雖說看似摒棄一切聲音，然更多時候則有賴聲音意象的運用。如上述蘇軾《永遇樂・夜宿燕子樓，夢盼盼，因作此詞》詞，又如其《卜算子》：

> 缺月掛疏桐，漏斷人初靜。時見幽人獨往來，縹緲孤鴻影。　　驚起卻回頭，有恨無人省。揀盡寒枝不肯棲，楓落吳江冷。

這首詞題詠孤鴻，被黃庭堅評爲：「似非吃煙火食人語。非胸中有萬卷書，筆下無一點塵俗氣，孰能至此？」〔註 37〕依筆者看來，這首詞就頗得「深靜」之妙。「『缺月』，刺明微也。『漏斷』，暗時也。『幽人』，不得志也。『獨往來』，無助也。『驚鴻』，賢人不安也，『回頭』，愛君

〔註 34〕王國維《人間詞話》，上海古籍出版社，2000 年，第 1 頁。
〔註 35〕王國維《人間詞話》，上海古籍出版社，2000 年，第 7 頁。
〔註 36〕【清】況周頤《蕙風詞話》，人民文學出版社，1961 年，第 24 頁。
〔註 37〕【宋】黃庭堅《跋東坡樂府》，見金啓華《唐宋詞集序跋彙編》，江蘇教育出版社，1990 年，第 29 頁。

不忘也。『無人省』，君不察也。『揀盡寒枝不肯棲』，不偷安於高位也。『寂寞吳江冷』，非所安也。」〔註 38〕其愛君不遇之悲，高潔煢獨之志託一孤鴻暗喻，可謂「情深」。而漏聲已斷的深夜，唯有一抹孤鴻的身影，爲疏桐枝上的月亮驚起。不可謂不靜。而這已斷的漏聲、隱約的孤鴻翻樹聲、楓葉落江聲，雖未言明，卻暗藏詞中。也正是如此微不可聞聲音的凸顯，才尤顯該詞境界之「至靜」。

詞以「深靜」爲優，雖是標榜騷雅的常州詞派所倡導，然確實符合詞的纖巧體制，畢竟詩詞有別，「詩之境闊，而詞之言長」〔註 39〕，對這種「狹而深」的體制而言，詞若得「深靜」之境，可爲優矣！

有意思的是，除了情感表達和詞境塑造外，前人還借助「聲響」來評價詞人及其作品。早在六朝，孫綽就以其非凡的才能爲後人創造了一個成語——「擲地有聲」。《晉書・孫綽傳》載孫綽「嘗作《天台山賦》，辭致甚工，初成，以示友人范榮期，云：『卿試擲地，當作金石聲也。』」〔註 40〕自此，「金石聲」即與華美之文章聯繫在一起。如《文心雕龍・原道》篇，有「至若夫子繼聖，獨秀前哲，熔鈞六經，必金聲而玉振」〔註 41〕。另劉克莊評辛棄疾「公所作詞大聲鏜鞳，小聲鏗鍧，橫絕六合，掃空萬古。其穠麗綿密者，亦不在小晏、秦郎之下。」〔註 42〕以「鏜鞳」、「鏗鍧」洪亮之聲喻其作品陽剛之美。再如《雨村詞話》言姜夔「《鷓鴣天》詞三首，如『鴛鴦獨宿何曾慣，化作西樓一縷雲』，不但韻高，亦由筆妙。何必石湖所贊自製曲之敲金戛玉聲，裁雲縫月手也。」亦以「敲金戛玉聲」，形容其自製曲之非凡成就。

〔註 38〕【明】鮦陽居士《復雅歌詞》，見唐圭璋《詞話叢編》，上海古籍出版社，1986 年，第 60 頁。

〔註 39〕王國維《人間詞話》，上海古籍出版社，2000 年，第 19 頁。

〔註 40〕【唐】房玄齡《晉書》，中華書局，第 1544 頁。

〔註 41〕【南朝梁】劉勰著，范文瀾注《文心雕龍注》，人民文學出版社，1958 年，第 2 頁。

〔註 42〕【宋】周密著，查爲仁箋《絕妙好詞箋》，上海古籍出版社，1984 年，第 25 頁。

以上是關於聲音意象在唐宋詞中作用的分析。情感表達和詞境塑造，是聲音意象最重要的作用，然卻不是全部。比如說聲音對詞人生活的表現，尤其是都市夜生活和音樂生活的再現，「羌管弄晴，菱歌泛夜，嬉嬉釣叟蓮娃」（柳永《望海潮》）「二更夜月明。音樂堪人聽」（無名氏《五更轉》）；聲音中所寄寓的文化特色，如鵑聲中的儒家入世文化，「爲問杜鵑，抵死催歸，汝胡不歸……不解自寬，徒然相勸，我輩行藏君豈知。閩山路，待封侯事了，歸去非遲」（陳人傑《沁園春・問杜鵑》）、猿啼鶴唳中的道家出世文化，「湖山美，有啼猿唳鶴，相望東歸」（張先《沁園春》），鐘聲中的佛家文化，「歌沈玉樹，古寺空有疏鐘發」（李綱《六么令》），「提葫蘆」鳥叫中的酒文化，「君詩好，似提壺卻勸，沽酒何哉」（辛棄疾《沁園春》）等等。這些皆是聲音的作用，然這些作用在詩歌等其它文學作品中同樣存在，且可能更爲突出。對於「緣情」而作的小詞，情感表達和詞境塑造可以算是最不可忽視的了，故而茲舉以上兩方面，略作論述。

結　語

唐宋詞研究至今，從對字句、結構、聲律等妙處的點評，到對詞作家及作品主題的關注，再到對詞風格、流派等的解析，然後到對詞中情感、生活及文化意蘊的參詳，乃至意象、境界等的論述，甚至是選本、詞論等的研究之研究，可謂應有盡有，已經很難在這個地方開疆拓土了。唐宋詞聲音意象研究，咋看來似乎是個新領域，細究來也不過是舊題新話，新就新在選取了一個獨特的研究視角——「聲音」。

著眼「聽感」，聆聽「聲音」，筆者特選取了雨、鶯、鵑、蟬、蛩、鼓、琴等「善鳴者」而進行專題研究。其中雨最具多感性，其聲音也最複雜多變。不同的季節，不同的生活狀態，不同的場景，不同的心境，乃至不同的人生階段都會對雨產生不同的聽感。雨的美是全面的，雨聲的美則是喜憂參半，卻又境界全出的；鶯聲則最富婉轉柔美之致，它與詞「纖弱」的體制可謂珠聯璧合，故而在詞中也最富幽情嬌韻，在如此品類繁多的聲音中，鶯聲是讓人一聞驚喜的典型；與之相對，鵑聲可謂是最具悲劇色彩的聲音。它那「不如歸去」、「不如歸去」的鳴唱，源自一位帝王的悲劇傳說，故而飽含著詞人深厚的歷史興衰感、政治功名感和儒家執著的進取精神，是最具中國文化特色的鳥啼聲；蟬聲和蛩聲作爲蟲聲的代表，晝夜相接，夏秋相續，最富時令感，它們身上寄託了傳統士子深切的悲秋情結；至於鼓聲和琴聲則是器樂聲的代表，也是筆者特選的、與上述自然之聲相區別的人世之音。它們一俗一雅、一壯一柔，都越過了亙古的歲而月流傳至今，是昔人審美趣味的重要載體，在唐宋詞中也有別樣表現。

同時，著眼「聽感」，還需在整體上與傳統的視覺意象群加以區分，故而筆者特選取晝夜、季節兩個角度，對聲音意象進行考察。從晝夜光線與環境的不同，以及春秋兩季物候變化所引起的視覺與聽覺的你盛我衰、你進我退中，考察聲音意象的特徵。若要給畫面與聲音，視覺與聽覺也來個陰陽劃分的話，則聲音就當屬陰而色彩、畫面等則屬陽。白晝和春天正當陽氣極勝，聲音自然就難有大作爲，然在陰氣萌動的暗夜與秋季，聲音就有機會大展拳腳了。

另外，不同的地域，其山川地理風貌、人情物態等不同，不同的詞作家，其人生經歷和藝術追求等同樣有別，這就造成其地、其人對於聲音表現的各異，這也是研究聲音意象所不能忽略的。

最後，聲音意象對情感表達和詞境塑造的作用則是又一不容忽視的論題。同爲意象研究，聽覺意象與視覺意象有共性也有各自的特點。聲音在觸發情感、寄寓情感的同時，也受情感的駕馭。然聲音與色彩、畫面等視覺意象強烈的刺激感不同，它單一而單純，更利於滌蕩詞人心靈。詞人也往往更易於在聲音中反思，從而重尋一片心靈淨土。聲音在塑造詞境方面也有其獨到之處，不過皆逃不出聲與聲的合奏，聲與色的聯手二途。在聲—色—情的互動中，塑造出「深靜」境界的，則是爲歷來評論者讚賞的好詞。

事實上，尚有許多有代表性的聲音爲筆者遺漏。如風聲、水聲（包括波聲、浪聲、潮聲、泉聲等）、雷聲，晨雞聲、春燕聲、秋鴻聲，吱吱呀呀的轆轤聲、織機聲、搖櫓聲、滴滴答答的更漏聲、賣花聲、搗衣聲，畫角聲、玉笛聲、琵琶聲、笙簫聲、歌聲、笑聲、哭聲、低語聲等，在本文只是一筆帶過，它們多數尚有一定的研究空間。個別意象列專章論述亦不爲過。

許多有個性的作家，在對聲音意象的運用上，也各有其特點。如柳永的漂泊之聲、蘇軾的曠達之聲、秦觀的淒厲之聲、辛棄疾的不平之聲、姜夔的清雅之聲、張炎的苦澀之聲等。乃至不同作家流派的也有其個性之聲。這些聲音與其生平經歷、詞學見解、審美趣味等亦有重要聯繫，本該列專章進行考論，與上述雨聲、鳥聲、蟲聲、樂聲等專題一起，分編研究，惜於時間及精力的有限，只能在文中偶有提及。

另外，聲音意象在詞中與其在詩中、文中有不同表現，筆者雖有論及，然可以論述得更明確、細緻。聲音中還暗含的民俗、政教等方面的文化意蘊，同樣有更多可茲挖掘的空間。同時，對聲音及聽感這一角度的探尋，爲我們傳統的以視覺模式解讀詞作的做法提供了新路徑，對唐宋詞接受方面亦有新啓示，這方面筆者雖有想法，然同樣未成定文，這也是本文的一大遺憾，希望將來有機會作進一步研究。

參考文獻

古籍及論著部分

B

1.《白居易集全集》,【唐】白居易著，丁如明校點，上海古籍出版社，1999年版。
2.《白石道人歌曲》,【宋】姜夔著，四川人民出版社，1987年版。
3.《白雨齋詞話》,【清】陳廷焯著，杜未末校點，人民文學出版社，1959年版。
4.《北户錄》,【唐】段公路著，叢書集成初編本，商務印書館，1936年版。
5.《北江詩話》,【清】洪亮吉著，人民文學出版社，1998年版。
6.《北夢瑣言》,【五代】孫光憲著，中華書局，2002年版。
7.《北宋文人與黨爭》，沈松勤著，人民出版社，1998年版。
8.《埤雅》,【宋】陸佃著，王敏紅校點，浙江大學出版社，2008年版。
9.《本草綱目》，李時珍著，劉衡如、劉山永校注，華夏出版社，2008年版。
10.《碧雞漫志》,【宋】王灼著，古典文學出版社，1957年版。

C

1.《陳與義集校箋注》,【宋】陳與義著，白敦仁校箋，上海古籍出版社，1990年版。
2.《楚辭章句》,【漢】王逸著，黄靈庚疏證，中華書局，2007年版。

3.《楚辭補注》,【宋】洪興祖著,白化文等點校,中華書局,1983 年版。
4.《吹劍錄》,【宋】俞文豹著,中華書局,1991 年版。
5.《詞話叢編》,唐圭璋編,中華書局,1986 年版。
6.《詞籍序跋萃編》,施蟄存主編,中國社會科學出版社,1994 年版。
7.《詞林紀事》,【清】張宗橚輯,成都古籍書店,1982 年版。
8.《詞林新話》,吳世昌著,北京出版社,1991 年版。
9.《詞史》,劉毓盤著,上海書店,1985 年版。
10.《詞選》,【清】張惠言輯,中華書局,1957 年版。
11.《詞選》,胡適編選,商務印書館,1927 年版。
12.《詞學論叢》,唐圭璋著,上海古籍出版社 1986 年版。
13.《詞學論稿》,鄧喬彬著,華東師範大學出版社,1986 年版。
14.《詞學通論》,吳梅著,上海古籍出版社,2006 年版。
15.《詞與音樂》,劉堯民著,雲南人民出版社,1982 年版。
16.《詞與音樂關係研究》,施議對著,中國社會科學出版社,1985 版。
17.《詞源注》,張炎著,夏承燾校注,人民文學出版社 1963 年版。
18.《詞苑叢談》,【清】徐釚著,王百里校箋,人民文學出版社,1988 年版。
19.《詞苑萃編》,【清】馮金伯著,詞話叢編本。
20.《詞旨》,【元】陸輔之著,詞話叢編本。
21.《詞綜》,【清】朱彝尊著,汪森編,上海古籍出版社,2005 年版。
22.《詞綜偶評》,【清】許昂霄著,詞話叢編本。

D

1.《敦煌曲辭總編》,任半塘編著,上海古籍出版社,2006 年版。
2.《東方神韻:意境論》,薛富興著,人民文學出版社,2000 年版。
3.《東京夢華錄注》,【宋】孟元老著,鄧之誠注,中華書局,2004 年版。
4.《東坡詞編年箋證》,【宋】蘇軾著,薛瑞生箋證,三秦出版社,1998 年版。
5.《東坡志林》,【宋】蘇軾著,劉文忠評注,中華書局,2007 年版。
6.《東軒筆錄》,【宋】魏泰著,中華書局。1983 年版。
7.《洞天清錄》,【宋】趙希鵠著,叢書集成初編本,

8.《都城紀勝》,【宋】耐得翁著,《東京夢華錄》,(外四種),孟元老等著,古典文學出版社出版,1956年版。

E

1.《二十四詩品譯注評析》,【唐】司空圖著,杜黎波注析,北京出版社,1988年版。

F

1.《范成大詩選注》,【宋】范成大著,高海夫選注,上海古籍出版社。1989年版。
2.《風俗通義校注》,【漢】應邵著,王利器校注,中華書局,1981年版。
3.《樊川文集》,【唐】杜牧著,上海古籍出版社,1978年版。
4.《范仲淹全集》,【宋】范仲淹著,李勇先,王蓉貴校點,四川大學出版社,2002年版。
5.《豐子愷散文全編》,豐子愷著,浙江文藝出版社,1992年版。
6.《放翁詞編年箋注》,【宋】陸游著,夏承燾,吳熊和箋注,上海古籍出版社,1981年版。

G

1.《高士傳》,【晉】皇甫謐著,中華書局,1985年版。
2.《古今詞統》,【明】卓人月著,明崇禎刻本。
3.《古今詩餘醉》,【明】潘遊龍著,遼寧出版社,2003年版
4.《古今事文類聚》,【宋】祝穆著,文淵閣四庫全書本,上海古籍出版社,1987年版。
5.《古今歲時雜詠》,【宋】蒲積中編,徐敏霞校點,遼寧教育出版社,1998年版。
6.《古今注》,【晉】崔豹著,叢書集成初編本,商務印書館,1937年版。
7.《古琴叢談》,郭平著,山東畫報出版社,2006年版。
8.《管錐篇》,錢鍾書著,中華書局,1979年版。
9.《歸田錄》,【宋】歐陽修著,李偉國點校,中華書局,1981年版。
10.《癸辛雜識》,【宋】周密著,吳企明點校,中華書局,1988年版。
11.《廣群芳譜》,【清】汪灝著,上海書店,1985年版。
12.《桂海虞衡志校注》,【宋】范成大著,廣西民族出版社,1984年版。

13.《國語》,【戰國】左丘明著,韋昭注,商務印書館 民國二十二年(1933)版。

14.《貴耳集》,【宋】張端義著,叢書集成初編本,王雲五主編,商務印書館,1937 年版。

H

1.《蒿庵論詞》,【清】馮煦著,詞話叢編本。

2.《浩然齋雅談》,【宋】周密著,叢書集成初編本,王雲五主編,商務印書館,1936 年版。

3.《韓愈全集校注》,【唐】韓愈著,屈守元編,四川大學出版社,1996 年版

4.《漢書》,【漢】班固著,中華書局,1962 年版。

5.《鶴林玉露》,【宋】羅大經著,王瑞來點校,中華書局,1983 年版。

6.《花庵詞選》,【宋】黄昇著,中華書局,1958 年版。

7.《侯鯖錄》,【宋】趙德鄰著,叢書集成初編本,商務印書館,民國二十八年(1939)版。

8.《花間集評注》,李冰若評注,人民文學出版社,1993 年版。

9.《華陽國志》,【晉】常璩著,《二十五別史》,齊魯書社,2000 年版。

10.《畫墁錄》,【宋】張舜民著,《宋元筆記小說大觀》,本,丁如明校點,上海古籍出版社,2007 年版。

11.《畫史叢書》,於安瀾編,上海人民美術出版社,1963 年版。

12.《黄庭堅全集》,【宋】黄庭堅著,劉琳等點校,四川大學出版社,2001 年版。

13.《淮海集箋注》,【宋】秦觀著,徐培均箋注,上海古籍出版社,1994 年版。

14.《淮南子集釋》,【漢】劉向著,何寧釋,中華書局,1998 年版。

15.《蕙風詞話》,【清】況周頤著,見《蕙風詞話 人間詞話》,徐調孚注,人民文學出版社,1960 年版。

16.《紅樓夢》,【清】曹雪芹,高鶚著,人民文學出版社,2000 年版。

17.《後村詩話》,【宋】劉克莊著,王秀梅點校,中華書局,1983 年版。

18.《後村先生大全集》,【宋】劉克莊著,四部叢刊初編本,上海書店,1989 年版。

19.《後漢書》,【南朝】范曄著,中華書局,1965 年版。

20.《侯鯖錄》,【宋】趙令畤著,孔凡禮點校,中華書局,2002 年版。

J

1.《雞肋編》,【宋】莊綽著，蕭魯陽點校，中華書局，1983 年版。
2.《雞肋集》,【宋】晁補之著，四部叢刊初編本，上海書店，1989 年版。
3.《季羨林散文全編》,季羨林著，中國廣播電視出版社，2007 年版。
4.《嘉慶四川通志》,孫學雷主編，北京圖書館出版社，2004 年版。
5.《建炎以來繫年要錄》,【宋】李心傳著，中華書局，1956 年版。
6.《建炎以來朝野雜記》,【宋】李心傳著，中華書局，2000 年版。
7.《江文通集彙注》,【南朝】江淹著，中華書局 1984 年版。
8.《姜白石詞編年箋校》,【宋】姜夔著，夏承燾箋校，1981 年版。
9.《羯鼓錄》,【唐】南卓著，古典文學出版社，1957 年版。
10.《金元詞論稿》,趙維江著，中國社會科學出版社 2000 年版。
11.《金元詞紀事彙評》,鍾陵編著，黄山書社，1995 年版。
12.《晉書》,【唐】房玄齡等著，中華書局，1974 年版。
13.《晉陽秋輯本》,【清】湯球輯，叢書集成初編本，王雲五主編，商務印書館，1937 年版。
14.《荊楚歲時記》,【梁】宗懍著，宋金龍校注，山西人民出版社，1987 年版。
15.《荊棘鳥》,【澳大利亞】考林・麥卡洛著，譯林出版社，1998 年版。
16.《舊唐書》,【後晉】劉昫著，中華書局，1975 年版。
17.《絕妙好詞箋》,【宋】周密輯，查爲仁，厲鶚箋，中華書局，1984 年版。

K

1.《開元天寶遺事》,【五代】王仁裕著，上海古籍出版社，1985 年版。
2.《柯亭詞論》,【清】蔡嵩雲著，詞話叢編本。
3.《窺詞管見》,【清】李漁著，詞話叢編本。

L

1.《老學庵筆記》,【宋】陸游著，李劍雄，劉德權點校，中華書局，1979 年版。
2.《冷齋夜話》,【宋】惠洪著，中華書局，1988 年版。
3.《禮記今注今譯》,王夢鷗注譯，商務印書館，1969 年版。

4.《李綱全集》,【宋】李綱著，嶽麓書社，2004 年版。
5.《李清照集校注》,【宋】李清照著，王仲聞校注，人民文學出版社，1979 年版。
6.《李清照詞新釋彙評》，陳祖美編，中國書店，2003 年版。
7.《歷代詩話》,【清】何文煥輯，中華書局，1981 年版。
8.《歷代詩話續編》,【清】丁福保，中華書局，1983 年版。
9.《歷代詞話》，張璋等編，大象出版社，2002 年版。
10.《兩宋黨爭與文學》，慶振軒著，敦煌文藝出版社，1993 年版。
11.《梁啓超學術論著》，梁啓超著，華東師範大學出版社，1998 年版。
12.《蓼園詞選》，黃蘇編，惜陰堂刊，庚申仲春（1929 年）版。
13.《列子集釋》,【戰國】列禦寇著，楊伯峻釋，中華書局，1985 年版。
14.《六一詩話》,【宋】歐陽修著，人民文學出版社，1962 年版。
15.《林和靖詩集》,【宋】林逋著，沈幼徵校注，浙江古籍出版社，1986 年版。
16.《靈谿詞説》，繆越、葉嘉瑩著，上海古籍出版社 1987 年版。
17.《劉禹錫集》,【唐】劉禹錫著，卞孝萱校訂，中華書局 1990 年版。
18.《柳宗元詩箋釋》,【唐】柳宗元著 王國安箋釋，上海古籍出版社，1993 年版。
19.《柳宗元集》,【唐】柳宗元著，中華書局，1979 年版。
20.《魯迅全集》，魯迅著，人民文學出版社，2005 年版。
21.《欒城集》,【宋】蘇轍著，曾棗莊，馬德富校點，上海古籍出版社，1987 年版。
22.《論語譯注》，楊伯峻譯注，中華書局，1980 年版。
23.《呂氏春秋》,【漢】高誘注，上海書店，1986 年版。

M

1.《毛詩正義》，李學勤主編，北京大學出版社，1999 年版。
2.《梅堯臣集編年校注》,【宋】梅堯臣著，朱東潤編年校注，上海古籍出版社，1980 年版。
3.《美學三書》，李澤厚著，天津社會科學出版社，2003 年版。
4.《夢粱錄》,【宋】吳自牧著，叢書集成初編本，商務印書館，1939 年版。
5.《夢溪筆談》,【宋】沈括著，張富祥譯注，中華書局，2009 年版。

6.《孟子集注》,【戰國】孟軻著、朱熹注，商務印書館，民國二十四（1935）年版。

7.《明史》,【清】張廷玉等著，中華書局，1974 年版。

N

1.《南村輟耕錄》,【元】陶宗儀著，李夢生校點，《宋元筆記小說大觀》，本，上海古籍出版社，2007 年版。

2.《南宋文人與黨爭》，沈松勤著，人民出版社，2004 年版。

3.《南宋辛派詞人研究》，單芳著，巴蜀書社，2009 年版。

4.《南宋遺民詩人群體研究》，方勇著，人民出版社，2000 年版。

5.《能改齋漫錄》，【宋】吳曾著，上海古籍出版社，1979 年版。

6.《鳥與文學》，賈祖璋著，上海書店，1982 年版。

7.《廿二史箚記》,【清】趙翼著，商務印書館，1987 年版。

O

1.《歐陽修全集》,【宋】歐陽修，李逸安點校，中華書局，2001 年版。

P

1.《坡門酬唱集》,【宋】邵浩編，四庫全書本，上海古籍出版社，1987 年版。

2.《萍洲可談》,(《後山談叢・萍洲可談》,),【宋】朱彧，上海古籍出版社，1989 年版。

Q

1.《七綴集》，錢鍾書著，上海古籍出版社，1985 年版。

2.《齊東野語》,【宋】周密，張茂鵬點校，中華書局，1983 年版。

3.《錢氏私志》,【宋】錢世昭，叢書集成初編本，中華書局，1991 年版。

4.《四庫全書總目》,【清】永瑢，中華書局，1997 年版。

5.《禽經注》,【晉】張華注，四庫全書本，上海古籍出版社，1987 年版。

6.《清詩話》,【清】丁福保編，上海古籍出版社，1978 年版。

7.《清詩話續編》，郭紹虞編選，富壽蓀校點，上海古籍出版社，1983 年版。

8.《清異錄》,【宋】陶穀著，孔一校點，宋元筆記小說大觀本，上海古籍出版社，2007 年版。

9.《清眞詞釋》，俞平伯釋，開明書店，民國三十八（1949）年版。
10.《全上古三代秦漢三國六朝文》，【清】嚴可均校輯，中華書局，1958年版。
11.《全宋詞》，唐圭璋編，中華書局，1965年版。
12.《全宋詩》，北京大學古文獻研究所編，北京大學出版社，1995年版。
13.《全宋文》，曾棗莊，劉琳編，巴蜀書社，1991年版。
14.《全元文》，李修生主編，鳳凰出版社，2004年版。
15.《卻掃編》，【宋】徐度，《宋元筆記小說大觀》，本，尚成校點，上海古籍出版社，2007年版。
16.《群芳譜詮釋》，【明】王象晉纂輯，伊欽恒詮釋，農業出版社，1985年版。

R

1.《人間詞話》，王國維著，黃霖等導讀，上海古籍出版社，2000年版。
2.《容齋隨筆》，【宋】洪邁著，孔凡禮點校，中華書局，2005年版。

S

1.《三朝北盟會編》，【宋】徐夢莘著，上海古籍出版社，1987年版。
2.《山谷詞》，【宋】黃庭堅著，馬興榮，祝振玉校注，上海古籍出版社，2001年版。
3.《山中白雲詞》，【宋】張炎著，吳則虞校輯，中華書局，1983年版。
4.《剡源文集》，【元】戴表元著，上海古籍出版社，1987年影印四庫全書版。
5.《邵氏聞見錄》，【宋】邵伯溫著，李劍雄，劉德權點校，中華書局，1983年版。
6.《尚書詮譯》，金兆梓著，中華書局，2010年版。
7.《詩詞意象的魅力》，嚴雲受著，安徽教育出版社，2003年版。
8.《詩話總龜》，【宋】阮閱編著，周本淳校點，人民文學出版社，1987年版。
9.《詩歌意象論》，陳植愕，中國社會科學出版社，1990年版。
10.《詩歌意象學》，王長俊主編，安徽文藝出版社，2000年版。
11.《詩歌意境瑣談》，竹亦青著，重慶出版社，1985年版。

12. 《詩路歷程：詩歌意象縱橫論》，陳聖生著，中國社會科學出版社，2011 年版。版。
13. 《詩論》，朱自清，生活・讀書・新知三聯書店，1984 年版。
14. 《詩經注析》，程俊英注，中華書局，1999 年版。
15. 《詩品注》，【南朝】鍾嶸著，陳延傑注，人民文學出版社，1961 年版。
16. 《詩品集解 續詩品注》，【唐】司空圖，【清】袁枚著，郭紹虞集注，人民文學出版社，1963 年版。
17. 《詩人玉屑》，【宋】魏慶之著，王仲聞點校，中華書局，2007 年版。《詩史釋證》，鄧小軍著，中華書局，2004 年版。
18. 《詩藪》，【明】胡應麟著，上海古籍出版社，1958 年版。
19. 《史記》，【漢】司馬遷著，中華書局，2005 年版。
20. 《世説新語校箋》，【南朝宋】劉義慶著，徐震堮校箋，中華書局，1984 年版。
21. 《水經注校證》，【北魏】酈道元著，陳橋驛校，中華書局，2007 年版。
22. 《説郛》，【元】陶宗儀，上海古籍出版社，1988 年版。
23. 《説意境》，藍華增著，雲南人民出版社，1984 年版。
24. 《説苑校證》，【漢】劉向著，向宗魯注解，中華書局 2009 年版。
25. 《説文解字》，【漢】許愼，中華書局，2004 年版。
26. 《書畫記》，【清】吳其貞，上海人民美術出版社，1963 年版。
27. 《漱玉集注》，【宋】李清照著，王延梯注，山東文藝出版社，1984 年版。
28. 《四朝聞見錄》，【宋】葉紹翁著，沈錫麟，馮惠民點校，中華書局，1989 年版。
29. 《宋稗類鈔》，潘永因編，劉卓英點校，書目文獻出版社，1985 年版。
30. 《宋本東觀餘論》，【宋】黄伯思著，中華書局，1988 年版。
31. 《宋詞的文化定位》，沈家莊著，湖南人民出版社，2005 年版。
32. 《宋詞紀事》，唐圭璋編著，中華書局，2008 年版。
33. 《宋詞舉》，陳匪石著，金陵書畫社，1983 年版。
34. 《宋詞三百首箋注》，上彊村民編，唐圭璋箋注，上海古籍出版社，1979 年版。

35.《宋詞題材研究》，許伯卿著，中華書局，2007 年版。
36.《宋詞通論》，薛礪若著，上海書店影印出版。，1985 年版。
37.《宋詞藝術論》，張廷傑著，研究出版社，2002 年版。
38.《宋詞與民俗》，黃傑著，商務印書館，2005 年版。
39.《宋代詞學審美理想》，張惠民著，人民文學出版社，1995 年版。
40.《宋代文學思想史》，張毅著，中華書局，1995 年版。
41.《宋代文學通論》，王水照主編，河南大學出版社，1997 年版。
42.《宋代詠物詞史論》，路成文著，商務印書館，2005 年版。
43.《宋會要輯稿》，【清】徐松編，中華書局，1957 年影印版。
44.《宋景文公筆記》，【宋】宋祁，筆記小說大觀本，新型書局，民國七十三年（1984 年）版。
45.《宋南渡詞人群體研究》，王兆鵬著，鳳凰出版。傳媒集團 鳳凰出版社，2009 年版。
46.《宋人軼事彙編》，【清】丁傳靖輯，中華書局，1981 年版。
47.《宋詩話全編》，吳文治編，江蘇古籍出版社，1998 年版。
48.《宋詩話輯佚》，郭紹虞編，中華書局，1980 年版。
49.《宋史》，【元】脫脫著，中華書局，1977 年版。
50.《宋史紀事本末》，【明】陳邦瞻編，中華書局，1977 年版。
51.《宋史全文》，【元】佚名著，李之亮校點，黑龍江人民出版社，2005 年版。
52.《宋史翼》，【清】陸心源輯著，中華書局，1991 年版。
53.《宋書》，【梁】沈約著，中華書局，1974 年版。
54.《宋四家詞選》，【清】周濟著，叢書集成初編本，商務印書館，民國二十九（1940）年版。
55.《宋型文化與宋代美學精神》，劉方著，巴蜀書社，2004 年版。
56.《宋元詞話》，施蟄存，陳如江輯錄，上海古籍出版社，1999 年版。
57.《宋元戲曲史》，王國維著，葉長海導讀，上海古籍出版社，1998 年版。
58.《宋宰輔編年錄校補》，【宋】徐自明著，王瑞來校補，中華書局，1986 年版。
59.《蘇軾論》，朱靖華著，京華出版社，1997 年版。
60.《蘇軾詩集》，【宋】蘇軾著，【清】王文誥輯注，孔凡禮點校，中華書局，1982 年版。

61.《蘇軾文集》,【宋】蘇軾著，孔凡禮點校，中華書局，1986 年版。

62.《蘇轍集》,【宋】蘇轍著，陳宏天點校，中華書局，1990 年版。

63.《涑水紀聞》,【宋】司馬光著，鄧廣銘，張希清點校，中華書局，1989 年版。

64.《歲寒堂詩話》,【宋】張戒著，叢書集成初編本，王雲五編，商務印書館，1939 年版。

65.《歲時廣記》,【宋】陳元靚著，叢書集成初編本，商務印書館，民國 28 年（1939）年版。

T

1.《談藝錄》，錢鍾書著，生活・讀書・新知三聯書店，2001 年版。

2.《譚評詞辨》,【清】譚獻，廣文書局，1967 年版。

3.《唐才子傳校箋》,【元】辛文房著，傅璿琮校箋，中華書局，1987 年版。

4.《唐會要》,【宋】王溥著，中華書局，1955 年版。

5.《唐六典》,【唐】李林甫著，陳仲夫注，中華書局，1992 年版。

6.《唐宋詞風格論》，楊海明著，上海社會科學院出版社，1986 年版。

7.《唐宋詞彙評》，吳熊和主編，浙江教育出版社，2004 年版。

8.《唐宋詞集序跋彙編》，金啓華等編，江蘇教育出版社，1990 年版。

9.《唐宋詞簡釋》，唐圭璋著，上海古籍出版社，1999 年，

10.《唐宋詞流派史》，劉揚忠著，福建人民出版社，1999 年版。

11.《唐宋詞論稿》，楊海明著，浙江古籍出版社，1988 年版。

12.《唐宋詞美學》，楊海明著，江蘇教育出版社，1998 年版。

13.《唐宋詞美學》，鄧喬彬著，齊魯書社，2006 年版。

14.《唐宋詞社會文化學研究》，沈松勤著，浙江大學出版社，2000 年版。

15.《唐宋詞史》，楊海明著，天津古籍出版社，1998 年版。

16.《唐宋詞史論》，王兆鵬著，人民文學出版社，2000 年版。

17.《唐宋詞與人生》，楊海明著，河北人民出版社，2002 年版。

18.《唐宋詞與唐宋文化》，劉尊明，甘松著，鳳凰出版社，2009 年版。

19.《唐宋人詞話》，孫克強編著，河南文藝出版社，1999 年版。

20.《唐五代北宋詞研究》,【日】村上哲見著，楊鐵嬰譯，陝西人民出版社，1987 年版。

21.《唐五代兩宋詞選釋》，俞陛雲選釋，上海古籍出版社，1985年版。
22.《唐五代兩宋詞簡析》，劉永濟選釋，上海古籍出版社，1981年版。
23.《唐音癸籤》，【明】胡震亨著，上海古籍出版社，1981年版。
24.《唐語林校證》，【宋】王讜著，周勳初校證，中華書局，1987年版。
25.《陶淵明集》，【晉】，陶淵明著，逯欽立校注，中華書局，1979年版。
26.《陶淵明資料彙編》，北京大學中文系等編，中華書局，1962年版。
27.《天中記》，【明】陳耀文著，廣陵書社，2007年版。
28.《苕溪漁隱叢話》，（前後集），【宋】胡仔著，廖德明校點，人民文學出版社，1962年版。
29.《鐵圍山叢談》，【宋】蔡絛著，馮惠民，沈錫麟點校，中華書局，1983年版。
30.《艇齋詩話》，【宋】曾季貍著，叢書集成初編本，商務印書館，民國二十五（1936）年版。
31.《通典》，【唐】杜佑編，中華書局，1999年版。

W

1.《宛陵先生文集》，【宋】梅堯臣著，四部叢刊初編本，上海書店，1989年版。
2.《王禹偁詩文選》，【宋】王禹偁著，王延梯選注，人民文學出版社，1996年版。
3.《魏晉南北朝史講演錄》，陳寅恪著，萬繩楠整理，黃山書社，1987年版。
4.《渭南文集》，【宋】陸游著，四部叢刊初編本，上海書店，1989年版。
5.《文賦集釋》，【晉】陸機著，張少康集解，人民文學出版社，2002年版。
6.《文心雕龍注》，【南朝】劉勰著，范文瀾注，人民文學出版社，1958年版。
7.《文選》，【梁】蕭統編，【唐】李善注，上海古籍出版社，1986年版。
8.《文學意象論》，夏之放著，汕頭大學出版社 1993年版。
9.《文藝心理學》，朱光潛著，安徽教育出版社，1997年版。
10.《甕牖閒評》，【宋】袁文，中華書局，2007年版。

11. 《吳夢窗詞箋釋》,【宋】吳文英著,楊鐵夫箋釋,廣東人民出版社,1992年版。

12. 《吳越春秋輯校彙考》,【漢】趙曄著,周生春校,上海古籍出版社,1997年版。

13. 《武林舊事》,【宋】周密著,李小龍,趙銳評注,中華書局,2007年版。

14. 《物象美學》,劉成紀,鄭州大學出版社,2002年版。

X

1. 《西湖遊覽志》,【明】田汝成著,上海古籍出版社,1998年版。
2. 《西京雜記》,【晉】葛洪著,中華書局,1985年版。
3. 《西圃詞說》,【清】田同之著,詞話叢編本。
4. 《西遊記》,【明】吳承恩著,人民文學出版社,1980年版。
5. 《稀見本宋人詩話四種》,張伯偉編校,江蘇古籍出版社,2002 年版。
6. 《夏承燾集》,夏承燾著,浙江古籍出版社,1998年版。
7. 《斜川集校注》,【宋】蘇過著,舒大剛校注,巴蜀書社,1996年版。
8. 《辛稼軒詞集導讀》,常國武,巴蜀書社,1988年版。
9. 《辛稼軒詩文箋注》,【宋】辛棄疾著,鄧廣銘輯校,辛更儒箋注,上海古籍出版社,1995年版。
10. 《辛棄疾詞心探微》,劉揚忠著,齊魯書社,1990年版。
11. 《辛棄疾詞新釋輯評》,【宋】辛棄疾著,朱德才,薛祥生,鄧紅梅輯釋,中國書店,2006年版。
12. 《辛棄疾全集》,【宋】辛棄疾著,徐漢明編,湖北人民出版社,2007年版。
13. 《心靈的圖景:文學意象的主題史研究》,王立著,學林出版社,1999年版。
14. 《新唐書宰相世系表校》,趙超編著,中華書局,1998年版。
15. 《許彥周詩話》,【宋】許顗著,叢書集成初編本,王雲五主編,商務印書館,1939年版。
16. 《續資治通鑒》,【清】畢沅著,中華書局,1957年版。
17. 《續資治通鑒長編》,【宋】李燾著,中華書局,1979年版。
18. 《雪山集》,【宋】王質著,叢書集成初編本,王雲五主編,商務印書館,1935年版。

19.《荀子集解》,【清】王先謙著,沈嘯寰,王星賢點校,中華書局,1988 年版。

Y

1.《顏氏家訓集解》,【北朝】顏之推著,王利器集解,中華書局,1993 年版。

2.《楊萬里集箋校》,【宋】楊萬里著,辛更儒箋校,中華書局,2007 年版

3.《葉嘉瑩説陶淵明飲酒及擬古詩》,葉嘉瑩著,中華書局,2007 年版。

4.《葉聖陶散文》,葉聖陶著,四川人民出版社,1983 年版。

5.《一瓢詩話》,【清】薛雪著,杜維沫校注,人民文學出版社,1979 年版。

6.《藝概》,【清】劉熙載著,上海古籍出版社,1978 年版。

7.《意境 風格 流派》,王昌猷著,廣東人民出版社,1986 年版。

8.《意境概説:中國文藝美學範疇研究》,夏昭炎著,北京廣播學院出版社,2003 年版。

9.《意境探微》,古風著,百花洲文藝出版社,2001 年版。

10.《意象的流變》,蔡英俊主編,聯經出版。事業公司,1982 年版。

11.《意象範疇的流變》,胡雪岡著,百花洲文藝出版社,2002 年版。

12.《意象符號與情感空間:詩學新解》,吳曉著,中國社會科學出版社 1990 年版。

13.《意象批評》,汪耀進編,四川文藝出版社,1989 年版。

14.《意象藝術散論》,鍾明善著,西安交通大學出版社,2005 年版。

15.《異物志》,【宋】楊孚著,叢書集成初編本,商務印書館,1936 年版。

16.《瀛奎律髓彙評》,【元】方回選評,李慶甲集評校點,上海古籍出版社,1986 年版。

17.《幽夢影》,【清】張潮著,中央文獻出版社,2001 年版。

18.《悠然見南山:陶淵明與中國閒情》,韋鳳娟著,濟南出版社,2004 年版。

19.《酉陽雜俎》,【唐】段成式著,方南生點校,中華書局,1981 年版。

20.《於湖居士文集》,【宋】張孝祥著,徐鵬點校,上海古籍出版社,1980 年。

21.《漁洋詩話》,【清】王士禛著，叢書集成續編本，上海書店出版社，1994年版。

22.《玉臺新詠》,【南朝】徐陵，吳兆宜注，上海古籍出版社，2007年版。

23.《豫章黄先生文集》,【宋】黄庭堅著，四庫全書本，上海古籍出版社，1987年版。

24.《余光中集》，余光中，百花文藝出版社，2004年版。

25.《元前陶淵明接受史》，李劍鋒著，齊魯書社，2002年版。

26.《元史》,【明】宋濂等著，中華書局，1976年版。

27.《爰園詞話》,【清】俞彥，詞話叢編本。

28.《樂府詩集》,【宋】郭茂倩編，中華書局，1979年版。

29.《樂府指迷箋釋》,【宋】沈義父著，蔡嵩雲箋釋，人民文學出版社，1981年版。

30.《韻語陽秋》,【宋】葛立方著，叢書集成初編本，王雲五主編，商務印書館，1939年版。

Z

1.《張耒集》,【宋】張耒著，李逸民等點校，中華書局，1990年版。

2.《張炎詞研究》，楊海明著，齊魯書社，1989年版。

3.《照隅室古典文學論集》，郭紹虞著，上海古籍出版社，1983年版。

4.《增訂文心雕龍校注》,【南朝】劉勰著，黄叔琳注；李詳補注；楊明照校注拾遺，中華書局，2000年版。

5.《中古文學史論》，王瑤著，北京大學出版社，1998年版。

6.《中國古代音樂史》，鄭祖襄著，高等教育出版社，2008年版。

7.《中國古琴藝術》，易存國著，人民音樂出版社，2003年版。

8.《中國道教史》，任繼愈著，上海人民出版社，1990年版。

9.《中國歌謠》，朱自清著， 復旦大學出版社，2004年版。

10.《中國美學史》，李澤厚，劉綱紀著，中國社會科學出版社，1987年版。

11.《中國詩學之精神》，胡曉明著，江西人民出版社，1990年版。

12.《中國詩歌藝術研究》，袁行霈著，北京大學出版社，1987年版。

13.《中國抒情傳統的轉變——姜夔與南宋詞》,【美】林順夫，張宏生譯，上海古籍出版社，2005年版。

14.《中國文化史》，柳詒徵著，上海古籍出版社，2001年版。

15.《中國文化概論》，趙樸初著，北京師範大學出版社，2002 年版。
16.《中國文學發展史》，劉大杰著，復旦大學出版社，2006 年版。
17.《中國音樂考釋》，周武彥著，吉林人民出版社，2005 年
18.《中國藝術意境論》，蒲震元著，北京大學出版社，1995 年版。
19.《中國意象詩探索》，吳晟著，中山大學出版社 ，2004 年版。
20.《周禮譯注》，楊天宇譯注，上海古籍出版社，2004 年版。
21.《朱子語類》，【宋】黎靖德編，王星賢點校，中華書局，1986 年版。
22.《朱自清序跋書評集》，朱自清著，生活·讀書·新知三聯書店，1983 年版。
23.《竹坡詩話》，【宋】周紫芝著，叢書集成初編本，商務印書館，1936 年版。
24.《麈史》，【宋】王得臣著，叢書集成初編本，王雲五主編，商務印書館，1937 年版。
25.《莊子集解》，【戰國】莊子著，王先謙集解，中華書局，2006 年版。

碩博士論文

1.《唐宋詞意象論》，趙梅，蘇州大學 1996 年博士論文。
2.《文化視域中的宋詞意象初論》，許興寶，陝西師範大學 2000 年博士論文。
3.《論先秦文學中的水意象》，劉雅傑，東北師範大學 2005 年博士論文。
4.《論盛唐詩中的水意象》，楊帆，華中師範大學 2006 年碩士論文。
5.《論宋詞中的植物意象》，孫超嬌，陝西師範大學 2007 年碩士論文。
6.《中國猿猴意象與猴文化源流論》，秦榕，福建師範大學 2008 年博士論文。
7.《中國詩詞中的笛聲意象》，趙娟，南京師範大學 2009 年碩士論文。

期刊論文

1.《論唐代的邊塞詩》，賀昌群，《文學》，1934 年，第 6 期。
2.《詩詞中的鷓鴣與杜鵑》，艾思，《文學遺產》，1987 年第 3 期。
3.《晏幾道夢詞的理性思考》，陶爾夫，《文學評論》，1990 年 2 期。
4.《哀猿子規啼不住　一聲聲似怨春風——唐詩聲音意象初論》，江建高，《中國文學研究》，2005 年第 2 期。

5.《「杏花春雨江南」的審美意蘊與歷史淵源》，程傑，《南京師範大學文學院學報》，2005 年，第 3 期。
6.《宋詞與笛聲》，高峰，《南京師範大學文學院學報》，2005 年，第 4 期。
7.《穿透夜幕的詩思——論杜詩中的暮夜主題》，莫礪鋒，《文學遺產》，2006 年第 3 期。
8.《唐詩中「杜鵑」內涵辨析》，戴偉華《華南師範大學學報》，（社會科學版），2007 年，第 3 期。
9.《「聽雨」唐宋詞》，江建高，《中華詩詞》，2009 年，第 3 期。
10.《鷹與鶴：唐宋詩詞中鳥意象的嬗變》，王瑩，《文學評論》，2009 年，第 5 期。
11.《衙齋臥聽蕭蕭雨疑是民間疾苦聲——古詩詞聽雨意象探析》，黃銳，《語文學刊》，2009 年，第 6 期。
12.《王維詩歌中的聲音意象》，革奴，《作家雜誌》，2009 年第 8 期。
13.《夜音諦聽——中國古典詩歌中的蟋蟀意象》，姜金元，《探索與爭鳴》，2007 年第 5 期。

後記

三年的腳步行進至此，相信每個人的心境都是複雜的，喜悅、辛酸、不捨、無奈。但這時候，坐在書桌前，我們同時也擁有了一個難得的契機，來反觀自己這三年的歷程。我想，我們應該珍惜這一刻，畢竟，人生會有多少個三年，這樣的時刻並不多。

猶記得三年前，當考取楊海明老師的博士時，老師讓我們寫下自己所學之不足，以及以後想要改進的地方，我當時就言希望在詞學藝術研究方面有所精進。我深愛唐宋詞，愛她美麗的語言，愛她長短不一、流暢圓潤的表達，更愛她字裏行間的滿腔柔情蜜意，而這一切無不源於她高超的藝術。惜乎碩士期間，我將絕大多數精力都放在了文獻考證上，我所研究的以及我所愛好的，總有那麼些偏差，這也是我長久以來的遺憾所在。研究唐宋詞中的聲音，可以說有補我這方面的遺憾，至少這個題目讓我重新回歸到了詞作文本，重新注目於它的「內在美」！關於這點，我非常感謝我的恩師楊海明先生，當我還在彷徨於無法將論文寫得深入而厚重時，恩師就寬慰我：「你的選題決定了你論文的內容和論述的方向，「聲音」這個題目，首先關注的不應是厚不厚重的問題，而是如何把它寫得更美！」正是「美」啊！我愛她的初衷，爲什麼我卻把它淡忘了呢？聽此，仿如醍醐灌頂，眞有種撥開層雲，重見青天白日的喜悅之感。恩師的睿智正在於此，往往能一針見血地點到我們的問題所在。

對於唐宋詞聲音意象的研究，雖然我將對「耳朵」的關注，提到了有史以來的最高，雖然我也反覆地閱讀，不斷地感發，雖然我努力地錘鍊自己的語言，但愚笨如我還是留下了許多缺憾。特別是在對代表作家、詞學流派聲音意象運用的研究上，尤有值得深入的空間，在區別詞中與詩中聲音意象的運用特點上也尚可有更清晰的對比論述。然惜乎精力有限，只能「忍痛割愛」，簡筆帶過了！說到此，我還是要感謝我的恩師，是他教我學會了「取捨」。當我把一份如懶婆娘的裹腳布一樣又臭又長的題綱交給他時，他歎了歎氣，說我考慮的很詳盡，這很好，然有時太過詳盡了，論文的亮點反而會淹沒在那些瑣碎的結構中。他擔心我精力有限。事實證明，恩師的擔憂是對的，即便是刪繁就簡，這篇論文還是讓我痛苦萬分。頭緒繁雜，思緒眾多，一時之間難以駕馭。所幸的是，磕磕絆絆中，我終將其順利寫完，雖不能算是很成功，然亦是差強人意。恩師對我們的體貼入微，也讓我銘記於心。

當然恩師的練達、睿智、正直與謙和並不是我三言兩語即能說得完的，我只能說，我感謝他，也感恩於這上天賜予的難得緣分，讓我得以受益如此。在這裏我的愛好得到了回歸，甚至，在恩師興奮而興致勃勃的講解中，我找回了對唐宋詞那失落已久的激情。

當然，我還要特別感謝我的碩導曹辛華教授，雖然出師曹門已有三四個年頭，他最後還在地我的論文辛苦把關，他的話，一如既往地如當頭棒喝，讓我大汗淋淋地檢視自己文章的不足。自然還有我的同門許菊芳、我的師姐馬俊芬、師兄王慧剛等，在最後的攻堅時刻，是他們無私地幫助，才讓我的論文免去了許多基礎失誤。還有我的丈夫，工作之餘不吝幫我校對詞作，真是讓我……還有我的母親和我的婆婆，沒有她們無微不至的看護，我也不可能行進至此。最後，也要謝謝我的寶貝，感謝她在我的腹中時安安靜靜，在她橫空出世後，少哭少鬧。感謝這三年來我周圍的一切一切！

蘇州的這三年，最是讓我滿足的三年，即便此刻，我內心深處沉澱的還是滿滿的喜悅。在這裏，我收穫了知識，收穫了師門情誼，我還收穫了我的愛情、親情，我戀愛了、成家了，並伴著這篇論文一起，收穫了一枚我可愛的女兒。於是，本是孤獨的異鄉人，也找到了歸屬的感覺。拋卻了迷茫與懵懂，我只願在這裏能夠譜寫我人生的新篇章。

白帥敏
2012 年 5 月